U0092325

關、王、馬三家雜劇特色
及其在戲曲史上的意義

張錦瑤　著

封面設計：實踐大學教務處出版組

出 版 心 語

　　近年來，全球數位出版蓄勢待發，美國從事數位出版
的業者超過百家，亞洲數位出版的新勢力也正在起飛，諸
如日本、中國大陸都方興未艾，而台灣卻被視為數位出版
的處女地，有極大的開發拓展空間。植基於此，本組自民
國 93 年 9 月起，即醞釀規劃以數位出版模式，協助本校專
任教師致力於學術出版，以激勵本校研究風氣，提昇教學
品質及學術水準。

　　在規劃初期，調查得知秀威資訊科技股份有限公司是
採行數位印刷模式並做數位少量隨需出版〔POD＝Print on
Demand〕（含編印銷售發行）的科技公司，亦為中華民國
政府出版品正式授權的 POD 數位處理中心，尤其該公司可
提供「免費學術出版」形式，相當符合本組推展數位出版
的立意。隨即與秀威公司密集接洽，出版部李協理坤城數
度親至本組開會討論，雙方就數位出版服務要點、數位出
版申請作業流程、出版發行合約書以及出版合作備忘錄等
相關事宜逐一審慎研擬，歷時 9 個月，至民國 94 年 6 月始
告順利簽核公布。

這段期間，承蒙本校謝前校長孟雄、謝副校長宗興、王教務長又鵬、藍教授秀璋以及秀威公司宋總經理政坤等多位長官給予本組全力的支持與指導，本校多位教師亦不時從旁鼓勵與祝福，在此一併致上最誠摯的謝意。本校新任校長張博士光正甫上任（民國 94 年 8 月），獲知本組推出全國大專院校首創的數位出版服務，深表肯定與期許。諸般溫馨滿溢，將是挹注本組持續推展數位出版的最大動力。

　　本出版團隊由葉立誠組長、王雯珊老師、賴怡勳老師三人為組合，以極其有限的人力，充分發揮高效能的團隊精神，合作無間，各司統籌策劃、協商研擬、視覺設計等職掌，在精益求精的前提下，至望弘揚本校實踐大學的校譽，具體落實出版機能。

實踐大學教務處出版組　謹識

中華民國 96 年 5 月

前　言

　　本書以「關漢卿、王實甫、馬致遠」三家雜劇與中國戲曲發展之關係爲論，針對元雜劇初期關、王、馬「三家鼎立，矜式群英」的雜劇創作特色，由戲曲本質、時代背景等面向論析。以戲曲本質論，「三家」雜劇創作呈現「以劇作劇」、「以詩作劇」、「以劇作詩」等不同創作手法；以時代背景論，面對同時代社會環境的劇作家，往往因人生態度的不同，影響其文學作品精神主調的呈現，如關漢卿的「破」與「批判」、王實甫的「立」與「謳歌」、馬致遠的「避」與「退離」等雜劇創作主調即與劇作家個人生命特質有關。

　　本書共七章。除首章爲緒論外，第二章：〈元代戲曲發展與關、王、馬三家特色之形成〉由戲曲本質、時代背景衍生的劇作家人生態度與創作主調，先確立「三家特色」的形成與特點；第三章：〈關、王、馬雜劇特色比較〉據戲曲本質、時代背景與「三家特色」關係，由故事題材、情節、人物、語言等面向進行較論，使「三家鼎立」之勢益加彰顯；第四章〈關、王、馬三家雜劇特色與中國戲曲類型之關係〉、第五章〈關、王、馬三家在中國戲曲理論中的討論〉則分別由中國「戲曲類型」、「戲曲理論」角度切入。首先，論析「三家特色」與「中國戲曲類型之關係」，此單元由元、明、清劇作家與劇作爲論，藉劇作家風格類型歸納，以窺「三家」之盛衰消長。其次，將「三家」在「中國戲曲理論史的討論」加以論述，藉此研討可知：不僅戲曲發展中，劇作家類型爲「三家鼎立」，戲曲理論研討中，劇作家藉「三家特色」的討論，釐清了中國戲曲的本質，進而觸及人物、語言、舞臺等議題；第六章〈由戲曲理論系統與美學觀念論關、王、馬三家雜劇特色的意義〉除肯定詩歌史、時代對戲曲

發展影響外，由言志抒情與敘事傳統，論「三家」與戲曲的「曲學體系」、「敘事體系」、「劇學體系」發展之關連；將「三家」在戲曲美學上之意義作論述；末章，則就全文做綜合結論。

　　本書由戲曲形式與時代背景等面向論述，除確立三家特色外，再依三家劇作歸納之特色，論析元、明、清劇作家創作趨勢與戲曲理論史上對三家之研討，進而肯定三家在戲曲史上之意義。

目　次

第一章　緒論

　　文學作品的特色呈現與文體形成、時代背景有關。面對不同的文體與時代，作家的創作手法與人生態度，往往關涉其作品呈現，所以，王國維《宋元戲曲考・序》有此慨嘆：

> 凡一代有一代之文學：楚之騷，漢之賦，六代之駢語，唐之詩，宋之詞，元之曲，皆所謂一代之文學，而後世莫能繼焉者也。獨元人之曲，為時既近，託體稍卑，故兩朝史志與《四庫》集部，均不著於錄；後世碩儒，皆鄙棄不復道。……遂使一代文獻，鬱堙沈晦者且數百年，愚甚惑焉。[1]

確實，一代有一代文體代表，而雜劇不僅為元代文學表徵，更是中國戲曲發展成熟之標的，對明、清等後來劇作發展具指標意義，「一代文獻，鬱堙沈晦數百年」莫怪乎王國維為此深致感嘆。

---

[1]　王國維：《宋元戲曲考》，參《王國維戲曲論文集》（台北：里仁書局，1993 年 9 月），頁 3。

壹、研究動機、目的與文獻探討

　　戲曲發展至元代漸蔚爲大國而名家輩出，後世論元代雜劇發展，往往觸及「典範作家與作品」，如俞爲民「明代劇壇三次論爭」[2]即是劇論家藉論爭而尋戲曲創作的依循規範。「三次論爭」中的「元曲大家之爭」更是論元雜劇時，常涉及的問題。關於「元曲大家討論」，如周德清的〈中原音韻序〉云：

> 樂府之盛，之備，之難，莫如今時。其盛，則自搢紳及閭閻歌詠者眾。其備，則自關、鄭、白、馬一新製作，韻共守自然之音。[3]

此爲目前所見，較早論「元曲四大家」者。其後，「元曲四大家」之論紛雜不一，如賈仲明在〈凌波仙〉挽詞弔馬致遠「漢宮秋、青衫淚。戚夫人、孟浩然。共庾白關老齊眉。」[4]與何良俊的「元人樂府稱馬東籬、鄭德輝、關漢卿、白仁甫爲四大家。」[5]、王驥德的「作北曲者，如王、馬、關、鄭輩，創法甚嚴。終元之世，沿守惟謹，無敢踰越。」[6]、王世貞《曲藻・序》云：

2　案：俞爲民在《李漁閑情偶寄曲論研究》一書，論及明代中葉曲學家們圍繞著戲曲創作和批評的一些問題，展開了「元曲大家」、「《西廂》、《琵琶》、《拜月》優劣」、「湯、沈」等論爭。參《李漁閑情偶寄曲論研究》（大陸：江蘇教育出版社，1994 年 12 月）。

3　元・周德清：《中原音韻》，《中國古典戲曲論著集成》一（北京：中國戲劇出版社，1982 年 11 月），頁 175。

4　元・賈仲明：〈凌波仙〉詞弔「馬致遠」，見《錄鬼簿》卷上，參楊家駱主編《錄鬼簿新校注》（台灣：世界書局，1982 年 4 月）。

5　明・何良俊：《曲論》，參《中國古典戲曲論著集成》四（同註3），頁 6。

6　明・王驥德：〈雜論〉第三十九，《曲律》，參《中國古典戲曲論著集成》四（同

　　諸君如貫酸齋、馬東籬、王實甫、關漢卿、張可久、喬夢符、
　　宮大用、白仁甫輩，咸富有才情，兼喜聲律，以故遂擅一代之長。[7]

亦是有關「元曲大家」之論。綜覽前述各家之說，所謂「大家」論述，
不外乎關漢卿、馬致遠、白樸、鄭光祖、喬吉、庾吉甫、王實甫、張小
山等人。元曲以戲曲為首要，若論名家亦當以戲曲為主，故未作雜劇的
張小山不在此列。雖然，歷來對「元曲大家」說法不一[8]，設若以「元曲
大家」為論，關漢卿與馬致遠二人的地位是受肯定的，後來「元曲大家」
的論述，除關、馬二家外，卻大致不離王實甫、白樸、鄭光祖、喬吉等
人[9]，而庾吉甫因未見作品流傳於世，故摒而不論。

　　以元雜劇分期言：前期為元劇發展的鼎盛時期，後期則為衰微時期。[10]
若以關漢卿、王實甫、馬致遠、白樸、鄭光祖、喬吉等六家為論，鄭光
祖與喬吉為後期劇作家，其作品風格雖近似王實甫，在戲曲史上的影響
又不如《西廂記》，所以，當將二人摒於「元曲四大家」論列；再者，
前期的白樸，其雜劇風格亦與王實甫近似，同樣以作品少、戲曲史上的
影響未能與王實甫抗禮，而卻之不論。

　　依關漢卿、王實甫、馬致遠三家雜劇特色，實不難看出其在雜劇創
作表現上呈現「三家鼎立」之勢，如清代李玉的《南音三籟‧序言》：

上註），頁149~151。

[7]　明‧王世貞：《曲藻》，參《中國古典戲曲論著集成》四（同上註），頁25。

[8]　案：「元曲大家」之說，歷來有四大家、六大家、九大家等說。後面文章有論，
故此處不贅述。

[9]　關於「元曲大家討論」：譚正璧著《元曲六大家略傳》（台北：莊嚴出版社，1982
年1月）；王忠林、應裕康著《元曲六大家》（台北：東大圖書股份有限公司，1977
年2月）等即針對關、王、白、馬、鄭、喬等元曲家的生平、曲作進行研討。本
書第五章即專章討論。

[10]　張燕瑾：《中國戲劇史》（台北：文津出版社，1993年7月），頁52。

> 迨至金元，詞變為曲，實甫、漢卿、東籬諸君子以灝翰天下，
> 寄情律呂，即事為曲，即曲命名，開五音六律之秘藏，考九宮
> 十三調之正始。或為全本，或為雜劇，各立赤幟，旗鼓相當，
> 盡是騷壇飛將。[11]

即將關漢卿、王實甫、馬致遠並論，且肯定其「各立赤幟，旗鼓相當，盡是騷壇飛將」之「三家鼎立」態勢；再者，吳梅所說：

> 大抵元劇之盛，首推大都。自實甫繼解元之後，創為研鍊艷冶
> 之詞，而關漢卿以雄肆易其赤幟。所作救風塵、玉鏡臺、謝天
> 香諸劇，類皆雄奇排戛，無搔頭弄姿之態。東籬則以輕俊開宗。
> 漢宮孤雁，臧晉叔以為元劇之冠。論其風格，卓爾大家。自是
> 三家鼎盛，矜式群英。[12]

吳梅為清末民初戲曲總結，將前代各說加以歸納，而有「三家鼎盛，矜式群英」之說。再者，由葉長海對李玉論關、王、馬「各立赤幟，旗鼓相當，盡是騷壇飛將」的說解：

> 對元代雜劇作家風格的認識，這裡既不沿襲所謂「關馬鄭白」
> 四大家的成說，也不借用「婉約」「豪放」兩種詞派的習見，而
> 是提出了獨特的王關馬三派說，其啟發性是顯然的。因為王的
> 優美、關的激越、馬的超逸，其特色分明，不難辨別，經李玉

---

[11] 清‧李玉：《南音三籟‧序言》，王秋桂主編善本戲曲叢刊：《南音三籟》（二）（台北：台灣學生書局，1987 年 11 月），頁 899~901。
[12] 吳梅：《中國戲曲概論》（台北：廣文書局，1971 年 4 月），頁 39~40。

一點，我們就自然很快地找到了三家的不同風貌。所以，李玉
的元曲風格說是孟稱舜之後的又一創見。[13]

可知葉氏亦認同關、王、馬「三家鼎立」之說。而張燕瑾也說：

> 元代的雜劇創作取得了輝煌成就，留下了豐富的遺產。在這眾
> 多的作家作品當中，成就最高、無論在當時還是對後世影響最
> 大的，無過關漢卿、王實甫和馬致遠三家。[14]

準此可知，自清代迄民國，肯定關、王、馬雜劇「三家鼎立，矜式群英」
者，已不在少數。基於眾人對關、王、馬「三家鼎立，矜式群英」的論
述與肯定，筆者遂以關、王、馬為研究對象，論述「三家雜劇特色」在
戲曲史上的意義。

此外，有關「三家雜劇」的研究文獻部分：近人何貴初編《元曲四
大家論著索引》[15]，雖以關漢卿、馬致遠、白樸、鄭光祖四家為論，其
中關漢卿研究專著有二十六本、作品校注十四本、碩博論十九本、期刊
論文七百二十五篇；馬致遠研究專著四本、作品校注四本、碩博論八本、
期刊論文兩百六十篇；白樸研究專著四本、作品校注二本、碩博論六本、
期刊論文一百三十二篇；鄭光祖無研究專著、作品校注二本、碩博論一
本、期刊論文四十四篇；王實甫雖未列為論述對象[16]，然由林宗毅的〈《西
廂記》研究論著索引彙整〉中[17]，可知王實甫研究專著有四十本（案：

---

[13] 葉長海：《中國戲劇學史》（台北：駱駝出版社，1987 年 8 月），頁 471~472。
[14] 張燕瑾：〈元劇三家風格論〉，《中國戲曲史論集》（北京：新華書店，1995 年 3 月），頁 36。
[15] 何貴初：《元曲四大家論著索引》（香港：玉京書會，1996 年）。
[16] 案：王實甫因散曲少，未被《元曲四大家論著索引》論列，然其《西廂記》之重要，由林宗毅之論著即可為證。
[17] 林宗毅：《《西廂記》二論》（台北：文史哲出版社，1998 年 12 月）。

含括碩博論在內）、校注十五本、期刊八百八十篇。由此可知，關、王、馬三家向來為研究者所高度關注。

　　關、王、馬三家特色之形成，實關涉到劇作家創作心態與時代反映二個重要面向。以創作心態論：前人常將戲曲視為詩歌的支流，如明・沈寵綏[18]、王世貞[19]等人，即認為戲曲是詩的一種，將曲歸為詩歌體式，是對戲曲抒情傳統本質的肯定與認同。劇作家對劇與詩的態度不同，故而有關漢卿的「以劇作劇」、王實甫的「以詩作劇」、馬致遠的「以劇作詩」等創作手法。[20]若從劇詩[21]的角度言，前人以文采、本色，名家、行家，關派、王派等論關漢卿、王實甫、馬致遠，其議題皆與三家「以劇作劇」、「以詩作劇」、「以劇作詩」創作趨向有關。

　　再者，由時代背景論，雜劇對元代社會的反映也呈現不同的創作基調。誠然，面對異族統治、文人社會地位卑下、蒙漢政治待遇不公的元代，文人的性格與人生態度，不僅影響其劇本創作特色，更得以窺知劇作家生命情調之差異。同屬元代前期雜劇家的關漢卿、王實甫、馬致遠，面對元代的政治社會環境，因性格與人生態度之差異，三者的創作趨向自然不同。誠如余秋雨所說：

---

[18]　明・沈寵綏：《度曲須知》，參《中國古典戲曲論著集成》五（同註3），頁197。

[19]　明・王世貞：《曲藻》，參《中國古典戲曲論著集成》四（同上註），頁27。

[20]　案：歷來曲論家如沈寵綏、王世貞等將戲曲視為詩的支脈。到了張庚，更以「劇詩」論中國戲曲。因劇作家創作態度與題材內容，在「劇與詩融合」上各有所偏。歷來學者亦多有討論。基本上多以關漢卿「以劇作劇」、王實甫「以詩作劇」、馬致遠「以劇作詩」之分為論，如李依容的學位論文即是建構於此觀念上。參李依容撰《論馬致遠「以劇寫詩」的創作傾向》（國立彰化師範大學國文研究所碩士論文，2003年6月）。

[21]　張庚在〈中國劇詩的形成和民族個性〉說：「戲曲是詩的一種，古人都把它看作詩的流變和分支。……戲曲是詩，但又不是一般的詩，而是具有戲劇性的詩，是詩與劇的結合，曲與戲的統一，故名『戲曲』，也叫『劇詩』。」於此，提出「劇詩說」，參《中國劇詩美學風格》（台北：丹青圖書有限公司，1987年6月），頁5。

元雜劇的黃金時代，是指前期雜劇。統觀這一時期的元雜劇，
在精神上有兩大主調：……第一主調，著重於揭示使民族、人
民和個人陷入困頓的客觀現實；第二主調，著重於重新確認和
加固新的精神力量。……第一主調大多表現惡勢力對善的侵
凌，以悲劇和正劇為多；第二主調大多表現善對於惡勢力的戰
勝，以喜劇為多。[22]

據余氏所論，關漢卿屬第一主調「揭示使民族、人民和個人陷入困頓的
客觀現實」是揭露乃至於批判的；王實甫「重新確認和加固新的精神力
量」的第二主調，則具謳歌希望、期待。但除批判與謳歌之外，部分元
劇作家亦選擇了精神隱遁的消極態度，所以余秋雨又說：

以馬致遠為代表的一些雜劇作家，也痛恨周圍的現實，悲嘆自
己的不遇，但是，他們卻沒有勇氣和信心對罪惡之徒進行懲處，
哪怕只用藝術的方法；他們也不想挽來歷史的鼓動力來振奮人
心，哪怕只是展現一些人們稔熟的故事。於是，他們把自己從
現實世界隱遁而去，在「神仙道化」和「隱居樂道」的題材中
尋找精神寄託。[23]

不錯，相較於關、王的「破」與「立」，馬致遠選擇了隱逸避世，其人
生態度如此，在雜劇創作上自然亦如此。因此，「戲曲本質」與「時代
背景」等，成為論述關、王、馬「三家特色」的重要面向。

---

[22]　余秋雨：《中國戲劇文化史述》（台北：駱駝出版社，1987 年 8 月），頁 171。
[23]　余秋雨：《中國戲劇文化史述》（同註 22），頁 186。

貳、研究範圍、方法與寫作方式

　　由中國戲曲發展論，戲曲剛形成的元雜劇，實已具「三家創作」趨勢，且無論是由李玉、吳梅「三家鼎立」之論，或是近人「三家研究論著」之彙整，皆可看出關、王、馬「三家鼎盛，矜式群英」之勢，在戲曲史上具主導創作趨向之重要意義。自元初關漢卿、王實甫、馬致遠後，元雜劇作家創作大致不出「三家」範圍；而明、清劇作家則因時代、戲劇體制不同，雖有部分作家的創作風格是處於模糊地帶與兼具二種風格以上者，卻仍可以「三家」為主要創作類型歸類。所以，若由元、明、清劇作比較，更可窺知「三家」在戲劇發展上之消長，戲劇史更是可以關漢卿、王實甫、馬致遠三家貫串。再由戲劇理論看，亦如此。以俞為民所提的「明代劇壇三次論爭」言：除了關、王、馬三家優劣之爭外，實已具「三家」之論述。如「《西廂》、《拜月》、《琵琶》高下之爭」，以三家中的王實甫為主要論述；又如「湯沈之爭」，沈璟的重格律，湯顯祖的重辭采等，仍回歸到三家特色之論；再者，「元曲四大家之論」，不僅關、王、馬三家未被忽略，更以「三家」為論述點。據此可知，劇壇論爭不僅集中在三者優劣表現，更彰顯了劇作家對戲曲之認知，尤其「元曲四大家」之爭中，仍以關、王、馬為主，所以，「三家」主導戲曲理論討論的情形，是再明顯不過了。由「戲曲理論」與「戲曲美學」論「三家」，可知三家於曲學、敘事、劇學上各有所重外，藉由「戲曲美學」論析，使「三家」特色益形鮮明。

　　針此，本書擬由戲曲形式與時代背景等面向論之。除確立三家特色外，再依三家劇作歸納之特色，論析元、明、清劇作家創作趨勢與戲曲理論史上對三家之研討，進而肯定三家在戲曲史上之意義。故本書章節

安排如下：本書共七章。除首章爲緒論外，第二章：〈元代戲曲發展與關、王、馬三家特色之形成〉由戲曲本質、時代背景衍生的劇作家人生態度與創作主調，先確立「三家特色」的形成與特點；第三章：〈關、王、馬雜劇特色比較〉據戲曲本質、時代背景與「三家特色」關係，由故事題材、情節、人物、語言等面向進行較論，使「三家鼎立」之勢益加彰顯；第四章〈關、王、馬三家雜劇特色與中國戲曲類型之關係〉、第五章〈關、王、馬三家在中國戲曲理論中的討論〉則分別由中國「戲曲類型」、「戲曲理論」角度切入。首先，論析「三家特色」與「中國戲曲類型之關係」，此單元由元、明、清劇作家與劇作爲論，藉劇作家風格類型歸納，以窺「三家」之盛衰消長。其次，將「三家」在「中國戲曲理論史的討論」加以論述，藉此研討可知：不僅戲曲發展中，劇作家類型爲「三家鼎立」，戲曲理論研討中，劇作家藉「三家特色」的討論，釐清了中國戲曲的本質，進而觸及人物、語言、舞臺等議題；第六章〈由戲曲理論系統與美學觀念論關、王、馬三家雜劇特色的意義〉除肯定詩歌史、時代對戲曲發展影響外，由言志抒情與敘事傳統，論「三家」與戲曲的「曲學體系」、「敘事體系」、「劇學體系」發展之關連；將「三家」在戲曲美學上之意義作論述；末章，則就全文做綜合結論。

　　據前述可知：關、王、馬三家雜劇特色之形成，不僅關涉到戲曲形製與時代背景、劇作家創作態度，在「三家鼎盛，矜式群英」下，無論於劇本創作、劇論研討上皆具指標意義；其次，在戲曲發展上，「三家類型」的興衰起落，亦突顯時代特殊性與群眾美學觀；此外，「三家特色」對元、明、清劇作家分類之影響、抒情傳統之關涉與戲曲美學意義等，皆足以看出關、王、馬在戲曲發展上具重要意義。準此，本書擬由元劇初期劇作家關、王、馬三家論其戲曲史上之意義，藉由研討論述，期使「三家」影響益加彰顯。

　　本書撰述，以元雜劇爲主要研究範圍，劇本的引用以明・臧晉叔編《元曲選》爲主，《孤本元明雜劇》、《全元雜劇》初編、二編、三編、外編爲輔[24]；明、清時期的劇本，則以《全明雜劇》、《盛明雜劇》、《六十種曲》、《清人雜劇》等爲參考。

---

[24]　案：明代臧晉叔編選的《元曲選》向來被視為元雜劇劇本收錄最富且影響最大者，現存元雜劇絕大部分皆因《元曲選》而得以廣泛流傳，故擇此版本為主要參考。再者，若有《元曲選》未收錄者，則以《孤本元明雜劇》、《全元雜劇》初編、二編、三編、外編為輔。

第二章　元代戲曲發展與關、王、馬三家特色之形成

　　論中國戲曲，象徵虛擬的手法、疏離性的表演特質以及抒情戲曲本質等皆爲人人熟知的特色。此種特色的生成，當然與文化背景、詩歌、說唱藝術、戲曲的目的有關，其中說唱文學與詩歌特質，更是與舞臺特色、戲曲形成有著必然關係。而若以「戲劇成熟表徵」爲元雜劇在戲曲史上重要與特殊性的說解，那麼，依元雜劇的特質呈現，可更明確地看出：元雜劇的故事題材、體制、劇作家創作手法等對後來劇本、劇作家，可說有著舉足輕重的影響。

　　元雜劇的生成，並非成於劇作家的「閉門造車」，相對地，劇本的編寫是需要經驗的累積，所以，經驗法則是雜劇創作的必然條件。因此，無論是劇本的體制、本質、故事題材等，皆與戲曲本質、時代背景等因素有關外，劇作類型、風格等，也與劇作家如何將文學與時代結合呈現緊密相繫。吳梅所云：「自是三家鼎盛，矜式群英」[1]以及張燕瑾「關王馬三家鼎立，異蕊而同芳，殊姿而并麗」[2]的說法，即是對元雜劇此一代文學表徵中關、王、馬三家特色與創作趨向的肯定。

---

[1]　吳梅：《中國戲曲概論》（台北：廣文書局，1971 年 4 月），頁 39~40。
[2]　張燕瑾：《元劇三家風格論》，參《中國戲曲史論集》（北京：燕山出版社，1995年 3 月），頁 36。

　　若據關、王、馬雜劇特色，論戲曲發展上「三家鼎立」之勢，應是無庸置疑的。然而，倘以葉慶炳的「劇人、詩人之別」論關、王、馬三家，則稍嫌不足，故本論文則以「以劇作劇」、「以詩作劇」、「以劇作詩」[3]論關、王、馬三家，使對三家雜劇的創作特色有新見外，更期得以窺知其戲曲史上之意義。準此，本單元〈元代戲曲與關、王、馬三家特色之形成〉則由「戲曲本質」、「時代背景」論三家雜劇創作手法與主調，後由「雜劇分類」、「劇作家分期」使「三家特色」益加確立。

第一節　由「戲曲本質」論「三家」

　　由戲劇源起與發展論，王國維的「後世戲劇，當自巫、優二者出；而此二者，固未可以後世戲劇視之也。」[4]說，不僅道出戲劇起於巫、優且不可與後世戲劇等同視之外，更於《宋元戲曲考》中將「戲劇」與「戲曲」作如下的說明，其云：

> 我國戲劇，漢魏以來，與百戲合，至唐而分歌舞戲及滑稽戲二種，宋時滑稽戲尤勝。又漸藉歌舞以緣飾故事，於是向之歌舞戲，不以歌舞為主，而以故事為主。至元雜劇出而體制遂定，

3　案：關於「以劇作劇」、「以詩作劇」、「以劇作詩」問題，筆者已於前章〈緒論〉註解說明。

4　王國維：〈上古至五代之戲劇〉，參《王國維戲曲論文集》（台北：里仁書局，1993年9月），頁7。

> 南戲出而變化更多，於是我國始有純粹之戲曲；然其與百戲及
> 滑稽戲之關係，亦非全絕。[5]

王氏將漢、魏、唐、宋的百戲、歌舞戲、滑稽戲等稱「戲劇」，而元雜
劇、南戲則以「戲曲」稱之。王國維的「純粹戲曲」之形成，在形式上
涉及「由敘事體而變爲代言體」、「科白敘事、曲文代言」與樂曲宮調之
運用自由等問題。[6]

　　關於「戲劇」與「戲曲」概念：「戲劇」是通稱，其涵蓋元雜劇在
內；而「戲曲」亦是戲劇。一般常以「中國戲劇即是戲曲」將二者等同
而論，然而，此般論述並未能突顯中國戲曲之特點。王國維在〈元劇之
結構〉文中說：

> 雜劇之爲物，合動作、言語、歌唱三者而成。故元劇對此三者，
> 各有其相當之物。其紀動作者，曰科；紀言語者，曰賓、曰白；
> 紀所歌唱者，曰曲。[7]

道出我國戲劇「合曲、科、白以演故事」的特質。在曲、科、白三者中，
中國戲劇又以「曲」爲重點，如《元刊雜劇三十種》有曲無白者居多；
元雜劇四折皆由四個散套構成，每一散套實爲一組小詩等皆是以曲爲
主、曲與詩等同之證。中國詩歌以「言志抒情」爲傳統，元雜劇中亦見
敘事與抒情互爲糾葛，此即是中國戲劇之特色。

5　王國維：《宋元戲曲考・餘論》（同上註），頁159。
6　王國維〈元雜劇之淵源〉：「宋人大曲，就其現存者觀之，皆爲敘事體。金之諸宮
　　調，雖有代言之處，而其大體只可謂之敘事。獨元雜劇於科白中敘事，而曲文全
　　爲代言。雖宋金時或當已有代言體之戲曲，而就現存者言之，則斷自元劇始，不
　　可謂非戲曲上之一大進步也。此二者之進步，一屬形式，一屬材質，二者兼備，
　　而後我中國之真戲曲出焉。」（同上註），頁81~82。
7　王國維：〈元劇之結構〉（同上註），頁118。

　　本文主要以「戲劇與文學結合」的角度論中國戲劇（戲曲），因戲曲既涉及文學表現，必因文人生命情調與創作手法之不同，而呈現各自殊有的特點。故此處擬由「戲曲本質的探討」、「三家散曲與雜劇」、「雜劇創作手法」論之。

一、戲曲本質的探討

　　前述已對「戲曲」與「戲劇」概念做了論述，中國戲曲經由「戲劇與文學結合」而呈現其抒情特質，雜劇即是「戲劇與文學結合」之產物。元曲，實涵蓋散曲、雜劇二種本質上有所差異的文體，散曲是承繼詩歌形式而來，有小令、散套之分；雜劇則是「合曲、科、白以演故事」的敘事文學。

　　既然戲曲是詩的一種，前人亦常將其視為詩的流派與分支，如明・沈寵綏《度曲須知》：「顧曲肇自三百篇耳。〈風〉、〈雅〉變為五言、七言，詩體化為南詞、北劇。」[8]、王世貞《曲藻》：「三百篇亡而後有騷、賦，騷、賦難入樂而後有古樂府，古樂府不入俗而後以唐絕句為樂府，絕句少宛轉而後有詞，詞不快北耳而後有北曲，北曲不諧南耳而後有南曲。」[9]等皆將曲視為詩歌發展支脈，王世貞的「北曲不諧南耳而後有南曲」之說，雖未必合乎戲曲發展情況與邏輯，將曲歸為詩歌體式，卻是對戲曲抒情傳統本質的肯定與認同。若以「戲劇與文學」角度論中國戲曲形成過程，則「由詩發展至詞（案：此時有『鼓子詞』，如歐陽脩詠西湖有短序之〈采桑子〉十一首；趙令時散文與詞間雜使用的〈商調蝶

---

[8]　明・沈寵綏：《度曲須知》，參《中國古典戲曲論著集成》五（北京：中國戲劇出版社，1959 年 7 月），頁 197。
[9]　明・王世貞：《曲藻》，參《中國古典戲曲論著集成》四（同上註），頁 27。

戀花〉十二首詠『會貞記』）而諸宮調到曲」這個過程來看，雜劇與詩的關係是緊密的。

　　雖然，敘事是戲劇的先決條件，但六朝志怪、唐傳奇皆爲戲劇的敘事提供了相當基礎，據前述可知：中國敘事文學形成過程中，文人對詩歌難以割愛，即便是以敘事爲主的雜劇，亦藉助於傳統詩歌表現，故而產生詩歌與敘事兼具之文學。再者，羅錦堂的「散曲是元代的新詩，雜劇是元代的歌劇」之說[10]，更點出「曲即爲詩」與中國戲劇的抒情特質。元雜劇是由曲詞、賓白與表演三部分組成，其中曲詞即詩歌體式、抒情的表現，而賓白與科介的表演，則隸屬敘事的範圍。

　　中國戲曲與詩的關係是緊密的，甚而有「戲曲即詩」、「詩劇」與「劇詩」之稱，除了前述曲論專著將曲視爲「詩歌支流」外，《校訂元刊雜劇三十種》中僅存曲文、近人將元明清以來的曲論以《歷代詩史長編二輯》名之等，皆足爲「戲曲即詩」之論證。元劇的形成，既與詩歌有關，敘事自不能擺脫其抒情的特質。與西方戲劇相較下：中國戲曲的「劇」就敷演故事言，是具故事性、情節性、目的的；但既以「詩」爲手段，又以「音樂」來強化詩的作用，自然衍生「聲與詩」、「抒情與敘事」的創作差異，此種差異則關涉到戲曲生成與抒情特質的問題。蘇國榮既指出：

> 中國劇詩的詩人主體，經常在客體中站出來頑強地表現自己，對事物進行評價。……在客觀中時露主觀，帶有濃郁的「主觀詩人」的色彩。[11]

---

[10]　羅錦堂：《中國散曲史》（台北：中國文化大學出版，1983年8月），頁3。
[11]　蘇國榮：《中國劇詩美學風格》（台北：丹青圖書有限公司，1987年6月），頁21。

此中的「詩人頑強主體性」即是指涉劇作家在「曲」中有意無意流露的抒情特質。當然，其中滲透程度也決定了劇作家不同的創作特色。

二、三家散曲與雜劇

在戲曲形成過程中，無論是體式上或內容上，可說皆是詩的本質表現。誠如蘇國榮說：「我國的劇詩，是『合歌舞以表演一故事』的戲劇體詩。它的形成，經歷了『聲』與詩的結合、抒情與敘事結合的兩個歷史發展階段。」[12]此不僅道出戲曲本質與音樂、歌詩的關係以及戲曲中抒情、敘事的相互結合。然而，初為戲曲之始的元雜劇與散曲既同為元代文學表徵，散曲又是雜劇構成的基本要件，則欲論述劇作家雜劇特色，自有必要將散曲納入評比範圍。

有關元散曲的討論，大抵不脫時代、風格的區別。就時代言，有：（一）分前、後期者（前期作家以關漢卿、白樸、馬致遠為代表；後期作家則以張養浩、貫雲石、喬吉、張可久為代表）[13]；（二）以發展過程

---

[12]　蘇國榮：《中國劇詩美學風格》（同註 11），頁 5。

[13]　「前、後期」分法：葉慶炳認為：「元代散曲，由其寫作技巧與藝術精神觀察，大致可分前後兩期。由蒙古滅金至元世祖至元末（1234～1294），約六十年間為前期。此時作品，充滿民間文學活潑自然之特色與北方文學質樸率直之精神。作者亦十九為北方人。世祖至元末以後為後期。其時南宋滅亡已十餘年，北曲隨元人政治勢力傳播江南，南方文人亦開始創作。……雖前期散曲亦有雅麗之作，然率皆出語自然，不似後期作品之時露雕琢之痕。後期曲壇，轉由南方作家領導；北方作家之風格無不受其影響。」參《中國文學史》下冊（台北：台灣學生書局，1987 年 8 月），頁 203；大陸學者認為：「和雜劇、詩文一樣，元散曲的創作也可分為前後兩期，大致以元仁宗延祐年間為界。前期作家活動的中心在大都。……元仁宗皇慶、延祐年間前後，散曲作家活動的中心逐漸南移至杭州。……」參鄧紹基主編《元代文學史》（北京：人民文學出版社，1991 年 12 月），頁 313~314。王忠林等亦認為：由作家活動的時代與作品的藝術精神發展來看，元代散曲可分為兩個時期。參《中國文學史初稿》（台北：福記文化圖書有限公司，1985 年 5

而分初、中、末期者（初期作家有關漢卿、白樸、馬致遠；中期作家有盧摯、姚燧、張養浩、貫雲石等；末期作家有張可久、喬吉等人）。[14]依循雜劇、詩文或文體發展而產生的時代分期，因時代背景與文學發展的考量，自然有其侷限性。就風格論：清・劉熙載將朱權的曲評歸納爲：清深、豪曠、婉麗三品。[15]此不只是對《太和正音譜》諸評的概括，更可視爲朱權對元散曲流派與風格的分類。現今常見風格分派者則有：（一）豪放、端謹、清麗風格之分；（二）豪放、清麗之分。[16]其實，稍作推究，此風格分法，仍是以「清深、豪曠、婉麗」爲分類基調，所以任二北如是道：

> 涵虛子所定樂府十五體，……僅丹丘體之『豪放不羈』，江東體之『端謹嚴密』，東吳體之『清麗華巧』，可以鼎峙而立，成爲三派；若盛元之『字句皆無忌憚』，淮南之『氣勁趣高』，其義皆可於丹丘體之『豪放不羈』四字中見之；西江之『文采煥然，風流儒雅』，可以附見於東吳體之『清麗華巧』內；若宗匠之『詞

月），頁 763。

[14] 「初、中、末期」分法：孟瑤說：「任何文體的轉變方向，都是從重內容，慢慢發展到重形式；由自然的美，慢慢發展到藝術美。元曲的發展過程也正如此。早期的作家如關漢卿、白樸、馬致遠，都是金元之交的人，……中期，發展到盧摯、姚燧、張養浩、貫雲石諸人，就不免沾染些騷雅氣息，風格轉入纖弱了；到了元末，像張可久、喬吉，無不在技巧上刻意求工，變成專業化而且雕鏤化了。」參《中國文學史》（台北：大中國圖書公司，1974 年 8 月），頁 496。

[15] 劉熙載〈詞曲概〉云：「《太和正音譜》諸評，約之只清深、豪曠、婉麗三品。清深如吳仁卿之『山間明月』也，豪曠如貫酸齋之『天馬脫羈』也，婉麗如湯舜民之『錦屏春風』也。」參《藝概》（台北：華正書局，1988 年 9 月），頁 125。

[16] 案：有關散曲風格分派的問題，主「豪放、端謹、清麗」者，如任訥（參正文引）。主「豪放、清麗」者，如羅錦堂的《中國散曲史》將元代前、後期散曲家分豪放與清麗二派（同註 10）；趙義山《元散曲通論》：「元散曲中清麗、豪放兩種流派風格在同一時期並行曲壇」（大陸：上海古籍出版社，2004 年 3 月），頁 332。

　　林老作』，不過指作者筆下老練而言，是於各派之中皆有之，若
　　其本身，終不能自成為文章之一派也。僅列豪放、端謹、清麗
　　三派，事實已可以廣包一切。……元人散曲之中，豪放最多，
　　清麗次之，端謹較少。[17]

任氏將「清深、豪曠、婉麗」的曲評標準，重新商榷評估，而以「豪放、
端謹、清麗」代之，又因「端謹」一派藝術特色不甚分明[18]，而將其歸
於「清麗」類[19]，故「豪放、清麗」風格，成為元散曲派別分類依據。
呂薇芬在〈元代散曲〉說：

　　就作家而言，以豪放、清麗來區分流派也有概括不全的缺陷。
　　首先，像杜仁傑、王和卿等專以詼諧滑稽為創作特色的作家，
　　非豪放、清麗兩派所能包容；其次，對於一些創作風格比較複
　　雜的作家也很難確切分類，例如關漢卿，貫雲石的《陽春白雪‧
　　序》說他的作品「如少美臨杯」應屬清麗派，他寫豔情的曲子
　　也的確尖新婉麗，可是他的最為著名的《不伏老》套曲卻豪放

17　任二北：《散曲之研究》，參《元曲研究》乙編（台北：里仁書局），頁73~75。
18　任二北說：「蓋曲之工，全恃機趣，端謹者其趣已鮮，所謂『嚴密』，若於機趣中
　　見之自佳，若已鮮機趣之端謹，復嚴密其組織，豈不蹈冷靜、沉滯之弊乎？故實
　　際上，一首散曲，既端謹，而復嚴密，而仍不失其為好曲子，妙曲子者，其殊例
　　不多見也。……因此三派之中，豪放與清麗尤為要緊，尤較易辨，惟端謹者，有
　　時不甚顯著，其詞遂亦在可有可無之間矣。吾人尋常看散曲，若覺其既非豪放，
　　又非清麗者，即可歸之於端謹。」（同上註），頁75。
19　案：任二北說：「元人散曲之中，豪放最多，清麗次之，端謹較少。明人散曲，
　　大抵與之相反：多者少之，而少者多之，若清麗則仍屬居中。然在明人之心目中，
　　端謹者不以為端謹，而正以為清麗。」（同上註）

灝爛，氣勢非凡；……由此可見，以豪放、清麗來概括元散曲
的風格流派也只能是一種大致的區分。[20]

以「豪放、清麗」作爲曲家流派區分雖未必妥切，卻可見元散曲創作風
格之梗概。設若以此劃分散曲作家：豪放派有馬致遠、馮子振、張養浩、
貫雲石、楊朝英、鍾嗣成等，其中以馬致遠爲首；清麗派有張可久、白
樸、盧摯、喬吉、徐再思等，其中以張可久爲代表。

　　經由前述元散曲分派，可發現關漢卿屬前期「清麗派」，馬致遠則
歸爲「豪放派」，而王實甫則因散曲創作量少，往往爲研究者所略過不
論，但王氏作品雖少，卻可據之略窺端倪。此處，基於「詩劇」與「劇
詩」的觀念，筆者擬由三家散曲的特色呈現論其雜劇創作。

（一）關漢卿散曲與雜劇

　　關漢卿爲前期「清麗」派作家。然而，其散曲卻是「非豪放、清麗
兩派所能包容」[21]，據此可知：關漢卿雖屬「清麗派」散曲作家，亦具
豪放、隱逸等特點，只不過「清麗」是關氏主要創作趨向。關漢卿散曲
創作數量有「小令四十一首、套數十一套」[22]、「小令五十七首、套數十
三套」[23]、「小令五十七首、套曲十四套」[24]、「小令五十七首、套曲十四
套、殘套兩套」[25]等不同說法。各家論述，會有如此大的差距，除了選

20　呂薇芬：〈元代散曲〉，參鄧紹基主編《元代文學史》（同註13），頁312~313。

21　呂薇芬：〈元代散曲〉，參鄧紹基主編《元代文學史》（同註13），頁312~313。

22　任訥：《元四家散曲》，收錄小令四十一首、套曲十一套。

23　隋樹森：《全元散曲》即收錄關漢卿小令五十七首、套數十三套。參《全元散曲》
　　一（台北：漢京文化事業有限公司，1983年12月），頁155~191。

24　李漢秋、周培維：《關漢卿散曲集》（大陸：上海古籍出版社，1990年）。

25　汪師志勇：〈關漢卿散曲研究〉，《元人散曲新探》（台北：學海出版社，1996年
　　11月），頁142。

本叢書參校的影響外，主要原因在於作者有爭議性的【中呂・普天樂】〈崔張十六事〉的十六首小令，是否收錄爲關漢卿散曲作品有關。隋樹森在【中呂・普天樂】〈崔張十六事〉後註云：「右普天樂崔張十六事，往往隱括《西廂記》雜劇語，題關漢卿作，殊可疑，茲姑輯之。」[26]筆者認爲：《西廂記》撰述與關漢卿無關，後人因關漢卿與「王和卿」友善[27]，將「王和卿」與王實甫混同一人，方有「關作《西廂》」之說，此處【中呂・普天樂】〈崔張十六事〉爲關作小令之說，當是受「關作《西廂》說」影響而來的。隋樹森對於關漢卿是否作【中呂・普天樂】〈崔張十六事〉等十六首小令，亦持保留態度，故本單元論述關漢卿散曲時，將此十六首小令摒而不論。僅就小令四十一首、套曲十四套、殘套兩套論之。

　　歷來研究者，大多以關漢卿雜劇創作爲主要關注處，殊不知其散曲創作亦有可觀。如明・何良俊的《四友齋叢說》即將關漢卿列元人樂府四大家之中[28]，今人鄭振鐸也說：

26　《全元散曲》一（同註23），頁158~162。

27　元・陶宗儀《輟耕錄》云：「大名王和卿滑稽挑達傳播四方。中統初，燕市有一蝴蝶，其大異常，王賦【醉中天】小令……。時有關漢卿者，亦高才風流人也，王常以譏謔加之，關雖極意還答，終不能勝。王忽坐逝，而鼻垂雙涕尺餘，人皆嘆駭。關來弔唁，詢其由，或對曰：此釋家所謂坐化也。復問鼻懸何物，又對云：此玉箸也。關云：我道你不識，不是玉箸，是嗉。」參《百部叢書集成・津逮秘書》：元・陶宗儀《輟耕錄》（七）（台北：藝文印書館，1967 年），案：胡應麟引用陶宗儀《輟耕錄》所論「王和卿坐逝」一事，將滑稽挑達和關漢卿交情不錯的王和卿與作《西廂記》的王實甫等同。因此才會有「關作《西廂》」之說流傳。胡應麟撰《少室山房筆叢》卷四十一，辛部〈莊嶽委談〉下，參任中敏編《新曲苑》一（台北：台灣中華書局）。

28　明・何良俊《四友齋叢說》卷三十七：「元人樂府，稱馬東籬、鄭德輝、關漢卿、白仁甫爲四大家……。」參《百部叢書集成・紀錄彙編》（台北：藝文印書館，1967 年）。

> 在（元代）第一期的作家裏，關漢卿無疑的占著一個極重要的
> 地位。《錄鬼簿》未言其寫作散曲，但他在散曲上的成就，和他
> 戲曲上的成就是不相上下的。……他的散曲，從《陽春白雪》、
> 《太平樂府》、《詞林摘豔》、《堯山堂外紀》諸書所載的搜輯起
> 來，也可成薄薄的一冊。在這一冊裏，也幾乎沒有一句不是溫
> 寶的珠玉。[29]

豐富的散曲創作、多樣化的內容與特點呈現等等的論述探討，不僅有助
於關氏創作趨向與個人特質之了解，對其雜劇創作之研究也是大有助益。

關漢卿散曲大略可分爲：自我抒寫、情愛閨思、當日女藝人描寫、
寫景之作等類。自我抒寫的代表作，當推【南呂‧一枝花】〈不伏老〉
散套爲最著名：

> ……〔梁州〕我是箇普天下郎君領袖。蓋世界浪子班頭。願朱
> 顏不改常依舊。花中消遣，酒內忘憂。……。伴的是金釵客，
> 歌金縷，捧金樽，滿泛金甌。你道我老也，暫休。占排場風月功
> 名首。更玲瓏又別透。我是箇錦陣花營都帥頭。曾翫府遊州。……
> 〔尾〕：我是箇蒸不爛煮不熟搥不匾炒不爆響璫璫一粒銅豌
> 豆。……我翫的是梁園月，飲的是東京酒，賞的是洛陽花，攀的
> 是章臺柳。我也會圍棋會蹴踘會打圍會插科。會歌舞會吹彈會嚥
> 作會吟詩會雙陸。……天哪，那其間纔不向煙花路兒上走！[30]

這可以說是一篇亂世中潦倒文人滑稽玩世的渾語，也是一篇才情洋溢文
人的風流告白。作家既說自己是「一世裏眠花臥柳」又說自己是「普天

---

[29]　鄭振鐸：《中國俗文學史》（大陸：上海書店，1984 年 6 月），頁 166。
[30]　《全元散曲》一（同註 23），頁 172～173。

下郎君領袖」「浪子班頭」既會「圍棋、蹴踘、打圍、插科、歌舞」又會「吹彈、嚥作、吟詩、雙陸」……則其作品中的處處閨情、時時煙花，也就不難理解了。

　　然而，因時代與自身不遇，使作家看淡了功名，於是又有閑適退隱的寓世情懷，如【南呂・四塊玉】〈閑適〉：

> 適意行，安心坐，渴時飲飢時餐醉時飲，困來時就向莎茵臥。日月長，天地闊，閑快活。
>
> 舊酒投，新醅潑，老瓦盆邊笑呵呵，共山僧野叟閑吟和，他出一對雞，我出一箇鵝，閑快活。
>
> 意馬收，心猿鎖，跳出紅塵惡風波。懷茵午夢誰驚破？離了利名場，鑽入安樂窩，閑快活。
>
> 南畝耕，東山臥，世態人情經歷多；閑將往事思量過，賢的是他，愚的是我，爭什麼！[31]

與「山僧野叟」共飲，遠離「紅塵惡風波」、「利名場」，生活只要「適意行，安心坐。」就足夠了，關漢卿有感於世態人情變化，經過思考後，還是認為：「賢的是他，愚的是我，爭什麼？」這樣的體悟，自然呈現在【中呂・朝天子】〈從嫁媵婢〉[32]、【雙調・大德歌】的：「吹一箇，彈一箇，唱新行大德歌，快活休張羅。想人生能幾何，十分淡薄隨緣過，得磨陀處且磨陀。」[33]、【雙調・橋牌兒】的「事情推物理，人生貴適意，想人間造物搬興廢，吉藏凶凶暗吉。」、「人生別離，白髮故人稀，不停閑歲月疾，光陰似駒過隙。君莫疑，休爭名利，幸有幾杯，且不如花前

31　同上註，頁156~157。

32　《全元散曲》一（同註23），頁157~158。

33　同上註，頁168。

醉。」[34]……等曲文中。在自我描寫的輕鬆筆調中，隱現著作家似有若無的無奈與感慨，只好將一切失意轉向生命的嘲弄與自我放逐，此即是關漢卿的寓世情懷與自我描寫。

至於情愛閨思類，則如【仙呂‧一半兒】〈題情〉四首小令：

> 雲鬟霧鬢勝堆鴉，淺露金蓮簌絳紗，不比等閑牆外花。罵你箇俏冤家，一半兒難當一半兒耍。（其一）
> 碧紗窗外靜無人，跪在床前忙要親。罵了箇負心回轉身。雖是我話兒嗔，一半兒推辭一半兒肯。（其二）
> 銀臺燈滅篆煙殘，獨入羅帷淹淚眼，乍孤眠好教人情興懶。薄設設被兒單，一半兒溫和一半兒寒。（其三）
> 多情多緒小冤家，跥逗得人來憔悴煞，說來的話先瞞過咱。怎知他，一半兒真實一半兒假。[35]（其四）

以深刻細膩的手法，描寫男女情愛、閨思，尤其「罵你箇俏冤家，一半兒難當一半兒耍。」、「一半兒推辭一半兒肯。」、「一半兒溫和一半兒寒。」、「一半兒真實一半兒假」等，將女子欲迎還拒的嬌嗔樣貌，活靈活現地描繪出來。賈仲明〈凌波仙〉挽曲評關漢卿：「玲瓏肺腑天生就。風月情，忕慣熟。」所寫應即是關氏此種情感浪漫不羈的表現。

另外，寫離別情懷的曲子如：【南呂‧四塊玉】〈別情〉：

> 自送別。心難捨。一點相思幾時絕。憑闌袖拂楊花雪。溪又斜。山又遮。人去也。[36]

---

[34]　同上註，頁 188。
[35]　同上註，頁 155~156。
[36]　《全元散曲》一（同註 23），頁 156。

此曲充分運用抑揚跌宕的語言寫出離別相思之情，憑闌望遠的相思，卻遭山、水的無情阻隔，遠行的人終究還是走了。同樣是寫別情的，如【商調‧梧葉兒】〈別情〉[37]，作家未將情感作太多詞句修飾與美化，反而直接點出「春將去，人未還」的「別離易，相見難」的感傷。同樣地，【中呂‧古調石榴花】〈怨別〉[38]、【大石調‧青杏子】〈離情〉[39]、【雙調‧新水令】[40]……等，皆是離情與閨思的男女情愛作品。綜覽關漢卿的情愛閨思類散曲，在情感上將女性情懷描述得如此曲折微妙、真摯深切，在語言上更是「造語妖嬌，如少女臨懷。」[41]而此種對女性細膩心思的刻畫，在其雜劇中亦同樣信手可拈，如《望江亭》第一折曲文：

> 【仙呂點絳唇】我則為錦帳春闌，繡衾香散，深閨晚，粉謝脂殘，到的這、日暮愁無限。
>
> 【混江龍】我為甚一聲長嘆？玉容寂寞淚闌干！則這花枝裏外，竹影中間，氣吁的片片飛花紛似雨，淚灑的珊珊翠竹染成斑。……[42]

細膩地刻畫出譚記兒的心情。又如《玉鏡臺》第一折曲文：

37　【商調‧梧葉兒】〈別情〉：「別離易。相見難。何處鎖雕鞍。春將去。人未還。這其間。殃及殺愁眉淚眼。」（同註23），頁162。

38　【中呂‧古調石榴花】〈怨別〉：「顛狂柳絮撲簾飛，綠暗紅稀，垂楊影裏杜鵑啼。一弄兒斷送了春歸，牡丹亭畔人寂靜，惱芳心似醉如癡，懨懨為他成病也，鬆金釧褪羅衣。」（同上註），頁174。

39　【大石調‧青杏子】〈離情〉：「殘月下西樓，覺微寒輕透衾禂。華胥一枕彎跧覺，藍橋路遠，無峰煙障，銀漢雲收。」（同上註），頁176。

40　【雙調‧新水令】：「楚臺雲雨會巫峽，赴昨宵約來的期話。樓頭樓燕子，庭院已聞鴉，料想他家，收針鵝晚粧罷。」（同上註），頁180。

41　《陽春白雪‧序》，參任中敏輯《散曲叢刊》（一）（台北：台灣中華書局）。

42　《望江亭》第一折，參臧晉叔編《元曲選》第四冊（北京：中華書局，1958年10月），頁1656。

【賺煞尾】恰纔立一朵海堂嬌，捧一盞梨花釀，把我雙送入愁鄉醉鄉。我這裏下得階基無箇頓放，畫堂中別是風光，恰纔則掛垂楊一株，改變了黯黯陰雲蔽上蒼。眼見得人倚綠窗。又則怕燈昏羅帳，天哪，休添上畫檐間疏雨滴愁腸。[43]

以委婉、細密的手法，寫溫嶠答應姑母教倩英彈琴寫字時的憂喜心情。再者，《金線池》的第三折【石榴花】：「恰便似藕絲兒分破鏡花明，我則見一派碧澄澄，東關裏猶自不曾經，到如今整整半載其程……」[44]；《竇娥冤》第一折【寄生草】：「你道他匆匆喜，我替你倒細細愁：愁則愁興闌珊嚥不下交歡酒，愁則愁眼昏騰扭不上同心扣，愁則愁意朦朧睡不穩芙蓉褥。……」等[45]，劇作家此類曲文的婉約細膩，較諸散曲作品，可說不遑多讓。

另外，關漢卿與當時女藝人的交遊頻繁，作品中也留下了不少的紀錄，如【南呂・一枝花】〈贈朱簾秀〉便是相關研究者常論及與引用的一個散套：

輕裁蝦萬鬚，巧織珠千串。金鉤光錯落，繡帶舞蹁躚。似霧非煙。粧點就深閨院。不許那等閒人取次展。搖四壁翡翠濃陰，射萬瓦琉璃色淺。

〔梁州〕富貴似侯家紫帳，風流如謝府紅蓮。鎖春愁不放雙飛燕。綺窗相近，翠戶相連。雕櫳相映，繡幕相牽。拂苔痕滿砌榆錢。……十里揚州風物妍。出落著神仙。

43　《玉鏡臺》第一折，參臧晉叔編《元曲選》第一冊（同上註），頁87。

44　《金線池》第三折，參臧晉叔編《元曲選》第三冊（同註42），頁1259~1260。

45　《竇娥冤》第一折，參臧晉叔編《元曲選》第四冊（同上註），頁1503。

〔尾〕恰便似一池秋水通宵展。一片朝雲盡日懸。你簡守戶的先
生肯相戀。煞是可憐。則要你手掌兒裏奇擎著耐心兒捲。[46]

元‧夏伯和《青樓集》「珠簾秀」記：「姓朱氏，行第四。雜劇爲當今獨
步；駕頭、花旦、軟末泥等，悉造其妙。」[47]，「朱簾秀」與「珠簾秀」
是同一人，爲當時有名的女演員，人稱「珠娘娘」的她，與書會文人、
「浪子班頭」、「梨園領袖」的關漢卿，自然是熟識的。又如【越調‧鬥
鵪鶉】〈女校尉〉：

換步那蹤，趨前退後。側腳傍行，垂肩享單袖。若說過論搭頭。
月兼答板摟。入來的掩，出去的兜。子要論道兒著人，不要無
拽樣順紐。

〔紫花兒〕打的簡桶子月兼特順，暗足窩粧邀不揪。拐回頭。
不要那看的每側面，子弟們凝眸。非是我胡謅。上下泛前後左
右瞅。過從的圓就。三鮑敲失落。五花氣從頭。

〔天淨沙〕平生肥馬輕裘。何須錦帶吳鉤。百歲光陰轉首。休
閑生受。嘆功名似水上浮漚。

〔塞兒令〕得自由。……惟蹴踘最風流。演習得踢打溫柔。施
逞得解數滑熟。引腳蹁龍斬眼，擔槍拐鳳搖頭。一左一右。折
疊鵲勝遊。

〔尾〕錦纏腕葉底桃鴛鴦扣。入腳面帶黃河逆流。白打賽官場，
三場兒盡皆有。[48]

46　《全元散曲》一（同註23），頁170~171。
47　元‧夏庭芝：《青樓集》，參楊家駱主編《歷代詩史長編二輯》二（台北：鼎文書
　　局，1974年2月），頁19。
48　《全元散曲》一（同註23），頁177~178。

由兩套曲文來看，都是對當時著名女藝人技藝、風情的描繪。

　　另外，關漢卿散曲中也有不少寫景之作，如【正宮・白鶴子】小令四首：

> 四時春富貴，萬物酒風流。澄澄水如藍，灼灼花如繡。（其一）
> 花邊停駿馬，柳外纜輕舟。湖內畫船交，湖上驊騮驟。（其二）
> 鳥啼花影裏，人立粉牆頭。春意兩絲牽，秋水雙波溜。（其三）
> 香焚金鴨鼎，閑傍小紅樓。月在柳梢頭，人約黃昏後。[49]（其四）

其一寫春光美景，在繽紛鮮澄中寫花、水與「人」的風流；其二以駿馬、輕舟與紅花、綠柳的互襯，歌頌湖光水色的怡人美景；第三首小令則從無邊的美景牽引出綿綿的情思，在「鳥啼花影裏，人立粉牆頭」的映襯中，流露的是濃郁的相思，所以「春意」、「秋水」是「兩絲牽」、「雙波溜」；最後一首，作家點出了「月在柳梢頭，人約黃昏後」的情感歸處。前二首小令是寫景，後二首寫情，情景交融的技巧，與五言四句的句式，充分顯現了絕句般韻味無窮的藝術技巧。而【南呂・一枝花】〈杭州景〉：

> 〔梁州〕百十里街衢整齊，萬餘家樓閣參差。並無半答兒閑田地，松軒竹徑藥圃花蹊。茶園稻陌，竹塢梅溪。……吳山色千疊翡翠。兀良望前塘江萬頃玻璃。更有清溪。綠水。畫船兒來往閑遊戲。浙江亭緊相對。相對著險嶺高峰長怪石，堪羨堪題。
> 〔尾〕家家掩映渠流水，樓閣崢嶸出翠微。遙望西湖暮山勢，看了這壁，覷了那壁。縱有丹青下不得筆。[50]

49　同上註，頁155。
50　《全元散曲》一（同註23），頁171。

既有杭州街衢與人物風情的描寫，又有西湖山水與畫船、亭閣、怪石的美景在目。如此佳景，雖說「縱有丹青不得筆」，作者卻能抑揚收放，描繪自如。其它如【雙調・大德歌】〈春〉、〈夏〉、〈秋〉、〈冬〉[51]等，亦皆是寫景寓情之作。

　　無論是情愛閨思的抒寫，或是當日女藝人的描繪、山水的歌詠等，結合作者個人的自我抒懷，我們不只領受到作家散曲創作的多樣性，更看到了一個風流不羈才子的生命情態。

　　同時，關漢卿的散曲，以白描清麗見長，不僅具有詩人的情韻、曲家的本色，更有俚俗的市井氣息，使人體會到作家多樣性的散曲特色。王國維在《宋元戲曲考》：

> 元代曲家，自明以來，稱關馬鄭白。然以其年代及造詣論之，寧稱關白馬鄭為妥也。關漢卿一空倚傍，自鑄偉詞，而其言曲盡人情，字字本色，故當為元人第一。……以唐詩喻之：則漢卿似白樂天。……以宋詞喻之：則漢卿似柳耆卿，……明寧獻王曲品，躋馬致遠於第一，而抑漢卿於第十。蓋元中葉以後，曲家多祖馬、鄭，而祧漢卿，故寧王之評如是。其實非篤論也。[52]

王氏以「詩家白樂天」為喻，當是肯定其語言的俚俗與內容的寫實性；「詞家柳耆卿」則指出了關漢卿「浪子班頭」與曲家本色的特點。而基於如此的體認，王氏充分肯定了關漢卿曲文「曲盡人情」、「字字本色」的特點，且推為「元人第一」。

　　不錯，「本色」正是關漢卿最受肯定的特點。而如果全面性地論析關漢卿的散曲，不難發現與其雜劇創作在此一方面的相同處。所以，《元

---

[51]　同上註，頁165~167。
[52]　王國維：《宋元戲曲考》，參《王國維戲曲論文集》（同註4），頁131。

人散曲選詳註》一書便如是說道：「漢卿雜劇無論質量都是元人第一大家，這已是公論；而其散曲蓋以餘力爲之，故器局狹而成就稍遜，但其『字字本色』，則是散曲、雜劇同調的。」[53]關漢卿散曲與雜劇同調者，不僅是「字字本色」而已，以下進一步以「詩家情韻」、「劇家本色」析論。

1、詩家情韻

　　散曲是屬於傳唱詩歌的一種，它和詩詞有著密切的關係，無論是形式、藝術手法與要求上，或多或少有共通標準。中國詩論對詩「內容重情采、表現重韻味」的要求，是「詩家情韻」的最佳寫照。在傳統詩歌精神的薰陶下，關漢卿的作品自然有著情采與韻味呈現的一面。如【雙調‧碧玉簫】第九首：

> 秋景堪題，紅葉滿山溪。松徑偏宜，黃菊繞東籬。正清樽斟潑醅，有白衣勸酒杯。官品極。到底成何濟。歸。學取他淵明醉。[54]

由整體言，【雙調‧碧玉簫】是一情詩組曲，它敘述了蘇卿和雙漸的愛情故事，但處處仍可見詩的情韻表現，如「紅葉滿山溪」、「黃菊繞東籬」在形式上是五言詩句式，既對仗呼應又寫景寓情。秋景疏淡，風物怡人，而後又以陶淵明的歸隱爲理想所託，與傳統詩詞中隱逸一類的佳篇，殊無二致。又如前述的【正宮‧白鶴子】四首[55]，雖是散曲，卻句式整齊，音韻諧美，清新活潑，雖是寫景，卻能寓情其中而別饒情趣。其它如【商

---

[53]　曾永義、王安祈：《元人散曲選詳註》（台北：學海出版社，1992 年 2 月），頁 73。
[54]　《全元散曲》一（同註 23），頁 164~165。
[55]　《全元散曲》一（同註 23），頁 177~178。

調‧梧葉兒〉〈別情〉[56]、【南呂‧四塊玉】[57]、【雙調‧大德歌】[58]等，
若將句式精簡化，則詩家情韻自然呈現無遺。

至於關漢卿的雜劇，「詩家情韻」的曲文亦復不少，如《單刀會》
第四折曲文：

> 【雙調新水令】大江東去浪千疊，引著這數十人，駕著這小舟
> 一葉，又不比九重龍鳳闕，可正是千丈虎狼穴，……。
> 【駐馬聽】水湧山疊，年少周郎何處也？不覺的灰飛煙滅，可
> 憐黃蓋轉傷嗟。破曹的檣櫓一時絕，鏖兵的江水猶然熱，好教
> 我情慘切。（云）這也不是江水，（唱）二十年流不盡的英雄血。[59]

將蘇軾〈念奴嬌〉「赤壁懷古」的歷史感慨，化用為關羽單刀赴會時悲
壯蒼涼的心情描寫，可說是語切情真，韻味十足。又如《玉鏡臺》第二
折【南呂一枝花】：

> 藕絲翡翠裙，玉膩蜻蜓頸。妲己空破國，西子枉傾城。天上飛
> 瓊散下風流病。若是寢正濃夢乍醒，且休問斜月殘燈，直睡到
> 東窗日影。[60]

無論是遣詞造語或是情境的運用安排，皆具濃厚的詩家情韻。此外，《魯
齋郎》第一折【金盞兒】[61]、第三折【耍孩兒】[62]；《望江亭》第二折的

---

[56]　同上註，頁162。

[57]　同上註。

[58]　同上註，頁165~168。

[59]　《單刀會》第四折。參王季烈編《孤本元明雜劇》第一冊（台北：台灣商務印書
館，1977年12月）。

[60]　《玉鏡臺》第二折。參明‧臧晉叔編《元曲選》第一冊（同註42），頁88。

[61]　【金盞兒】：「覷郊原，正晴暄，古墳新土都添遍，家家化錢烈紙痛難言。一壁廂
黃鸝聲恰恰，一壁廂血淚滴漣漣，正是鶯啼新柳畔，人哭古墳前。」參明‧臧晉

【普天樂】[63]、第三折的【鬥鵪鶉】[64];《金線池》第四折曲文【七弟兄】與【梅花酒】[65]等皆是明顯具詩家情韻之曲文。

2、劇家本色

「劇家本色」實可由語言、內容二面向論。首先,從語言論,「本色」正是關漢卿代表的元曲流派特色之所在。明‧王驥德說:「白樂天作詩,必令老嫗聽之,問曰:『解否?』曰『解』,則錄之;『不解』,則易。作戲劇,亦須令老嫗解得,方入眾耳,此即本色之說也。」[66]王驥德提出了「本色」的說解:在於使人易懂的戲曲語言;而王國維「以唐詩喻之:則漢卿似白樂天」的說法,即是將白樂天通俗易懂的語言特質,與關漢卿的劇家本色畫上了等號。前述自我抒寫類的【南呂‧一枝花】〈不伏老〉:「我是箇蒸不爛煮不熟搥不匾炒不爆響璫璫一粒銅豌豆。……」為論,語言的通俗性與自傳故事的曲文,即較不貼近詩詞情韻書寫的特質,反倒似戲劇內容的鋪寫。關漢卿散曲中「劇家本色」的語言呈現,如【大石調‧青杏子】的「常言道好事天慳,美姻緣他娘間

　　叔編《元曲選》第二冊(同上註),頁845。

62　【耍孩兒】:「休道是東君去了花無主,你自有鶯儔燕侶。我從今萬事不關心,還戀甚衾枕歡娛?不見浮雲世態紛紛變,秋草人情日日疏,空叫我淚灑遍湘江竹!這其間心灰卓氏,乾老了相如。」參明‧臧晉叔編《元曲選》第二冊(同上註),頁852。

63　【普天樂】:「你休等的恩斷意絕,眉南面北,恁時節水盡娥飛。」參明‧臧晉叔編《元曲選》第四冊,(同上註),頁1661。

64　【鬥鵪鶉】:「只合低唱淺斟,莫待他花殘月缺。」(同上註),頁1663。

65　【七兄弟】:「盞則是對面、並肩、綠窗前,從今後稱了平生願。一箇向青燈黃卷賦詩篇,一個剪紅綃翠錦學鍼線。」;【梅花酒】:「憶分離自去年,爭些而打散文鴛,折破芳蓮,咽斷頑涎……」參明‧臧晉叔編《元曲選》第三冊(同上註),頁1263~1264。

66　明‧王驥德:〈雜論〉第三十九上,《曲律》四,參《中國古典戲曲論著集成》四(同註8),頁154。

阻，生拆散鸞交鳳友。」[67]、【黃鐘‧倚香金童】：「深沉院舍，蟾光皎潔。整頓了霓裳，把名香謹爇。伽伽拜罷，頻頻禱祝，不求富貴豪奢，只願得夫妻每早早圓備著。」[68]等，皆是關漢卿劇家本色的表現。徐子方認爲：

> 關漢卿散曲中戲劇家的本色還體現在表現方式上面。早期的元散曲作家，如元好問、楊果、劉秉忠、商政叔、胡紫山、王惲諸人，其作品大多是他們用來抒情寫意的工具，……。而關漢卿則不同，他在許多情況下是將劇作表現手法引入了散曲的創作之中。重故事情節、重人物形象是關氏散曲的主要特色之一。[69]

關漢卿的散曲，以戲劇手法表現，產生了重故事情節、人物形象的劇家本色，尤其是本色語言的呈現，與其雜劇中的語言更是如出一轍。我們且看《金線池》第一折：

> 【醉中天】非是我偏生忩，還是你不關親，只著俺淡抹濃粧倚市門，積趲下金銀囤。你道俺纏過二旬，有一日粉消香褪，可不道老死在風塵？[70]

即是以通俗的本色語說出杜蕊娘的心情。再者，《竇娥冤》第一折【一半兒】：「爲甚麼淚漫漫不住點兒流？莫不是爲索債與人家惹爭鬥？我這裏連忙迎接問候，他那裏要說緣由。則見他一半兒徘徊一半兒醜。」[71]也

---

[67]　《全元散曲》一（同註 23），頁 176。

[68]　同上註，頁 169。

[69]　徐子方：《關漢卿研究》（台北：文津出版社，1994 年 7 月），頁 305。

[70]　《金線池》第一折，參明‧臧晉叔編《元曲選》第三冊（同註 42），頁 1254。

[71]　《竇娥冤》第一折【一半兒】，參臧晉叔編《元曲選》第四冊（同上註），頁 1502。

同樣以日常通俗語言寫作曲文。其它如《望江亭》、《魯齋郎》、《金線池》、《謝天香》、《救風塵》、《蝴蝶夢》等，皆隨處可見本色語言的表現。

　　由內容言，狹義的「曲家之曲」是指市俗氣息且無劇家風範的純粹散曲。關漢卿的散曲亦有放浪恣肆的市井之曲，如【雙調・新水令】〔鳳凰臺上憶吹簫〕：

> 鳳凰臺上憶吹簫。似錢塘夢魂初覺。花月約。鳳鸞交。半世疏狂。總做了一場懊。……
> 〔落梅風〕姨夫鬧。咱便燒。君子不奪人之好。他攬定磨杵兒誇俏。推不動磨杵上自吊。
> 〔步步嬌〕積趲下三十兩通行雅青鈔。買取箇大笠子粗麻罩。粧甚腰。眼落處和他契丹交。雖是不風騷。不到得著圈套。……[72]

此套數是以妓院生活為描寫題材，不僅將妓院中嫖客之間的爭風吃醋、妓女與鴇母只認錢鈔的情狀描述得維妙維肖，更將市井俚俗的語言充分寫入散曲。此外，【仙呂・一半兒】〈題情〉：「罵你箇俏冤家，一半兒難當一半兒耍。」、「罵了箇負心回轉身。雖是我話兒嗔，一半兒推辭一半兒肯。」、「多情多緒小冤家，跕逗得人來憔悴煞，說來的話先瞞過咱。怎知他，一半兒真實一半兒假。」、【仙呂・翠裙腰】〈閨怨〉、【越調・鬥鵪鶉】……等皆充滿了市井生活謔浪恣肆的特點。關漢卿雜劇多由現實生活取材，在內容表現上自然以廣度群眾能接受者為主，如以妓女為題材的《救風塵》；社會公案的《竇娥冤》、《魯齋郎》、《蝴蝶夢》；寡婦、妾、婢女的情感生活為題材的《望江亭》、《謝天香》、《調風月》等皆是現實生活中常見的故事，此與其「劇家本色」的散曲是相同的。

---

[72] 關漢卿：【雙調・新水令】〈鳳凰臺上憶吹簫〉套數，參元・楊朝英編《陽春白雪》卷五，見任中敏輯《散曲叢刊》（一）（同註41）。

　　一般認為：關漢卿的雜劇和散曲「判若二人」，因此有「雜劇娛人、散曲自娛」[73]的說法。其實，就語言風格言，關漢卿的「本色」，不僅在雜劇中呈現，散曲中亦可見「劇家本色」的特質，「本色」固然是關漢卿的主要特色，然而，極富文采優美的語言，亦時而出現其散曲中。誠如徐子方所說：

> 關漢卿散曲（甚至包括雜劇）都是市井之曲（廣義上），充滿市俗氣息是關氏全部創作的總體風貌。但由於關漢卿本身又同時期有戲劇大家和文人士大夫的雙重身分，所以在狹義上，他的散曲又都帶有雜劇和傳統詩文的某些特點，因此我們將其具體分為「劇家之曲」、「詩家之曲」和「市井之曲」，應當說更有助於其整體創作的準確把握，也符合其散曲創作的實際。[74]

關漢卿生活的世俗化，是傳統文人士大夫中少見的，其曲作風格的多樣化與詩文傳統、世俗化生活有關，徐子方此處的論述即最佳說明。所以，經由「詩家情韻」、「劇家本色」兩方面論析，正足見關漢卿散曲與雜劇創作時滲透其中的風格韻致。

（二）王實甫散曲與雜劇

　　有關王實甫曲的論述，無論是賈仲明的「作詞章風韻羨，士林中等輩伏低。」[75]或是朱權的「花間美人」、「騷人之趣」[76]皆以其劇曲為主要論述範圍。

73　案：關漢卿「雜劇娛人、散曲自娛」之說。參徐子方《關漢卿研究》（同註69），頁301。

74　徐子方：《關漢卿研究》（同註69），頁332。

75　明·賈仲明〈凌波仙〉詞弔「王實甫」，見《錄鬼簿》卷上，參楊家駱主編《錄鬼簿新校注》（台灣：世界書局，1982年4月）。

　　雖然，譚正璧說王實甫：「散曲濃麗如其劇曲。」[77]可惜的是王實甫散曲留存的數量太少了。《中原音韻》[78]和《堯山堂曲紀》[79]收錄【中呂・十二月過堯民歌】〈別情〉小令一首；隋樹森的《全元散曲》則收錄小令【中呂・十二月過堯民歌】〈別情〉一首、套數【商調・集賢賓】〈退隱〉（案：此套數《雍熙樂府》不注撰人，《詞林白雪》歸爲棲逸類。）；【南呂・四塊玉】（案：《盛世新聲重增本》、《詞林摘豔》、《雍熙樂府》俱不注撰人，原刊本《摘豔》注明王子安作。）；殘曲【雙調・失牌名】（案：其中〔離亭宴煞〕《雍熙樂府》無此曲。）綜覽各家對王實甫散曲之論述，可確定作者爲王實甫者，僅【中呂・十二月過堯民歌】〈別情〉小令一首。王忠林等將各家之說略作論析與評比，得到的結論是：「眞正可靠的作品，只有一首小令和一套套曲。」[80]據此，筆者擬就小令一首、套曲一套，略析王實甫散曲。

　　羅錦堂以「作風綿密婉麗」、「恰是西廂的同調」[81]形容王實甫散曲特點，可說是再貼切不過的。如【中呂・十二月過堯民歌】〈別情〉：

　　　　自別後遙山隱隱。更那堪遠水粼粼。見楊柳飛綿滾滾。對桃花
　　　　醉臉醺醺。透內閣香風陣陣。掩重門暮雨紛紛。怕黃昏忽地又

---

[76] 明・朱權《太和正音譜》〈古今群英樂府格勢〉：「王實甫之詞，如花間美人。鋪敘委婉，深得騷人之趣。極有佳句，若玉環之出浴華清，綠珠之採蓮洛浦。」參《中國古典戲曲論著集成》三（同註8），頁38。

[77] 譚正璧：《元曲六大家略傳》（台北：莊嚴出版社，1982年1月），頁123。

[78] 元・周德清：《中原音韻》，參《中國古典戲曲論著集成》一（同註8），頁244。

[79] 明・蔣一葵：《堯山堂曲紀》，參任中敏編《新曲苑》一（同註41），頁124。

[80] 應裕康於〈自序〉中說：「六大家現存的散曲，也是或多或少，頗不一致。最少的當推王實甫，他的現存散曲，真正可靠的，似乎只有一首小令，和一套套曲。」參王忠林、應裕康撰《元曲六大家》（台北：東大圖書有限公司，1977年2月），頁4。

[81] 羅錦堂：《中國散曲史》（同註10），頁50。

　　　黃昏。不銷魂怎地不銷魂。新啼痕壓舊啼痕。斷腸人憶斷腸人。
　　　今春。香肌瘦幾分。褸帶寬三寸。[82]

文字婉麗，寫別情深摯哀切，全曲以疊字、疊詞、層遞筆法，鋪寫離別
後相思之情。尤其前半以一連串的疊字「隱隱」、「粼粼」、「滾滾」、「釃
釃」、「陣陣」、「紛紛」加強情感深度，來呈現春日動人離愁的景色，表
面寫景實際上藉景寓情；後半著重於別後相思的情感抒寫，以「怕黃昏」
與「又黃昏」、「新啼痕」與「舊啼痕」、「斷腸人」與「斷腸人」等同句
疊詞的對比手法，緊湊而強烈地寫出人物內心的無奈與感慨。

　　像這種情景交融以深刻抒寫閨中情思的曲文，在他的雜劇中也處處
可見，如《西廂記》第二本第四折曲文：

　　　【越調鬥鵪鶉】雲斂晴空，冰輪乍湧；風掃殘紅，香階亂擁；
　　　離恨千端，閒愁萬種。夫人那，靡不有初，鮮克有終。他做了
　　　個影兒裏的情郎，我做了個畫兒裏的愛寵。[83]

既寫景又寓情於其中，將鶯鶯的心思，細膩地描繪勾勒出。又如【絡絲
娘】：「一字字更長漏永，一聲聲衣寬帶鬆。別恨離愁，變成一弄。越教
人知重。」[84]、【綿搭絮】[85]；第三本第三折【雙調新水令】、【駐馬聽】[86]；
再者《麗春堂》第一折曲文【賞花時】：「萬草千花御苑東，籤翠偎紅彩

[82]　隋樹森：《全元散曲》一（同註23），頁291。
[83]　《西廂記》，參楊家駱主編《全元雜劇初編》四（台灣：世界書局，1985年3月）。
[84]　同上註。
[85]　同上註。
[86]　《西廂記》第三本第三折【雙調新水令】：「晚風寒峭透紗窗，控金鉤繡簾不挂。
　　　門闌凝暮靄，樓角斂殘霞。恰對菱花，樓上晚妝罷。」；【駐馬聽】：「不近喧譁，
　　　嫩綠池塘藏睡鴨；自然幽雅，淡黃楊柳帶棲鴉。金蓮蹴損牡丹芽，玉簪抓住荼蘼
　　　架。夜涼苔徑滑，露珠兒濕透了凌波襪。」（同上註）。

繡中。」[87]、第三折的【小桃紅】、【金蕉葉】、【禿廝兒】[88]等，也都是曲
折濃麗的曲文。

此外，【商調‧集賢賓】〈退隱〉：

> 挼蒼髯笑擎冬夜酒。人事遠老懷幽。志難酬知機的王燦。夢無
> 憑見景的莊周。……。
>
> 〔逍遙樂〕江梅並瘦。檻竹同清，巖松共久。無願何求。笑時
> 人鶴背揚州。明月清風老致優。對綠水青山依舊。曲肱北牖，
> 舒嘯東臯，放眼西樓。
>
> 〔金菊香〕想著那紅塵黃閣昔年羞。到如今白髮青衫此地遊。
> 樂桑榆酬詩共酒。酒侶詩儔，詩潦倒酒風流。
>
> 〔醋葫蘆〕到春來日遲遲庭館春，暖溶溶紅綠稠。鬧春光鶯燕
> 語啾啾。自焚香下簾清坐久。閑把那絲桐一奏。滌塵襟消盡了
> 古今愁，……
>
> 〔後庭花〕住一間避風霜茅草丘。穿一領臥苔莎粗布裘。捏幾
> 首寫懷抱歪詩句，喫幾杯放心胸村醪酒。這瀟灑傲王侯。且喜
> 的身登身登中壽。有微資堪贍賙。有亭園堪縱遊。保天和自養
> 修。放形骸任自由。把塵緣一筆勾。再休題名利友。……[89]

此套曲主要以田園生活的歌頌、功名利祿的厭棄為主題呈現。就主題思
想言，雖似豪放派的退隱放逸，但文辭的表現，卻非常清麗。如第一首
〔逍遙樂〕：「江梅並瘦。檻竹同清，巖松共久。」「對綠水青山依舊。
曲肱北牖，舒嘯東臯，放眼西樓。」十足悠遠疏淡的山林意致。而〔醋

---

[87]　《麗春堂》第一折，參臧晉叔編《元曲選》第三冊（同註42），頁901。
[88]　同上註，頁907。
[89]　《全元散曲》一（同註23），頁292~293。

葫蘆〕一首，雖仍藉由琴音消愁，抒寫遺世情懷，但幾句「春光」的描寫，仍不難看出辭意優美、刻劃工整之處。是以王忠林認爲：「這套曲表明作者厭棄塵俗的功名利祿，願意過退隱的閒適生活。曲中對景物的描寫，很下過一番修飾工夫，刻畫得清新明麗，和王實甫的筆調是完全一致的。」[90]

（三）馬致遠散曲與雜劇

馬致遠爲元代早期且隸屬豪放派的作家。《太和正音譜》評：

> 馬東籬之詞，如朝陽鳴鳳。其詞典雅清麗，可與靈光景福而相頡頑。有振鬣長鳴，萬馬皆瘖之意。又若神鳳飛鳴于九霄，豈可與凡鳥共語哉？宜列群英之上。[91]

朱權以「朝陽鳴鳳」喻馬致遠曲詞，又將其列於「群英之上」，足見其對馬致遠的肯定。馬致遠現存散曲數量，任訥的《東籬樂府》收小令一百零四首、套數十七套、殘套五套；隋樹森《全元散曲》則收小令一百一十五首、套數十六套、殘曲六套。（案：《全元散曲》有重錄別家曲爲馬致遠作，如小令【雙調・撥不斷】[92]。）其現存散曲比元曲大家關漢卿、白樸多，元代前期散曲家中僅盧摯、張養浩足與其相抗禮，可謂爲元代散曲大家。

馬致遠散曲內容大略可分寫景、言情、嘆世隱逸、詠史類。但無論內容類型，其蘊含的主題思想基本上是一致的，誠如胡景乾說：

---

[90]　王忠林、應裕康：《元曲六大家》（同註80），頁98。
[91]　明・朱權：《太和正音譜》，參《中國古典戲曲論著集成》三（同註8），頁17。
[92]　《全元散曲》一（同註23），頁254。

他的散曲所蘊含的表現出來的憤世駭俗、感士不遇的主題，逸放宏麗、涵虛渾化的意境，以及曠達清麗兼而有之的藝術風格，正是這些思想上和藝術上的獨特貢獻，才使得他在當時的文壇上聲譽鵲起，並備受後世文人的推崇景仰。[93]

憤世駭俗、感士不遇的主題思想，重意境與曠達清麗兼備的風格，將馬致遠由元曲大家推向群英之上，實非偶然。若以其散曲和雜劇論，更可看出文人面對大環境變動的生命態度，乃是影響其創作趨向的主力。

由「寫景類」論：馬致遠散曲寫景之作頗多，有寫季節、山水名勝、田園風光等，詩人或將生活情趣融於寫景，或藉景寓情，其文詞無不清新曠遠、饒富詩意。如【仙呂·青哥兒】〈十二月〉：

> 春城春宵無價。照星橋火樹銀花。妙舞清歌最是他。翡翠坡前那人家。鰲山下。（正月）
> 前村梅花開盡。看東風桃李爭春。寶馬香車陌上塵。兩兩三三見遊人。清明近。（二月）
> 風流城南修禊。曲江頭麗人天氣。紅雪飄香翠霧迷。御柳宮花幾曾知。春歸未。（三月）……[94]

詩人既寫全年各月的特有景象，如梅花開盡、東風桃李爭春、紅雪飄香翠霧迷、榴花葵花爭笑、散秋香桂娥將就、對篷窗叢菊花開、隆冬寒嚴時節、愛惜梅花積下雪等，點出每月景色特點，又將清明、修禊、銀河雙星、嫦娥等節令與傳說注入曲詞中，使景與情合一。由文字表述來看，【仙呂·青哥兒】〈十二月〉寫「三月」時用「紅雪飄香翠霧迷」形容

---

[93] 胡景乾：〈淺談馬致遠的散曲創作〉，《西安教育學院學報》（2001 年 12 月第 16 卷 4 期），頁 38。
[94] 《全元散曲》一（同註 23），頁 230~233。

繁花開落情狀；寫「八月」時用「天遠雲歸月滿樓」形容天清月圓；更以「冰壺瑤臺天遠」、「梧桐初雕金井」、「銅壺半分更漏」等極富畫意的字句入詩，確實使人充分領受到這組小令文字的清麗與詩情畫意。

　　馬致遠寫景寓情的代表作，當推【越調‧天淨沙】〈秋思〉：

> 枯藤老樹昏鴉。小橋流水人家。古道西風瘦馬。夕陽西下。斷腸人在天涯。[95]

前面大半寫景，直到最後「斷腸人在天涯」才點出蒼茫之情。其中由一系名詞意象的平列，如「枯藤」、「老樹」、「昏鴉」、「小橋」、「流水」、「人家」使一幅秋野黃昏行旅圖重現在眼前，是純然寫景；第三句的「古道」、「西風」、「瘦馬」雖只說景物名稱，卻點染出蒼涼蕭瑟的情境，已非單純寫景；最後，以「夕陽西下」、「斷腸人在天涯」道出時間與旅人的孤獨，王國維以「純是天籟，彷彿唐人絕句。」喻之。[96]另外，馬致遠的【雙調‧壽陽曲】[97]與【雙調‧湘妃怨】[98]等，或寫瀟湘夜雨、或寫漁村夕照、或寫江天暮雪、或寫洞庭秋月、或寫西湖美景……，清新閒適、如詩如畫，既精巧又貼切。

　　就「情愛類」言：馬致遠的情愛作品描寫是深刻又含蓄、莊重又蘊藉，如【商調‧集賢賓】〈思情〉：

> 天涯自他為去客。黃犬信音乖。日日凌波襪冷。濕透青苔。向東風不倚朱扉。傍斜陽也立閑階。撲通地石沈大海。人更在青山外。倦題宮葉字。羞見海棠開。

95　《全元散曲》一（同上註），頁242。
96　王國維：《宋元戲曲考‧元劇之文章》，參《王國維戲曲論文集》（同註4），頁131。
97　《全元散曲》一（同註23），頁244~249。
98　同上註，頁249~250。

〔么〕春光有錢容易買。秋景最傷懷。……。進來自知浮世窄。
少負他惹多苦債。別離期限數。占卜卦錢排。……
〔尾〕聽夜雨無情。哨紗窗緊慢有三千解。韻欺蛩入耳。點共
淚盈腮。疏竹響。晚風篩。劇地將芭蕉葉兒擺。意中人何在。
猛隨風雨上心來。[99]

詩人以冷清的秋夜景致，抒寫「秋景最傷懷」、「聽夜雨無情」的相思之
苦，而在迴環纏繞的情緒中，雖明知「人更在青山外」仍不禁要問「意
中人何在？」是以思念又「猛隨風雨上心來」。除了相思之情的抒寫外，
馬致遠更有以「姻緣」為主題的作品，如【大石調‧青杏子】〈姻緣〉[100]、
【雙調‧壽陽曲】〈平沙落雁〉[101]、〈瀟湘夜雨〉[102]、〈洞庭秋月〉[103]等，
詩人或以景物和氣氛陪襯悽傷心情，或以靈巧的詞句表達情愛，皆呈現
詩人含蓄深刻的手法。

　　就「嘆世隱逸思想類」言：馬致遠因所處時代社會的動盪不安、種
族差別待遇，加上傳統士人價值的崩解等內外因素，嘆世與隱逸思想在
其曲作中鮮明地呈現著，如【雙調‧夜行船】〈秋思〉：

　　百歲光陰一夢蝶，重回首、往事堪嗟。今日春來、明朝花謝，
　　急罰盞夜闌燈滅。……

---

[99] 《全元散曲》一（同註23），頁264~265。
[100] 【大石調‧青杏子】〈姻緣〉：「天賦兩風流。須知是福惠雙修。驂鸞仙子騎鯨友。
瓊姬子高。巫娥宋玉。織女牽牛。〔憨郭郎〕當壚心既有。題柱志須酬。莫向風
塵內。久淹留。……〔淨瓶兒〕莫效臨岐柳。折入時人手。許持箕帚。願結綢繆。
嬌羞。試窮究。博箇天長和地久。從今後莫教恩愛等閒休。〔隨煞〕休道姻緣難
成就。好處要人消受。終須是配偶。偏甚先教沈郎瘦。」（同上註），頁258~259。
[101] 同上註，頁245。
[102] 同上註。
[103] 同上註，頁247~249。

【喬木查】想秦宮漢闕，都做了衰草牛羊野，不恁麼漁樵沒話說。縱荒墳橫斷碑，不辨龍蛇。

【慶宣和】投至狐蹤與兔穴，多少豪傑。鼎足三分半腰折，知他是魏耶？晉耶？……

【離亭宴煞】蛩飲罷一覺才寧貼，雞鳴時萬事無休歇，何年是徹？……想人生有限杯，渾幾個登高節。囑咐俺頑童記著，便北海探吾來，道東籬醉了也。[104]

從秦、漢、晉的興亡說到眼前爭名奪利的現實社會，再由現實社會說到自己的不慕名利與竹籬茅舍的閒適生活；作者既揭露昏暗的現實社會，也表現了自己不願同流合污的高傲性格。又如【南呂‧四塊玉】〈恬退〉：

綠鬢改。朱顏改。羞把塵容畫麟臺。故園風景依然在。三頃田。五畝宅。歸去來。
綠水邊。青山側。二頃良田一區宅。閑身跳出紅塵外。紫蟹肥。黃菊開。歸去來。
翠竹邊。青松側。竹影松聲雨茅齋。太平幸得閑身在。三徑修。五柳栽。歸去來。
酒旋沽。魚新買。滿眼雲山畫圖開。清風明月還詩債。本是簡懶散人。又無甚經濟才。歸去來。[105]

詩人的〈恬退〉乍看之下，幾如陶淵明〈五柳先生傳〉與〈歸去來辭〉的縮影。作家認為青山側、綠水邊、翠竹邊若有幾頃田、五畝宅，他就可以「歸去來」，過著退隱田居的生活。然而面對亂世，除了退隱之意

---

[104] 《全元散曲》一（同註23），頁268~270。
[105] 《全元散曲》一（同註23），頁233~234。

外，一番嘆世與生命感慨自然無可避免，其它如【南呂‧四塊玉】〈巫山廟〉：

> 暮雨迎。朝雲送。暮雨朝雲去無蹤。襄王謾說陽臺夢。雲來也是空。雨來也是空。怎捱十二峰。[106]

以「朝雲暮雨」的來去皆空，比喻功名利祿、生命的無常與虛空。就因為這樣的感慨與無奈，詩人有了退隱之意，再如【南呂‧四塊玉】〈嘆世〉[107]、【雙調‧蟾宮曲】〈嘆世〉[108]、【雙調‧清江引】〈野興〉[109]、【雙調‧慶東原】〈嘆世〉[110]……等皆是。甚至還有歌詠六藝，寄寓退隱閑逸思想的曲子，如【中呂‧喜春來】〈六藝〉，此處舉〈樂〉、〈射〉、〈御〉為論：

> 宮商律呂隨時奏。散慮焚香理素琴。人和神悅在佳音。不關心。玉漏滴殘淋。（樂）
> 古來射席觀其德。金向樽前自樂心。醉橫壺矢臥襄陰。且閑身。醒踏月明吟。（射）
> 盈虛妙自胸中蓄。萬事幽傳一掌間。不如長醉酒壚邊。是非潛。終日樂堯年。（數）[111]

---

[106] 同上註，頁236。
[107] 【南呂‧四塊玉】〈嘆世〉：「兩鬢皤。中年過。圖甚區區苦張羅。人間寵辱都參破。種春風二頃田。遠紅塵千丈波。倒大來閑快活。子孝順。妻賢慧。使碎心機為他誰。到頭來難免無常日。爭利名。奪富貴。都是痴。……」（同上註），頁237~238。
[108] 同上註，頁242。
[109] 同上註，頁243。
[110] 同上註，頁250。
[111] 《全元散曲》一（同註23），頁239~240。

以六藝：禮、樂、射、御、書、數爲歌詠之事物，將其提升至人類對塵俗的超脫之想，作者藉著樸素文字與六藝的歌詠，將其不問是非的心志表達出來。從元散曲來看，隱逸思想的成因，不外乎英雄壯志消磨殆盡、功名利祿虛空、人生如幻夢、避亂世、傳統儒家俟時與道家生命安頓等思想影響，馬致遠的嘆世與退隱，就具備此些特質。

以「詠史類」論：詩人喜以史事入詩，藉史詠懷歷代詠史詩無不皆然。東籬的部分散曲，在曲牌後往往有標題，使人知悉內容梗概，如【南呂‧四塊玉】十首，各有標題，且據標題與內容可知，其爲詠名勝古蹟以抒發感懷之作。如【南呂‧四塊玉】〈紫芝路〉：

> 雁北飛。人北望。抛閃煞明妃也漢君王。小單于把盞呀刺刺唱。青草畔有收酪牛。黑河邊有扇尾羊。他只是思故鄉。[112]

此爲詠昭君出塞，細訴昭君苦思故鄉之情景。另外，同調〈馬嵬坡〉：

> 睡海棠。春將晚。恨不得明皇掌中看。霓裳便是中原患。不因這玉環。引起那祿山。怎知蜀道難。[113]

詩人詠寫唐玄宗與楊貴妃故事，因貴妃而起的安祿山之亂與玄宗避走蜀地的史事，在馬致遠筆下鮮明呈現。同調〈洞庭湖〉：

> 畫不成。西施女。他本傾城卻傾吳。高哉范蠡乘舟去。那裏是泛五湖。若綸竿不釣魚。便索他學楚大夫。[114]

---

[112] 同上註，頁234。
[113] 同上註，頁235。
[114] 同上註，頁236。

此詠范蠡藉浣紗女西施幫助越王句踐復國之故事，詩人讚賞范蠡的知機，其實亦寄寓了作者個人的心志於其中。

　　無論昭君、貴妃、西施的史事記載與評價如何，馬致遠散曲作品往往表面寫的是歷史故事，實際上卻是藉史事而抒發個人對現實的不滿、並寄寓個人高蹈遠引的避世情志。如【雙調‧撥不斷】[115]引用了「舊時王謝堂前燕」、「長門賦」、「屈原清死由他恁」、「張良放火連雲棧」、「韓信獨登拜將壇」、「霸王自刎烏江岸」等歷史故實，陶潛、李白、杜甫等古今文人也盡入馬致遠的詩句中。又如同調的一首小令：「布衣中。問英雄。王圖霸業成何用。禾黍高低六代宮。楸梧遠近千官塚。一場惡夢。」[116]雖是詠史，後又回歸至作家自身情志與思想上，那些英雄成了千官塚，真有「千古風流人物」灰飛煙滅之慨，馬致遠僅以「一場惡夢」收尾，訴說的正是心中無盡的感慨與無奈。

　　馬致遠的散曲，受周德清、朱權、李開先、王世貞、王驥德、李調元、凌廷堪等極為推崇。豪放、灑脫成了馬致遠散曲特色的最佳註腳，也是元曲風格之體現。然而，馬致遠的作品並非只有豪放、灑脫的特色，如黃卉說：

> 馬致遠是元代領袖群英的散曲作家。他的散曲飄逸、奔放、老辣、清雋，被後世推為散曲第一家。他拓展了散曲的題材範圍，提高了散曲的意境，在散曲史上享有很高的地位。……他製曲藝術精湛，風格典雅清麗，本色自然。他的散曲意境高妙，充滿畫意，語言清麗本色，人物栩栩如生，他長於心理刻畫，

---

[115] 《全元散曲》一（同註23），頁251~254。
[116] 同上註，頁251~254。

　　善於運用各種修辭手法，達到很高的藝術境界，將元散曲推
　　向高潮。[117]

此處既肯定馬致遠的散曲作家領袖地位，且提出馬致遠散曲具飄逸、奔
放、老辣、清雋、意境高妙、典雅清麗、本色自然等特色，足見作者對
馬致遠的讚譽與評價。以馬致遠散曲內容論析，其散曲約可歸爲個人情
志的寄寓、清麗本色的語言、高妙意境與畫意等特點，爲窺知其散曲、
雜劇創作之關連性，此處，除論析散曲特色外，更藉以論述其雜劇中的
曲文表現。

1、個人情志的寄寓

　　文人對現實的不滿，往往藉詩文抒發寫懷，馬致遠亦承繼「以詩文
抒懷」的傳統。「個人情志的寄寓」在其散曲與雜劇中的呈現是一致的，
如【南呂・金字經】的「空巖外，老了棟樑材。……困煞中原一布衣。
悲，故人知不知？登樓意。恨無上天梯。」[118]、【大石調・青杏子】〈悟
迷〉的「世事飽諳多，二十年漂泊生涯，天公放我平生假，剪裁冰雪，
追陪風月，管領鶯花。」同調〈歸塞北〉又云：「當日事，到此豈堪誇！
氣概自來詩酒客，風流平昔富豪家，兩鬢與生華。」[119]、【般涉調・哨
遍】：「半世逢場作戲，險些兒誤了終焉計！白髮勸東籬，西村最好幽棲，
老正宜。」[120]將馬致遠渴望登第卻無以爲進的處境及轉向退離隱逸的情
志寫出。

---

[117] 黃卉：〈馬致遠的散曲藝術〉，參《中國文學研究》（大陸：湖南師範大學，1995
　　　年第 4 期），頁 47。
[118] 《全元散曲》一（同註 23），頁 239。
[119] 同上註，頁 259。
[120] 同上註，頁 262。

　　馬致遠多數的作品無不充分流露生活際遇、情緒思想、人生態度的起伏轉折，如【南呂・金字經】夾雜著懷才不遇的感傷[121]；【雙調・蟾宮曲】的〈嘆世〉[122]對功名、王圖霸業、歷史滄桑的價值否定，則是東籬面對人生困頓後的心理安置表現；【雙調・清江引】〈野興〉[123]與【雙調・夜行船】〈秋思〉等[124]更是詩人由功名、人生、朝代興亡、歷史滄桑，從而體悟順適自然與世無爭的生活態度。所以，羅烈評：「蓋始則懷才不遇，繼而放浪生涯，終則投老林泉者也。」正指出其散曲創作之階段特色。再者，羅氏的「散曲至東籬，而後境愈高，藩籬始擴，洗去諧謔狎褻之習，感慨無端，清雄踔厲，似詞中東坡，無事不可言，無意不可入，於是曲體始尊。」[125]不僅道出東籬人生際遇與創作之關連，更肯定其散曲之重要地位。

　　「個人情志的寄寓」在馬致遠雜劇中亦可見，其《薦福碑》藉張鎬的苦難際遇，抒發個人「感士不遇」之慨嘆，如第一折曲文：

---

[121]　【南呂・金字經】：「絮添蘆花雪，鮺香荷葉風。且向江頭作釣翁。窮。男兒未濟中。風波夢。一場幻化中。」；「擔頭擔明月，斧磨石上苔。且做樵夫歸去來。柴。買臣安在哉。空巖外，老了棟樑材。」；「夜來西風裏，九天鵰鶚飛。困煞中原一布衣。悲。故人知未知。登樓意，恨無天上梯。」參《全元散曲》一（同上註），頁 238~239。

[122]　【雙調・蟾宮曲】〈嘆世〉：「咸陽百二山河。兩字功名，幾陣干戈。項廢東吳，劉興西蜀，夢說南柯，韓信功兀的般證果。蒯通言那裏是風魔。成也蕭何。敗也蕭何。醉了由他。」參《全元散曲》一（同上註），頁 242。

[123]　【雙調・清江引】〈野興〉其一：「林泉隱居誰到此。有客清風至。會作山中相，不管人間事。爭什麼半張名利紙。」其二：「西村日長人事少。一個新蟬噪。恰待葵花開，又早蜂兒鬧。高枕上夢隨蝶去了。」（同上註），頁 244。

[124]　同註 104。

[125]　羅烈：《元曲三百首箋》（台北：天工書局，1988 年 9 月），頁 40。

> 【仙呂點絳唇】我本是一介寒儒，半生埋沒，紅塵路。則我這
> 七尺身軀，可怎生無一個安身處？[126]

雖寫的是張鎬的心情，卻也是馬致遠的感慨。再者，同劇第二折的【正宮端正好】[127]、第三折【鬥鵪鶉】[128]等亦皆可見劇作家個人情志之抒發；此外，寫《青衫淚》中受冤屈而被貶官的白居易，就如同寫自己內心的不平般，如第二折【正宮端正好】：「命輕薄，身微賤，好人死萬萬千千。世間兒女別離遍，也敷不上俺那陽關怨。」[129]、第二折【滾繡毬】：「你文章勝賈浪仙，詩篇壓孟浩然，不能勾侍君王在九間朝殿，怎想他短卒律命似顏淵。」[130]等皆是馬致遠藉文人不遇的故事，抒發個人的情志。再者，馬致遠神仙道化劇的曲文，「情志寄寓」的特色更鮮明，如《黃粱夢》第一折的【混江龍】：

> 當日個曾逢關尹。至今遺下五千文。大剛來玄虛為本。清淨為
> 門。雖然是草舍茅庵一道士，伴著這清風明月兩閒人。也不知
> 甚的秋，甚的春。甚的漢，甚的秦。長則是習疏狂。耽懶散，
> 洋粧鈍。把些個人間富貴，都做了眼底浮雲。[131]

又同劇【醉中天】：

126　《薦福碑》第一折，參臧晉叔編《元曲選》第二冊（同註 42），頁 577。
127　【正宮端正好】：「恨天涯，空流落。投至到玉關外我則怕老了班超，發了願青霄有路終須到，劇地著我又上黃州道。」（同上註），頁 582。
128　【鬥鵪鶉】：「只為他財散人離，悶的我天寬地窄。抵死待要屈脊低腰，又不會巧言令色。況兼今日十謁朱門九不開，休道有七步才，他每道十二金釵，強似養三千劍客。」（同上註），頁 589。
129　《青衫淚》第二折，參臧晉叔編《元曲選》第三冊（同上註），頁 886。
130　同上註，頁 887。
131　《黃粱夢》第一折，參臧晉叔編《元曲選》第二冊（同註 42），頁 777~778。

俺那裏自潑村醪嫩。自斬野花新。獨對青山酒一尊。閑將那朱頂仙鶴引。醉歸去松陰滿身。月高風韻。鐵笛聲吹斷雲根。[132]

此些曲文與《岳陽樓》第二折【烏夜啼】[133]、《任風子》第二折【叨叨令】[134]等皆馬致遠受現實挫折且對世情參透後歸隱田園山林的情志寄寓。由此可知，東籬散曲雖有豐富的思想表現，卻是複雜的。正因其「全面地將雜劇當散曲寫，讓詩人言志抒情的傳統重又明白滲入搬演故事的戲曲中」。[135]所以，嘆世隱逸雖是其思想主軸，然太平盛世的歌頌與渴慕益加彰顯詩人不遇之感慨，此種感慨在雜劇中亦同樣存在。

2、典雅清麗的語言

朱權在《太和正音譜》評馬致遠：「其詞典雅清麗」，典雅清麗的語言表現，在馬致遠的曲作中亦是顯而易見的，如「紅雪飄香翠霧迷」、「滿眼雲山畫圖開」、「睡海棠，春將晚」、「絮飛飄白雪，鮓香荷葉風」、「畫堂春暖繡幃重，寶篆香微動」……等皆是。而雜劇中亦常見典雅清麗曲文，如《青衫淚》第三折【雙調新水令】：「正夕陽天闊暮江迷，倚晴空楚山疊翠。」與「冰壺天上下，雲錦樹高低。」[136]、同劇第四折【普天

---

[132] 同上註。

[133] 《岳陽樓》第二折【烏夜啼】：「愁什麼楚王宮、陶令宅、隋堤岸。我已安排下玉砌雕闌。則要你早回頭靜坐把功程辦。參透玄關。識破塵寰。待學他嚴子陵隱在釣魚灘。管什麼張子房燒了連雲棧。競利名、為官宦。都只為半張字紙，做了一枕槐安。」參明‧臧晉叔編《元曲選》第二冊（同註42），頁623。

[134] 《任風子》第二折【叨叨令】：「師父道神仙只許神仙做，凡人則尋你凡人去，俺爺娘枉受爺娘苦。常言道兒孫自有兒孫福。任屠卻須省得也麼哥，卻須省得也末哥，告師父指與我一道長生路。」參明‧臧晉叔編《元曲選》第四冊（同上註），頁1675。

[135] 顏師天佑：〈從馬致遠作品看元雜劇抒情化之意義〉，參《元雜劇八論》（台北：文史哲出版社，1996年8月），頁96。

[136] 《青衫淚》第三折（同註129），頁891。

樂】：「寒波漾漾，芳心脈脈，明月蘆花。」[137]、《陳摶高臥》第三折【倘秀才】：「俺那裏草舍花欄藥畦，石洞松窗竹几。」[138]等皆是。

　　如果稍作分析，我們便不難發現「融詩入曲」且以抒情爲依歸的創作技巧，乃是馬致遠散曲風格典雅清麗一個極重要的成因，如【仙呂・青哥兒】〈十二月・正月〉：「春城春宵無價。照星橋火樹銀花。」由唐・蘇味道〈正月十五夜〉：「火樹銀花合，星橋鐵鎖開」而來；【商調・集賢賓】〈思情〉：「撲通地石沈大海，人更在青山外」實源於歐陽脩〈踏莎行〉「平蕪盡處是春山，行人更在春山外」詞句，【雙調・撥不斷】：「舊時王謝堂前燕，再不復海棠庭院」更直接借用劉禹錫的〈烏衣巷〉詩句入曲。此種「融詩入曲」的語言特色，在劇曲中亦然，如《漢宮秋》第二折〔賀新郎〕：「怎下的教他環珮影搖青塚月，琵琶聲斷黑江秋」[139]明顯源自唐詩人杜甫的〈詠懷古跡〉[140]；《青衫淚》第二折〔尾煞〕的「聽半夜鐘聲到客船」則出於唐代詩人張繼的〈楓橋夜泊〉……等。馬致遠散曲除詩人固有的創作特質外，「融詩入曲」的語言特色，使馬致遠的雜劇曲文更加典雅清麗。

3、詩畫合一的高妙意境

　　馬致遠散曲的意境高妙與畫意呈現，向來爲人所稱讚，如【越調・天淨沙】〈秋思〉：「枯藤老樹昏鴉，小橋流水人家，古道西風瘦馬。夕陽西下，斷腸人在天涯。」[141]爲寫秋原旅人情懷之作，詩人藉「枯藤、

137　《青衫淚》第四折（同上註），頁 898。
138　《陳摶高臥》第三折，參明・臧晉叔編《元曲選》第三冊（同上註），頁 726。
139　參明・臧晉叔：《元曲選》第一冊（同註 42），頁 6。
140　〈詠懷古跡〉：「一去紫臺連朔漢，獨留青塚向黃昏。畫圖省識春風面，環珮空歸月夜魂。」
141　《全元散曲》一（同註 23），頁 242。

老樹、昏鴉」「小橋、流水、人家」營造出秋天黃昏的畫景，至「夕陽西下，斷腸人在天涯」一句，才使人頓悟秋景的鋪寫是襯托「斷腸人」的孤寂，足見其以景寫情之特色。又如【雙調‧壽陽曲】〈平沙落雁〉：「南傳信，北寄書，半栖近岸花汀樹。似鴛鴦失群迷伴侶，兩三行海門斜去。」[142]與〈瀟湘夜雨〉的「漁燈暗，客夢回，一聲聲滴人心碎。孤舟五更家萬里，是離人幾行情淚。」[143]等，以離鄉背井、失群迷伴的孤寂心情和「岸花汀樹」、「失群孤雁」、「昏暗漁燈」、「瀟湘夜雨」等景色融合，使意境更蒼茫、愁思更細密。同樣地，其雜劇中詩情與畫意的曲文表現亦往往而見，如《漢宮秋》第四折【堯民歌】：

> 呀呀的飛過蓼花汀，孤雁兒不離了鳳凰城。畫檐間鐵馬響丁丁，寶殿中御榻冷清清，寒也波更，蕭蕭落葉聲，燭暗長門靜。[144]

藉著孤雁、鐵馬與落葉聲的描寫，烘托出寶殿的冷清、長門的寂靜。再者《青衫淚》第二折【二煞】：

> 少不的聽那驚回客夢黃昏犬，聒碎人心落日蟬；止不過臨萬頃蒼波，落幾雙白鷺；對千里青山，聞兩岸啼猿。愁的是三秋雁字，一夏蚊雷，二月蘆煙。不見他青燈黃卷，卻索共漁火對愁眠。[145]

詩人以黃昏、落日、蒼波、青山構築了一幅圖畫，再安排驚客夢的犬吠、蟬鳴、哀怨的猿啼，使得原本淡淡渺渺山水平添幾許落寞孤寂；同劇第三折的【雙調‧新水令】[146]、【駐馬聽】：「則是遞流花草武陵溪，幽裊

---

142 同上註，頁 245。
143 同上註。
144 《漢宮秋》第四折，參臧晉叔編《元曲選》第一冊（同註 42），頁 20。
145 《青衫淚》第二折，參臧晉叔編《元曲選》第三冊（同註 42），頁 889。
146 同上註，頁 891。

風月藍橋驛。」[147]；《黃粱夢》第三折【歸塞北】：「梅蕊粉填合長安道，柳花綿迷卻灞陵橋，山館酒旗遙。」[148]、【怨別離】：「凍雀又飛，寒鴉又噪，古木林中驀聽的山猿叫。」[149]等皆是劇作家雜劇中曲文與畫圖意境之營造。

　　馬致遠在散曲史上，向來評價極高。其散曲語言的典雅清麗、意境的高妙以及個人情志的充分抒發等特點與影響，堪稱是「元代領袖群英的散曲作家」。[150]更重要的是，詩人劇曲的表現與散曲是如出一轍的，張燕瑾說：

> 注重抒發有代表性的情緒，卻不專力于對人物形象進行個性化的描繪，這就決定了馬致遠的劇作重在抒情，而不重視戲的矛盾衝突和故事情節。《漢宮秋》是一部抒情詩劇，它是用詩的語言、詩的意境來抒發人物思想感情的劇作。[151]

詩人戲曲創作時，著重於個人主觀情感的抒發，以詩的語言、意境來抒發人物思想感情，此種狀況在散曲創作上亦然，所以，觀覽馬致遠的曲作，可發現其散曲與劇曲的風格是一致的。

　　綜覽關漢卿、王實甫、馬致遠「三家」散曲創作與「戲曲本質」的詩、劇關係，散曲具詩家情韻、劇家本色的關漢卿，其雜劇亦充分糅合了如是的特色；文辭藻麗且「工作曲」的王實甫，其作曲、作劇的手法皆如「作詩」般的用心經營；當然，散曲用以寄寓個人情志，而語言典

---

[147] 同上註。
[148] 《黃粱夢》第三折，參臧晉叔編《元曲選》第二冊（同註42），頁787。
[149] 同上註。
[150] 案：明・朱權《太和正音譜・古今群英樂府格勢》云：「馬東籬之詞，如朝陽鳴鳳。……宜列群英之上。」參《中國古典戲曲論著集成》三（同註8），頁16。
[151] 張燕瑾：《中國戲曲史論集》（北京：燕山出版社，1995年3月），頁40。

雅清麗、意境高妙的馬致遠，其雜劇創作，無論用意、手法與風格，便不免要呈現出對傳統詩歌的傾斜、回歸了。

三、論關、王、馬雜劇創作手法

　　中國詩歌自來即以抒情為主要訴求，元雜劇以詩歌創作為主體結構，既將故事傳達又得到情感抒發，此實因「劇詩」本質之要求所致。誠如蘇國榮所說：

> 戲劇體詩既需要像抒情詩描寫詩人自己的內心世界那樣描寫人物主觀的、內在的情感，又要像敘事詩那樣將人物主觀的、內在的情感轉化為客觀的、外部的行動，做到二者的有機結合。[152]

確實，以詩歌為主體結構的古典戲劇，既須具抒情與敘事功用，又得兼主、客觀描寫，唯劇作家創作時，常因抒情與敘事、主觀與客觀相互融滲程度上的不一，故而有「以劇作劇」、「以詩作劇」、「以劇作詩」之區別。

（一）關漢卿「以劇作劇」

　　書會文人、「雜劇班頭」身分的關漢卿，在戲曲發展史上自有一定特色與影響，賈仲明、周德清、朱權等，或稱之「梨園領袖」、「雜劇班頭」、「總編修師首」；或引「關、鄭、白、馬」四家之首；或以「初為雜劇之始」稱之，足見關漢卿在戲曲史上之重要性。

---

[152] 蘇國榮：〈中國劇詩的形成和民族個性〉，參《中國劇詩美學風格》（同註 11），頁 12。

　　關漢卿因「躬踐排場」的實際經驗[153]，自然知道舞臺表演與案頭文學之差異。在劇本創作上，觀眾的接受度本就是劇作家的首要考慮，因此劇作家在「劇」與「詩」間，選擇了以「劇」為創作主要考量，如《竇娥冤》寫竇娥自小母亡家貧，父親因赴京參加科考缺盤纏，將其賣與蔡婆為媳，後又因張驢兒父子事，遭昏官桃杌誤判受冤屈而亡，臨刑前的竇娥許下三重誓，強烈冀求天道的呼應，以昭雪冤屈。全劇明顯以故事為主，詩歌則是深化竇娥內心之手段；《救風塵》寫妓女宋引章毀婚約嫁與周舍，後因遭虐而向姊妹淘趙盼兒求救，趙盼兒以其機智挺身相救，成就其與安秀實婚事。同樣地，劇作家在故事上安排「妓女從良」、「妓女自救」[154]的主題與手法，除彰顯趙盼兒機智反映外，更傳達出妓女的卑微與深沈悲哀。當然，關漢卿雜劇以故事為主體、目的，詩歌為手段的特點，在此是明顯的；此外，如《魯齋郎》、《望江亭》、《蝴蝶夢》、《玉鏡臺》等亦無不如此。

　　劇作家雜劇創作，若以觀眾為首要考量、以故事為主要表現，則其曲文自然是傾向本色、口語而貼近現實生活的，所以應裕康即如是說：

> 在曲文上，關漢卿是元劇作家中最本色的一個。幾乎完全都是口語，沒有一點文雅之氣。關漢卿運用本色的語言，很顯明刻畫出劇本中人物的個性，使他們栩栩如生。[155]

---

[153] 明・臧晉叔說：「而關漢卿輩爭挾長技自見，至躬踐排場，面傅粉墨……總之曲有名家、有行家。名家者出入樂府，文彩爛然。在淹通閎博之士，皆優為之。行家者隨所粧演，無不摹擬曲盡……故稱曲上乘，首曰當行。」參《元曲選》第一冊（同註42），頁3~4。

[154] 案：關漢卿「妓女從良」主題的雜劇，如《金線池》、《謝天香》等劇；「妓女自救」主題，如《救風塵》即是。

[155] 王忠林：《元曲六大家》（同註80），頁44。

不錯，關漢卿的《竇娥冤》曲文：「莫不是八字兒該載著一世憂，誰似我無盡頭！」[156]、同劇第三折【一煞】：「你道是天公不可期，人心不可憐，不知皇天也肯從人願。」[157]、《蝴蝶夢》第一折【仙呂・點絳唇】：「仔細尋思，兩回三次，這場蹊蹺事。走的我氣咽聲絲，恨不的兩肋生雙翅。」[158]等，皆是藉著通俗的口語與栩栩如生的人物形象，將其對社會黑暗面的不平寫出。關漢卿雜劇以劇本故事爲主要創作考量，在詩與劇、情感表現上與王實甫、馬致遠自然不同。

　　而在另一方面，過去的文人往往藉詩文揭露社會瘡痍與諷諫政治得失、抒發個人情志，到了元代，劇作家將詩文滲入新起的雜劇之中，所反映者便卻因個人創作特質與關注點而有所差異。以關漢卿爲論，題材的現實性與多樣化如《竇娥冤》、《魯齋郎》、《救風塵》等劇作即與王實甫、馬致遠大相逕庭。而這一切，正如蘇國榮所說：

> 中國戲曲觀眾的民間性，影響到戲曲民族風格形成的第一點，是思想傾向的直接性和情感的強烈性。……戲曲思想傾向的直接性是與民間觀眾看戲時的鮮明愛憎感分不開的，觀眾帶著這樣強烈的愛憎情感看戲，使得戲曲必須態度鮮明，是非清楚。[159]

深諳舞臺的關漢卿，其雜劇即是受「觀眾」影響而創作，所以對於劇中人物情感、思想的表現是直接且強烈的。當然，就「劇詩」的本質論，關漢卿選擇了詩歌爲戲劇故事服務的創作道路。

---

[156] 《竇娥冤》第一折【油葫蘆】，參明・臧晉叔編《元曲選》第四冊（同註42），頁1501。
[157] 《竇娥冤》第三折，參臧晉叔編《元曲選》第四冊（同註42），頁1511。
[158] 參明・臧晉叔：《元曲選》第二冊（同上註），頁633。
[159] 蘇國榮：〈民間觀眾對戲曲民族風格的影響〉，參《中國劇詩美學風格》（同註11），頁73~74。

（二）王實甫「以詩作劇」

「詞章風韻羨」、「天下奪魁」[160]之論，肯定王實甫《西廂記》在戲曲史的重要地位，而由〈凌波仙〉詞可發現，賈仲明對王實甫的肯定，除著力於堪稱天下奪魁的《西廂記》一劇上，更對其描風寫月之詞章風韻予以極大的讚美。至於，《太和正音譜》以「花間美人」[161]喻王實甫，除了肯定其柔靡豔麗的詞采特色外，「鋪敘委婉，深得騷人之趣」一語，可說道盡了王實甫「以詩作劇」的特色。另外，張琦的「麗曲之最勝者，以王實甫《西廂》壓卷」[162]、吳梅「王實甫作《西廂》，以研鍊濃麗為能」[163]亦同樣是對王實甫《西廂記》濃麗詞藻的肯定。

王實甫現存《西廂記》、《破窯記》、《麗春堂》雜劇，其中以《西廂記》最負盛名、影響亦最大。若以詩與劇的關係來說，《西廂記》在文辭上濃艷典雅，在題材上崔張故事更是文人詩文中的熟典。若說關漢卿在「詩」與「劇」間，選擇了以「劇」為完全的創作考量，王實甫則充分利用了傳統詩歌美文的條件，來經營他的戲劇創作，如《西廂記》中曲文：「碧雲天，黃花地，西風緊北雁南飛。曉來誰染霜林醉。總是離人淚」[164]、「望蒲東蕭寺暮雲遮，慘離情半林黃葉。馬遲人意懶，風急

---

[160] 明・賈仲明〈凌波仙〉詞弔「王實甫」：「風月營匝匝列旌旗，鶯花寨明飆飆排劍戟。翠紅鄉雄赳赳施謀智，作詞章風韻美。士林中等輩伏低。新雜劇、舊傳奇，西廂記天下奪魁。」見《錄鬼簿》卷上，參楊家駱主編《錄鬼簿新校注》（台北：世界書局，1982 年 4 月）。

[161] 明・朱權《太和正音譜・古今群英樂府格勢》：「王實甫之詞，如花間美人。鋪敘委婉，深得騷人之趣。極有佳句，若玉環之出浴華清，綠珠之採蓮洛浦。」參《中國古典戲曲論著集成》三（同註8），頁 17。

[162] 明・張琦：《衡曲麈譚》，參《中國古典戲曲論著集成》四（同上註），頁 269。

[163] 吳梅：《中國戲曲概論》卷上（同註1），頁 38。

[164] 《西廂記》第四本〈草橋驚夢〉第三折【正宮・端正好】曲文，參楊家駱主編《全元雜劇初編》四（同註83）。

雁行斜。離恨重疊，破題兒第一夜」[165]、「綠依依牆高柳半遮，靜悄悄
門掩清秋夜，疏剌剌林梢落葉風，昏慘慘雲際穿窗月」[166]情景交融的
描寫手法，皆透顯著詩人敏感與細膩心思。它們不僅成功地營造了迷離
冷清的場景，也貼切傳神地抒寫了劇中男女依依不捨的別情愁緒。傳統
詩歌的美妙，爲舞臺演出的戲劇活色生香地更增添了幾分風采。這也是
「送別」、「驚夢」等能膾炙人口、乃至傳世不朽的原因了。

　　王實甫在文辭上運用了細膩的抒情手法，題材則多爲文人情愛故
事，如《西廂記》與《破窯記》皆是。雜劇內容既寫的是歌頌愛情、功
名追求的文人故事，詩歌更成了其故事情節傳達的有利輔助與手段。設
若以本色、通俗語言爲王實甫《西廂記》敘述語言表現，則恐怕不免於
與故事情節、人物性格扞格不合了。

（三）馬致遠「以劇作詩」

　　賈仲明弔「馬致遠」:「萬花叢裡馬神僊」、「戰文場曲狀元」[167]不僅
是肯定其神仙道化劇、隱逸思想的劇作特色，更是對馬致遠的曲文表現
之肯定。朱權《太和正音譜》以「朝陽鳴鳳」[168]喻馬致遠，認爲其詞典
雅清麗、宜列群英之上，可見朱權對馬致遠評價之高。

　　賈仲明與朱權對馬致遠的評價，似乎同樣環繞在曲文典雅清麗的表
現上。不錯，「以劇作詩」的馬致遠，確實是將詩歌抒情傳統發揮至極

---

[165] 《西廂記》第四本〈草橋驚夢〉第四折【雙調·新水令】曲文（同上註）。

[166] 《西廂記》第四本〈草橋驚夢〉第四折【雙調·雁兒落】曲文（同上註）。

[167] 明·賈仲明〈凌波仙〉詞弔「馬致遠」:「萬花叢裏馬神僊，百世集中說致遠。四
　　海內皆談羨，戰文場曲狀元。姓名香貫滿梨園。漢宮秋、青衫淚，戚夫人、孟
　　浩然，共庾白關老齊眉。」（同註160）

[168] 明·朱權《太和正音譜·古今群英樂府格勢》:「馬東籬之詞，如朝陽鳴鳳。其詞
　　典雅清麗，……宜列群英之上。」參《中國古典戲曲論著集成》三（同註8），
　　頁16。

的劇作家。若以「詩」和「劇」爲論，馬致遠與王實甫，即便是同爲「詩人之劇」，二者卻仍有所區別，正如張燕瑾所說：

> 就曲詞而論，王實甫是以詩心寫戲，寫出的是具有詩意詩情之美的戲劇；馬致遠是用戲劇手法寫詩，寫出的是具有戲劇特點的詩。[169]

此段話點出王實甫與馬致遠差異外，若追溯二者「以詩作劇」與「以劇作詩」的主要差別，則在於情感的抒寫表現。前述王實甫與關漢卿劇本，在情感抒寫上「劇中看不到劇作家影子」，屬於客觀抒情；而馬致遠「戲的重點是抒情，戲劇衝突爲抒情服務。」[170]「劇作家常化爲劇中人物抒發自身情感」，是主觀的抒情。張燕瑾論述王實甫與馬致遠劇本景、情的描寫，便如此說：

> 王實甫筆下的景物描寫，是在創造環境中寫人的心情，符合矛盾衝突和戲劇情節的需要，是戲；馬致遠筆下的景物描寫，則與環境無關，與矛盾衝突及戲劇情節相游離，已化戲爲詩。[171]

同樣是「詩人劇作家」，在文辭上，王實甫與馬致遠雖各有濃麗、清俊之特色，卻不失詩人作劇之本色；然而，在情感表現上，王實甫的客觀態度與主觀抒寫的馬致遠卻因此而大大不同。如寫張鎬仕途不遇感慨的《薦福碑》第一折【仙呂・點絳唇】：「我本是那一介寒儒，半生埋沒，紅塵路。」[172]【油葫蘆】：「則這斷簡殘編孔聖書，常則是養蠹魚，我去這六經中枉下了死功夫。凍殺我也，《論語》篇、《孟子》解、《毛詩》

---

[169] 張燕瑾：《中國戲曲史論集》（同註151），頁41。
[170] 同上註。
[171] 張燕瑾：《中國戲曲史論集》（同註151），頁41。
[172] 《薦福碑》第一折，參明・臧晉叔編《元曲選》第三冊（同註42），頁577。

注，餓殺我也，《尚書》云、《周易》傳、《春秋》疏。」[173]等曲文，劇作家都是藉此以達到抒情目的，可以說，故事僅是劇作家抒情的手段。此外，《任風子》、《岳陽樓》、《黃粱夢》、《陳摶高臥》等神仙道化劇，也是抒情為主，故事為手段的表現。因此，馬致遠在「詩與劇之間」，選擇了以詩歌（抒情）為主要目的，劇情故事則成為表現的手段。

　　由詩歌的角度論關漢卿、王實甫、馬致遠三家劇作，實有所差異。若以舞臺演出、觀眾接受度言，「以劇作劇」的關漢卿定然取勝；倘使以詩文閱讀為考量，則「詩人劇作家」之王實甫、馬致遠自然占優勢。然在「情感抒寫」上，馬致遠卻明顯承繼了詩歌的抒情傳統，而此一對詩歌抒情傳統的傾斜、回歸，對後世文人劇的創作自有一定影響。前人以「本色與文采」、「名家與行家」論關、王、馬，僅著重曲文之論述；同樣地，「關派、王派」之論，與葉慶炳的「劇人之劇」、「詩人之劇」等說，亦未能臻完善。所以，此處由戲劇體制與詩歌特質論「三家」，或能更為妥切、周延。

第二節　由「時代背景」論三家雜劇創作主調

　　王國維《人間詞話》論文學發展[174]，僅以文體自身問題為論，其實文學發展與社會思潮趨向，皆與時代背景有著必然關係。漢賦、唐詩、

---

[173] 同上註，頁 578。
[174] 王國維：「四言敝而有楚辭，楚辭敝而有五言，五言敝而有七言，古詩敝而有律絕，律絕敝而有詞。蓋文體通行既久，染指遂多，自成習套。豪傑之士，亦難於其中自出新意，故遁而作他體，以自解脫。一切文體所以始盛中衰者，皆由於此。故謂文學後不如前，余未敢信。但就一體論，則此說固無以易也。」參徐調孚注

宋詞的發展,莫不皆然。元雜劇的異軍突起,蔚爲一代文學表徵,余秋
雨便以爲:

> 由宋至元,是中國戲劇走向成熟的「衝刺期」。在宋以前,中國
> 戲劇的雛形已經形成。宋代,由於商品經濟的發展,市民階層
> 的擴大,市民藝術的匯集和繁榮,各種戲劇雛形急速走向成熟。
> 與城市經濟相聯繫的瓦舍、勾欄,是直接孵育戲劇成熟的溫床。
> 聚集在瓦舍、勾欄之中的廣大觀眾的市民口味,釀成了一種使
> 詩的時代向戲劇的時代過渡的審美氛圍。[175]

確實,社會經濟對於文學發展「由士大夫而過渡到通俗文學」的現象,
有著直接或間接性的影響。當然,時代背景與政治社會因素,更進一步
牽動著文人生命情調,使同時代的文人因著生命情調的不同,而呈現不
同的文學生命,這在異族統治下的元雜劇劇作家,最是明顯。所以,余
氏又進一步指出:

> (前期)元雜劇,在精神上有兩大主調:第一主調是傾吐整體
> 性的鬱悶和憤怒,第二主調是謳歌非正統的美好追求。[176]

即是述說文人遭逢時代變亂時,在精神與文學創作上因性格與人生態度
之不同而有所差異。元代爲異族入主中原,在政治、科考、社會上,漢
族文人失去應有的公平與尊重,元雜劇作家因而有其他時代文人所沒有
的感嘆與抑鬱不平。政治上的不公、社會的黑暗,對元雜劇的發展有相

《人間詞話》(香港:中華書局,1986 年 5 月),頁 28。
[175] 余秋雨:《中國戲劇文化史述》(台北:駱駝出版社,1987 年 8 月),頁 161。
[176] 同上註,頁 171。

當影響。準此，可知時代背景對戲曲發展，有必然的影響，以下即據以論關漢卿、王實甫、馬致遠劇作態度。

一、時代背景

　　元朝，是原居塞北的蒙古族所建立的王朝。自蒙古滅金（西元 1234年）到順帝至正二十八年（西元 1368 年）元亡，約一百三十四年的統治時間；若由世祖忽必烈至元八年（西元 1271 年）改國號為「元」算起，則為九十七年；由至元十六年（西元 1279 年）宋亡算起，則僅八十九年。撇開兵馬征伐時期不論，以文學發展的實際情況來說，元代文學史的起迄時間，約可定為「從蒙古滅金至元朝亡」。

　　尋索有元一代文史典籍，我們不難窺知雜劇興盛主因的「時代環境」。而此「時代」二字，實包括：政治、社會、經濟、宗教、文化等面向，筆者將互相含攝者並列，擬由政治、社會經濟與宗教文化方面論之。

（一）政治方面

　　元以前的中國，即出現過如五胡、北朝、遼、金等「複合皇朝」[177]，此種「胡漢雜揉」的局面，對統治者、人民與制度，都是一種考驗。元

---

[177] 王明蓀認為：「提出作為參考的複合皇朝，要以下列幾點條件為主：一、朝廷之建立與統治終極之權力皆在於外族，但朝廷之建立不能絕對排除漢族，有時甚或得自漢族大量的支持，且在統治階層之中，漢族占有相當的比例。二、入仕任官之法，即在政治上統治階層流通之管道，其採用漢法與非漢法都有相當之比例，以維持一定之均衡，既不全用漢法，亦不全用非漢法，而在大部分時間裏皆可看到外族是享有特權者。三、在官方語文方面，『胡漢』兩者並行通用。四、社會上地位多與政治地位相配合，且以出身閥閱家族為主。五、文化上涵化之程度雖有不同，大體上都不免成為『胡漢』之綜合體。」參《元代的士人與政治》（台

代政治最為人詬病與攸關元室存亡者，當屬民族間的差別對待，這可由科舉考試與入仕充分看出：元朝將人民分蒙古、色目、漢人、南人四等級，在《元史》卷八十一〈選舉制〉中說：

> 考試程式：蒙古、色目人第一場經問五條：〈大學〉、〈論語〉、〈孟子〉、〈中庸〉內設問，用朱氏章句集註，其義理精明，文辭典雅者中選。第二場策一道，以時務出題，限五百字以上。漢人、南人第一場明經疑經二問，〈大學〉、〈論語〉、〈孟子〉、〈中庸〉內出題，並用朱氏章句集註，復以己意結之，限三百字以上。經義一道，各治一經，《詩》以朱氏為主，《尚書》以蔡氏為主，《周易》以程氏朱氏為主，以上三經兼用古註疏，《春秋》許用三傳及胡氏傳，《禮記》用古註疏，限五百字以上，不拘格律。第二場古賦、詔誥、章表內科一道，古賦、詔誥用古體，章表四六，參用古體。第三場策一道，經史時務內出題，不矜浮藻，惟務直述，限一千字以上成。蒙古、色目人願試漢人、南人科目中選者加一等注授。蒙古、色目人作一榜，漢人、南人作一榜。第一名賜進士及第，從六品；第二名以下及第二甲皆正七品；第三甲以下皆正八品，兩榜並同。[178]

無論是考試科目、試題要求、榜單等，都將蒙古、色目與漢人、南人作了差別區分。《元史》又載：「天下選合格者三百人赴會試，於內取中選者一百人內，蒙古、色目、漢人、南人分卷考試各二十五人。」[179]此看

　　北：台灣學生書局，1992年3月），頁3。

[178]　參二十五史：《元史》二（台北：藝文印書館），頁975~976。

[179]　參《元史》二（同上註），頁977。

似公平的規定，若依錄取的比例來說，蒙古、色目、漢人、南人又相差千百倍。

若翻閱《元史》，實處處可見階級待遇不同的事實，如《元史》卷二十三〈武宗紀〉：「至大二年（一三〇九）甲戌，以宿衛之士比多冗雜，遵舊制，存蒙古、色目之有閥閱者，餘皆革去。」[180]、卷一八六〈成遵傳〉：「平章之職，亞宰相也。承平之時，雖德望漢人，抑而不與。」[181]即是種族階級對入仕的影響。明葉子奇《草木子》曾慨嘆：

> 天下治平之時，臺省要官皆北人為之。漢人、南人，萬中無一二；其得為者，不過州縣卑秩，蓋亦僅有而絕無者也。[182]

那些仕途得意的蒙古人、色目人，或以武力取勝、或世襲承蔭，因此官吏的貪懦腐敗乃至無知無學，成為元代政治司空見慣之事。又如《元史》卷一七三〈崔斌傳〉載：「江淮行省事至重，而省臣無一通文墨者。」[183]更說明文人的憤懣不平其來有自。

因此，馬致遠《荐福碑》藉書生張鎬唱：

> 【么】這壁攔住賢路，那壁又擋住仕途，如今這越聰明越受聰明苦，痴呆的越享了痴呆福，越糊突越有了糊突富，則這有銀的陶令不休官，無錢的子張學干祿。[184]

---

180 《元史》卷二十三〈武宗二〉，參楊家駱主編《新校本元史並附編二種一》（台北：鼎文書局），頁512。

181 《元史》卷一八六〈成遵傳〉（同上註），頁4281。

182 明・葉子奇：《草木子》〈克謹篇〉，參《元明史料筆記叢刊》（北京：中華書局，1959年5月），頁49。

183 《元史》卷一七三〈崔斌傳〉（同註181）。

184 《荐福碑》第一折，參明・臧晉叔編《元曲選》第二冊（同註42），頁579。

此段曲文，無奈卻眞實地點出元代科舉的境況：有才德的人，並不一定能當官，當官的不一定有才德，仕途與賢路阻礙重重的書生，僅能藉曲文發發牢騷。

（二）社會經濟方面

　　種族之間的待遇既已不公，元代科舉的廢止，對異族統治下的讀書人來說，不啻雪上加霜。由《元史‧選舉志》所記：

> 元初太宗，始得中原，輒用耶律楚材言，以科舉選士。世祖既定天下，王鶚獻計，許衡立法，是未果。行至仁宗延祐間，始斟酌舊制而行之。[185]

可知元太宗時有科舉考試，後因故而廢，到世祖忽必烈統一中國時，曾由王鶚、許衡等立法籌設，後又不了了之。直到仁宗延祐年間，才恢復科舉考試制度，其間已經歷了七、八十年。在這種情況下，「學成文武藝，貨于帝王家」的文人，面對科舉廢行、理想抱負無法實現，心理上不得不作相當大的調適，正如陳松柏所說：

> 在以儒家文化為正宗的中國，讀書人無不以『修齊治平』為自己的人生取向，以『立德、立功、立言』為終生追求。當蒙古統治者，長驅直入，先亡金後亡宋，終於一統天下的時候，儒生們的心態或曰價值取向一般要經歷三個階段：亡國之痛→徘徊觀望→決定去留。[186]

---

[185] 參《元史》二（同註178），頁974。
[186] 陳伯松：〈元代文人的心態與元曲創作〉，《咸寧師專學報》（1998年2月，18卷1期），頁35。

而不論選擇仕途或歸隱，同樣須面對的都是「九儒十丐」[187]般一落千丈的卑賤社會地位。「九儒十丐」之說，見諸謝枋得〈送方伯載歸三山序〉：「我大元典制，人有十等，一官二吏，先之者貴之也。七匠八娼，九儒十丐，後之者賤之也。」[188]與鄭思肖的〈大義略序〉：「韃法：一官、二吏、三僧、四道、五醫、六工、七獵、八民、九儒、十丐，各有所統轄。」[189]二者名目既異，求諸元代典章，也無以確證。以謝、鄭二人皆南宋遺民的身分，自有可能為一種遺民情緒之發洩。然而，「九儒十丐」之說於當時社會盛行，當然仍有其時代意義。

由於科舉廢行，阻斷了文人「學而優則仕」的政治前途，文人遂陷入「職位不振」、「材大無用處」的困境，對現實社會產生了嚴重的懷疑與厭倦。如翰林學士承旨王鶚等請行選舉法，上疏云：

> 貢舉法廢，士無仕進之階，或習刀筆以為吏胥，或執僕役以事官僚，或作技巧販鬻以為工匠商賈。以今論之，惟科舉取士，最為切務。[190]

一向居四民之首的讀書人，因科舉廢止而無以仕進，只能淪為吏胥、僕役、工匠與商賈。對於仕進無門、懷才不遇的文人言，其憤懣不平的心情，往往藉著詩文自我解嘲與宣洩，如【中呂‧古調石榴花】〈怨別〉「當

---

[187] 「九儒十丐」：元時輕視儒者之語。將人分類為十等：一官、二吏、三僧、四道、五醫、六工、七獵、八民、九儒、十丐。（謝枋得則認為：今世俗人有十等，一官、二吏、先之者貴之也，七匠、八娼、九儒、十丐。）二說皆將「儒者置於九等低賤地位」。

[188] 元‧謝枋得：〈送方伯載歸三山序〉，參《百部叢書集成：正誼堂全書》《謝疊山先生集》（台北：藝文印書館，1967 年）。

[189] 元‧鄭思肖：〈大義略序〉，參《鐵寒心史》（台北：世界書局，1970 年 5 月），頁 78。

[190] 參《元史》卷八十一〈選舉志〉（同註 180），頁 2017。

初指望成家計，誰想瓊簪碎。」[191]與馬致遠【南呂‧四塊玉】〈嘆世〉的「爭利名，奪富貴，都是癡。」[192]、【南呂‧金字經】的「且做樵夫隱去來」「登樓意，恨無天上梯」[193]等皆是。

　　文人社會地位一落千丈的同時，另一方面，值得探討的卻是元朝的經濟狀況。據《元史‧食貨志》所載可知，元代無論是手工業、海陸交通、對外貿易等皆相當發達，如：「元自世祖定江南，凡鄰海諸郡與番國往還，互易舶貨者，其貨以十分取一，麤者十五分取一，以市舶官主之。……」[194]即說明了元代對外貿易狀況。城市商業興盛，造成人口集中，元代大都即是商業發達人口集中之處，《元史‧食貨志》載有「粟由海運以給京師」[195]，正足以說明此現象。而爲迎合市民階層娛樂所需，各種娛樂紛紛滋生，即是商業活動帶領娛樂生活發展的最佳寫照，因之，仕途失意的文人即投入雜劇創作行列。據《錄鬼簿》[196]所載，作傳奇的「前輩已死名公才人。有所編傳奇行于世者五十六人」[197]這些「名公才人」居於大都者有：關漢卿、庾吉甫、馬致遠、王實甫、楊顯之、李仲章、趙明道、李子中、費唐臣、石子章、李時中、李寬甫、費君祥、紀君祥、梁退之、張國賓等，可見，元雜劇作家居大都者占多數，且其

191　關漢卿：【中呂‧古調石榴花】〈怨別〉，參《全元散曲》一（同註 23），頁 174。
192　馬致遠：【南呂‧四塊玉】（同上註），頁 237。
193　《全元散曲》一（同註 23），頁 239。
194　參《元史》二（同註 178），頁 1171。
195　參《元史》二（同上註），頁 1209。
196　季國平說：「《錄鬼簿》為元人記述元曲作家生平和作品的文獻資料，歷來有關元雜劇作家和發展歷史的重要認識，主要是依據《錄》而來的。……今存《錄》版本較多……可分元著本和明人增補本兩大系統……《錄》的體例，上下卷有著『前輩』和『方今』的史的時序和線索，鍾氏以自己的時代為基點，以『前輩』和『方今』作時序，把元雜劇作家分屬這兩個時期。……」對《錄鬼簿》上下卷體例、作者與劇作家排序有所說明。參《元雜劇發展史》（台北：文津出版社，1993 年 3 月），頁 9~17。案：此處以《錄鬼簿》明人增補本為論。
197　元‧鍾嗣成：《錄鬼簿》卷上（同註 160），頁 9。

中不乏有名劇作家，風格鼎立於中國戲曲史的關漢卿、王實甫、馬致遠三家，亦於其中。

　　總之，「九儒十丐」般的低賤社會地位，導致元代文人「到民間作文人」；而經濟發展的城市生活，則提供了市民文藝蓬勃的有利條件。凡此種種，皆直接或間接地影響雜劇發展。

（三）宗教方面

　　綜覽元代戲曲，發現其中具隱逸思想或神仙道化、度脫色彩者皆未離道家、道教思想。如鄧玉賓【南呂・一枝花】〔梁州第七〕：

> 俺只待學聖人問禮於老聃。遇鍾離度脫淮南。就虛無養箇真恬淡。一任教春花秋月。暮四朝三。蜂牙蟻陣。虎窟龍潭。鬧紛紛的盡入包涵。只是這箇舞東風的寬袖藍衫。兩輪日月是俺這長明朗不滅的燈龕。萬里山川是俺這無盡藏長生藥籃。一合乾坤是俺這養全真的無漏仙庵。可堪。這些兒鈍憨。比英雄回首心無憾。沒是待雷破柱落奸膽。不如將萬古煙霞赴一簪。俯仰無慚。[198]

從「問禮於老聃」、「鍾離度脫淮南」既說明道家與全眞道之關係，又將「講虛無」、「養全眞」的教義點出；又如馬致遠【中呂・粉蝶兒】〔迎仙客〕：

> 壽星捧玉杯。王母下瑤池。樂聲齊眾仙來慶喜。六合清。八輔美。九五龍飛。四海昇平日。[199]

---

[198] 《全元散曲》一（同註23），頁309。
[199] 同上註，頁257。

更是將王母壽宴，眾仙慶壽的景象描寫出。其中王母、眾仙（雖未言八仙，實已含括在內），都是道教神仙人物，尤其八仙中的呂洞賓、鍾離權、鐵拐李等更是「全眞道」所崇敬的神仙。而以雜劇來說：馬致遠的《黃粱夢》、《陳摶高臥》、《岳陽樓》、《任風子》；史九敬先的《莊周夢》；戴元甫的《翫江亭》……等，也皆是與道家、全眞道有關。

　　元代對宗教是採兼容並蓄的態度，除薩滿教外，另有佛、道、伊斯蘭教、基督教與猶太教。其中以道教改革派的「全眞教」對文人士子影響最鉅。「全眞教」開山祖師王重陽，生於宋徽宗正和二年（西元 1112年），名中孚，字允卿，重陽爲其道號。金・麻九疇〈鄧州重陽觀記〉載：

> 予不知其何如人，見其門弟子曰：「王重陽，諱吉吉，字知明，重陽其號也。有文武藝，當廢齊阜昌間，脫落功名，日酣於酒。歲四十又八，遇二異人，得證玄理。彌復跌宕，東邁瀕海，從遊者眾。既而蛻於汴梁。」[200]

由於「全眞教」乃在舊存道教基礎上新創的道教，「全眞」二字，來自「全性保眞」的觀念，王重陽以《般若心經》、《孝經》、《道德經》、《清淨經》等儒釋道三教典籍，爲其經典。既主三教同源，又講禪宗的修行與教義，且提出「全眞教」的「五祖七眞」[201]，故又稱「新道教」。《元史》未見王重陽生平記載，僅能由《元史・釋老傳》論丘處機處，知悉一二。如：

---

[200]　陳教友：〈長春道教源流〉卷一，《道教研究資料》第二輯（台北：藝文印書館）。
[201]　「五祖七真」：道教五祖有南北二派，此處以北派為主。北派五祖：由老君所傳之王少陽帝君，遞傳鍾離正陽帝君，呂純陽帝君，王重陽帝君與劉海蟾帝君為五祖。道教七真：亦有南北二派，南派為劉海蟾祖師所傳有：張紫陽、石杏林、薛道光、陳泥丸、白紫清、劉永年、彭鶴年；北派則由王重陽祖師傳承之，有：邱長春、馬丹陽、劉長生、譚長真、郝廣寧、王玉陽等六真人，與孫不二仙姑等。參《道教大辭典》（浙江：古籍出版，1987 年 10 月），頁 5、54。

丘處機登州栖霞人，自號長春子，兒時有相者謂其異，曰當為神仙宗伯，年十九為全真學於寧海之崑崙山，與馬鈺譚、譚處端、劉處玄、王處一、郝大通、孫不二，同師重陽王真人。[202]

由此可見，王重陽的宗師地位與當時全真道之盛行。從神仙道化劇與散曲中隱逸思想來看，宗教思想對文學發展的影響，是有目共睹的。

另外，若論元代文學思想的生成，非僅是政治、社會上的劇烈變遷與「全真道」宗教影響所致；相對地，元代統治漢人雖極為嚴屬，但是在思想上卻是一個較為放任的時代。因儒家思想的衰微，與唐宋時所樹立的「文以載道」文學思想，在文學界失去作用，載道派與理學家最鄙視且視為「難登大雅之堂」的戲曲，在此思想自由的時代成熟，加上良好的物質環境條件，更促使其蓬勃發展。

綜觀雜劇演變發展與內容表現，深知時代背景足以左右文學興衰。有元一代，為異族統治，在民族歧視與不平等的社會基調上，政治科舉、社會經濟、宗教文化，三者皆對戲曲發展有相當大的影響。

二、時代背景在雜劇中之呈現

綜觀身處亂世或不遇的歷代中國文人，因性格與人生態度的差異，或以揭露、批判現實的方式傾吐心中的憤懣；或以謳歌、頌揚的方式來展現美好的追求與期待；或以隱逸逃避來表達自身對現實的不滿。此種或破、或立、或避[203]的生命情調，在元雜劇作家身上可說顯露無遺。

---

[202] 〈釋老列傳〉，參《元史》三（同註178），頁2167。
[203] 案：余秋雨在論述「元劇精神主調」時曾提出「破」與「立」的觀念，筆者據馬致遠雜劇隱逸思想的特質，而將其生命情調歸為「避」。

　　余秋雨將元代前期雜劇所呈現的精神主調分為二：其一為傾吐整體性的鬱悶和憤怒；其二則為謳歌非正統的美好追求。以三家為論，關漢卿屬於「傾吐整體性的鬱悶和憤怒」者，筆者將其歸為「破」與「批判」的元雜劇主調；王實甫則為「謳歌非正統的美好追求」者，可歸為「立」與「謳歌」的元雜劇主調。除了懲處與緬懷外，亦有部分作家採取「精神隱遁的消極方式」[204]如隱逸思想濃厚的馬致遠，此處，以「避」與「退離」的元雜劇主調論之。

　　所以，因時代背景與劇作家人生態度的不同，在雜劇作品上的反映自然也有所差異。此處，擬由「破」、「立」、「避」三面向論社會思潮對關、王、馬與元雜劇創作之關係。

（一）「破」與「批判」的元雜劇主調

　　「破」即是指對時代社會黑暗面的揭露、鞭笞、控訴、譏刺，它是充滿「批判」性的，關漢卿的雜劇創作即是充滿對政治社會不公不義的控訴，如《竇娥冤》、《魯齋郎》、《救風塵》等皆是。在異族統治與禮法制度癱瘓的元代，身處下層社會且地位卑下的關漢卿，窮愁潦倒的生活使其對社會的黑暗、人性的醜陋與美善有著深刻體會，對這樣的生命處境，關漢卿選擇了面對現實、批判、撻伐、揭露與控訴，如：《竇娥冤》對惡霸張驢兒與昏官桃杌的揭露，且藉著悲劇的醞釀與構成，也充分反映了當時社會高利貸盛行的情形；《救風塵》中的周舍為有錢有勢的無賴，仗勢著父親是周同知與自己經商買賣的優勢條件，遊走於風月場中玩弄女人的情感，最後落得「騎馬一世，驢背上失了一腳」[205]；其它如《蝴蝶夢》中的葛彪、《魯齋郎》中的魯齋郎、《望江亭》中的楊衙內等

---

[204]　余秋雨：《中國戲劇文化史述》（同註175），頁186。
[205]　《救風塵》第二折，參臧晉叔編《元曲選》第一冊（同註42），頁197。

在社會上橫行霸道的無賴與權豪勢要，皆是關漢卿劇作批判、控訴的主要對象。若以社會思想來說，這種「破」、「批判」的雜劇主調與儒家的積極入世、面對問題的思想較切近。

依題材的不同，元雜劇作品主要可分：社會劇、公案劇、愛情劇、歷史劇、水滸劇、神仙道化劇等類型。元劇作家將政治社會狀況與群眾心理渴求反映在戲劇，致使水滸與社會劇、公案劇大量產生，此與顏師天佑所言：「它不僅忠實地反映著當時的各種社會情態，也明白地揭示了人們內心的寄託與希望。」[206]正因社會情態與群眾希望的揭示，元代以「水滸」故事爲題材的劇本頗多，劉靖之《元人水滸雜劇研究》：「元人水滸雜劇約有三十六種，其中流傳到現在的有十種，已散佚的共二十六種。」[207]現存水滸劇有：高文秀《黑旋風雙獻功》；康進之《梁山泊黑旋風負荊》；李文蔚《同樂院燕青博魚》；無名氏《魯智深喜賞黃花峪》、《爭報恩三虎下山》、《大婦小妻還牢末》、《梁山五虎大劫牢》、《梁山七虎鬧銅臺》、《五矮虎大鬧東平府》、《宋公明排九宮八卦陣》等。水滸故事劇，雖描寫的是官逼民反的梁山泊英雄好漢，然這些人的行徑，仍不失忠（小忠：對梁山泊的忠誠）孝節義，拙著《關公與李逵——以元明（初）雜劇中人物形象研究爲論》[208]有所探討，此不再贅述。

此外，元代「公案劇」也是雜劇中重要類別。一般研究者皆認爲「公案劇」著重對權豪勢要與貪官污吏的揭露，而其中清官形象與社會現實意義的呈現，不只與儒家「民胞物與」胸懷天下思想的影響有關，更是百姓希望的標舉與內心渴求的投射。現存元代「公案劇」有：關漢卿《竇

---

[206] 顏師天佑：《元雜劇所反映之元代社會》（台北：華正書局有限公司，1984 年 9 月），頁 114。

[207] 劉靖之：《元人水滸雜劇研究》（香港：三聯書店，1990 年 11 月），頁 41。

[208] 拙著《關公與李逵——以元、明（初）雜劇中人物形象研究為論》（國立中興大學中國文學系碩士論文，1999 年 6 月）。

娥冤》、《魯齋郎》、《蝴蝶夢》、《緋衣夢》；鄭廷玉《後庭花》；王仲文《不認尸》；楊顯之《酷寒亭》、《瀟湘夜雨》；張國賓《合汗衫》；高文秀《雙獻功》；孟漢卿《魔合羅》；孫仲章《勘頭巾》；李行道《灰闌記》；曾瑞卿的《留鞋記》；蕭德祥《殺狗勸夫》；無名氏《陳州糶米》、《貨郎旦》、《盆兒鬼》、《神奴兒》、《合同文字》、《生金閣》、《延安府》、《珠砂記》、《鴛鴦被》等二十四種。

　　胡金望在〈元雜劇中所反映的文人心態特徵〉[209]認為：正直有才而又較清醒的文人心態是「追求→失望→避世」；下層文人精神勝利的法寶是功名，基本上都是一種文人消極逃避的人生態度。在異族入主的蒙元時代，深受傳統儒家「用世」思想薰陶的文人士子，既沈抑下僚、混跡市井，便僅能將其不為世用的牢騷，轉移到雜劇的創作中，以「借他人酒杯，澆胸中壘塊」。同時因著與社會大眾同其脈動、同其感受的心理，在雜劇中大聲地發出不平之鳴。以「破」、「批判」為雜劇主調的關漢卿即是如此。

(二)「立」與「謳歌」的元雜劇主調

　　「立」即是指面對社會黑暗面時，劇作家以昇華轉移的態度對「非正統的美好追求」[210]的憧憬、遐想、張揚、扶持、歡笑，主要是以「謳歌」為主。王實甫的《西廂記》表現上雖是劇作家對「非正統」的憧憬，若以劇作家所處時代論，卻可窺知王實甫以「立」、「謳歌」為主的人生態度，此種人生態度亦形成另一種元雜劇主調。余秋雨說：

---

[209] 胡金望：〈元雜劇中所反映的文人心態特徵〉，參《安慶師範學院學報》（1994年1期），頁27~28。
[210] 案：「非正統的美好追求」：意指與傳統有所牴觸的行為與思想宣揚，如自由婚姻的追求、傳統禮教的反駁等皆屬之。

> 元雜劇中一首首歌頌自由和愛情的戲劇之歌，還沒有像《紅樓
> 夢》一樣染上封建末世的悲哀色調。元雜劇藝術家對客觀世界
> 中的惡勢力怒目相向，但對於以愛情爲中心的自由追求卻還充
> 滿了希望。[211]

確實，因禮教思想的箝制與男尊女卑的傳統觀念影響，女性的婚姻、愛情、命運往往無法自己掌控，故元代部分劇作家將創作轉向「以愛情爲中心的自由追求」上。

元代雜劇家面對政治與社會環境的改變，或將不滿宣洩而出、或轉移追求、或選擇隱逸逃避。部分劇作家們選擇轉移、追求，改以「立」與「謳歌」態度因應，遂有以婚姻、愛情題材等社會理想的雜劇描寫。如王實甫的《西廂記》描寫張生與鶯鶯即使面對傳統禮教壓制，仍堅持「自由戀愛婚姻」的追求，即爲最佳代表作。再者，《牆頭馬上》、《倩女離魂》等皆屬之。

值得注意的是：屬於關漢卿的「『破』與『批判』的元雜劇主調」若就社會情狀論，得以儒家「入世」思想相對應；而屬於馬致遠的「『避』與『退離』的元雜劇主調」，則道家與全眞道的「出世」思想正好切近。然而，以「『立』與『謳歌』爲元雜劇主調」的王實甫，在社會思潮上既無以依恃與相應者，在雜劇劇本創作上自然有其特殊性。

（三）「避」與「退離」的元雜劇主調

「避」是指對政治社會黑暗的逃避或無奈而消極的控訴。一般來說，受儒家「學而優則仕」觀念影響，走上仕宦路途的文人，一旦政治上遭受挫折或不如意，往往又「用舍行藏」地尋「隱逸」遁世之處，故

---

[211] 余秋雨：《中國戲劇文化史述》（同註175），頁193。

「仕」與「隱」往往是一線之隔。當然，探究文人的出處心境，我們也不能忽略道家的影響，而以元代文人來說，情況更是特別。

道家坐忘、去知、獨善其身的「出世」人生觀，爲道教所吸收利用，元代的新道教[212]，更是取其「全性保眞」而命名爲「全眞道」（或全眞教）。「全眞道」對元代文人影響頗鉅，前文已論，此不贅述。道家思想藉全眞道的傳揚，而間接地在散曲與雜劇中呈現，隱逸思想與神仙道化劇、仕隱劇的產生，即是極鮮明的例子。渡邊雪羽以「道教劇」名稱冠於神仙道化劇（度脫劇）上，且云：「現存元人雜劇中，屬道教劇的總計有十二種。」[213]如馬致遠《任風子》、《黃粱夢》、《岳陽樓》；岳伯川《鐵拐李》；谷子敬《城南柳》；范子安《竹葉舟》；戴善甫《翫江亭》（隋樹森《元曲選外編》：無名氏作。）；楊景賢《劉行首》；史九敬先《莊周夢》；賈仲名《金安壽》、《昇仙夢》；無名氏《藍采和》等。全眞教對神仙道化劇的影響，除了由劇本的內容思想可看出外，其「五祖七眞」更是劇本主要描寫人物，如《任風子》即寫馬丹陽度化屠夫任風子的故事；《黃粱夢》[214]寫鍾離權度化呂洞賓的故事，其中馬丹陽、鍾離權、呂洞賓皆爲全眞教崇仰敬拜的神仙、眞人。

在元代，隱逸思想與道教結合，無論在散曲或雜劇時常可見，如前引鄧玉賓【南呂・一枝花】〔梁州第七〕與曾瑞的【南呂・四塊玉】〈感

---

[212] 元代新道教：道教在統治者的宣揚利用、三教合一思想的深化氛圍中，其特質與先前的道教不同，全真道即是在此種時代環境孕育產生的。

[213] 渡邊雪羽：《元雜劇中的道教劇研究》（國立台灣大學中國文學研究所碩士論文，1986 年），頁 19。

[214] 佘大平：「在馬致遠現存的七種雜劇中，只有兩部屬於『神仙道化』劇，即《岳陽樓》和《任風子》，而《黃粱夢》和《陳摶高臥》是不應該定為『神仙道化』劇的。」參《馬致遠雜劇研究》（大陸：武漢出版社，1994 年 6 月），頁 125。筆者案：《黃粱夢》以全真道的神仙、真人度化故事為主，故應歸為「神仙道化劇」。

懷〉[215]等皆是頗具代表性作品。而若論元代神仙道化劇，當首推馬致遠。賈仲明弔馬致遠：「萬花叢裏馬神僊。百世集中說致遠。」中的「萬花叢」可解爲人才眾多的雜劇家，或解爲紅塵俗世中；「馬神僊」強調的是在元人神仙道化劇創作中，馬致遠不僅作品多且具代表性；「百世集中說致遠」則是針對馬致遠影響言，如王毅：「明初宮廷劇作家、劇評家很重視神仙道化劇，於是馬致遠文名鵲起，被評爲『宜列群英之上』；反之，不寫神仙道化劇的關漢卿，倒成了『可上可下之才』。」[216]馬致遠不僅神仙道化劇在中國文學史、戲曲發展史具相當地位，其歷史劇《漢宮秋》的抒情手法，更是膾炙人口。而充塞著隱逸思想的《陳摶高臥》，更是將道家「隱」的思想淋漓盡致地呈現出來。

　　戲曲在元代發展興盛，除政治因素、社會環境的刺激與宗教影響外，加上文學本身的發展與自由放任的思想，這些聚合的條件，正是戲曲繁盛的養分。經由政治、社會經濟、宗教等外在環境條件的論述，我們可以發現：劇作家的性格與人生態度往往影響其劇本創作，若以關漢卿、王實甫、馬致遠三家爲論，對抗、逃避成爲主要的面對態度，而轉移則是另一種生命情調的表現。而必須說明的是：雜劇類型的劃分，往往易陷於主觀，有時一個劇本，同時兼有兩種或兩種以上的特點，如關漢卿的《竇娥冤》，有將其歸公案劇、社會劇者；馬致遠的《黃粱夢》，有贊同也有反對歸爲神仙道化者；另外，「神仙道化劇」又稱度脫劇、道教劇……等等，皆非一時能道盡說明者。因本單元主要論述「社會思潮與戲曲發展」，故筆者僅以關漢卿「『破』與『批判』的元雜劇主調」、

---

[215] 【南呂‧四塊玉】〔感懷〕：「春色殘。鶯聲懶。百歲韶光夢槐安。功名縱得成虛幻。一跳身。百尺竿。難轉眼。」參《全元散曲》一（同註23），頁473。
[216] 王毅：〈序〉，參《馬致遠雜劇研究》（同註214），頁2。

王實甫「『立』與『謳歌』的元雜劇主調」與馬致遠「『避』與『退離』
的元雜劇主調」論之。

第三節　「三家」特色的確立

　　戲曲由民間發展轉至文人大力創作，應由元代論起，而經由戲曲本
質與時代背景面向的探討，可知雜劇的發展與詩的抒情傳統、大時代環
境中文人的性格與人生態度有關。以雜劇大家關、王、馬為論，三家生
命情調與風格，可說各具特色。同時，此「三家特色」的確立，我們也
可藉由「同時期劇作家之分期論述」，更形彰顯，故本單元擬由「雜劇
分類與劇作家分期」論「三家」。

一、由雜劇分類與劇作家分期論「三家」

　　雜劇分類與劇作家分期，關涉到劇本內容與劇作家創作特色等議
題。由分類與分期，不僅可窺知元雜劇創作趨向，更可使關漢卿、王實
甫、馬致遠「三家」特色在元雜劇史中之意義充分見出。

（一）雜劇分類

　　元劇的分類，歷來未能一統，元末明初的夏庭芝，在〈青樓集誌〉
中說：

　　　　「雜劇」則有旦、末。旦本女人為之，名粧旦色；末本男子為
　　　　之，名末泥。其餘供觀者，悉為之外腳。有駕頭、閨怨、鴇兒、

花旦、披秉、破衫兒、綠林、公吏、神仙道化、家長裏短之類。
內而京師，外而郡邑，皆有所謂构欄者，辟優萃而隷樂，觀者
揮金與之。[217]

由此段文字敘述可知：夏庭芝既以角色將劇本加以區分，又以內容爲分
類依據，致使雜劇分類略顯雜亂。明初朱權則將雜劇分十二科：

一曰『神仙道化』，二曰『隱居樂道』（又曰『林泉丘壑』），三
曰披袍秉笏（即『君臣』雜劇），四曰『忠臣烈士』，五曰『孝
義廉節』，六曰『叱奸罵讒』，七曰『逐臣孤子』，八曰『金發刀
趕棒』（即『脫膊』雜劇），九曰『風花雪月』，十曰『悲歡離合』，
十一曰『煙花粉黛』（即『花旦』雜劇），十二曰『神頭鬼面』（即
『神佛』雜劇）。[218]

「神仙道化」多爲道教傳說；「隱居樂道」基本上以隱逸生活爲主，其
中部分夾雜佛老思想；「披袍秉笏」爲君臣故事；「忠臣烈士」則大致以
史傳爲主，略加渲染描寫；「孝義廉節」以民間傳說爲主、或取自史傳；
「叱奸罵讒」往往據史傳加以諷世；「逐臣孤子」以貶謫不遇之名臣文
士爲題材；「金發刀趕棒」以刀劍武打爲主；「風花雪月」以男女情愛爲
主；「悲歡離合」敘家人骨肉離聚故事；「煙花粉黛」以妓女故事爲主；
「神頭鬼面」敘仙佛神怪之事。朱權的「雜劇十二科」係依劇本內容而
分，然而除了分類過細，甚而有重疊之嫌的弊病外，有些作品如以斷獄
爲主的《魔合羅》、《勘頭巾》……等，卻無法歸類。

---

217 元・夏庭芝：〈青樓集誌〉，參《中國古典戲曲論著集成》二（同註8），頁7。
218 明・朱權：《太和正音譜》，參《中國古典戲曲論著集成》三（同上註），頁25。

　　今人羅錦堂在《現存元人雜劇本事考》一書中，論及元代流行分類，名稱可考者有：「君臣雜劇、脫膊雜劇、花旦雜劇、神佛雜劇、駕頭雜劇、閨怨雜劇、綠林雜劇、軟末泥」[219]等，羅氏不僅指出元人分類「既非全璧」，「更難據以爲區分之標準」，又批評朱權十二科分類之不妥，遂重新將現存元雜劇分：歷史劇（以歷史事蹟爲主者、以個人事蹟爲主而其事蹟與史事相關聯者）、社會劇（朋友、公案、綠林）、家庭劇、戀愛劇（良家男女之戀愛、良賤間之戀愛）、風情劇、仕隱劇（發跡變態、遷謫放逐、隱居樂道）、道釋劇（道教劇、釋教劇）、神怪劇等八類。[220]筆者認爲羅錦堂分類亦不甚妥，若以內容與主要思想意識論：（甲）「社會劇」中的公案類，應獨立爲「公案劇」，而家庭劇應併爲「社會劇」；（乙）戀愛劇與風情劇併爲「愛情劇」一類；（丙）將道釋劇、神怪劇併爲「神仙道化劇」；（丁）仕隱劇與歷史有關者，無分個人與否皆歸爲「歷史劇」。

　　由學者分類來看，元劇創作取材是豐富且多樣的。雖然筆者認爲以題材內容分類，易落入公式化的窠臼中，不僅對於同時兼具二種以上內容思想的劇本，作歸類時易陷入主觀意識，更失去分類的價值意義。但爲避免落入敘述困境，亦不得不擇較妥切的類型作歸納，故此將以各劇本的主要意識呈現，作爲歸類的參考。

---

[219] 羅錦堂〈現存元人雜劇之分類〉：「當時流行之分類，其名稱可考者，又有八種：一、君臣雜劇二、脫膊雜劇……以上前四種，見於前引正音譜十二科之注文，後四種見於夏伯和（雪簑漁隱）之青樓集。夏氏亦爲元末明初人，可見區分雜劇，依類命名，爲元明間風尚。」參《現存元人雜劇本事考》（台北：中國文化事業股份有限公司，1960 年 4 月），頁 420。

[220] 案：元雜劇之主題、取材，原彼此牽涉甚難以劃分，羅錦堂以《太和正音譜》、《青樓集》分類不當，故另作分類，其分類又遭胡適先生批評。參陳萬鼐《元明清劇曲史》第十六章〈元雜劇分類〉（台北：鼎文書局，1980 年 9 月），頁 408，

1、社會劇

羅錦堂論「社會劇」時界定:「所謂社會劇,凡描寫社會各種情態,敘述社會各種事實者,皆屬此類。」[221]其中包括《范張雞黍》、《東堂老》等以朋友情誼爲主要敘述者,又將「公案劇」歸之。唯「公案劇」在元代數量頗多,於異族統治的時代,自具其特殊意義,而有另立一類之必要。而隸屬五倫範圍的君臣、父子、夫婦、兄弟、朋友等,除君臣大多歸爲「歷史劇」外,餘皆依故事主、次敘述而歸爲「社會劇」。準此,歸「社會劇」者:有《范張雞黍》、《東堂老》、《張千替殺妻》、《馬陵道》、《降桑椹》、《剪髮待賓》、《陳母教子》、《焚兒救母》、《虎頭牌》、《舉案齊眉》、《破窰記》、《酷寒亭》、《還牢末》、《貨郎旦》、《灰闌記》、《趙禮讓肥》、《殺狗勸夫》、《老生兒》等。

觀覽「社會劇」,不僅得以知悉當時群眾價值意識,更可作爲研究元代家庭制度與社會生活的參考資料,如《焚兒救母》故事所呈現的社會陋習,在《元典章》五十七「刑部雜禁條」:「山東京西道廉訪司申:本道封內有泰山東岳,已有皇朝頒降祀典,歲時致祭,殊非細民諂瀆之事。……近爲劉信酬願,將伊三歲痴兒,拋投蘸紙火盆,以致傷殘骨肉,滅絕天理。」[222]故據此可知,由雜劇內容陳述,應可一窺當時社會狀況。

2、公案劇

「公案劇」泛指官吏斷案之故事。南宋・耐得翁《都城紀勝》云:「說公案,皆是搏刀趕棒及發跡變態之事。」[223]羅錦堂認爲:

---

[221] 羅錦堂:《現存元人雜劇本事考》(同註219),頁427。

[222] 參《元典章》(中國書店出版,1990年10月),頁824。

[223] 南宋・耐得翁《都城紀勝》,參景印文淵閣:《欽定四庫全書》(台北:台灣商務印書館,1983年)。

公案，則指決疑平反及壓抑豪強而言。壓抑豪強，或與搏刀趕棒近似；決疑平反，則不能歸納於南宋話本所謂公案之內。蓋此一名詞，為近代研究戲曲小說者之所借用，已失其本意，本論文（指《現存元人雜劇本事考》）所用亦新意也。[224]

羅氏將「公案劇」分決疑平反、壓抑豪強、綠林[225]等三類。「公案劇」若以「官吏斷案」為主要收錄準則，則寫水滸故事的綠林類，如《爭報恩》、《黃花峪》、《燕青搏魚》、《雙獻功》、《李逵負荊》等，即不當歸列於此。「公案劇」的辦案主要人物有：包拯、錢可、張鼎等，劇目有：《金鳳釵》、《緋衣夢》、《盆兒鬼》、《後庭花》、《蝴蝶夢》、《救孝子》、《魔合羅》、《勘頭巾》、《馮玉蘭》、《硃砂擔》、《魯齋郎》、《陳州糶米》、《生金閣》、《十探子》、《竇娥冤》等。元代劇作家藉「公案劇」反映現實社會貪官污吏草菅人命之事，將「對清官渴求」的群眾心理，寄寓於作品中，除了人世間斷案公正的青天外，神鬼的冥報亦成了群眾「公正」的代名詞。

3、愛情劇

朱權「雜劇十二科」中的「風花雪月」、「煙花粉黛」屬「愛情劇」。羅錦堂說：「元人雜劇中所演戀愛故事，可劃分為兩類，一為良家男女之戀愛，一為良賤間之戀愛，……」[226]文人與歌妓相戀的故事，唐傳奇即有所描寫，如雜劇《曲江池》即由唐傳奇《李娃傳》故事而來，馬致遠的《青衫淚》更是據白居易樂府詩《琵琶行並序》加以鋪寫。

---

[224] 羅錦堂：《現存元人雜劇本事考》（同註219），頁429。
[225] 同上註，頁427~428。
[226] 羅錦堂：《現存元人雜劇本事考》（同註219），頁436。

愛情劇的劇目:《拜月亭》、《牆頭馬上》、《西廂記》、《倩女離魂》、《金錢記》、《留鞋記》、《蕭淑蘭》、《碧桃花》、《符金錠》、《東牆記》、《金線池》、《青衫淚》、《曲江池》、《紅梨花》、《玉壺春》、《紫雲庭》、《兩世姻緣》、《對玉梳》、《百花亭》、《雲窗夢》、《玉鏡臺》、《望江亭》、《調風月》、《緺梅香》、《揚州夢》、《救風塵》、《謝天香》、《風光好》等。元代因城市經濟繁榮促進娛樂事業發展,再加上科舉廢行,文人與書會、民間藝人接觸頻繁,故將風月場中所見所聞之故事撰爲雜劇,如《樊事貞金刺目》[227]即是。

4、歷史劇

元雜劇題材常直接或間接改編自史傳故事,尤以「歷史劇」爲甚。歷史劇主要是以歷史事蹟、史事相關的敘述爲主軸。朱權「雜劇十二科」中的「披袍秉笏」、「忠臣烈士」、「叱奸罵讒」等,及「逐臣孤子」、「金發刀趕棒」部分均屬之。據楊家駱《全元雜劇》初編、二編、三編、外編,其中歷史劇依故事時代順序列出:《周公攝政》、《楚昭公》、《伍員吹簫》、《趙氏孤兒》、《豫讓吞炭》、《澠池會》、《馬陵道》、《誶范叔》、《圯橋進履》、《追韓信》、《賺蒯通》、《氣英布》、《霍光鬼諫》、《漢宮秋》、《連環計》、《單刀會》、《蔣神靈應》、《三奪槊》、《薛仁貴》、《飛刀對箭》、《九世同居》、《梧桐雨》、《貶夜郎》、《哭存孝》、《風雲會》、《貶黃州》等。除了曲折離奇的故事,能引發大眾的興趣外,劇作家往往也寄託了個人

---

[227] 元・夏庭芝《青樓集》對「樊事貞」的記載:「京師名妓也。周仲宏參議嬖之。周歸江南,樊飲餞于齊化門外。周曰:『別後善自保持,毋貽他人之誚。』樊以酒酹地而誓曰:『妾若負君,當剜一目以謝君子。』……後周來京師,樊相語曰:『別後非不欲保持,卒爲豪勢所逼。昔日之誓,非徒設哉。』乃抽金刺左目,血流遍地,周爲之駭然,因歡好如初。好事者編爲雜劇,曰《樊事貞金刺目》,行於世。」(同註217),頁25。

的情志，同時更用「以古諷今」手法，表達了對現實社會弊端的揭露、仁政的期待，以及民族意識的宣揚等，凡此皆是歷史劇所彰顯的主題意識。

5、神仙道化劇

雜劇取材於道教、佛教故事者，皆歸爲「神仙道化劇」外，其它受佛道思想影響而具歸隱思想者，如《七里灘》、《陳摶高臥》等亦可歸爲此類。朱權的「神頭鬼面」與羅錦堂的「神怪劇」，此處皆以「神仙道化劇」視之。劇目有：《莊周夢》、《誤入桃源》、《張生煮海》、《黃粱夢》、《藍采和》、《鐵拐李》、《竹葉舟》、《岳陽樓》、《城南柳》、《昇仙夢》、《金童玉女》、《㑇江亭》、《任風子》、《劉行首》、《西遊記》、《東坡夢》、《忍字記》、《度柳翠》、《猿聽經》、《來生債》、《冤家債主》、《看錢奴》、《張天師》、《桃花女》、《柳毅傳書》、《鎖魔鏡》等。在黑暗的社會，人們藉助求仙得道、退隱生活的尋求，暫時得到心理的安頓，而此心靈安頓的尋求，正助長「神仙道化劇」的滋長。

由元代社會劇、公案劇、愛情劇、歷史劇、神仙道化劇等內容與特點的論述，我們不難明白劇本與時代關係的緊密，此種緊密程度可由「劇本時代意義的呈現」與「劇本主題思想的彰顯」看出。設若以前述雜劇分類準則，論關、王、馬「三家」雜劇，則關漢卿雜劇以社會、公案、歷史、愛情爲主，爲「三家」中題材最多樣者；王實甫雜劇則以愛情類爲主[228]，是「三家」中劇本量少、題材較一致者；馬致遠雜劇則顯然以歷史、神仙道化劇爲主，其神仙道化劇在戲曲史上具開風氣之地位，是「三家」中雜劇創作題材較特殊的劇作家。

---

[228] 案：王實甫現存雜劇中，《西廂記》與《破窰記》爲愛情劇，而《麗春堂》則屬社會劇，據此可知其雜劇以愛情劇爲主。

（二）劇作家分期

前述雜劇作品社會劇、公案劇、歷史劇、愛情劇和神仙道化劇等的分類，基本上可以說是一種以內容題材所作的橫向區分。此一區分與時代背景當然相涉。另外，從劇作家的分期著手，當更能進一步印證文學創作與背景的緊密關聯。

元雜劇作家分期，歷來說法紛歧不一：有以時代先後劃分者、更有以前後期加以分論者、有隨散曲分期者、有根據地域作區別者等。而之所以如此，往往與研究者的主觀認知、研究切入點有關，如元・鍾嗣成在《錄鬼簿・序》述其撰作原由：

> 雖然，人之生斯世也，但知以已死者為鬼，而未知未死者亦鬼也。酒甕飯囊、或醉或夢、塊然泥土者，則其人雖生，與已死之鬼何異。此曹固未暇論也。……余因暇日，緬懷古人，門第卑微，職位不振，高才博藝，俱有可錄。歲月窵久，湮沒無聞。遂傳其本末，弔以樂章，使水寒乎冰，青勝於藍，則有幸矣。名之曰錄鬼簿。[229]

鍾嗣成以「已死、未死皆為鬼」，將其載錄雜劇作者、作品的集子，命名為《錄鬼簿》。據《錄鬼簿》所載，可知其將劇作家劃分為：「前輩已死名公，有樂府行於世者」、「前輩已死名公才人，有所編傳奇行於世者」、「方今已死名公才人，余相知者」、「為之作傳，以凌波曲弔之。」「已死才人不相知者」、「方今才人相知者」、「紀其姓名行實並所編」。[230]

---

[229] 元・鍾嗣成：《錄鬼簿》，《中國古典戲曲論著集成》二（同註8），頁101。

[230] 同上註，頁 263~274。筆者案：《錄鬼簿》重要版本：有明鈔說集所收本、明孟稱舜刻本、清棟亭藏書十二種所收本、明天一閣藍格鈔本。明鈔說集所收本、明孟稱舜刻本同，故擇為論述依據。

鍾嗣成劇作家分期影響後人甚鉅，只是鍾氏的論述乃由「金時期」（元雜劇前）到「元至正時代」。近人王國維的劇作家分期，即略金不論，其云：

> 至有元一代之雜劇，可分為三期：一、蒙古時代：此自太宗取中原以後，至至元一統之初。《錄鬼簿》卷上所錄之作者五十七人，大都在此期中。（中如馬致遠、尚仲賢、戴善甫，均為江浙行省務官，姚守中為平江路吏，……）其人皆北方人也。二、一統時代：則自至元後至至順後至元間，《錄鬼簿》所謂「已亡名公才人，與余相知或不相知者」是也。其人則南方為多；否則北人而僑寓南方者也。三、至正時代：《錄鬼簿》所謂「方今才人是也」。[231]

王國維將雜劇分「蒙古時代、一統時代、至正時代」三時期，認爲：第一期劇作家多爲北方人，爲作者與劇作最多時期，元劇代表作大抵出於此期；第二期除宮天挺、鄭光祖、喬吉外，其餘皆無足以觀者，雜劇存者亦少；第三期劇作存在者更少，只有秦簡夫、蕭德祥、朱凱、王曄五齣劇。

元雜劇研究專著中，傅惜華的《元代雜劇作家傳略》仍依循王國維的「蒙古時代、一統時代、至正時代」[232]分期；日本學者吉川幸次郎，在雜劇分期上更說明：「根據時代的先後，同時也根據地域的區別。上卷記載的作者，全部都是北方人。反之，下卷記載的作者，則大部分係南方人。」[233]其據此而將元劇作家分前、後二期；青木正兒的分期亦不

---

[231] 王國維：《宋元戲曲考》（同註4），頁93~94。

[232] 傅惜華：《元代雜劇作家傳略》（台北：文泉閣出版社，1972年8月）。

[233] 吉川幸次郎：《元雜劇研究》（台北：藝文印書館，1987年10月），頁71。

離王氏的範圍，只不過其論述時，將初期又分「本色派」、「文采派」，中期與末期並論。[234]至於一般文學史的分期，有據王國維的「蒙古時代、一統時代、至正時代」而分的，如葉慶炳的《中國文學史》[235]；有以王國維分期爲據，將二、三期併，而分爲前、後期者，如王忠林等的《中國文學史初稿》[236]；有未說明因由，遽分前、後期者，如劉大杰《中國文學發展史》[237]等。

　　綜觀上述各家之分期，皆以「蒙古時代～至正時代」爲主要論述範圍，再藉此劃分二或三期罷了。其實就歷史、劇作特色論，仍以前、後期論元雜劇較妥，原因不外乎：（一）論述方便：前期皆爲北方人，作家與劇作盛多，無論在創作或風格表現上，自有其共性與獨特性；中、末期劇作少，將其並論，雖不具與前期抗衡之條件，卻能有助於對前後期發展關連性之了解。（二）突顯風格發展：前期作家風格已基本定型，後期作家多承前期發展，此正足以歸納出何種風格居於戲曲發展趨向之主導地位。而藉由後期雜劇發展的論析，正得以窺知前期風格在創作上的影響與地位。

二、「三家特色」之確立

　　元雜劇分前（「蒙古時代」1260～1280）、後（「一統時代～至正時代」1280～1360）期。據傅惜華《元雜劇作家傳略》所載，前期（蒙古時代）作家有：

---

234 青木正兒：《元人雜劇序說》，參《元曲研究》乙編（台北：里仁書局），頁 41~49。
235 葉慶炳：《中國文學史》（下）（同註 13），頁 230~231。
236 王忠林、應裕康：《中國文學史初稿》（同上註），頁 824。
237 劉大杰：《中國文學發展史》（台北：華正書局，1990 年 7 月），頁 863~864。

　　關漢卿、白樸、王德信、楊顯之、費君祥、梁進之、馬致遠、高文秀、鄭廷玉、庾天錫、李時中、李壽卿、紀君祥、武漢臣、李文蔚、尚仲賢、汪德潤、陳寧甫、王伯成、劉唐卿、趙公甫、孫仲章、趙明道、王仲文、陸顯之、李取進、于伯淵、岳伯川、康進之、王廷秀、費唐臣、石子章、趙子祥、李好古、狄君厚、孔文卿、吳昌齡、石君寶、張時起、李寬甫、趙佑、彭伯成、戴善甫、孟漢卿、李子中、侯克中、張壽卿、姚守中、李潛夫、史樟、顧仲清、李直夫、李致遠、趙明鏡、張酷貧（案：酷貧或作國賓）、花李郎、紅字李二等。[238]

　　其中據《錄鬼簿》所載「大都人」，有：關漢卿、庾吉甫、馬致遠、王實甫、楊顯之、李仲章、趙明道、李子中、費唐臣、石子章、李時中、李寬甫、費君祥、紀君祥、梁退之、張國賓等。

　　後期（一統時代～至正時代）作家有：

　　宮天挺、鄭光祖、金仁傑、范康、曾瑞、沈和、鮑大佑、陳以仁、范居中、施惠、黃天澤、沈珙、趙良弼、睢景臣、周文質、屈彥英、秦簡夫、吳弘道、趙善慶、汪勉之、屈恭、王仲元、蕭天瑞、陸登善、朱凱、王曄、孫子羽、張鳴善、楊梓、鍾嗣成等。[239]

　　與前期相較下，後期劇作家與作品明顯減少。「雜劇大家」如關漢卿、王實甫、馬致遠、白樸、高文秀等，似乎多集中在前期。而因劇作家個人創作、趨向與特色，而有了「本色、文采」，與「元曲大家」的討論。針對劇作家創作特色趨向，此處擬就「本色、文采」、「元曲大家」論之。

---

[238] 傅惜華：《元代雜劇作家傳略》（同註232）。
[239] 傅惜華：《元代雜劇作家傳略》（同註232）。

（一）本色與文采

　　元劇的發展，在中國戲曲史上有一定的地位，大量的劇本創作，不僅成爲後代戲曲滋長的養分，更影響劇論的發展。劇壇上的「本色與文采之爭」，即是在劇本創作量多的基礎下而歸納分別出的特點。「本色與文采」之爭，形成於明代嘉靖後。[240]此處以「本色與文采」論，意在藉助劇論論爭，對元雜劇作家的創作特點加以論析。古典戲曲的劇作家與劇論家，對「本色與文采」的說解不一，尤其「本色」一詞：有指戲曲語言、戲曲反映生活、戲曲唱詞的音律、戲曲的人物個性、當行等。

　　由明清以來的「本色與文采」論爭，可發現其側重於「戲曲語言」的論述。以「本色與文采」論「戲曲語言」，歷來研究者仍各有主張。事實上，如果「本色與文采」的概念不清，在評論上即易產生混淆的狀況，所以，有必要先將其作釐清說明。

　　龔鵬程：「以『當行』、『本色』來討論詩文詞曲，本質上並不只是一種譬況或類比，而是從行業行爲及組織中借用了這樣一組語詞與觀念。」[241]我們知道「當行」與「本色」是由行業而來的，兩者意思相同。「本色」與「文采」是對立的，若就戲曲言，曲詞素樸、口語化，則爲「本色派」特點；而曲詞藻麗、語言典雅，則爲「文采派」特色。蔡運長在〈劇曲的本色與文采——漫談劇曲的特點之一〉說：

---

[240] 案：「本色與文采之爭」形成於嘉靖之後：俞爲民認爲明代曲論家因前期丘濬、邵燦的「以時文爲南曲」追求典雅騈麗的弊端，而提出戲曲創作「本色論」，如何良俊、徐渭、沈璟、王驥德、呂天成等。參俞爲民著《明清傳奇考論》（台北：華正書局，1993年7月），頁445~450。

[241] 龔鵬程：〈論本色〉，參《詩史本色與妙悟》（台北：台灣學生書局，1993年2月），頁98。

> 用本色語言和文采語言來劃分戲曲作品，我們就可以把古代戲
> 曲創作劃分為兩個作家群，即本色派的作家群和文采派的作家
> 群。……在元代，本色派的主要代表是關漢卿。王國維說他的
> 作品是「字字本色」。(《宋元戲曲考》) 文采派的主要代表是王
> 實甫。朱權說《西廂記》的語言是「花間美人」(《太和正音譜》)。[242]

蔡運長由「本色與文采」論戲曲語言，標舉出本色派劇作家代表關漢卿
與文采派劇作家代表王實甫。另外，在此之前的青木正兒則說：

> 概觀此二派，則文采派僅致力於曲詞之藻繪，拙於劇之結構排
> 場者為多；本色派寧致力於結構排場，曲詞平實素樸者為多。
> 雖然應以歌曲與排場兩全為理想，但是容易傾向到一方面，那
> 是自然的情勢。就前述之六大家而言，則只有關漢卿代表本色
> 派，其他馬致遠、白仁甫、王實甫、鄭德輝、喬夢符，都應屬
> 文采派。[243]

隨著本色派與文采派的區分，青木正兒更將劇作家歸為五類：

1、本色

(1) 豪放激越派 (關漢卿之流)：高文秀、紀君祥、王仲文、康進
　 之、李文蔚、楊梓、朱凱、蕭德祥。

(2) 敦樸自然派 (鄭廷玉之流)：武漢臣、岳伯川、孟漢卿、李直
　 夫、李行道、張國賓、秦簡夫。

(3) 溫潤明麗派 (楊顯之之流)：石君寶、戴善甫、尚仲賢、吳昌齡。

---

[242] 蔡運長：〈劇曲的本色與文采——漫談劇曲的特點之一〉，參《戲曲藝術》(1993
　　 年1期)，頁52。

[243] 青木正兒：《元人雜劇序說》，參《元曲研究》乙編 (同註234)，頁46。

2、文采

(1) 綺麗纖穠派（王實甫之流）：白樸、張壽卿、鄭光祖、喬吉、
　　李好古。

(2) 清奇輕俊派（馬致遠之流）：李壽卿、石子章、宮天挺、范康、
　　羅本。

元曲六大家關漢卿、馬致遠、王實甫、白樸、鄭光祖、喬吉爲論，
將關漢卿列爲本色派，文采派則王、馬於同中又自有異。同屬「文采」
的王實甫與馬致遠，在戲曲表現上仍有所差異，王實甫是傾向「綺麗纖
穠」的，尤其是《西廂記》的內容與文辭，眞可謂「詞家異軍」，與關
漢卿的本色、當行各領風騷；至於傾向「清奇輕俊」的馬致遠，劇本中
隨處可見作家的影子。詩人以詩抒懷，馬致遠卻以劇抒懷，以「清俊開
宗」的馬致遠，當然自成一格。

（二）「元曲大家」說

元曲，向來有四大家、五大家、六大家之說。以四大家爲論，元代
周德清的《中原音韻·序》說：

> 樂府之盛，之備，之難，莫如今時。其盛，則自搢紳及閭閻歌
> 詠者眾。其備，則自關、鄭、白、馬一新製作，韻共守自然之
> 音，字能通天下之語，字暢語俊，韻促音調；觀其所述，曰忠，
> 曰孝，有補於世。其難，則有六字三韻，『忽聽、一聲、猛驚』
> 是也。諸公已矣，後學莫及！何也？蓋其不悟聲分平、仄，字
> 別陰陽。[244]

---

[244] 元·周德清：《中原音韻》，參《中國古典戲曲論著集成》一（同註 8），頁 175。

周德清文字敘述中的關、鄭、白、馬，係指關漢卿、鄭光祖、白樸、馬致遠，此或爲歷來「元曲四大家」之稱的濫觴。文中將後期的鄭光祖置於白樸與馬致遠前，據此可知並非以時代先後順序爲排列依據。另外，「四大家」論的是散曲四大家或雜劇四大家，涉及周德清所謂的「樂府」二字的詮釋。[245]周德清「四大家」提出後，賈仲明爲《錄鬼簿》補寫馬致遠的挽曲：

> 萬花叢裏馬神僊。百世集中說致遠。四方海內皆談羨。戰文場曲狀元。姓名香貫滿梨園。漢宮秋、青衫淚。戚夫人、孟浩然。共庾白關老齊眉。[246]

此段文字敘述，同樣有「四大家」之說，除了馬致遠外，加上地位相當的「庾、白、關」，即是「四大家」。就雜劇創作論，馬致遠、白樸、關漢卿並列評比，尚說得過，若將雜劇皆已散佚的庾天錫與馬、白、關並論，卻實在太過牽強。

　　明清以來的劇作、劇論家，如何良俊、王驥德、吳興祚、王國維等，對「元曲大家」多有所討論，無論是四大家、五大家、六大家的論述，皆脫離不了關漢卿、馬致遠、王實甫、白樸、鄭光祖、喬吉等範圍。筆者認爲：（一）以時代先後論，「元曲大家」應以雜劇發展繁盛的前期劇作家爲主要考量，就前述六家言，關漢卿、王實甫、馬致遠、白樸爲前期劇作家，其影響性自然在鄭光祖與喬吉之上。（二）以作品論，號稱

---

[245] 元・周德清《中原音韻・序》：「樂府之盛，之備，之難，莫如今時。其盛，則自搢紳及閭閻歌詠者。其備，則自關、鄭、白、馬一新製作，韻共守自然之音，字能通天下之語，字暢語俊，韻促音調……」參《中國古典戲曲論著集成》一（同註8），頁175。案：據周氏所論關、鄭、白、馬「四大家」與《中原音韻》書內容性質來看，「樂府」應爲散曲指稱。

[246] 明・賈仲明「弔馬致遠挽曲」見於《錄鬼簿》卷上，參《中國古典戲曲論著集成》二（同上註），頁34。

雜劇大家的關漢卿，在戲曲史上有一定地位與評價；王實甫的劇作雖不多，然其《西廂記》之影響，幾無以倫比；至於馬致遠的神仙道化與抒情色彩雜劇，自是開元人之先風；相較之下，與王實甫同列於「綺麗纖穠」文采派的白樸，雖有《梧桐雨》等劇本創作，卻無法與王實甫影響後世至鉅的《西廂記》相抗衡。據上述可知，無論是四大家、五大家、六大家等，由時代先後、作品創作與影響來論，關漢卿、王實甫、馬致遠在雜劇發展上，自有一席之地。

　　由戲曲本質與時代背景等面向，論析元雜劇生成與發展情狀，實不難看出關漢卿、王實甫、馬致遠「三家特色」在元劇發展上之地位與意義。誠如張燕瑾所說：「元代的雜劇創作取得了輝煌成就，留下了豐富的遺產。在這眾多的作家作品當中，成就最高、無論在當時還是對後世影響最大的，無過關漢卿、王實甫和馬致遠三家。」[247]確實，站在戲曲發展的立場來看，關漢卿、王實甫、馬致遠「三家」特色，在戲曲史上有一定意義。

---

[247] 張燕瑾：〈元劇三家風格論〉，參《中國戲曲史論集》（同註151），頁36。

第三章　關漢卿、王實甫、馬致遠雜劇特色比較

　　題材廣闊、雅俗共存的特點，充實了曲家的作品色彩，亦突顯曲體的活潑性。周德清由盛、備、難角度論元曲，遂有「其備則自關、鄭、白、馬」之論。基本上，雜劇初期發展時，本色與文采即爲創作時明顯的分派基準，而在「元曲大家」論爭中，以時代先後、影響力論，本色派代表自當推關漢卿，文采派則以「綺麗纖穠」的王實甫和「清奇輕俊」的馬致遠爲主。

　　以戲曲本質爲論，散曲是詩、劇曲也由詩構成，劇作家創作時，往往因個別性而呈現不同的特色，關漢卿「以劇作劇」、王實甫「以詩作劇」、馬致遠「以劇作詩」的不同創作取向，即是最佳說明；再者，由時代面向論，劇作家面對同樣的政治社會環境時，常因性格與人生態度的不同，影響其文學創作的呈現，關漢卿「破」、王實甫「立」、馬致遠「避」的人生態度，則是生命情調影響文學創作趨向的例證。

　　而不論創作手法或內容呈現，關漢卿、王實甫、馬致遠三家不僅風格不同，在中國戲曲發展上也代表了劇作家創作的不同典型。歷來對三家的討論：由分論而並論，期間雖歷經評比與劇壇論爭，對「三家鼎立」之風格形成，卻有著極大助益。以關、王、馬三家並論言，清代李玉的《南音三籟・序言》：「實甫、漢卿、東籬諸君子以瀚翰天下……或爲全

本，或為雜劇，各立赤幟，旗鼓相當，盡是騷壇飛將。」[1]雖未點明三家特
點，卻已提出「三家鼎立」觀念。近人吳梅《中國戲曲概論》也說：

> 嘗謂元人劇詞，約分三類，喜豪放者學關卿，工鍛鍊者宗實甫，
> 尚輕俊者號東籬，一代才彥絕少達官，斯更足見人民之宗尚，
> 迴非臺閣文章以頌揚藻繪者可比也。[2]

吳梅由劇詞論，亦以喜豪放、工鍛鍊、尚輕俊的不同趨向，將關、王、
馬三家分類。細究王氏與吳氏之說，乃屬文詞風格之論析。當然，歷來
對三家風格的本色、文采；名家、行家；關派、王派等論斷，基本上亦
不脫文詞風格範圍。若依「戲曲形成」的析論，進一步區分劇作家的創
作手法，則有「以劇作劇」、「以詩作劇」、「以劇作詩」之別。其中「以
詩作劇」的王實甫與「以劇作詩」的馬致遠，在文詞表現上皆屬「詩人
劇作家」，卻因創作態度與生命情調之不同而有所差異。而若由「時代
背景」論，關漢卿、王實甫、馬致遠雜劇，在內容題材上三家適呈「破」、
「立」、「避」的創作基調。本單元擬由創作手法與內容反映論關、王、
馬三家雜劇。須說明的是：原本由「戲曲形成」論三家雜劇創作手法，
則人物、語言論屬之；由「時代背景」論三家雜劇內容反映，則故事題
材、情節論屬之。然欲具體討論「創作手法」、「內容反映」，於人物、
語言、故事題材、情節各方面，又無以偏廢，故未能明確二分為論，僅
能言各家偏重表現。又李漁《閒情偶寄》論戲劇，首重「結構」。[3]據此，

---

[1] 李玉：《南音三籟・序言》，參王秋桂主編善本戲曲叢刊《南音三籟》（二）（台北：
　台灣學生書局，1987 年 11 月），頁 899~901。

[2] 吳梅：《中國戲曲概論》（台北：廣文書局，1971 年 4 月），頁 44。

[3] 清・李漁《閒情偶寄・結構第一》：「至于『結構』二字，則在引商刻羽之先，拈
　韻抽毫之始，如造物之賦形，當其精血初凝，胞胎未就，先為制定全形，使點血
　而具五官百骸之勢。……有奇事，方有奇文。未有命題不佳，而能出其錦心，揚
　為繡口者也。嘗讀時髦所撰，惜其慘澹經營，用心良苦，而不得被管絃、副優孟

本章討論之順序，先屬於戲劇結構的「故事題材」、「情節」，則再及「人物」、「語言」。

第一節　三家雜劇的「題材」論

　　「故事」（Story）是指「任何關於某一時期發生的事情的最廣義的記載，它可以是書面的、口頭的或記憶中的，也可以是眞實的或虛構的，它是關於某些事的順敘或倒敘。……故事是一切文學體裁（無論是敘述性還是戲劇性體裁）的基礎，因爲故事是文學作品中發生的種種事情的綜合。」[4]確實，故事是一切文學體裁的基礎，無論是詩、敘事文或戲劇皆一樣。依藝術特性言，文學有詩、戲劇和敘事文等體式，這些體式又分別以抒情性、戲劇性、敘事性爲主要特點呈現。若說「故事」是指「任何關於某一時期發生的事情的最廣義的記載」、「是關於某些事的順敘或倒敘」的話，「主題」（Theme）則是「文學作品中占統治地位的中心思想」。[5]至於「主題」的生成問題，雖有「作家帶著論證某主題的目的而從事創作」、「根據情節、人物、語言、意象等綜合推斷出來的」[6]等不同說法，筆者認爲，歸根究底，其實皆與作家個人的人生態度有關。因爲源於不同的生命情調，文學創作上的主題表現自然各異其趣。

　　者，非審音協律之難，而結構全部規模之未善也。」參《中國古典戲曲論著集成》
　　七（北京：中國戲劇出版社，1959 年 7 月），頁 10。
[4]　林驤華：《西方文學批評術語辭典》（大陸：上海社會科學院，1988 年 8 月），頁
　　130~131。
[5]　林驤華：《西方文學批評術語辭典》（同註 4），頁 519。
[6]　同上註，頁 520。

　　中國文學以詩爲傳統，包括戲曲小說中亦透顯著詩性。而戲曲與小說在故事內容上，更有著雙向交流、互爲影響之緊密關係，可以說「戲曲爲『敘事體戲曲』，小說則爲『無聲戲』，具有戲劇性。」[7]當然，作爲「敘事體戲曲」的雜劇，故事題材的取捨剪裁往往關係著作品主題思想的表現，而主題思想的表現，又與劇作家的人生與創作態度有關。以下即嘗試就「故事題材」方面論三家雜劇的不同特色：

一、關漢卿

　　關漢卿劇作在元雜劇作家中，是屬於面對現實揭露並反映社會黑暗者，屬余氏所謂「傾吐整體性的鬱悶和憤怒」的雜劇主調。如《竇娥冤》、《魯齋郎》、《望江亭》、《蝴蝶夢》、《哭存孝》、《裴度還帶》、《救風塵》，幾乎都呈現了現實社會中黑暗面的揭露以及對弱勢者的同情、關懷。如《魯齋郎》中楔子：

> 花花太歲爲第一，浪子喪門再沒雙；街市小民聞吾怕，則我是權豪勢要魯齋郎。隨朝數載，謝聖恩可憐，除授今職。小官嫌官小不做，嫌馬瘦不騎。[8]

《魯齋郎》「出場詩」即道出權豪勢要的身分與惡行。又如《望江亭》第二折（淨扮楊衙內引張千上，詩云）：

7　涂秀虹：《元明小說戲曲關係研究》（大陸：上海三聯書店，2004 年 11 月），頁 1。
8　明‧臧晉叔：《元曲選》第二冊（北京：中華書局，1958 年 10 月），頁 842。

　　花花太歲為第一，浪子喪門世無對；普天無處不聞名，則我是
　　權豪勢宦楊衙內。……常言道恨小非君子，無毒不丈夫，論這
　　情理，教我如何容得他過，他妒我為冤、我妒他為讎。[9]

也是對無賴與權豪勢要的描寫。余秋雨認為：

　　無邊的黑暗最集中地體現在一種人物的身上。我們不妨概括這
　　種人物：有權勢的無賴。這種人物，未必是黑暗社會的決策者，
　　卻分明是社會黑暗的最典型的顯現。……無賴們這種重大的社會
　　典型性，使他們成了元雜劇裏經常出入的人物一樣，一群無賴，凝
　　聚了元劇藝術家們對整個社會的滿腔鬱憤。[10]

確實，關漢卿劇本中藉著這些無賴惡行的揭露，對元代社會進行了大膽
而不留情的控訴，有時更將對現實的不滿，強烈地訴諸天地，如《竇娥
冤》第三折中的唱詞：

　　【滾繡毬】有日月朝暮懸，有鬼神掌著生死權，天地也只合把
　　清濁分辨，可怎生糊突了盜跖顏淵，為善的受貧窮更命短，造
　　惡的享富貴又壽延。天地也做得箇怕硬欺軟，卻元來也這般順
　　水推船，地也你不分好歹何為地，天也你錯勘賢愚枉做天。[11]

支撐竇娥內心信仰的天道觀，在其形體毀亡前已先瓦解，與這種「哀莫
大於心死」的痛比較，死亡似乎又是其次了。不錯，這樣怨天怨地的吶
喊，不僅是劇中人物竇娥血淚交迸的聲音，更是劇作家關漢卿內心深處
難以言喻的感觸。

---

[9]　明・臧晉叔：《元曲選》第四冊（同上註），頁 1659。

[10]　余秋雨：《中國戲劇文化史述》（台北：駱駝出版社，1987 年 8 月），頁 175。

[11]　明・臧晉叔：《元曲選》第四冊（同註 8），頁 1509。

　　關漢卿雜劇題材分屬歷史、公案、社會、愛情等各類，取材極廣，在主題的表現上卻有著極統一的「思想」，此又與關漢卿劇作中撻伐現實社會的批判性有關，如《竇娥冤》中對貪官枉法、天道不公的控訴；《救風塵》、《望江亭》、《魯齋郎》《裴度還帶》等對社會無賴與權豪勢要的抨擊；《拜月亭》、《調風月》等對卑微人物的同情、肯定，皆是關漢卿對現實社會的面對與揭露。同時，此種濃厚批判意識，也使劇作家將內心對正面力量的渴望，集中在關羽、包公等人物形象描寫。

　　耿湘沅《元雜劇所反映之時代精神》一書認為：元雜劇前期所反映之時代精神，有豪勢與衙內之不法、吏治之黑暗、公義世界之建造與替天行道思想之建立、愛情之追求與所遭之痛苦、黍離之悲與英雄之歌頌、逃避現實之消極思想等。若依關漢卿雜劇故事為論，則「豪勢與衙內之不法」、「吏治之黑暗」、「公義世界之建造與替天行道思想之建立」、「黍離之悲與英雄之歌頌」等，正是其「傾吐整體性鬱悶和憤怒」雜劇主調的具體呈現。

　　此外，關漢卿的「以劇作劇」創作考量，在故事題材上，自然傾向於合乎舞臺演出與觀眾者，如公案劇的《竇娥冤》、《魯齋郎》、《蝴蝶夢》、《緋衣夢》；歷史劇的《單刀會》、《西蜀夢》、《哭存孝》、《裴度還帶》、《單鞭奪槊》、《五侯宴》等；情愛劇的《調風月》、《拜月亭》、《玉鏡臺》、《謝天香》、《金線池》、《望江亭》等；社會劇的《救風塵》、《陳母教子》等。內容通俗、情節曲折為這些劇本的共通點，劇作家將現實社會中的人生百態都融入劇本中，運用市井人物口吻與語言，加強人物形象塑造，使其符合舞臺演出與觀眾欣賞之需求。

二、王實甫

戲曲與小說關係密切，在故事題材與情節上，往往是雙向交流、互為影響的。如《三國演義》與《水滸傳》的成書，即是雜劇與小說故事題材互為影響的例證。[12]王實甫現存三齣劇，除了《麗春堂》演金右相樂善被謫閒居而後起復的故事，史傳無記載外，另二齣《西廂記》、《破窯記》劇，在內容或題材上，基本上都是改寫、承襲自小說、院本與傳說等。

以《西廂記》為論：故事來源最早是唐代著名詩人元稹的傳奇小說《鶯鶯傳》，而對王實甫《西廂記》雜劇創作影響最大的則為金董解元《西廂記》諸宮調。王實甫《西廂記》將全劇的中心人物改為鶯鶯，對此一相國千金在愛情上的苦悶與追求，以及鶯鶯叛逆的性格等，皆作了刻畫與改寫，完全改變董解元《西廂記》的面貌。《破窯記》是演述呂蒙正未顯達時與寇準同居破窯中苦讀，逢洛陽富人劉仲實之女月娥拋彩球招婿，適中呂蒙正，月娥遂嫁之。至呂蒙正得官歸，知飯後鳴鐘為劉仲實使人為之，用以激勵其上進。其中的「飯後鳴鐘」與「碧紗籠」情節，係民間傳說故事，如《學津討源》的《摭言》載：

> 王播，少孤貧，嘗客揚州惠照寺木蘭院，隨僧齋餐。諸僧厭怠，播至已飯。後二紀，播自重位出鎮是邦，因訪舊遊，向之題，已皆碧紗幕其上。……[13]

12　案：有關「《三國演義》與《水滸傳》成書和戲曲小說題材互為影響」之問題。可參拙著《關公與李逵——以元、明（初）雜劇中人物形象研究為論》（國立中興大學中國文學系碩士論文，1999 年 6 月），頁 199~200。

13　《摭言》卷七，參《百部叢書集成‧學津討源》（台北：藝文印書館，1965 年）。

又《北夢鎖言》[14]記唐・段文昌少時事，亦與「碧紗籠詩」和呂蒙正故事類似。羅錦堂先生說：

> 明來集之作《碧紗籠傳奇》，清張韜作《木蘭詩雜劇》，皆演此事，而與蒙正無涉。又按宋吳處厚《青箱雜記》云：「魏仲先，寇萊公遊陝郊僧寺，多留題。後同到，見寇詩用碧紗籠，魏詩塵昏滿壁，官妓以衣袖拂之，仲先曰：『若得時將紅袖拂，也應勝似碧紗籠。』」據此，則碧紗籠詩，本傳說不一，而此劇以為蒙正者，亦是附會其說也。《文獻通考》：「太平興國二年，進士一百九人，狀元呂蒙正。」……劇中誤母為妻，又誤劉氏之見逐於夫為見逐於父……[15]

據此可知：「齋後鐘」與「碧紗籠詩」為民間傳說的故事類型，呂蒙正為史傳上人物，只不過與其居破窯中者為見逐於夫的母親，民間傳說加入浪漫愛情故事，將其改為見逐於父的妻子劉月娥。據《錄鬼簿》等典籍所載，可知關漢卿有《呂蒙正風雪破窯記》、馬致遠有《呂蒙正風雪齋後鐘》、宋元南戲亦有《呂蒙正破窯記》[16]等，呂蒙正故事流傳極廣，王實甫的《破窯記》顯然亦受傳說故事影響而來。

　　王實甫在劇本的故事表現上，未若關漢卿劇作般激烈、批判性強，反以「緬懷」的態度表現其對「美好目的」的追求。如以唐傳奇《鶯鶯傳》為創作底本的《西廂記》，劇作家將其悲劇結局改為喜劇收場，強調的是青年男女對情愛自由的追求，故事敘述：張君瑞赴京應試，途中

---

[14]　唐・孫光憲：《北夢瑣言》卷三〈段相踏金蓮〉，參四庫筆記小說叢書：《北夢鎖言外十二種》（大陸：上海古籍出版社，1991 年 12 月），頁 11。

[15]　羅錦堂：《現存元人雜劇本事考》（台北：中國文化事業股份有限公司，1960 年 4 月），頁 184~185。

[16]　明・徐渭：《南詞敘錄》，《中國古典戲曲論著集成》三（同註 3），頁 251。

寄居普救寺，適逢已故宰相崔珏的寡妻與女兒鶯鶯同樣寄宿寺中，二人心生好感，……後歷經賊兵圍困、崔母悔婚、張生須應試得第等阻礙而有情人終成眷屬，此爲藉才子佳人婚戀故事，進而肯定「追求美好目的」的描寫。其次，以書生「始困終亨」爲主要內容敘述的《破窯記》，其「十年寒窗無人問，一舉成名天下知」的類型表述[17]，雖爲常見之故事題材，但是對以反映時代社會黑暗面爲主軸的元雜劇而言，王實甫以緬懷、正面的態度將一切寄寓在理想的追求上，正有別於關漢卿與馬致遠的雜劇創作主調。再者，《麗春堂》敘述右丞相樂善與右副統軍李圭交惡，後因草寇作亂，樂善恢復原職且與李圭盡釋前嫌之故事。故事內容雖較平鋪直敘，卻仍可一窺王實甫特有的、「美好目的追求」的理想性創作基調。

　　就《西廂記》、《破窯記》、《麗春堂》的故事題材而言，其與關漢卿、馬致遠最大的不同，則在於以功名仕途與愛情追求爲主要的描寫。正因此，以「立」爲基調的王實甫，其雜劇主題的表現，自然與「破」的關漢卿、「避」的馬致遠不同。如《西廂記》寫張君瑞與崔鶯鶯二人的婚戀故事，故事雖取材於唐代元稹的《鶯鶯傳》，劇作家卻將傳奇小說與金院本中的悲劇收場故事改爲喜劇收場，寓才子佳人故事「天下有情人終成眷屬」的美好追求，誠如余秋雨所論：

> 如果說，眾多的元雜劇批斥黑暗現實的凌厲呼喊可以由竇娥詛天咒地那一段話來代表，那麼，他們歌頌美好追求的執著呼喚

---

[17]　案：顏師天佑在〈文人世界的寫照〉中，羅列元雜劇出現「十年窗下無人問，一舉成名天下知」劇本者，有《調風月》、《蝴蝶夢》、《王粲登樓》、《玉壺春》、《裴度還帶》、《漁樵記》、《合同文字》、《百花亭》等。參《元雜劇所反映之元代社會》（台北：華正書局，1984年9月），頁182。

　　則可以由《西廂記》中的一句名言來概括：願天下有情的都成
　　了眷屬。[18]

不錯，「願天下有情的都成了眷屬」是現代人視為理所當然者，在元代
則是勇敢與新奇之論，它是人們內心美好的追求。此外，《破窯記》寫
呂蒙正寒窗苦讀後求得功名的故事，王實甫自然是以正面的態度、理想
的追求為主要描寫，所以在他的劇本中，主要人物歷經試煉後，定會安
排皆大歡喜的結局，即使是《麗春堂》亦復如此。

　　然而，以王實甫創作手法論，選擇才子佳人、科考仕途等文人題材
創作，亦合「以詩作劇」表現手法與詩人撰劇之特點。如《麗春堂》第
三折曲文：

　　【小桃紅】則這水聲山色兩相宜，閒看雲來去。則我怨結愁腸
　　對誰訴。自躊躇。想這場煩惱都也由咱取。感今懷古。舊榮新
　　辱。都裝入酒葫蘆。[19]

用山光水色、閒雲來去襯寫樂善謫居之心情。雖美景在目，卻是愁腸無
人訴，只好將舊愁新恨寄寓酒中；而第四折的【一錠銀】：「玉管輕吹引
鳳凰。餘韻尚悠揚。他將那阿那忽腔兒合唱。越感起我悲傷。」[20]正是樂
善再次為朝廷所用，慶功宴時所唱曲文，王實甫藉此將樂善貶謫起復的
心境，以詩般的語言寫出。其次，《西廂記》第二本第一折曲文，旦唱：

18　余秋雨：《中國戲劇文化史述》（同註10），頁194。
19　《麗春堂》第三折，參明・臧晉叔編《元曲選》三（同註8），頁907。
20　《麗春堂》第四折（同上註），頁910。

【混江龍】落紅成陣，風飄萬點正愁人。池塘夢曉，闌檻辭春；
蝶粉輕沾飛絮雪，燕泥香惹落花塵；繫春心情短柳絲長，隔花
陰人遠天涯近。香消了六朝金粉，清減了三楚精神。[21]

與同劇第五折第五本楔子【仙呂·賞花時】：

相見時紅雨紛紛滿綠苔，別離後黃葉蕭蕭凝暮靄。今日見梅開
別離半載，則說道特地寄書來。[22]

無論是鶯鶯的傷春或張生的相思，皆可見王實甫細膩的手法與詩般語言
的表現。所以，劇中以詩般語言與情境，描寫懷才不遇、傷春、相思離
別的王實甫，其「以詩作劇」的創作特點是鮮明的。

三、馬致遠

　　馬致遠現存《漢宮秋》、《青衫淚》、《陳摶高臥》、《黃粱夢》、《任風
子》、《薦福碑》、《岳陽樓》等劇，除《漢宮秋》、《青衫淚》、《薦福碑》
為歷史與文人劇外，其餘《岳陽樓》、《陳摶高臥》、《黃粱夢》、《任風子》
等則為隱逸思想濃厚的「神仙道化劇」。

　　馬致遠雜劇以文人際遇寫作的主要有《青衫淚》和《薦福碑》，其
中《青衫淚》以白居易樂府詩〈琵琶行〉為底本，改寫成白居易與裴興
奴愛情故事，故事以樂天遭貶為敘述線索，仍未脫文人抒情詠懷的特
質；《薦福碑》則寫才高卻不得志的士子張鎬的遭遇，劇作家安排同名
東家張浩冒名受詔、追殺，又以寺僧欲拓碑文濟助張鎬，夜半碑文卻遭

---

[21]　《西廂記》第二本第一折，參楊家駱主編《全元雜劇初編》四（台灣：世界書局，
　　　1985 年 4 月）。
[22]　《西廂記》第五本第一折（同上註）。

雷轟等故事，表現文人的懷才不遇、窮愁潦倒。另外，《任風子》寫馬
丹陽度化任風子之故事；《岳陽樓》以呂洞賓度化岳陽樓前梅樹、柳樹
精的故事爲題材；《黃粱夢》爲敘述呂洞賓感黃粱夢境、嘆人世虛幻，
故而隨鍾離權學道的故事，此三齣雜劇皆爲「神仙道化」故事劇。至於
《陳摶高臥》則以陳摶賣卜遇宋太祖，太祖登基後禮遇陳摶，陳摶卻視
富貴如浮雲的故事入劇，表現了濃烈的隱逸思想。

　　以時代背景論，元雜劇劇作家以逃避、隱遁等消極方式從事創作
者，如馬致遠的「神仙道化劇」即是。針對「神仙道化劇」創作的意義，
余秋雨曾如此表述：

> 「神仙道化」劇的作者首先不是從道教徒、佛教徒的立場來宣
> 揚弘法度世的教義和方法，而是從一個苦悶而清高的知識分子
> 的立場來鄙視名利富貴、宣揚超然物外的人生態度的。[23]

確實，在全眞道教盛行的元代，神仙道化劇當然也迎合了時代的需求，
但綜觀馬致遠的一系列劇作，則寄託退離政治的隱逸思致，恐怕才是劇
作家內心最眞實的動機。

　　而如果再加思考，則馬致遠此一「避」的人生與戲劇態度，顯然源
於劇作家對時代社會的無奈與不滿，如《漢宮秋》第二折曲文【牧羊關】：

> 興廢從來有，干戈不肯休，可不食君祿懸君口，太平時賣你宰
> 相功勞，有事處把俺佳人遞流。你們乾請了皇家俸，著甚的分
> 破帝王憂，那壁廂鎖樹的怕彎著手，這壁廂攀欄的怕顛破了頭。[24]

23　余秋雨：《中國戲劇文化史述》（同註 10），頁 187。
24　《漢宮秋》第二折，參明・臧晉叔編《元曲選》第一冊（同註 8），頁 6。

藉著漢元帝的口，訴說著朝廷官員雖食君祿，卻無能又怕事。又第三折曲文【雁兒落】：「我做了別虞姬楚霸王，全不見守玉關征西將，那裏取保親的李左軍，送女客的蕭丞相。」[25]、同折曲文【鴛鴦煞】[26]、第四折【十二月】[27]等，劇作家以漢元帝口，說出對朝臣無能的不滿。另外，《薦福碑》以才高卻不得志的士子張鎬的遭遇為寫，更充分表現出文人對命運的無奈感慨，如第一折中張鎬唱：「想前賢語，總是虛。」[28]，而同折曲文【么篇】：

> 這壁攔住賢路，那壁又攔住仕途。如今這越聰明越受聰明苦，越癡呆越享了癡呆福，越糊塗越有了糊塗富，則這有銀的陶令不休官，無錢的子張學干祿。[29]

若由「戲曲即詩」的角度來說，馬致遠在創作上，可說是藉劇的形式，來進行詩的抒情，將自己化為劇中人、抒發自己的一腔抑鬱，所以，在故事題材上他大量選擇文人、神仙道化劇，也就不足為奇了。

　　總之，由關漢卿、王實甫、馬致遠三家雜劇在故事題材上的選用來說，劇作家創作態度與手法之不同，影響其故事題材的選取與情節安排。關漢卿的「破」與批判揭露的創作態度、「以劇作劇的」創作手法；王實甫的「立」與謳歌的創作基調、「以詩作劇」的創作手法；馬致遠的「避」與退離態度、「以劇作詩」的創作手法，無不顯現在他們故事題材的選取上。

25　《漢宮秋》第三折（同上註），頁9。
26　同上註，頁10。
27　《漢宮秋》第四折（同上註），頁12。
28　《薦福碑》第一折，參《元曲選》第二冊（同註8），頁579。
29　《薦福碑》第一折（同上註），頁579。

第二節　三家雜劇的「情節」論

　　「情節」與「故事」有關連，但不等同。「情節」通常是依附在「故事」上的，我們以「故事情節」（Plot）來論：

> 在一部戲劇或敘述作品中，故事情節是具體情節的框架。……
> 具體情節（包括語言和形象）是一部作品中某些人物的活動，
> 通過這些活動，他們展示出自身的道德和氣質特性。……亞里
> 士多德指出，一個完整的情節是以開頭、中間和結尾的順序排
> 列的一個連續體。[30]

故事與情節時常被畫上等號，若以因果律論戲曲的故事情節，「故事」是按時間順序安排的事件的敘述；「情節」也是事件的敘述，但重點在因果關係。「情節」與「故事題材」主要為時代背景之反映，如《竇娥冤》的「臨刑三誓」、《蝴蝶夢》的「夢蝶」等皆是百姓冤屈難伸的表現。無論是以「破」、「立」、「避」為創作基調的關、王、馬，其雜劇皆具時代面向之反映。但三家的人生與創作態度既有差別，則其題材取捨與情節之安排，自然也就風貌各異了。

一、關漢卿

　　具舞臺演出經驗的關漢卿，創作時對情節營造的重要，無論如何是不會忽略的。為求達到美好的演出效果，劇作家往往致力於曲折緊湊的

---

[30]　林驤華：《西方文學批評術語辭典》（同註4），頁131~132。

情節安排。綜覽關漢卿劇作，可由情節的結構、戲劇性、主題一致性等論述。

（一）情節結構

　　諸宮調等講唱文學的特色是：敘事時，把事件前因後果交代清楚，有頭有尾的呈現。身為元雜劇初期劇作家的關漢卿，自然承繼並吸取了講唱文學這種首尾完整的敘事精神。關漢卿現存十八種雜劇，除僅餘曲文的《關張雙赴西蜀夢》外，在情節的敘事構建上，皆採用「有頭有尾」寫法來敷衍故事。如《竇娥冤》，先在楔子交代竇娥如何進入蔡婆婆家，隨後將情節發展集中在「竇娥冤」上，將竇娥由幼年、結婚、守寡、至最後受冤屈而死的一生，完整地寫出；又如《救風塵》寫「趙盼兒救妓女宋引章」的故事，將宋引章與安秀實有婚約、毀婚、嫁周舍受虐、最後由姊妹淘趙盼兒以機智救出，劇作家皆將前因後果如實寫出；其餘《單刀會》、《望江亭》、《玉鏡臺》等亦皆是「有頭有尾」的寫法。針對關漢卿這種戲劇結構的表現方式，陳紹華進一步作了如下的分析：

> 關漢卿戲劇的結構線索分明，這也構成他的戲劇在結構上具有明瞭性的特點。……關漢卿的戲劇主要是通過貫串始終的戲劇衝突的描寫，形成線索連續的「縱貫式」的戲劇構圖。大致說來，關漢卿的戲劇可分為兩種類型的結構形態。一種是單線結構，劇中只有一條線索，首尾貫通，如《竇娥冤》、《望江亭》、《單刀會》、《哭存孝》、《救風塵》等；一種是雙線結構，劇中有兩條線索，一條主線，一條副線，如《拜月亭》、《魯齋郎》等。[31]

準此，關劇的情節結構表現又可分單線結構、雙線結構，茲論述如下：

---

[31]　陳紹華：〈論關漢卿戲劇的結構藝術〉，《揚州師院學報》（1980 年第 4 期），頁 41。

1、單線結構

前述關漢卿雜劇受講唱文學「有頭有尾」的敘事形式影響，此種敘事表現加上單線結構，觀眾很清楚地便能掌握劇本演述的故事內容。陳紹華認為「單線結構」就是劇中只有一條線索；筆者認為：若是作品僅是表現單一的人物或事件，便可稱為單線結構。

就關漢卿的現存劇本論：中國四大悲劇之一的《竇娥冤》，劇作家在結構上以竇娥的「冤」為主要情節單線發展，再藉此塑造竇娥強烈個性；《救風塵》中以「救」為貫串情節始末的線索；《望江亭》描寫白士中與譚記兒的感情婚姻，二者的危機主要來自覬覦譚記兒美色的楊衙內，在情節上以「情」貫串全劇，亦屬單線結構；《金線池》寫杜蕊娘與韓輔臣的情愛糾葛，除了杜母的阻撓平添波瀾外，在情節結構上亦屬單線發展。其他如《玉鏡臺》、《蝴蝶夢》、《調風月》等，或以情愛追求、或以刑案審判、或以妓女機智救人、或以婢女情愛追求等為描寫，在情節上皆為單線結構。

2、雙線結構

相對於單線結構言，劇中有兩條線索者即為雙線結構。陳紹華認為「劇中有主線、副線」的情節結構即是雙線結構。筆者認為：雙線結構劇本的特質，在於人物多、事件較為繁雜。關漢卿的現存劇本中，《拜月亭》、《哭存孝》、《緋衣夢》、《五侯宴》等即屬之。

以《拜月亭》為論：因為人物多且情節繁雜，在巧合中男女相遇而結婚，其後家長反對，迫使王、蔣二人分開，待蔣世隆考上狀元後，夫妻二人再團圓相聚。若以人物描寫言，王瑞蘭為主要發展線，蔣世隆為次發展線，後又有蔣瑞蓮與陀滿興福等次要人物；若以情節呈現言，王瑞蘭與蔣世隆情愛是《拜月亭》的主線描寫，而蔣瑞蓮與陀滿興福則是

次線描寫，此即劇作家營造的情節雙線結構。另外，《裴度還帶》中的書生裴度爲主線描寫，韓瓊英爲次線描寫，二人因「山神廟中拾玉帶」而有了關連。在情節結構上，裴度的自身遭遇與功名求取過程爲主線描寫；韓瓊英爲父親洗清冤獄則爲副線描寫，此自然是雙線結構。而《魯齋郎》主要環繞著權豪魯齋郎的惡行描寫，再分張孔目與妻、李四與妻兩條線索論述，最後包待制智斬魯齋郎時線索再合併；《緋衣夢》則以王閏香和李慶安爲主線，其中穿插裴炎殺人爲次線；《哭存孝》人物事件的安排較爲複雜，劇中以李存孝、鄧夫人爲主線描寫，李克用、劉夫人與康、李二人爲次線描寫；同樣是以李克用爲故事背景的《五侯宴》，情節更爲錯綜複雜，但若爬梳其結構線索，仍可以發現李從珂的身世遭遇爲主線，王屠妻李氏與李嗣源、劉夫人等皆爲次線描寫。

在情節人物與事件上，單線結構不像雙線結構那樣複雜。在雙線結構中，主線與次線有時虛實相襯，但並非各不相關，而是相互制約、影響。

（二）情節的戲劇性

「情節的戲劇性」（Melodrama）是「使用離奇的情節來吸引觀眾的興趣」[32]，「情節劇」一詞是從法語「音樂劇」衍化而來，是一種強調感情的戲劇。而形式固定的元雜劇，對戲劇情節的發展與人物形象的塑造，雖有所侷限，若劇作家熟稔於戲劇的舞臺特點，在四折、楔子的固定格式中，無論是衝突的曲折營造，或是情節集中的突顯，往往也能有精彩的表現，如關漢卿的《竇娥冤》、《單刀會》、《魯齋郎》等的情節集中安排，與《拜月亭》、《裴度還帶》、《緋衣夢》、《五侯宴》等的曲折緊

---

[32] 林驤華：《西方文學批評術語辭典》（同註4），頁267。

湊，皆是關漢卿情節營造的戲劇性表現。此處，針對關劇的情節戲劇性分二方面論述：

1、集中突顯

　　好的劇本結構，須掌握重點，鮮明且突出地揭示人物事件。誠如王恩宗論《竇娥冤》時所說：

> 點面結合是關漢卿劇作結構藝術的特點之一。在故事完整的基礎上，突出重點，大加渲染。像一個優秀的攝影藝術家一樣，他善於選擇角度，讓觀眾集中注意圖片中最動人的部分。……在安排情節的過程中，重點突出竇娥的一個「冤」字。[33]

沒錯，《竇娥冤》情節集中在竇娥的「冤」情上，無論是人物性格塑造、外在環境的安排上，關漢卿將情節集中安排，主線一貫到底，以一個弱勢女子的「冤」，反映出吏治黑暗的主題思想。這樣緊密、集中的情節，充分彰顯了劇本人物與故事的戲劇性。此外，《單刀會》在結構體制上與其它劇本的最大不同處，在於第三折才是「單刀赴會」與關羽出場的描寫，京劇與其它地方劇種在編演《單刀會》時，往往僅取三、四折，此即劇作家集中情節的戲劇性表現；而《魯齋郎》劇末戲劇性的團圓與相會、《望江亭》以智誘取楊衙內勢劍、金牌與文書的集中情節安排，無不展現了劇作家劇作的戲劇性。陳紹華認為：「關漢卿在戲劇創作中，善於抓住重要關目、突出重點場面，作為結構的『主峰』，使他的戲劇

---

[33]　王恩宗：〈略談關漢卿劇作的藝術特色〉，《韓山師專學報》（1982 年第 2 期），頁44。

形成重點突出、主次分明的構圖。」[34]此種掌握重要關目與突出重點場面的描寫，即是情節集中的表現。

2、曲折緊湊

陸志平等在《小說美學》中說：

> 戲劇性情節以人物外在的行為、動作的描寫來表現人物性格的衝突，滿足了敘述故事、表現人物，特別是英雄人物、傳奇人物的需要。[35]

在戲劇創作中，劇作家以人物行為呈現其性格特質，藉人物特質與衝突來加強故事內容，而戲劇性情節正是表現手法之一。關漢卿的情節戲劇性特點，除了情節集中外，曲折緊湊的情節營造，往往更能加強其戲劇性。在《竇娥冤》中，蔡婆婆的放高利貸→賽盧醫的借貸不還→張驢兒父子救蔡婆而強行逼婚→失誤藥死張父→竇娥受屈而死等，整個過程，是一連串的衝突巧合，構成曲折緊湊的情節；又如《拜月亭》的王瑞蘭與蔣世隆的戰亂相遇、結為夫妻、再被王父拆散、至最終有情人終成眷屬等情節安排，也是建立在戰亂離散與王夫人認蔣瑞蓮為養女等一連串的巧合與曲折緊湊的基礎情節中；《緋衣夢》在情節安排上，除王閨香與李慶安婚約情愛外，劇作家安排梅香被殺，使情節增添變化曲折；《裴度還帶》中寫韓瓊英獲李文俊贈玉帶，卻在山神廟將玉帶遺失，劇作家安排裴度拾獲玉帶，劇情因而產生轉折。

關漢卿劇本，因「以劇作劇」的創作取向，在情節安排上當然熟知戲劇性的重要。而「集中突顯」與「曲折緊湊」正是舞臺呈現的必要條

---

[34] 陳紹華：〈論關漢卿戲劇的結構藝術〉，《揚州師院學報》（同註31），頁42。
[35] 陸志平、吳功正：《小說美學》（台北：五南出版社，1993年11月），頁76。

件，也是影響群眾接受度的要素，身為「雜劇班頭」、「梨園領袖」的關漢卿，從事劇本創作時，情節戲劇性自然為必然的考量。

（三）情節主題的一致性

在關漢卿的雜劇中，可見忠臣義士、官紳士民、才子佳人、書生妓女……等人物形象的描寫，人物既是社會各階層都有，題材自然是廣泛多樣的。前章論關漢卿劇本題材約略可分：公案、歷史、情愛、社會等類，劇作家本著「劇人」身分，將生活中出現或可能會出現的種種情況，都一一寫入劇本中。不過，有趣的是，綜覽各類題材劇本，不難發現關漢卿戲劇創作的共性，那就是「反抗」精神的滲透於各種情節主題中。如《竇娥冤》彰顯的是竇娥對惡霸與昏官的反抗精神；《魯齋郎》則是李四、張圭兩家人，對抗權豪勢要的反映；《調風月》、《救風塵》、《哭存孝》、《望江亭》等，也無不洋溢著「反抗」的精神。此外，《謝天香》等以情愛為主要內容描寫，《單刀會》則致力於關羽英勇形象的塑造，乃當時群眾心理渴求的反映，也應屬間接對時代社會不滿的「反抗精神」。關真說：

> 確確實實，關漢卿雜劇在反抗封建權勢和封建道統，張揚人民意志和民主精神方面，是具有典範意義的。……關漢卿雜劇還具有更深層的意蘊。……是在表現上述主題的同時，能站在人生意識的高度，揭示剛毅堅強、不屈不撓是人生旅途中必要之精神。[36]

此即是對關漢卿情節中「反抗」精神的一致性表現的肯定。

---

[36] 關真：〈論關漢卿雜劇的兩個貢獻〉，參《廣西師範大學學報》（哲社版，1994 年 12 月第 30 卷第 4 期），頁 22。

　　由關劇情節的營造特點上，可發現無論是單線或雙線、實或虛的情節結構，或集中突顯、曲折緊湊的戲劇性情節，甚而是情節主題的一致性，皆與劇作家深諳舞臺的個人經驗和正視社會的入世精神有關，以「劇人之劇」論之，真是再恰當不過了。

二、王實甫

　　由王實甫現存《西廂記》、《破窰記》、《麗春堂》劇本來看，其劇本創作在題材上的承襲、濃麗的曲文、人物心理刻畫、情節衝突的主題呈現等特點，皆與劇本情節構建有著密切關係。詩人作劇，雖不免陷入文章辭藻之窠臼，然王實甫所創之劇具備濃麗辭藻的詩人文采，仍不失舞臺演出之戲劇考量。

　　以下由情節結構、衝突戲劇性、情節承襲與改寫等面向論析，王實甫劇作在情節處理上的特點。

（一）情節結構

　　一本四折是元雜劇固定體制，王實甫的《西廂記》打破了此種傳統窠臼，使劇作家有廣大的創作空間；在情節結構上，除特殊的結構體制外，單線與曲折多重的線索情節安排，也使王實甫劇作的情節衝突擴大而深化戲劇性。

1、結構體制的特殊

　　王實甫現存三劇中，在體制上將《西廂記》擴大二十折，其宏幅巨製「已開傳奇之先聲」。[37]在結構體制上《西廂記》自然屬較特殊者，正

---

[37]　王季烈《螾廬曲談》：「王實甫西廂，才華富贍，北曲巨製，其疊四本以成一部，

因其巨幅體制、不限一人演唱等特點，學者往往就《西廂記》與南戲、傳奇的關係多所聯繫。[38]而無論如何，這樣特殊的結構體制是有其正向意義的。曾瓊連即如是以為：

> 元雜劇之通例乃一本四折，由一人唱到底，然《西廂記》雜劇破例連寫五本，亦不限一人演唱，此乃表現作者勇於創造之精神，而為故事之開展與人物之刻畫闢一廣闊之途徑。[39]

確實，突破四折與獨唱模式的《西廂記》是極具創造精神，其情節構建更是豐富且生動的。

2、單線結構

若以「單線結構」即僅表現單一的人物或事件的定義論劇本，王實甫《麗春堂》雜劇，可說是其單線結構之代表。《麗春堂》主要是演述金代右相樂善與右副統軍使李圭賭雙陸產生爭端，致樂善遭貶至濟南府，後因草寇作亂，朝廷又召回樂善，復其原官職，李圭亦前來請罪，二人前嫌盡釋之事。此劇僅寫樂善被貶又復職的單一事件，未衍出其它枝節，故為單線結構之情節表現。

已開傳奇之先聲，且其詞藻，亦都有近於南詞之處。」參王季烈、劉富樑合撰《集成曲譜聲集》3（台北：進學書局，1969 年 1 月），頁 71。

[38] 案：關於《西廂記》與南戲、傳奇關係：王季烈認為「王實甫西廂，體制上已開傳奇之先聲，其詞藻則近於南詞。」（參同上註）；又蔣星煜撰寫〈《西廂記》受南戲、傳奇影響之跡象〉一文，由劇名及全稱、角色分行、讀音與韻律、套曲的組織、輪唱與齊唱、門大意、篇幅與分折分齣、校訂之方式與地域等，進行《西廂記》乃受南戲、傳奇影響之論析。參《徐州師範學院學報》（1981 年第 4 期），頁 84~88。

[39] 曾瓊連：《西廂記之版本及其藝術成就》（國立台灣師範大學國文所碩士論文，1986 年 5 月），頁 120。

3、曲折多重的線索結構

　　王實甫《西廂記》與《破窯記》在情節布局上呈現了多重的結構脈絡，或以人物為論，進而分主、次關係，以形成其衝突立場；或以主題思想為情節線索；或以故事發展而分主、副線者等皆是。以《西廂記》為論：張君瑞和崔鶯鶯、老夫人是主要衝突人物，劇作家再安排張飛虎、鄭恆等次要衝突人物來強化主要衝突，如《西廂記》第一本「張君瑞鬧道場」楔子，老夫人提及鶯鶯婚約：「老相公在日，曾許下老身之姪、鄭尚書之長子鄭恆為妻。」[40]此實為張、崔戀情埋下一個衝突的可能，亦是張、崔戀情變化的伏筆。此外，事件安排也使《西廂記》情節更形曲折，如第二本的孫飛虎搶婚與第五本的鄭恆騙婚等，皆使單純的愛戀更錯綜複雜，且正因孫飛虎搶婚，才讓張君瑞與鶯鶯有共結連理的機會，亦促成了老夫人許婚、悔婚的情節發展，這是複雜曲折且多重線索構成的情節。再者，《西廂記》的宏幅巨製與曲折情節，自然非單線結構之屬。而《破窯記》故事以劉月娥拋彩球招親，誤投窮書生呂蒙正，此種巧合是曲折情節的開端。劇作家以呂蒙正、劉月娥困苦生活與堅貞情愛為主線，又將齋後鐘、碧紗籠詩[41]等情節以副線處理，用以烘托主線，使故事更加生動感人。

（二）情節戲劇性衝突

　　《西廂記》雖然是一部宏幅巨製的劇本，作者在情節安排上卻銜接嚴密且緊湊。由佛殿偶遇，才子見佳人驚為天人，到孫飛虎圍普救寺，

---

[40]　《西廂記》第一本楔子，參楊家駱主編《全元雜劇初編》四（同註21）。

[41]　案：有關「齋後鐘」、「碧紗籠」民間傳說故事。可參羅錦堂著《現存元人雜劇本事考》（同註15），頁184~185。

老夫人允諾退賊漢者使鶯鶯爲妻，張生以書信向白馬將軍杜確求援……，此緊湊且集中的故事情節安排是適於舞臺演出的。

又如第二本「崔鶯鶯聽琴」中描寫孫飛虎圍普救寺一事，劇作家僅以兩折就將此足以影響全劇劇情發展的情節呈現，緊湊、不拖延的衝突，正是舞臺演出的最佳表現。戲劇衝突的安排，有時是人物間的對立關係所衍生的，如齊森華說：

> 《西廂記》在戲劇衝突的安排上，同樣是獨具匠心的。劇中以
> 張生、鶯鶯、紅娘爲一方，爲追求自由愛情，同以老夫人爲代
> 表的封建勢力形成了尖銳的矛盾。與此同時，張生、鶯鶯、紅
> 娘之間，由於階級地位、社會環境、生活經歷以及各自性格的
> 不同，在反對封建禮教的共同鬥爭中，也形成了複雜微妙的內
> 部矛盾。前者是主要的，後者是由前者所派生的。正是由於這
> 種內外部的矛盾交織，共同構成了全劇的戲劇衝突。[42]

齊森華以追求自由愛情與封建勢力爲對立的兩方，筆者認爲：《西廂記》無論是內外部的矛盾交織否，皆可說是情與理所衍展的糾葛。

此外，《破窯記》以劉月娥拋彩球的巧合爲情節衝突埋下伏筆，緊接著的齋後鐘、劉員外搗毀破窯的家具物品等，皆是兩方對立下的衝突；又如《麗春堂》中的樂善與李圭，亦是正、反兩方人物衝突對立的情形。劇作家安排情節衝突，爲求適於舞臺演出，往往須集中且緊湊地呈現，王實甫的《西廂記》、《破窯記》、《麗春堂》正是如此。

王實甫爲文采派劇作家，前人多以「以詩作劇」論之，在劇作情節內容上表現，自有其狹隘性，如特定人物（書生、閨女）、事件（科考、

---

[42]　齊森華：〈略談《西廂記》的藝術特色〉，參《文科月刊》（1985 年 1 月），頁 10。

當官）等，與題材廣泛的關漢卿，喜作神仙道化劇的馬致遠相較，實甫「美好目的的追求」創作基調下創寫的劇本情節，自然不同。

三、馬致遠

馬致遠現存《漢宮秋》、《青衫淚》、《薦福碑》、《岳陽樓》、《任風子》、《黃粱夢》與《陳摶高臥》等雜劇，前三劇以歷史、文人遭遇描寫爲主，後四劇則以神仙道化和隱居樂道思想的宣揚爲主。劇作多以末本呈現，即便是描寫漢元帝與昭君愛戀故事的《漢宮秋》亦不例外。除末本劇的表現形式外，劇作家創作時，往往將個人主觀情感與思想傾注於劇本中，無論是漢元帝、昭君、張鎬、白居易、陳摶、呂岩等，都或多或少有著馬致遠身影、情感的投射。

綜覽馬致遠劇作，除末本、抒情創作趨向、題材特殊外，劇作家在情節結構、主題呈現、情節安排與舞臺演出，也都與關漢卿、王實甫判然有別。此處就情節結構、情節主題呈現、情節與舞臺演出等論之。

（一）情節結構

情節結構是呈現劇本內容的重要藝術手段之一。馬致遠劇本的情節構建與安排，不僅與其主題思想反映有關，更充分突顯其個人風格樣貌。據馬致遠現存劇本情節結構論，由於題材的揀選與文人抒情心態對創作的影響，在情節結構上呈現了單線、戲中戲的情節安排等特殊結構。筆者擬針對此三面向，論析馬致遠的情節結構安排。

1、單線結構

單線結構在馬致遠劇作中是主要表現形式，如《漢宮秋》以漢元帝和王昭君愛戀爲主要線索；《青衫淚》以白居易、裴興奴遭遇與愛戀爲

軸心;《薦福碑》以張鎬哭窮途故事為主要描寫,無論是訪友、投謁權豪失敗、官職遭騙賴與殺身之禍等,皆由張鎬仕途淹蹇貫串著;《黃粱夢》以呂洞賓受鍾離權度脫成仙為主要描寫;《任風子》以馬丹陽度脫為主要描寫;《岳陽樓》則以呂洞賓度化岳陽樓前柳樹精和梅花精為主要描寫;《陳摶高臥》則以陳摶兩次下山的行動維繫全劇,這些皆為單一事件、人物之描寫,在結構上屬單線發展的結構。元劇一本四折,自然較適於單線結構的情節安排,一般學者皆認為單線結構的情節構建對於故事營造、人物描寫等傾向負面影響。然李漁在《閒情偶寄》中卻提出「減頭緒」[43]之說,此「減頭緒」即對單線結構之肯定。佘大平論述馬致遠雜劇結構時說:

> 馬致遠現存的七種雜劇,大都描寫了較長的時間和較廣闊空間的生活內容,上場的重要人物,少的有三四人,多則有七八人。由於采用單線發展的結構方式,使得這些劇本主題突出,人物形象鮮明。[44]

其亦認為單線結構,正好突顯了劇本的主題和人物形象。

　　2、戲中戲的情節安排

　　所謂「戲中戲」是指在戲劇情節安排中「戲中有戲」、「大戲套小戲」的表現方式。《黃粱夢》為鍾離權度化呂洞賓的故事,劇作家安排呂洞賓對鍾離權的說法不感興趣,鍾離權即施法使其於睡夢中經歷十八年的

---

[43]　清·李漁《閒情偶寄·減頭緒》:「頭緒繁多,傳奇之大病也。荊、劉、拜、殺之得傳於後,止為一線到底,並無旁見、側出之情。三尺童子,觀演此劇,皆能了於心,便便於口,以其始終無二事,貫串只一人也。」參《中國古典戲曲論著集成》七(同註3),頁18。

[44]　佘大平:《馬致遠雜劇研究》(大陸:武漢出版社,1994年6月),頁209。

浮沈悲歡，去其酒、色、財、氣與人我是非，使其得列仙班；《岳陽樓》
寫呂洞賓度脫柳樹精、白梅精的故事。投胎爲人的柳樹精郭馬兒，無論
呂洞賓直接點化或間接暗示皆執迷不悟，最後呂洞賓只得假意殺了郭妻
賀蠟梅（白梅精），再聯合鍾離權、張果老等仙人幻化爲社長、官人、
祇侯，使郭馬兒悟道成仙；《任風子》劇中，經點化而入道的任屠，爲
測試其向道之心，馬丹陽幻化六個盜賊向他索討金錢，又幻化遭其摔死
的幼子向任屠索命。

　　此種「戲中戲」的情節安排，在戲劇結構上不僅呈現特殊形式，其
幻化的情節安排與魂戲、夢戲更具同質作用。而「戲中戲」情節安排以
神仙道化劇爲主，也顯示出二者之間的微妙關係，所以劉雪梅如是說道：

> 馬劇在戲劇結構上有一個突出的特點，即表現出『大戲之中套
> 小戲』，『戲中有戲』的幻化色彩，這種幻化色彩在元雜劇的其
> 它劇種中是絕無僅有的，而這種特點也是由於道教思想的影響
> 產生的。[45]

確實，「戲中戲」的情節與道教思想影響有關。

（二）情節主題呈現

　　馬致遠現存《漢宮秋》等七齣劇，以情節主題呈現論：主要爲歷史、
文人遭遇與神仙道化劇的描寫爲主。而無論是歷史劇，或是文人遭遇，
或是神仙道化劇，其最終主題思想，皆可歸爲劇作家的「抒情言志」。
誠如彭飛所說：

---

[45] 劉雪梅：〈萬花叢中馬神仙，百世集中說致遠──論道教思想對馬致遠神仙道化
　　劇的影響〉，參《中國文學研究》（2000 年第 3 期），頁 35。

> 在元雜劇眾多的作家之中，馬致遠以其獨特的藝術風格著稱於
> 世，他是一個優秀的抒情詩人，往往用詩人的氣質來寫雜劇，
> 使得他所寫的雜劇也充滿了抒情的色彩，尤其突出的是，他所
> 寫劇曲的曲詞，好像是作者在借用劇中人來闡發自己的思
> 想。……關漢卿寫誰就像誰，不管是竇娥還是關羽，都找不到作
> 家的身影。而馬致遠的劇中人，常常就是他的代言人。[46]

劇中人成為自己抒情言志的代言人，「以劇寫詩」則成為馬致遠的創作
特點。如描寫文人失意的《青衫淚》與《薦福碑》，劇中寫的雖是白居
易、張鎬，但是那些大段大段抒發抑悶的曲文，幾乎與他的散曲作品殊
無二致。即便是以神仙道化劇與隱逸思想為主的《黃粱夢》、《岳陽樓》、
《任風子》與《陳摶高臥》，亦可窺見劇作家面對時代黑暗與文人不遇
時「借他人酒杯」的無奈、退離心境。

（三）情節與舞臺演出

　　傳統文人創作時，往往藉助外在景物的描寫來抒發個人情志，尤其
是作詩時更重視寫景與寫情，情景交融的表現技巧。在戲曲中，此種寫
景的情節安排，更能突顯內容鋪排與人物形象刻畫，以馬致遠為論，其
戲的重點是抒情，劇作家秉著「作詩」態度寫劇，寫景遂成為部分的情
節構築，如《漢宮秋》第三折駕唱（漢元帝唱）：

> 【七弟兄】說什麼大王，不當，戀王嬙。兀良怎禁他臨去也回
> 頭望。那堪這散風雪旌節影悠揚，動關山鼓角聲悲壯。
> 【梅花酒】呀，俺向著這迥野悲涼，草已添黃，兔早迎霜，犬

---

[46] 彭飛：〈愁霧悲風般的抒情──從馬致遠的《漢宮秋》說起〉，參《文科月刊》（1985
　　 年3期），頁5。

褪得毛蒼，人搠起纓槍，馬負著行裝，車運著餱糧，打獵起圍場。他他他傷心辭漢主，我我我攜手上河梁。他部從入窮荒，我鑾輿返咸陽。返咸陽，過宮牆。過宮牆，遶迴廊。遶迴廊，近椒房。近椒房，月昏黃。月昏黃，夜生涼。夜生涼，泣寒螿。泣寒螿，綠紗窗。綠紗窗，不思量。[47]

劇作家以作詩的態度，由眼前實景「怎禁他臨去也回頭望，那堪這散風雪旌節影悠揚，動關山鼓角聲悲壯。」而後虛實相生，兩頭分寫。一方面是北國秋涼、原野蕭條下，昭君漸行漸遠的身影；一方面則是宮廷中月色昏黃、寒螿悲泣，元帝迫促急切的心境。將依依離情，藉由景物的描寫而烘托得更悲悽。此種情與景游離的情節安排，因舞臺上無法將虛景襯寫的情節、人物心理描寫作良好的呈現，在演出時難免形成阻礙。又如《青衫淚》第二折【二煞】：

少不的聽那驚回客夢黃昏犬。聒碎人心落日蟬。只不過臨萬頃蒼波。落幾雙白鷺。對千里青山。聞兩岸啼猿。愁的是三秋鴈字。一夏蚊雷。二月蘆煙。不見他青燈黃卷。卻索共漁火對愁眠。[48]

劇作家藉正旦裴興奴的口，抒寫出遭人棄逐的那種孤寂落寞的心境。又同劇第三折【水仙子】：

再不見洞庭秋月浸玻璃，再不見鴉噪漁村落照低，再不聽晚鐘煙寺催鷗起，再不愁平沙落鴈悲，再不怕江天暮雪霏霏，再不愛山市晴嵐翠，再不被瀟湘暮雨催，再不盼遠浦帆歸。[49]

---

[47]　《漢宮秋》第三折，參《元曲選》第一冊（同註8），頁10。
[48]　《青衫淚》第二折，參《元曲選》第三冊（同上註），頁889。
[49]　《青衫淚》第三折，參《元曲選》第三冊（同註8），頁894。

詩人以一連串的「再不見」、「再不聽」、「再不愁」、「再不怕」……安排劇中人物自我說服，以顯現其對人生際遇的瀟灑，然而，越是強調「再不」，卻是「更見」、「更聽」、「更愁」、「更怕」……，掙扎矛盾之情，溢於言表，詩人抒情之意自是不言而喻了。

再如《岳陽樓》第一折【金盞兒】：

> 我這裏據胡床，望三湘，有黃鶴對舞仙童唱。主人家寬洪海量醉何妨，直吃的捲簾邀皓月，再誰想開宴出紅粧。但得一尊留墨客。……[50]

其他如同劇第二折【賀新郎】[51]；《陳摶高臥》第三折【倘秀才】、【滾繡毬】[52]；《黃粱夢》第一折【金盞兒】[53]、第三折【大石調】、【歸塞北】、【玉翼蟬煞】[54]；《任風子》第二折【煞尾】[55]、四折【川撥棹】[56]；《薦福碑》第三折【紅繡鞋】、【上小樓】等[57]，皆是大段大段寫景或情景交融的曲文，如此的情節結構構築，多少會影響敘事的推進與舞臺的演出。

劇本是為舞臺演出而創作，故情節安排往往影響演出效果。具舞臺經驗且與演員來往密切的關漢卿，無論是題材揀選，或是通俗本色語的運用，皆適於舞臺演出的呈現；為文采派詩人劇作家的王實甫，雖以濃麗辭藻與閨情劇作的《西廂記》取勝，然其能成為各地方劇種常演劇目

---

[50]　《岳陽樓》第一折，參《元曲選》第二冊（同上註），頁616。
[51]　《岳陽樓》第二折（同上註），頁620。
[52]　《陳摶高臥》第三折，【倘秀才】：「俺那裏草舍花欄藥畦，石洞松窗竹几。你這裏玉殿朱樓未為貴。……」；【滾繡毬】：「……至禁幃，上鳳池。進臨寶砌，列鵷鷺簾捲班齊。……」（同上註），頁726。
[53]　《黃粱夢》第一折（同上註），頁778。
[54]　《黃粱夢》第三折（同上註），頁787~789。
[55]　《任風子》第二折，參《元曲選》第四冊（同上註），頁1676。
[56]　《任風子》第四折（同上註），頁1681。
[57]　《薦福碑》第三折，參《元曲選》第二冊（同上註），頁590。

之一，自然具一定市場需求與舞臺條件；同樣地，詩人劇作家馬致遠，躋於文采派大家之列，其劇作在舞臺演出上卻不如關、王二人，究其因主要在於劇作家情節安排與個人抒情成分之輕重。誠如張燕瑾所說：

> 在戲劇裏，每一個人物，每一句台詞，都體現著作家的傾向性，卻又不就是作家傾向性的直接表現。……關漢卿、王實甫遵循著戲曲的這種規律，在他們的作品裏，看不到絲毫的作者的影子；馬致遠則不然，他的劇中帶有明顯的劇作家的個人色彩。[58]

此段話，應是對關、王、馬三家雜劇創作最好的說解。

第三節　三家雜劇的「人物」論

作為一種「代言體」的戲劇，人物的塑造影響著劇本的成功與否，而這與劇作家的創作功力，有著絕對的關連。戲劇人物的理論闡發，是從明代中葉開始的。

王驥德可以說是在古典劇論史上，最早從戲劇角度來論述戲劇人物塑造的，如《曲律・論引子》：

---

[58] 張燕瑾：〈元劇三家風格論〉，參《中國戲曲史論集》（北京：燕山出版社，1995年3月），頁37。

> 引子，須以自己之腎腸，代他人之口吻。蓋一人登場，必有幾
> 句緊要說話，我設以身處其地，模寫其似，卻調停句法，點檢
> 字面，使一折之事頭，先以數語該括盡之，勿晦勿泛，此是上諦。[59]

不錯，作爲代言體的戲曲，鮮明與成功的人物塑造，對故事情節的營運
推展，往往具加分作用，尤其舞臺上人物塑造的優劣，觀眾的反應常是
最直接的評分。劇作家的人物塑造，當然與其「以劇作劇」、「以詩作劇」、
「以劇作詩」的創作手法有關，而這些創作手法又扣緊其創作基調，如
關漢卿的「社會各階層人物塑造」即利於舞臺演出；王實甫以「書生、
小姐」爲寫，是詩人撰劇的特點表現；馬致遠以「文人」爲主，則不免
於案頭的自抒情懷。準此可知，關、王、馬三家，因創作態度與手法之
異，致使其故事題材不同、人物塑造亦不同。

一、關漢卿

　　戲劇的故事題材、情節安排，與人物形象塑造是緊密相扣的。關漢
卿劇本題材多元化，自然影響其人物形象之塑造。以下據關漢卿現存十
八種劇本，針對其人物塑造特點、手法，略作論析。

（一）多元化的人物描寫

　　關漢卿劇本題材多樣化，是眾所皆知的，其公案、歷史、情愛、社
會劇題材中，自是免不了社會各階層人物的描寫。如徐子方即認爲：

---

[59]　明・王驥德：〈論引子〉第三十一，《曲律》，見《中國古典戲曲論著集成》四（同
　　註3），頁138。

綜觀關漢卿現存全部作品，其中具有情節行動意義的近百人，他們來自社會各不同階層，地位和經歷相近的便構成一個一個的系列，它代表著關作反映社會生活面的廣度。[60]

以劇本為論，《單刀會》、《西蜀夢》的關羽和張飛，《單鞭奪槊》的尉遲敬德與《哭存孝》中的李存孝、李克用等，都屬傳奇性歷史人物；《拜月亭》的蔣世隆、《裴度還帶》的裴度與《金線池》的韓輔臣等，皆是書生的描寫；此外，《拜月亭》的王瑞蘭、《裴度還帶》的韓瓊英、《緋衣夢》的王閏香等，為小姐形象的描寫；《調風月》中勇於追求自我幸福的燕燕、《緋衣夢》與《玉鏡臺》中的梅香，則都是女主角身旁貼身的丫鬟；至於關劇中的寡婦描寫，如《竇娥冤》的竇娥與蔡婆婆、《望江亭》的譚記兒、《五侯宴》的王嫂等；妓女描寫則如《救風塵》的趙盼兒和宋引章、《謝天香》中的謝天香、《金線池》的杜蕊娘等。《望江亭》中的白道姑、《魯齋郎》裡遭奪妻而家破以致出家的張珪，皆屬方外人士的描寫；《蝴蝶夢》和《魯齋郎》中的包拯、《緋衣夢》與《謝天香》的錢大尹、《陳母教子》的寇萊公、《金線池》的石府尹、《玉鏡臺》的王府尹、《竇娥冤》的竇天章等，皆為清廉官吏的描寫；相對地，昏官形象描寫如《竇娥冤》的桃杌、《緋衣夢》的賈虛等屬之；奸黨小人與權豪勢要、流氓惡棍等反面人物，在關劇中當然也不少，如《單鞭奪槊》的李元吉和段志賢、《哭存孝》的李存信和康君立、《蝴蝶夢》的葛彪、《魯齋郎》的魯齋郎、《望江亭》的楊衙內、《調風月》的小千戶、《救風塵》的周舍、《緋衣夢》的裴炎、《竇娥冤》的張驢兒父子等皆屬之。

關漢卿劇作人物塑造的描寫形形色色、樣貌各具，此應與關漢卿市井的社會背景與編劇家、演員雙重身分有關[61]，就因為這樣特殊的背景

---

[60]　徐子方：《關漢卿研究》（台北：文津出版社，1994年7月），頁357。

與身分，劇作家熟悉三教九流各階層的人物，同時在編劇時會以觀眾立場爲考量，寫出他們熟悉的各種人物。

（二）典型人物的塑造

在中國劇論史上，除了金聖嘆等評點大家外，有關的戲劇人物論大多是零碎且不成系統的。而一般的人物塑造論，可分典型[62]與類型[63]來探討。陸志平等所云：「在普遍的人性這一廣闊的基礎上揭示出人物的獨特個性，這樣的人物就是典型人物。」[64]亦即是「典型是共性與個性的統一，而共性正寓於個性之中」[65]的思想；然而，「典型」與「類型」在《西方文學批評術語辭典》中卻是同義的，若欲細分：「類型」則應指多位人物彼此間的性格特質，具有某種「相似和對應」且構成一「橫向聯繫」。

61　案：臧晉叔於《元曲選·序二》：「關漢卿輩爭挾長技自見，至躬踐排場，面傅粉墨。」肯定關漢卿善粉墨登場之演員身分。只是，此中所論的「以劇作劇」，「以劇」的「劇」並非指演員，而是指以創作劇本的態度來寫劇。

62　有關「典型」的問題：朱光潛認為「典型」問題是藝術本質與美學問題。案：從亞里斯多德到賀拉斯、歌德、席勒、黑格爾、別林斯基、馬克斯、恩格斯等皆對「典型」提出看法，如歌德和車爾尼雪夫斯基主張從特殊、現實出發；黑格爾和別林斯基則主張從一般、概念出發。馬克斯主義則提出「典型是共性和個性的統一，典型性格與典型環境相聯繫的思想。」參陸志平、吳功正著《小說美學》（同註35），頁27~28。

63　案：「類型」在「文學批評術語辭典」中 Type 或譯為「典型」，指具有某些共同特性的一類人物或事物，這些共同特性使他們成為某一類型的成員。參《西方文學批評術語辭典》（同註5），頁204。

64　陸志平、吳功正：《小說美學》（同註35），頁27。

65　清·金聖嘆著〈讀第五才子書法〉：「《水滸傳》只是寫人粗鹵處，便有許多寫法。如魯達粗鹵是性急，史進粗鹵是少年任氣，李逵粗鹵是蠻，武松粗鹵是豪傑不受羈靮，阮小七粗鹵是悲憤無說處，焦挺粗鹵是氣質不好。」參《金批水滸傳》（大陸：三秦出版社，1998年9月），頁19。筆者案：此段文字即是陸志平等所說的「典型性格是共性與個性的統一，而共性正寓於個性之中」之意。參《小說美學》（同上註），頁29。

　　據此以分，則關漢卿現存劇本中有英雄類型、寡婦類型、書生類型、妓女類型……等描寫，而這些類型描寫中，又具足以為典範者之塑造，如《單刀會》中的關羽，是英雄類型人物，關漢卿藉魯肅、喬公之口，塑造其忠、義、勇形象，又於單刀赴會時，更充分突顯其英勇無懼的表現，使關羽成為英雄類型中的典型人物。此外，《蝴蝶夢》的王婆婆，護衛前人之子，不惜犧牲親生骨肉，足為賢德慈母中的典範；而《竇娥冤》中堅貞執拗的竇娥；《救風塵》中機智而俠義的趙盼兒；《蝴蝶夢》與《魯齋郎》中公正無私的包拯……等，或為節婦典型、或為妓女典型、或為清官典型……，在形象嬗變上，關漢卿的雜劇創作具一定的貢獻。

（三）人物塑造的手法

　　戲曲小說家在故事內容論述與情節營造時，往往對人物形象塑造也起了相輔相成的作用。關漢卿劇中的人物塑造，或直接藉情節論述來加以刻畫塑造，如《單刀會》的一、二折情節，實為單刀赴會時關羽英勇形象作預備與烘襯；或間接於情節敘述中，構築人物形象，大部分關劇都屬此類。不僅情節內容的論述得以窺知人物描寫，劇作家為突顯人物性格特質，亦藉曲詞、賓白等等，強化人物塑造。茲列出關劇中常見的人物塑造手法，加以論析。

1、烘托法

　　「烘托法」是利用環境氛圍，來烘托（或側寫）人物的描寫方法。金聖嘆在《水滸傳》第六十三回「宋公明雪天擒索超」中批曰：

> 寫雪天擒索超，略寫索超而勤寫雪天者，寫得雪天精神，便令
> 索超精神。此畫家所謂襯染之法，不可不一用也。[66]

作畫的「襯染法」即以環境烘托人物的描寫手法，此種烘托手法，在關
漢卿的劇作中往往可見，如《竇娥冤》中的竇娥，劇作家安排自幼喪母、
父因借貸而將其典讓給守寡的蔡婆婆為媳，未久丈夫又亡化。關漢卿在
第一折正旦上場時，藉賓白與曲文加強竇娥遭遇與環境的困惡，如：

> （正旦上，云）妾身姓竇，小字端雲，祖居楚州人氏。我三歲
> 上亡了母親，七歲上離了父親。俺父親將我嫁與蔡婆婆為兒媳
> 婦，改名竇娥。至十七歲與夫成親，不幸丈夫亡化……
> 【油葫蘆】莫不是八字兒該載著一世憂，誰似我無盡頭！須知
> 道人心不似水長流。我從三歲母親身亡後，到七歲與父分離久，
> 嫁的箇同住人，他可又拔著短籌；撇的俺婆媳每都把空房守，
> 端的箇有誰問，有誰偢？[67]

寫竇娥的遭遇與環境的惡劣，烘托出人物的孝順守節性格，以塑造
出節婦形象，此即是劇作家利用環境氛圍的技巧表現。再如《單刀會》
的關羽，劇作家在第三折末關羽決定單刀赴會時，安排關平說：

> 父親兄弟都去也，我隨後接應走一遭去。大小三軍，聽吾將令：
> 甲馬不許馳驟，金鼓不許亂鳴，不許交頭接耳，不許語笑喧嘩，
> 弓弩上弦，刀劍出鞘……俺這裏雄兵浩浩渡長江，漢陽兩岸列
> 刀槍，水軍不怕江心浪，旱軍豈懼鐵衣郎！關公殺入單刀會，

---

[66] 金聖嘆批《水滸傳》六十三回，參魯玉川等輯校《水滸傳會評本》（北京：北京
大學出版社，1987 年 9 月）。
[67] 《竇娥冤》，參臧晉叔編《元曲選》第四冊（同註 8），頁 1501。

顯耀英雄戰一場。疋馬橫鎗誅魯肅，勝如親父刺顏良。大小三
軍，跟著我接應父親走一遭去。[68]

藉著三軍戒備的描寫，突顯關羽單刀赴會重重危機下的英勇。同樣是周
遭環境的安排，劇作家在第四折，寫魯肅安排「英雄甲士暗藏壁衣」，
在一觸即發的危險場面中，更是烘托出關羽無所懼的英勇形象。

　　另外，《裴度還帶》中的韓瓊英，作者寫其家遭逢變故，再藉此突
顯其堅韌不拔的性格；而《救風塵》中的俠妓趙盼兒，其性格上的機智
與圓滑，實與其風塵經驗有關，劇作家先寫其出身，再寫其救援宋引章
時的一路巧思妙計，除達到人物性格烘托塑造之外，亦透顯劇作家對風
月女子聰明機智的讚賞。凡此種種，可說都是關劇中著墨於周遭環境鋪
寫，以烘托人物的常用手法。

　　2、對比法

　　在小說評點中有所謂襯托技巧，如毛宗岡在《三國演義》第四十五
回回首總評：

　　　文有正襯，有反襯。寫魯肅老實，以襯孔明之乖巧，是反襯也。
　　　寫周瑜乖巧，以襯孔明之加倍乖巧，是正襯也。譬如寫國色者，
　　　以醜女形之而美，不若以美女形之而覺其更美；寫虎將者，以
　　　懦夫形之而勇，不若以勇夫形之而覺其更勇。讀此可悟文章相
　　　襯之法。[69]

---

[68]　《單刀會》第三折，參王季烈編《孤本元明雜劇》一（台北：台灣商務印書館，
　　　1977 年 12 月）。
[69]　參明・羅貫中著、金聖嘆批、毛宗岡評點《三國演義》（台北：文源書局印行，
　　　1969 年 4 月），頁 489。

此處的反襯，修辭學上也稱「對比」。據毛宗岡所論，「反襯」固然是塑造人物的好方法，「正襯」的效果，卻更上一層。元雜劇不比章回小說的篇幅長、內容情節繁雜、人物眾多，較難由短篇體制中尋繹出「正襯」的人物塑造手法，故此處針對「反襯」的對比手法，論關劇人物塑造。

關漢卿劇作中，常以性格對比來刻畫人物，其《救風塵》即有幾組重要人物的對比，如趙盼兒和宋引章雖同是妓院姊妹，但在性格與見識閱歷上，卻截然不同。由第一折的對話，即可見二人之差異：

> 【村里迓鼓】你也合三思而行、再思可矣。……也是你歹姐姐把衷腸話勸妹妹，我怕你受不過男兒氣息。……（外旦云）你說我聽咱。（正旦唱）
>
> 【元和令】做丈夫的便做不的子弟，那做子弟的，他影兒裏會虛脾。那做丈夫的忒老實。（外旦）那周舍穿著一架子衣服，可也堪愛他。（旦）那廝雖穿著幾件蛇蛻皮，人倫事曉的甚。妹子，你為甚麼就要嫁他？（外旦）則為他知重你妹子，因此要嫁他。（旦）他怎麼知重你？（外旦）一年四季，夏天，我好的一覺昫睡，他替你妹子打著扇。……
>
> 【勝葫蘆】你道這子弟情腸甜似蜜，但娶到他家裏，多無半載、週年相棄擲。早努牙突嘴，拳椎腳踢，打的你哭啼啼。[70]

對話中把宋引章的天真、幼稚，趙盼兒的老練、智慧做了鮮明對比。此外，周舍和安秀實、趙盼兒與周舍在性格與處事上的描寫也是對比。

關漢卿雜劇中，以「對比」手法塑造人物者，如《竇娥冤》中竇娥與張驢兒父子、昏官桃杌的正、反形象對比塑造；《哭存孝》中李存孝和李存信、康君立；《裴度還帶》中的裴度和傅彬；《單刀會》中的關羽

---

[70] 《救風塵》第一折，參明・臧晉叔編《元曲選》第一冊（同註8），頁195~196。

和魯肅……等，劇作家或由人物行事作爲、或由性格等面向作對比，來強化人物形象的塑造。

3、情節衝突

　　人物塑造除了利用環境烘托、作角色對比來加強性格特質外，故事的情節衝突安排，亦是劇作家用以突顯人物性格形象的方法。以《竇娥冤》爲例，劇作家讓竇娥有著令人同情的成長環境，又安排賽盧醫預謀殺蔡婆與惡霸張驢兒父子的以婚配爲要脅，正當竇娥寧可訴諸官判不肯妥協時，劇作家又以昏官判案、臨刑三誓等情節，來加強竇娥節婦形象的塑造。就竇娥來說，「莫不是前世裏燒香不到頭」與守寡的遭遇，在其內心世界已存有「天道」、「人爲」之衝突，其後，因婆婆、張驢兒父子等外力介入的衝突，使其自身的衝突趨緩，而冤獄與即將面對的死亡，更使其與婆婆間的衝突，已變得不重要了。如此，「戲劇的強烈張力便完完全全地呈現出來了」。[71]

　　藉情節衝突達到塑造人物形象目的，在關漢卿其他劇作中亦然，如《拜月亭》中蔣世隆與王瑞蘭，因戰亂而相遇結婚，其後，瑞蘭的父親王鎮強行拆散二人，即是情節衝突的出現，衝突的安排關係著情節的發展，因此，世隆與義弟興福雙中文武狀元，世隆與瑞蘭、興福與瑞蓮才能團聚。另外，《調風月》、《緋衣夢》等或因第三者出現、或因命案的發生，衝突的出現，使情節更迂迴轉折。

---

[71]　顏師天佑：《元雜劇所反映之元代社會》（同註17），頁16。

二、王實甫

　　就王實甫現存劇本可發現：劇作家喜描寫書生、小姐的婚戀與科考仕途故事內容，如《西廂記》、《破窰記》即寫婚戀與科考相關之情節；《麗春堂》則是官場是非的描寫。此當與劇作家的詩人身分與傳統文人「學而優則仕」的觀念有關。

　　王實甫現存劇作中，人物塑造極爲成功者，如《西廂記》中紅娘、鶯鶯；《破窰記》中的劉月娥；《麗春堂》中的李圭等人，其或爲扮演穿線的丫鬟，或爲嬌氣的名門閨秀，或爲堅貞守節的節婦，或爲詼諧粗野蠻橫的莽夫，在文學中皆有固定的形象類型可循，如：紅娘爲機伶丫鬟類型；鶯鶯爲名門閨秀類型；劉月娥則屬於王寶釧節婦類型；李圭爲李逵類型人物等。其中人物形象描寫的手法，無論是採對比、心理描寫、寫景寓情等手法，皆可看出詩人作劇的特色。

（一）主要描寫人物類型

　　《西廂記》、《破窰記》、《麗春堂》的主要人物描寫是書生與小姐，如張珙與呂蒙正二人都是書生類型。在《西廂記》中與張君瑞爭奪崔鶯鶯的鄭恆，和「棄文就武」[72]的杜確等，基本上是書生的身分形象，非一般市井小民。再如《破窰記》中與呂蒙正知交的寇準，亦是正處於寒窰苦讀的書生。此外，《西廂記》的崔鶯鶯和《破窰記》的劉月娥，一爲相府千金，一爲富戶閨女，二人不僅是「富裏生富裏長」[73]又是「天

72　《西廂記》第一本第一折，張生說：「有一人姓杜。名確。字君實。與小生同郡同學。當初爲八拜之交。後棄文就武。……」參楊家駱主編《全元雜劇初編》四（同註21）。

73　《破窰記》第二折，劉員外云：「想我女孩兒富裏生富裏長，他幾曾受這等窮來。」參王季烈編《孤本元明雜劇》一（同註68）。

姿國色」[74]，書生配小姐，此種才子與佳人組合門第觀念，自古以來即如此。

由此可知，王實甫習以書生、小姐爲主要描寫人物類型，不僅與才子佳人傳統觀念有關，又因劇作家是詩人，與市井小民生活必然有些距離，在創作時揀選熟悉的人物爲描寫對象，此再自然不過了。

（二）人物職業與處境的同質性

王實甫的劇本中，不僅以書生、小姐爲主要描寫對象，甚至於三齣劇中主要人物的身分與處境，皆存有相當的同質性。如《西廂記》第五本第四折，張生云：

> 小官奉聖旨，正授河中府尹。今日衣錦還鄉，……。
> 【雙調・新水令】玉鞭嬌馬出皇都。暢風流玉堂人物。今朝三品職。昨日一寒儒。御筆親除。將姓名翰林註。[75]

即寫張珙狀元及第的境況與心情。再如《破窯記》第三折，呂蒙正云：

> 學而第一須當記。養子休教不看書。小官呂蒙正是也。到的帝都闕下。一舉狀元及第……[76]

不僅呂蒙正中舉當官，其拜把兄弟寇準亦任宰相。[77]《西廂記》和《破窯記》是寫書生科考中舉，而《麗春堂》則直接寫官場情形，如第一折正末（樂善）云：

74　《西廂記》第一本第一折，張生形容鶯鶯：「世間有此等之女，豈非天姿國色乎。」（同註21）

75　《西廂記》第五本第四折（同上註）。

76　《破窯記》第三折，參王季烈編《孤本元明雜劇》一（同註68）。

77　《破窯記》第四折，寇準云：「龍樓鳳閣九重城，新築沙堤宰相行。我貴我榮君

> 老夫完顏女直人氏，字號樂善，老夫幼年跟隨郎主南征北討、
> 東蕩西除，多有功勞汗馬，謝聖恩可憐，官拜右丞相領大興府
> 事正受管軍元帥之職。[78]

樂善不僅道出自己為女真人，更說明其任官職的經過。此外，無論是新科狀元，或是官場老臣，皆有遇到阻礙的處境。《西廂記》中張珙與崔鶯鶯婚戀的阻礙是老夫人、鄭恆；《破窯記》的呂蒙正與劉月娥婚戀的阻礙則是劉員外、寺僧；《麗春堂》中樂善的仕途阻礙則是李圭。所以，王實甫劇作中主要人物的職業與處境，皆有相同之處。

（三）人物描寫

　　王實甫人物描寫對象比關漢卿單純多了，無論是人物類型、身分與處境，同質性皆較高。雖無法與本色派「雜劇班頭」關漢卿的多元化人物並論，但在人物刻畫上，無論是對比手法、心理描寫、寫景寓情等，仍充分呈現了詩人細膩的筆觸而有其獨到之處，誠如張燕瑾說：

　　關漢卿、王實甫都專力於刻畫人物性格，也都注意戲劇衝突和情節的安排，但他們除了語言風格的不同之外，在人物的刻畫、矛盾的組織、情節的安排等方面，又都有著明顯的不同。同是通過刻畫人物來表現主題，王實甫善於細膩而有層次地構畫出人物思想感情變化的脈絡，其特點在於委婉細膩。[79]

　　關漢卿與王實甫都致力於人物性格刻畫，但兩人不僅語言風格不同，題材表現與人物描寫手法亦有相當距離。本單元擬由對比手法、心理描寫與性格塑造等面向，論述王實甫的人物描寫。

莫羨，十年前是一書生。」參王季烈編《孤本元明雜劇》一（同註68）。
[78]　《麗春堂》第一折，參臧晉叔編《元曲選》三（同註8），頁900。
[79]　張燕瑾：《中國戲曲史論集》（同註58），頁42。

1、對比手法

　　劇作家的對比手法營造，往往奠基於情節、人物。同樣地，人物塑造的對比描寫，不僅增進情節的生動、使主題思想更明確，更有助於人物形象鮮明呈現。王實甫現存雜劇中《西廂記》、《破窯記》、《麗春堂》，在人物形象塑造上亦運用了對比手法。

　　以《西廂記》為論：對愛情執著而又敢於大膽追求的張生、鶯鶯與固執保守、冥頑不通的老夫人，即是一組鮮明的對比形象。我們可以說：老夫人愈是不通情理，就更襯托出張生與鶯鶯二人的情感是多麼執著堅持。如《西廂記》第二本第四折老夫人悔婚，崔鶯鶯唱：

> 【喬牌兒】老夫人轉關兒沒定奪，啞謎兒怎猜破；黑閣落甜話兒將人和，請將來著人不快活。（紅云）姐姐休怨別人。
> 【江兒水】佳人自來多命薄，秀才每從來懦。悶殺沒頭鵝，撇下賠錢貨，不爭你不成親呵，下場頭那里呵發付我！……
> 【離亭宴帶歇指煞】從今後玉容寂寞梨花朵，胭脂淺淡櫻桃顆，這相思何時是可？……[80]

由這段曲文可看出老夫人不通情理、善變性格，與鶯鶯細膩癡情的形象正好是鮮明對比。此外，劇作家利用老夫人悔婚的情節與張君瑞害相思病、草橋驚夢等情節，來營造鮮明的人物對比。其次，鶯鶯與紅娘在性格上亦是一組對比，如第三本第二折，紅娘替張生傳書信給鶯鶯時，紅娘說：

> 我待便將簡帖兒與他，恐俺小姐有多少假處哩。我則將這簡帖兒放在妝盒兒上，看他見了說甚麼。（旦做對鏡科，見簡看科）

---

[80]　《西廂記》第二本第四折，參楊家駱主編《全元雜劇初編》四（同註21）。

【普天樂】晚粧殘，烏雲身單，輕勻了粉臉，亂挽起雲鬟。將簡帖兒拈，把粧盒兒按，拆開封皮孜孜看，顛來倒去不害心煩。（旦怒叫）紅娘！（紅做意云）呀，決撒了也！……（旦云）小賤人，這東西那裏將來的！我是相國的小姐！誰敢將這簡帖來戲弄我？……[81]

紅娘與鶯鶯是性格完全不同的人，機伶的紅娘總是表裡如一地將自己喜怒呈現，如第四本第二折的「拷紅」[82]，即能看出紅娘直言不隱的性格，與欲迎還拒、明明傾心卻又矜持作勢的鶯鶯，在性格形象描寫上是明顯對比，而身分與教養正貼切了彼此不同的對比差異。《西廂記》中正面形象人物張生與反面形象人物孫飛虎、鄭恆等又是一組對比，劇作家藉情節鋪寫營造並豐富了舞臺上正、反面人物的形象。

另外，《破窯記》中劉月娥與勢利的劉員外、寺僧是對比形象塑造；寇準和劉員外也是一對比；劉月娥拋彩球時，劇作家將呂蒙正與其他人在外貌穿著上也作了鮮明對比[83]，此種對比技巧正彰顯了劉月娥與呂蒙正的不凡。相同地，《麗春堂》在人物形象塑造上運用了正、反面形象對比描寫，劇作家以正直有本事的樂善為正面人物，而喜耍詐機巧的李圭則是反面人物，愈是寫反面人物的陰險奸詐，便更彰顯正面人物的正直可愛，這些都是對比形象塑造的必然結果。

---

[81] 《西廂記》第三本第二折。參楊家駱主編《全元雜劇初編》四（同上註）。

[82] 《西廂記》第四本第二折：「（夫人云）這端事都是你箇賤人。（紅云）非張生、小姐、紅娘之罪，乃夫人之過也。（夫人云）這賤人道指下我來。怎麼是我之過。（紅云）信者，人之根本。人而無信，不知其可也？……。」（同上註）

[83] 《破窯記》第一折，梅香云：「姐姐，你看兀那兩箇穿的錦繡衣服，不強如那等窮酸餓醋的人也。」參王季烈編《孤本元明雜劇》一（同註68）。

2、心理描寫與性格塑造

　　作家塑造人物形象與性格，往往藉著心理描寫呈現。王實甫現存劇作中，人物心理刻畫最爲人稱道的當屬《西廂記》。《西廂記》中的鶯鶯，其性格發展是隨矛盾而成的，劇作家將一位身陷於禮教與情愛糾葛中的相國千金內心矛盾、苦悶，活靈活現地寫了出來，如第二本第一折酬韻後小兒女的心思描寫：

> 【油葫蘆】翠被生寒壓繡裀。休將蘭麝熏盡。休將蘭麝熏盡。則索自溫存。昨宵錦囊佳制明勾引。今日箇玉堂人物難親近。這些時睡又不安。坐又不寧。我欲待登臨不快。閒行又悶。每日價情思睡昏昏。[84]

這段曲文，描寫鶯鶯酬韻後勾起的愁思，此未敢現於他人面前的閨中情思，正足以知悉其內心感受。劇作家對鶯鶯的心理描寫，在劇中時時可見，又如同本同折的曲文，亦是鶯鶯內心情感的描寫：

> 【那吒令】往常但見一箇外人。氳得早嗔。但見一箇客人。壓得倒褪。從見了那人。兜的便親。想著昨夜詩。依前韻。酬和得清新。[85]

就整本《西廂記》來說，若以鶯鶯的心理刻畫爲主線論述，則老夫人的允婚、悔婚、孫飛虎的搶婚、鄭恆的騙婚、傳言張生的重婚……等，其或憂、或喜、或怨、或怒的心理起伏，不僅將人物性格形象生動鮮明展現，更可見劇作家對鶯鶯形象塑造之用心。

---

[84]　《西廂記》第二本第一折，參楊家駱主編《全元雜劇初編》四（同註 21）。
[85]　同上註。

金聖嘆對《西廂記》人物描寫有如是的評論：

> 《西廂記》止為要寫此一個人，便不得不又寫一個人。一個人
> 者，紅娘是也。若使不寫紅娘，卻如何寫雙文，然則《西廂記》
> 寫紅娘，當知正是出力寫雙文。[86]

確實，王實甫在塑造鶯鶯時，時常藉著紅娘的描寫而襯顯鶯鶯的性格，
如第三本第二折紅娘替張生傳信給鶯鶯時，紅娘說：

> 我待便將簡貼兒與他，恐俺小姐有許多假處理哩。我則將這簡
> 帖兒放在妝盒兒上，看他見了說甚麼。……（旦云）小賤人，
> 這東西那裏將來的？我是相國的小姐，誰敢將這簡帖來戲弄
> 我，我幾曾慣看這等東西？……（紅云）姊姊休鬧，比及你對
> 夫人說呵，我將這簡帖兒去夫人行出首去來。（旦做揪住科）我
> 逗你耍來。……[87]

劇作家對紅娘的行止心思描寫，其實是在襯顯鶯鶯，此即金聖嘆所說的
「寫紅娘即寫雙文」之處。在金聖嘆細微觀察與剖析下，王實甫的人物
心理描寫，的確有過人之處。此外，《破窯記》第一折寫劉月娥接過繡
毬時，曲文唱：

> 【金盞兒】繡毬兒。你尋一箇心慈善。性溫良。有志氣。好文
> 章。這一生事都在你這繡毬兒上。夫妻相待貧和富有何妨。貧

86　《西廂記》卷二〈讀法〉，參金聖嘆批第六才子：《西廂記》（台北：文光圖書公
　　司，1974 年 5 月），頁 72。
87　《西廂記》第三本第二折，參《全元雜劇初編》四（同註 21）。

和富是我命福。好共歹在你斟量。休打著那無恩情輕薄子。你
尋一箇知敬重畫眉郎。[88]

劇作家藉著劉月娥的心理描寫，道出了故事發展的趨向，也塑造了劉月
娥不重名利、溫和良善的性格。

王實甫以書生、小姐、官員為其主要描寫對象，內容上更是以文人
所關心的科考、仕宦、婚戀等面向為主要表現，充分顯露詩人劇作家繫
心之所在。而在人物形象塑造上，以細膩筆調刻畫人物微妙心思，更將
詩人的敏銳度發揮得淋漓盡致。

三、馬致遠

馬致遠現存劇作七本，其題材既不若關漢卿廣泛，人物描寫自然也
較狹隘。據馬致遠劇本可知，其人物描寫以文人居多，如《青衫淚》、《薦
福碑》、《黃粱夢》等；其次為歷史君王描寫，如《漢宮秋》、《陳摶高臥》
與以神仙道士為描寫的《任風子》、《岳陽樓》等。作家生活環境與生命
特質往往影響其文學作品表現，由馬致遠的劇作題材和描寫人物揾選
來看，文人抒情特質在其劇作中鮮明呈現。彭飛在〈愁霧悲風般的抒
情──從馬致遠的《漢宮秋》說起〉一文中寫：

馬致遠的抒情不同於王實甫的抒情，《西廂記》裏出現的是一種
詩情畫意、纏綿悱惻的抒情，而《漢宮秋》給人的印象是一種
愁霧悲風般的抒情，也就是一種悲劇性的抒情。[89]

88　《破窯記》第一折，參《孤本元明雜劇》一（同註68）。
89　彭飛：〈愁霧悲風般的抒情──從馬致遠的《漢宮秋》說起〉（同註44）。

正因抒情的基調不同，即使二者同為文采派大家，在曲辭表現上卻又顯有差異，王實甫濃麗曲辭與馬致遠的輕俊清麗，正如「花間文學」與「志情文學」般壁壘分明。

（一）劇作家化身的人物形象

張燕瑾在〈馬致遠的創作道路〉文中說：

> 在戲劇裏，劇作家本來應當隱藏在情節衝突和劇中人物之後，雖然作家的立場觀點無所不在，卻又無處可見，但馬致遠卻不願這些，他依然要把他的一腔愁悶付諸管城，借劇中人之口淘寫自我情懷。這就造成了馬致遠雜劇的獨特風貌特色。[90]

以抒情為創作取向的馬致遠，確實將個人滿腹牢騷傾注在劇中人物身上，藉劇中人之口訴盡自我情懷。《青衫淚》第一折曲文【混江龍】：「好教我出於無奈，潑前程只辦的好栽排。……」[91]、【天下樂】：「則索倚定門兒手托腮，想別人家奴胎，也得個自在，輪到我跟腳裏都世襲了煙月牌。他管甚桃李開，風雨篩，更問甚青春不再來。」[92]、【金盞兒】：「一個笑哈哈解愁懷，一個酸溜溜賣詩才。休強波壩陵橋踏雪尋梅客。便是子猷訪戴敢也凍回來。……」[93]、同劇第二折【正宮‧端正好】旦唱：

> 命輕薄，身微賤，好人死萬萬千千。世間兒女別離遍，也數不上俺那陽關怨。[94]

90　張燕瑾：〈馬致遠的創作道路〉，參《中國戲曲史論集》（同註 58），頁 115。
91　《青衫淚》第一折，參《元曲選》第三冊（同註 8），頁 882。
92　同上註，頁 883。
93　《青衫淚》第一折，參《元曲選》第三冊（同註 8），頁 884。
94　同上註，頁 886。

劇作家雖安排裴興奴述說自身處境與卑微身分，其「命輕薄」、「身微賤」之嘆，正是馬致遠自身的感慨；同劇同折，描寫裴興奴獲知白居易身亡時，如是唱出了內心的傷痛與慨嘆

> 【滾繡毬】你文章勝賈浪仙，詩篇壓孟浩然。不能勾侍君王在九間朝殿，怎想他短卒律令似顏淵。今日撲通的餅墜井，支楞的琴斷絃。怎能勾眼前面死魂活現。……[95]

此處藉著裴興奴之口對白居易才華與不遇的嘆惋感慨，實際上是劇作家自身感士不遇的抒寫。再如《岳陽樓》第一折曲文【鵲踏枝】：「自隋唐，數興亡，料著這一片青旗，能有的幾日秋光。對四面江山浩蕩，怎消得我幾行兒醉墨淋浪。」[96]；《陳摶高臥》第二折曲文【南呂·一枝花】：「我往常讀書求進身，學劍隨時混，文能匡社稷，武可定乾坤。……」[97]；《任風子》第一折【天下樂】：「……花謝了花再開，月缺了月再圓，咱人老何曾再少年。」[98]；《薦福碑》第一折【仙呂·點絳唇】：「我本是那一介寒儒，半生埋沒紅塵路，則我這七尺身軀，可怎生無一個安身處。」[99]、【寄生草】：「想前賢語，總是虛。可不道書中車馬多如簇，可不道書中自有千鐘粟。……」、【么篇】：「這壁攔住賢路，那壁又擋住仕途。如今這越聰明越受聰明苦，越癡呆越享了癡呆福，越糊塗越有了糊塗富，則這有銀的陶令不休官，無錢的子張學干祿。」[100]……等，無論是裴興奴，

---

[95]　同上註，頁889。
[96]　《岳陽樓》第一折，參《元曲選》第二冊（同註8），頁615。
[97]　《陳摶高臥》第二折（同上註），頁723。
[98]　《任風子》第一折，參《元曲選》第四冊（同上註），頁1671。
[99]　《薦福碑》第一折，參《元曲選》第二冊（同上註），頁577。
[100]　《薦福碑》第一折，參《元曲選》第二冊（同註8），頁579。

或是呂洞賓、鍾離權、馬丹陽、張鎬等人，其中對時代、政治、人生歲月、功名仕途之感嘆，皆可見馬致遠的影子。

（二）人物塑造手法

「人物形象之刻畫」是戲曲創作的重點之一。以抒情爲創作取向的馬致遠，人物形象塑造自然無法避免心理刻畫與行爲分析的描寫手法。據馬致遠現存七種劇目的人物形象塑造可歸納出：歷史人物影響、心理刻畫、對比等人物塑造技巧，筆者擬針對此而論之。

1、歷史人物影響

馬致遠劇作人物塑造，有受史傳與非史傳影響者。劇作家奠基於史傳或非史傳人物傳說之記載，從中塑立「詩人特質濃厚」的人物形象，並充分顯露劇作家本身深厚的文學涵養。如《漢宮秋》楔子寫漢元帝：

> 嗣傳十葉繼炎劉，獨掌乾坤四百州。邊塞久盟和議策，從今高枕已無憂。某漢元帝是也。俺祖高皇帝，奮布衣，起豐沛，滅秦屠項，掙下這等基業，傳到朕躬，已是十代。……[101]

不僅將漢元帝身分道出，更將其先祖起於布衣、滅秦朝、屠項羽等基業奠定的過程作了歷史回溯；而第一折寫王昭君：

> 一日承宣入上陽，十年未得見君王，良宵寂寂誰來伴，惟有琵琶引興長。妾身王嫱，小字昭君，成都秭歸人也。父親王長者，

---

[101]　《漢宮秋》楔子，參《元曲選》第一冊（同上註），頁1。

平生務農為業，母親生妾時，夢月光入懷，復墜於地，後來生下妾身。[102]

　　王昭君和番事，《漢書》[103]與《後漢書》[104]皆有載，馬致遠此處安排昭君出生時「夢月光入懷，復墜於地」的異象，不僅與神仙道化思想有關，更藉以突顯昭君的不凡。此外，《青衫淚》中的白居易與裴興奴故事，是依白居易《琵琶行・並序》樂府詩粧點改寫而成。白居易為中唐著名社會詩人，至於白居易與裴興奴情事，羅錦堂先生認為乃假託之作[105]；再者《薦福碑》中的張鎬與范仲淹，范仲淹為北宋人，無論是在文學或政治上皆有一定地位。張鎬則為唐朝人，羅錦堂先生論《薦福碑》本事考時，直言：「按本劇劇情，係取宋釋慧洪《冷齋夜話》卷二所載范仲淹事增飾而成。其文曰：『范文正鎮鄱陽日，有書生獻詩甚工，文公禮之；書生自言天下至寒餓者，無在某右。……』」[106]；《陳摶高臥》中的陳摶與宋太祖（趙玄朗）皆是《宋史》[107]所載人物，此些皆是馬致遠以史傳人物為描寫的例證。

---

[102] 《漢宮秋》第一折（同上註），頁2。
[103] 《漢書》卷九十四下，列傳六十四〈匈奴傳〉下，參《二十五史》（台北：藝文印書館）。
[104] 《後漢書》卷一百十九，列傳第七十九〈南匈奴傳〉：「昭君，字嬙，南郡人。初，元帝時，以良家子選入掖庭。時呼韓邪來朝，帝敕以宮女五人賜之。昭君入宮數歲，不得見御，積悲怨，乃請掖庭令求行。呼韓邪臨辭大會，帝召五女以示之；昭君豐容靚飾，光明漢宮，顧景裴回，竦動左右。帝見大驚，意欲留之，而難於失信，遂與匈奴。」（同註103）
[105] 羅錦堂云：「洪（洪邁）、趙（趙翼）二氏之論，以為居易官其地，豈有喚商婦至船，與客飲酒之事，疑係假託。此劇竟謂奪之以歸，更失官箴矣。明顧大典有青衫記，即本此而作。」參《現存元人雜劇本事考》（同註15），頁151。
[106] 羅錦堂：《現存元人雜劇本事考》（同上註），頁156~157。
[107] 案：關於「陳摶與趙玄朗」之記載，羅錦堂著《現存元人雜劇本事考》（同上註），頁153。

此外，《岳陽樓》中的呂洞賓；《任風子》中的馬丹陽；《黃粱夢》中的鍾離權等，或爲史傳，或爲非史傳所載之人物。準此可知，馬致遠的人物塑造受歷史人物影響頗鉅，以七部現存雜劇論，《漢宮秋》、《青衫淚》、《薦福碑》、《陳摶高臥》四齣劇，即直接對君王、大官、文人、隱者等歷史人物描寫，而《岳陽樓》、《任風子》與《黃粱夢》的人物，雖以神仙道化傳說故事人物爲主，亦不脫離歷史人物範圍。

2、心理刻畫

作爲廣義詩歌之一的曲，原本就承襲了傳統詩歌「言志抒情」的精神。而以「曲」爲主體的戲曲體式，自然也就有著先天利於抒發內心感情的條件。當然，就創作態度來說，馬致遠的「以劇作詩」更使其人物形象塑造時著重人物心理刻畫。如《漢宮秋》第二折【黃鐘尾】：

> ……我索折一枝斷腸柳，餞一盃送路酒，眼見得趕程途趁宿頭，痛傷心重回首，則怕他望不見鳳閣龍樓，今夜且則向灞陵橋畔宿。[108]

劇作家藉著曲文刻畫漢元帝內心對昭君的不捨，「則怕他望不見鳳閣龍樓」強調的是人物心中的掛念，貴爲一國之君的漢元帝，心中縱有百般不捨與無奈，亦僅能藉曲文與心理獨白來表現了。又如第三折【梅花酒】曲文：

> 【梅花酒】呀。俺向著這坰野悲涼，草已添黃，兔早迎霜，犬褪得毛蒼，人搠起纓槍，馬負著行裝，車運著餱糧，打獵起圍場。他他他傷心辭漢主，我我我攜手上河梁。他部從入窮荒，我鑾輿返咸陽。返咸陽，過宮牆。過宮牆，遶迴廊。遶迴廊，

近椒房。近椒房，月昏黃。月昏黃，夜生涼。夜生涼，泣寒螿。泣寒螿，綠紗窗。綠紗窗，不思量。[109]

馬致遠藉著曲文，抒發人物的思想感情，尤其【梅花酒】曲文由景寫情，對人物內心刻畫最為細膩深入。劇作家以一連串的疊字與頂真技巧，如「他他他傷心辭漢主」、「我我我攜手上河梁」、「返咸陽，過宮牆；過宮牆，遶迴廊；遶迴廊，近椒房……」等，不僅將情感的迫切與迴環纏繞，隨場景拉長、轉換，淋漓盡致地傾吐出來。又同劇第四折【十二月】曲文寫：

休道是咱家動情，你宰相每也生憎。不比那雕梁燕語，不比那錦樹鶯鳴，漢昭君離鄉背井，知他在何處愁聽。[110]

劇作家同樣藉排比曲文刻畫了漢元帝內心對昭君的不捨與思念之情。

此外，《青衫淚》第二折【倘秀才】：「這些時但合眼早懷兒裏夢見，則是俺吃倒賺江州樂天。」[111]、【滾繡毬】「往常我春心寄錦箋，離情接斷弦，風流煞謝家庭院……」[112]、第三折的【挂搭沽】[113]等皆著重在裴興奴的心理刻畫；《薦福碑》第二折【正宮·端正好】：「恨天涯，空流落，投至到玉關外我則怕老了班超。發了願青宵有路終須到，剷地著我又上黃州道。」[114]描寫張鎬感士不遇的內心無奈；《黃粱夢》第三折呂洞賓帶著一雙兒女於山中迷路，洞賓云：「好苦也！你看紛紛下的那雪

---

[109] 《漢宮秋》第三折（同上註），頁 10
[110] 《漢宮秋》第四折（同上註），頁 12。
[111] 《青衫淚》第二折，參《元曲選》第三冊（同註 8），頁 887。
[112] 《青衫淚》第二折，參《元曲選》第三冊（同上註），頁 888。
[113] 同上註，頁 893。
[114] 《薦福碑》第二折，參《元曲選》第二冊（同上註），頁 582。

越大了，迷蹤失路，不知往那裏去，怎生得個指路的人來可也好。」[115]、【初問口】：「……和俺這採樵人迷卻歸來道，則見凍雀又飛，寒鴉又噪，古木林中驀聽的山猿叫。」[116]經由周遭天寒地凍、猿啼鴉噪的景物描寫，劇作家抒寫了呂洞賓的不堪處境與內心愁苦；《任風子》第一折【天下樂】[117]、第四折【駐馬聽】：「散誕逍遙，雖不曾閬苑仙家采瑞草，……人道我歸去早，春花秋月何時了。」[118]等，劇作家不僅藉曲文刻畫人物內心對萬物幻化的無奈與傷感，更藉此表明其淡化名利的生命態度；《陳摶高臥》第三折【滾繡毬】：「不住的使命催，奉御逼，便教咱早趨朝內……」[119]、同劇第四折【雙調・新水令】：

> 半生不識曉來霜，把五更寒打在老夫頭上。笑他滿朝朱紫貴，
> 怎如我一枕黑甜鄉。揭起那翠巍巍太華山光這一幅繡幃帳。[120]

宋太祖「不住的使命催」、「奉御逼」，打亂了「半生不識曉來霜」陳摶的隱逸生活，劇作家藉著曲文將陳摶內心不慕紅塵與無奈顯明呈現。

　　「以劇作詩」的馬致遠，藉著戲劇抒發其憤懣不遇的情志，使劇中得見作家身影，如張燕瑾所說：「馬致遠的戲是很典型的『心理戲劇』各種藝術手段的運用，都服從於如何更好地抒發人物的心理情緒這一創作原則。在如何讓戲劇衝突為人物抒情創造條件這一點上，對後世有很大影響。洪昇的名作《長生殿》在注重抒情、提高悲劇意味方面，就吸收了馬致遠的長處。」[121]

---

[115] 《黃粱夢》第三折（同上註），頁787。
[116] 《黃粱夢》第三折（同上註），頁787。
[117] 《任風子》第一折，參《元曲選》第四冊（同上註），頁1671。
[118] 同上註，頁1680。
[119] 《陳摶高臥》第三折，參《元曲選》第二冊（同上註），頁726。
[120] 《陳摶高臥》第四折（同上註），頁729。
[121] 張燕瑾：〈元劇三家風格論〉，參《中國戲曲史論集》（同註58），頁42。

3、對比手法

　　戲曲與小說中對人物的描寫與刻畫，常用的是對比手法。戲曲中人物形象塑造的「對比」手法，往往關涉到人物行事、性格等面向。馬致遠的現存雜劇《漢宮秋》中，王昭君與朝臣是一個明顯的對比，如第二折朝臣奏言「毛延壽獻圖與匈奴，匈奴索要昭君娘娘和番」時元帝說：

> 我養軍千日，用軍一時，空有滿朝文武。哪一個與我退的番兵，都是些畏刀避箭的。怎不去出力，怎生叫娘娘和番。[122]

劇作家藉著賓白將朝臣與昭君對比的形象鮮明刻畫，尤其毛延壽逃到匈奴獻美人圖、昭君出塞和番的情節安排，都是馬致遠人物塑造的考量；再者，《漢宮秋》中漢元帝與王昭君又是另一個對比，元帝的儒弱與昭君的果敢，馬致遠藉曲文與故事情節將二人性格與形象做了明顯對比。

　　此外，《青衫淚》馬致遠將唯利是圖的老鴇與商人塑造成同類人物，用以襯托惺惺相惜的裴興奴與白居易兩人的正面形象；又《薦福碑》張鎬與張浩是一鮮明對比，無論是學識或道德涵養，兩人有如天壤之別。同樣地，馬致遠將對比技巧運用在《任風子》、《岳陽樓》、《黃粱夢》、《陳摶高臥》等劇中。以《任風子》言，劇中的任屠與妻子是一對比，前者看破紅塵，後者卻直要任屠還俗；看破塵世的任屠與坦言：「哥哥，你若休了嫂嫂，我就收了罷」的弟弟是一個對比；又馬丹陽度化任屠的過程中，任屠與馬丹陽在修為上又是一對比，劇作家藉著對比手法將人物形象作更鮮明呈現。另外，《岳陽樓》中的柳樹精與白梅精在度化過程中又是一對比；冥頑不通的柳樹精與呂洞賓在性格修為上亦是鮮明的對比；《黃粱夢》中的鍾離權與呂洞賓；受度化後的呂洞賓與夢中的呂洞

---

[122]　《漢宮秋》第一折，參《元曲選》第一冊（同註8）。

賓；以及《陳摶高臥》中的陳摶與宋太祖皆是劇作家刻意塑造的對比形象。

馬致遠劇本中，以君臣、文人、神仙爲主要人物，極力描寫政治的黑暗、社會的現實以及文人的窮愁困頓並歌頌山林、神仙世界的美好，除了與其「以劇作詩」創作手法有關外，劇作家對社會環境之變動，選擇「避」的創作態度，將其對社會的不滿轉移至「文人不遇」與「神仙道化劇」的創作。

由此可知：關漢卿、王實甫、馬致遠三家的「人物」塑造，因劇作家的創作手法與態度之不同，有著多元與特定人物之描寫。劇作家藉著不同的故事題材與情節安排，將人物形象更鮮明塑造，從而形成各自的戲劇風貌。

第四節　三家雜劇的「語言」論

雖然題材、體制與人物形象塑造，亦當列爲作家創作討論的範圍，但語言風格的呈現毋寧是一種較爲直接而當下的體悟。所以劇作家的風格歸類，往往以語言運用爲首要參考。元曲分類與明代戲曲的論爭，都不乏從語言的「本色」、「文采」入手論述者；而人物性格與形象塑造，亦常藉助語言呈現，如王驥德的「設以身處其地，模寫其似」[123]、李漁的「說一人肖一人」[124]等，皆是對戲劇人物語言表現的要求。

---

[123] 明・王驥德：〈論引子〉第三十一，《曲律》，見《中國古典戲曲論著集成》四（同註3），頁138。

[124] 清・李漁：《閒情偶記》卷二詞曲部下〈語求肖似〉：「務使心曲隱微，隨口唾出，說一人，肖一人……」參《李漁全集》十一卷（大陸：浙江古籍出版社，1992

一、關漢卿

關漢卿的戲劇語言，歷來評論有：「關漢卿之詞，如瓊筵醉客。」[125]；「關之詞激勵而少蘊藉」[126]；「關漢卿一空倚傍，自鑄偉詞，而其言曲盡人情，字字本色，故當爲元人第一。」[127]據此可知：「本色」似乎是關漢卿劇作語言的一大特點。依據現存十八種劇本，論關漢卿的語言風格，可由舞臺性與詩歌化二面向論之：

（一）舞臺性的語言特色

所謂「舞臺性語言」，是指演出時能牽動觀眾情緒，達到舞臺最佳呈現者，這往往關涉到演出時的效果與劇作成功與否。一般對「舞臺性語言」的基本要求，是必須具備動作性、性格化、通俗化等要件。佘德余論關漢卿劇作《竇娥冤》時亦提出如是的看法，他說：

> 《竇娥冤》的語言自然本色，很少裝飾，正如《元曲選・序》
> 所說：「人習其方言，事肖其本色，境無旁溢，語無外借」，具
> 有個性化、生動、樸素等特點。所謂個性化的語言，就是唱曲、
> 賓白富於人物個性，切合人物聲口；所謂樸素生動就是曲詞、
> 賓白通俗淺顯，運用口語，不事雕琢而又充滿生氣。……雜劇

年10月），頁47。
[125] 明・朱權：〈古今群英樂府格勢〉，《太和正音譜》，見《中國古典戲曲論著集成》三（同上註），頁17。
[126] 明・何良俊：《曲論》，見《中國古典戲曲論著集成》四（同上註），頁6。
[127] 王國維：《宋元戲曲考》，參《王國維戲曲論文集》（台北：里仁書局，1993年9月），頁131。

劇本和其他文學作品不同，主要是供舞臺演出當腳本，因此它要求語言有很強的表演性。[128]

「語言本色，表演性強」是關漢卿的特點。自身具舞臺經驗的關漢卿，自然知悉「舞臺性」語言的重要，綜覽關漢卿現存劇作，發現其劇本語言具動作性、性格化與通俗化之特點，茲略論如下：

1、動作性

語言的「動作性」，通常指涉情節的動作安排與語言的結合。生動的劇本情節往往因外在動作的安排，使語言展現了動作性，如《單刀會》第四折：「（正擊案，怒云）有埋伏也無埋伏？……」劇作家安排關羽拍桌的動作，強化其「有埋伏也無埋伏？」的問話，此即是語言與動作結合的最佳舞臺效果。又如《竇娥冤》第二折：

> （淨扮孤引祇候上）我做官人甚殷勤，告狀來的要金銀；若是上司當刷卷，在家推病不出門。下官楚州州官是也。……（做見科。旦淨同跪科，丑亦跪科云）請起。（張千云）相公，他是告狀的，怎生跪著他？（孤云）你不知道，但來告狀的，就是我衣食父母。[129]

此處雖寫的是昏官貪污的醜態，卻藉著動作與語言的安排，以醜化的「跪科」形象描寫，將楚州州官桃杌「但來告狀的，就是我衣食父母」的話動作化了；《望江亭》第三折：

---

[128] 佘德余：〈《竇娥冤》是元雜劇中的典範之作〉，《紹興師專學報》（1984 年第 2 期），頁 49~50。

[129] 《竇娥冤》第三折，參明·臧晉叔編《元曲選》第四冊（同註 8），頁 1507。

（衙內領親隨淨張稍上，衙內云）小官楊衙內是也。頗奈白士
中無理，量你的那裏！……（親隨去衙內鬢邊做揉科）（衙內
曰）退！親隨你做什麼？（親隨云）相公鬢邊一個虱子。（衙內
曰）這廝倒也說的是，我在這船隻上箇月期程，也不曾梳蓖的
頭。好兒乖乖也！（張稍去衙內鬢邊做揉科，衙內云）張稍，
你也怎的？（張稍云）相公鬢上一箇狗虱。……[130]

　　一個抓虱子的動作與對話安排，輕描淡寫地便將權豪勢要的德行進
一步醜化，語言的動作性更是增加了舞臺的趣味性。再者，關漢卿的劇
作《望江亭》第三折：

（張千同李稍作見科，云）大人，今日是八月十五日中秋節令，
對著如此月色，孩兒們與大人把一杯酒賞月，何如？（衙內做
怒科，云）口退！這箇弟子孩兒，說什麼話！我要來幹公事，
怎麼教我吃酒？（張千云）大人，您孩兒每並無歹意，是孝順
的心腸。大人便食用，孩兒每一點不敢吃。（衙內云）親隨，你
若吃酒呢？（張千云）我若吃一點酒呵，吃血。……（衙內做
接酒科）（張千倒退自飲科）（衙內云）親隨，你怎麼自吃了？
（張千云）……藥殺了大人，我可怎麼了？[131]

劇作家藉著中秋飲酒與對話的描寫，既將貪官與無賴的性格表露無遺，
又充分展現了舞臺的戲劇性。此外，在關漢卿其它劇本中，或正義凜然、
或幽默逗趣、或忿怒、或哀怨、或期待……的動作與語言安排，皆足以
將劇本舞臺語言發揮得淋漓盡致。

---

[130] 《望江亭》第三折，參明・臧晉叔編《元曲選》第四冊（同上註），頁1662。
[131] 《望江亭》第三折，參明・臧晉叔編《元曲選》第四冊（同註8），頁1662~1663。

2、性格化

　　人物塑造往往藉助於語言性格的刻畫，如明・臧晉叔說：「宇內貴賤妍媸幽明離合之故，奚啻千百其狀。而填詞者必須人習其方言，事肖其本色，境無旁溢，語無外假。」[132]臧氏認為：劇作家創作時，對於社會上「貴賤妍媸」、「千百其狀」的形形色色人物，須顧及「人習其方言」、「事肖其本色」。而王驥德的「設以身處其地，模寫其似」、李漁的「說一人肖一人」等論，更肯定人物性格語言與其身分相稱的重要。因其如此，所以將相有將相的、書生有書生的、小姐有小姐的語言……，人物語言的性格化與鮮明的形象塑造絕對有利於舞臺表現。如關漢卿的《魯齋郎》楔子：

> （沖末扮魯齋郎引張千上）……小官嫌官小不做，嫌馬瘦不騎，但行處引的是花腿閒漢，彈弓粘竿，賊兒小鷂，每日價飛鷹走犬，街市閒行。[133]

就這麼幾句話，點出權豪勢要的典型性格。另外，在《竇娥冤》第二折竇娥唱：「我一馬難將兩鞍鞴，想男兒在日俺夫妻道理，你教我改嫁別人，我其實下不的。」[134]由此竇娥的話，可見其節婦的形象；同折中張驢兒所說，便是典型的市井潑皮無賴的語言：

[132]　明・臧晉叔：〈元曲選序〉二，參《元曲選》第一冊（同上註），頁4。
[133]　《魯齋郎》楔子，參明・臧晉叔編《元曲選》第二冊（同上註），頁842。
[134]　《竇娥冤》第二折，參明・臧晉叔編《元曲選》第四冊（同上註），頁1506。

這歪剌骨！便是黃花女兒，剛剛扯的一把，也不消這等使性，平空的推了我一交，我肯干罷！就當面賭箇誓與你：我今生今世不要他做老婆，我也不算好男子。[135]

至於《單刀會》中關羽：「我覷這單刀會似賽村社」[136]，英勇的形象亦藉性格化的語言呈現。《救風塵》中周舍：「酒肉場中三十載，花星整照二十年；一生不識柴米價，只少花錢共酒錢。」[137]、《尉遲恭單鞭奪槊》中：「(元吉笑科，云) 我老三不是誇口，我精神抖擻，機謀通透，平日曾怕哪箇？我和你便上演武場去。(入場，敬德先行科，元吉刺槊、被奪墜馬科) (元吉云) 我馬眼叉。(換馬，如前科) (元吉云) 我手雞爪風兒發了。……」[138]、《緋衣夢》的裴炎：「兩隻腳穿房入戶，一雙手偷東摸西。」[139]……等，酒色之徒的周舍、記恨的無賴元吉、宵小賊寇的裴炎等人物語言，無不符合「設以身處其地，模寫其似」與「說一人肖一人」的說法。

3、通俗性

質樸無華、不事雕琢藻飾、淺顯通俗等是關漢卿語言的主要特徵，王國維「漢卿似白樂天」之說，即是肯定關漢卿語言的通俗性。正如白居易作品的「老嫗皆解」，關氏劇作也運用了大量通俗性語言。

---

[135] 《竇娥冤》第一折，參明‧臧晉叔編《元曲選》第四冊（同註 8），頁 1503。

[136] 《單刀會》第四折，參王季烈編《孤本元明雜劇》一（同註 68）。

[137] 《救風塵》第一折，參明‧臧晉叔編《元曲選》第一冊（同註 8），頁 193。

[138] 《尉遲恭單鞭奪槊》第二折，《關漢卿戲曲集》上（台北：里仁書局，1998 年），頁 310。

[139] 《緋衣夢》第二折，參楊家駱主編《全元雜劇初編》一（同註 21）。案：脈望館鈔校本又稱《王閨香夜月四春園》。

　　如《竇娥冤》第一折賽盧醫說：「行醫有斟酌，下藥依本草；死的醫不活，活的醫死了。」[140]口語通俗呈現了逗趣的一面；又同折的張驢兒：「我們今日招過門去也。帽兒光光，今日做箇新郎，帽兒窄窄，今日做箇嬌客，好女婿，好女婿，不枉了，不枉了。」[141]其中「帽兒光光，今日做箇新郎，帽兒（又做袖兒）窄窄，今日做箇嬌客。」為宋元俗諺，對於關氏而言，如此的語言運用，其親切自然，貼近生活，也就可想而知了。同樣地，第四折竇娥的鬼魂唱：

　　【雙調新水令】我每日哭啼啼守住望鄉臺，急煎煎把讎人等待。慢騰騰昏地裏走，足律律旋風中來。則被這霧鎖雲埋，攛掇的鬼魂快。……

　　【沉醉東風】我是那提刑的女孩，須不比現世的妖怪。……[142]

哭啼啼、急煎煎、慢騰騰、足律律等都是活用疊字疊句的通俗口語，關漢卿在其劇作中，將通俗性的語言，做了最好的發揮。又如《望江亭》楊衙內：「花花太歲為第一，浪子喪門世無對；街下小民聞吾怕，則我是勢力並行楊衙內。」[143]《救風塵》周舍：「我騎馬一世，驢背上失了一腳。」[144]《蝴蝶夢》正旦唱：「【牧羊關】這孩兒雖不曾親生養，卻須是咱乳哺。……」[145]《調風月》正旦唱：「【中呂・二煞】出門來一腳高一腳低，自不覺鞋底兒著田地。……【尾】呆敲才、呆敲才休怨天，死賤人、死賤人自罵你！本待要皂腰裙，剛待要藍包髻，則這的是接貴攀

[140]《竇娥冤》第二折，參明・臧晉叔編《元曲選》第四冊（同註8），頁1500。
[141] 同上註，頁1503。
[142] 明・臧晉叔：《元曲選》第四冊（同註8），頁1512。
[143]《望江亭》第二折，參明・臧晉叔編《元曲選》第四冊（同上註），頁1659。
[144]《救風塵》第二折，參明・臧晉叔編《元曲選》第一冊（同上註），頁197。
[145]《蝴蝶夢》第二折，參明・臧晉叔編《元曲選》第二冊（同上註），頁628。

高落得的。」[146]……劇作家的通俗語言安排，是不分對象的，故楊衙內、周舍、王母、燕燕等，不管人物身分的高低、形象的正反，皆流露自然通俗的語言。

（二）詩歌化語言的深化作用

元曲本為詩歌形式的一種，且有別於傳統詩文而富有其獨特的新生命與意義，在中國韻文史上可與詩、詞鼎足而立。元曲又分散曲與劇曲，本單元主要論述「關漢卿雜劇風格」，自然以其現存十八種劇的劇曲為論。而如果檢閱關劇，我們便可發現：關漢卿「詩歌化語言」的運用，確實與敘事情節和劇中人物有著比較自然而緊密的聯繫。也因此，當「言志抒情」的詩歌化語言充分融為戲劇有機組合的一部分，就整體的戲劇效果來說，它們無疑起了相對深化的作用。

曲是詩歌的一種，在中國韻文史上居特殊地位。以唱為主的雜劇，曲文除了加強劇情內容論述外，更成為劇作家抒發劇中人內心感情之用。如《竇娥冤》第一折，正旦（竇娥）唱：

> 【混江龍】則問那黃昏白晝，兩般兒忘食廢寢幾時休？大都來昨宵夢裏，和著這今日心頭。催人淚的是錦爛熳花枝橫繡闥，斷人腸的是剔團圞月色掛粧樓。長則是急煎煎按不住意中焦，悶沉沉展不徹眉間皺，越覺的情懷冗冗，心緒悠悠。[147]

重疊與排偶、對比的手法，將淺顯曲文中的詩歌音樂性，作了最佳的呈現。像這樣的曲文，置諸閨怨詩中，亦不遑多讓。但在劇中，承接著竇娥的不幸命運，它卻也充分寫出一個弱女子守寡生活的憂煎和悲愁。重

146　《調風月》第二折，參楊家駱主編《全元雜劇初編》一（同註21）。
147　《竇娥冤》第一折，參明・臧晉叔編《元曲選》第四冊（同註8），頁1501。

要的是，因著內心世界的剖陳，竇娥的形象變得更生動、更具生命力了。而《魯齋郎》第四折，正末張珪唱：

> 【風入松】利名場上苦奔波，因甚強奪？蝸牛角上爭人我，夢魂中一枕南柯。不戀那三公華屋，且圖箇五柳婆娑。[148]

劇作家在曲文中宣揚功名如浮雲、利名皆空的思想，其中「不戀那三公華屋，且圖箇五柳婆娑」句，既對仗又用典，幾乎是傳統詩歌的再現，但它同樣具體裝飾了劇中人物的形象；另外，《望江亭》第一折曲文：

> 【賺煞尾】……收了纜，撅了椿，踹跳板，掛起這秋風布帆，試看那碧雲兩岸，落可便輕舟已過萬重山。[149]

曲文中可見詩詞的影子，如「落可便輕舟已過萬重山」則直取李白〈早發白帝城〉[150]的詩句。又《金線池》第三折，正旦杜蕊娘唱：

> 【石榴花】恰便似藕絲兒分破鏡花明，我則見一派碧澄澄，東關裏猶自不曾經，到如今整整半載其程，眼前面兜率神仙境，有他呵怎肯道蓦出門庭。……[151]

也是寫景寓情、情景交融之作，它們都推展了情節，也刻畫劇中人的心境。而《謝天香》第一折【仙呂點絳唇】，正旦唱：「講論詩詞，笑談街市，學難似風裏颺絲，一世常如此。」《陳母教子》楔子【仙呂賞花時】，正旦唱：「憑著你萬言策詩書奪第一，八韻賦文章誰似你，五言詩作天

---

[148] 《魯齋郎》第四折，參明·臧晉叔編《元曲選》第二冊（同上註），頁842。

[149] 《望江亭》第一折，參明·臧晉叔編《元曲選》第四冊（同上註），頁1659。

[150] 李白：〈早發白帝城〉，參黃永武、張高評著《唐詩三百首鑑賞》（下）（台北：黎明文化事業公司，1986年11月），頁802。

[151] 《金線池》第三折，參明·臧晉叔編《元曲選》第三冊（同註8），頁1259。

梯，望皇家的這富貴，金殿上脫白衣。」等，則是應劇情需要而在曲文中論述詩文用處。

而最有名的如《單刀會》第四折關羽唱：

> 【雙調新水令】大江東去浪千疊，引著這數十人，駕著這小舟一葉，不比九重龍闕鳳，這可是千丈虎狼穴，……。
>
> 【駐馬聽】水湧山疊，年少周郎何處也？不覺的灰飛煙滅，可憐黃蓋轉傷嗟。破曹的牆櫓一時絕，鏖兵的江水由然熱，好交我情慘切。（云）這也不是江水，（唱）二十年流不盡的英雄血。[152]

其中化用了蘇軾〈念奴嬌・赤壁懷古〉的詞境，借茫茫水天、小舟一葉，撫今思昔、悠悠淚下的詩句，寫出英雄角色關羽的心聲，既符合劇中人的形象，也傳達了餘音裊裊的詩歌情韻。

關漢卿的劇作語言，有動作性、性格化、通俗化的「舞臺特色」與曲文詩歌特質的深化作用，究其因，當與劇作家的文人身分與舞臺經驗有關。

賈仲明肯定語言「自然本色」呈現的關漢卿的劇本創作與地位，故以「梨園領袖」、「總編修師首」、「雜劇班頭」等論之，由賈仲明評論中，可發現其肯定的是關漢卿的「劇人」身分；而臧晉叔在《元曲選・序》也說：「關漢卿輩爭挾長技自見，至躬踐排場，面傅粉墨。」[153]同樣是對關漢卿演員身分的肯定。正因爲劇作家有舞臺經驗，所以，在劇本創作時，無論是故事、主題、人物塑造、情節安排、語言表現等，皆能將舞臺演出的種種可能性，有了預設的關心角度，再將劇本作最佳的展現，這就是「以劇作劇」的關漢卿。

---

[152] 《單刀會》第四折，參王季烈編《孤本元明雜劇》一（同註68）。
[153] 明・臧晉叔：《元曲選》第一冊（同註8），頁3。

二、王實甫

　　王實甫雜劇，以曲文婉麗取勝，向來劇論家大多關注《西廂記》的濃麗辭藻，如賈仲明的「作詞章，風韻羨」、朱權的「花間美人」、王世貞的「北曲故當以西廂壓卷」等皆是對王實甫劇作辭藻的嘉美。明・朱朝鼎論《西廂》用語亦兼及時代因素之考量，甚屬中肯，其云：

> 元諸劇尚《西廂》，盡人知之。其辭鮮穠婉麗，識者評為化工，洵矣。……而《西廂》本人情描寫，此刺骨語，不特豔處沁人心髓，而其冷處著神，閒處寓趣，咀之更自雋永。[154]

從某種意義上來說，古典戲曲是一種劇詩，其戲劇藝術和抒情詩相融合的特點，堪稱中國文學之絕。而在元雜劇作家中，既保持雜劇語言的舞臺性，又得以兼及典雅，從而形成通曉流暢與秀麗華美語言風格者，非王實甫莫屬。綜覽王實甫《西廂記》、《破窯記》、《麗春堂》等劇，約略可看出王實甫「以詩作劇」的創作趨向，故擬由劇詩與詩劇、引書用典、通俗與雅正並舉的語言等面向論其語言表現。

（一）劇詩與詩劇

　　蘇國榮在〈中國劇詩的形成和民族個性〉文中云：「戲曲是詩，但又不是一般的詩，而是具有戲劇性的詩，是詩與劇的結合，曲與戲的統一，故名『戲曲』，也叫『劇詩』。」[155]觀王實甫的劇作，可發現其文人作劇的特點，在曲文和賓白間處處可見，無怪乎張燕瑾形容王實甫：「以

---

[154]　明・朱朝鼎：〈新校注古本西廂記跋〉，參蔡毅編著《中國古典戲曲序跋彙編》二（大陸：齊魯書社，1989 年 10 月），頁 665。

[155]　蘇國榮：《中國劇詩美學風格》（台北：丹青圖書有限公司，1987 年 6 月），頁 5。

詩心寫戲，寫出的是具有詩意詩情之美的戲劇。」[156]而張粵民等甚至以為《西廂記》「是一部劇詩，也是詩劇」。[157]以下即嘗試論析王實甫曲文與賓白中詩意的呈現。

1、曲文

由韻文發展史論，劇曲亦是詩歌表現形式之一。曲文表現不僅可看出劇作家詩文創作功力，更有助於劇情描摹與情感強化。由王實甫的劇作曲文，可發現「以詩心寫戲」的詩劇，是構建在一曲又一曲辭藻濃麗的劇詩上。如《西廂記》第一本楔子曲文：

> 【么篇】可正是人值春蒲郡東，門掩重關蕭寺；花落水流紅，閒愁萬種，無語怨東風。[158]

此段曲文情感之細膩，其實正不妨爲一首寫閨中情思的小詩。再者，《西廂記》第一折曲文：

> 【油葫蘆】九曲風濤何處顯，則除是此地偏。這河帶齊梁，分秦晉，隘幽燕。雪浪拍長空，天際秋雲捲。竹索纜浮橋，水上蒼龍偃。東西潰九州，南北串百川。歸舟緊不緊如何見？恰便似弩箭乍離弦。[159]

---

[156] 張燕瑾：《中國戲曲史論文集》（同註58），頁41。

[157] 張粵民、袁啟明：〈論《王西廂》寫景狀物的語言藝術〉一文說：「全本《王西廂》自始至終洋溢著詩意美，王實甫寫出了詩的戲劇和戲劇的詩。」參《湖南師院學報》（1984年第3期），頁54。

[158] 《西廂記》第一本楔子，參楊家駱主編《全元雜劇初編》四（同註21）。

[159] 《西廂記》第一本第一折（同上註）。

劇作家運用作詩的手法，既寫景又寓情，將曲文的通俗性提升爲詩歌韻味的呈現。又同折【寄生草】曲文：

> 蘭麝香仍在，珮環聲漸遠。東風搖曳垂楊線，遊思牽惹桃花片，珠簾掩映芙蓉面。……[160]

此曲不僅辭藻濃麗，其情感描寫更是細膩委婉，由「蘭麝香仍在，珮環聲漸遠」的寫人，再藉「東風搖曳垂楊線，遊思牽惹桃花片，珠簾掩映芙蓉面」的寫景，來寄寓情感。同樣地，第二本第一折曲文：

> 【仙呂・八聲甘州】懨懨瘦損，早是傷神，那值殘春。羅衣寬褪，能消幾箇黃昏？風裊篆煙不捲簾，雨打梨花深閉門；無語憑闌干，目斷行雲。
> 【混江龍】落紅成陣，風飄萬點正愁人。池塘夢曉，蘭檻辭春；……[161]

王實甫寫景寓情、濃麗委婉的辭藻特色，亦在此處呈現。劇作家除了即景寫情與以詩入劇的手法表現之外，亦往往融化前人詩詞入曲，如第四本第三折曲文：

> 【正宮・端正好】碧雲天，黃花地，西風緊，北雁南飛。曉來誰染霜林醉？總是離人淚。
> 【滾繡毬】恨相見得遲，願歸去得疾。柳絲長玉驄難繫，恨不得倩疏林挂住斜暉。……[162]

---

[160] 《西廂記》第一本第一折，參楊家駱主編《全元雜劇初編》四（同註21）。
[161] 《西廂記》第二本第一折（同上註）。
[162] 《西廂記》第四本第三折（同上註）。

其中「碧雲天、黃花地、西風緊、北雁南飛」句子，引用范仲淹的《蘇幕遮》[163]的詩境與描寫手法。此外，如第二本第五折的【越調‧鬥鵪鶉】[164]、第三本第三折的【雙調‧新水令】與【駐馬聽】[165]、第四本第三折的【四煞】[166]……等皆是，數量之多，不勝枚舉。

再者，《麗春堂》的曲文亦可見詩劇的描寫手法，如第一折曲文：

> 【中呂‧粉蝶兒】山勢崔巍，倚晴嵐數層金碧。照皇都一片琉璃，端的個路盤桓。山掩映，堆藍疊翠。俺這裏佇立丹梯，則見那廣寒宮在五雲鄉內。[167]

即便是寫景，仍可看出濃麗細膩的特色。又第二折曲文：

> 【石榴花】紫雲堆裏月如眉，幾點曉星稀。岸滑霜冷玉塵飛，已拋下二擲。似啄木尋食，從來那捻無凝滯。疾局到底便宜。……[168]

同樣是濃麗字句運用、細膩情感、手法委婉的呈現。此外，如第三折的【越調‧鬥鵪鶉】、【紫花兒序】、【小桃紅】、【金蕉葉】[169]等曲文，亦皆具濃厚詩意於其中。值得論述的是：王實甫《破窯記》曲文，並未如《西廂記》與《麗春堂》般呈現濃麗詞藻與花間氣息，有研究者據此而提出「《破窯記》非王實甫所作」，筆者認為：明人朱朝鼎說：「元屬夷世，

---

[163] 范仲淹《蘇幕遮》詞：「碧雲天，黃葉地。秋色連波，波上寒煙翠。山映斜陽天接水。芳草無情，更在斜陽外。黯鄉魂，追旅思。夜夜除非，好夢留人睡。明月樓高休獨倚。酒入愁腸，化作相思淚。」參唐圭璋編《全宋詞》（一）（台北：文光書局，1983 年 1 月），頁 11。

[164] 《西廂記》第二本第五折，參楊家駱主編《全元雜劇初編》四（同註 21）。

[165] 《西廂記》第三本第三折（同上註）。

[166] 同上註。

[167] 《麗春堂》第一折，參明‧臧晉叔編《元曲選》第三冊（同註 8）。

[168] 《麗春堂》第二折（同上註），頁 905。

[169] 《麗春堂》第三折（同上註），頁 906~907。

每雜用本色語」[170]，即說明了劇作家曲文中若出現「本色語」是正常的，若僅以曲文未若濃麗、花間氣息的《西廂記》與《麗春堂》等劇，即論其非王實甫所作，恐亦武斷，更何況《破窯記》的賓白，也常可見詩意的呈現。

2、賓白

在代言體的戲劇中「賓白」的呈現，應該是通俗、大眾化，才能使舞臺效果更佳。王實甫的劇本，能自然顯現生活對白的「本色語」，然仍不失「以詩作劇」的特質。如《西廂記》第一本第三折，張生偷窺鶯鶯時說：

> 我雖不及司馬相如，我則看小姐頗有文君之意。我且高吟一絕，看他說甚的：月色溶溶夜，花陰寂寂春；如何臨皓魄，不見月中人？（旦云）有人牆角吟詩。……（旦念詩云）蘭閨久寂寞，無事度芳春；料得行吟者，應憐長歎人。[171]

第二本第一折，鶯鶯說：

> 自見了張生，神魂蕩漾，情思不快，茶飯少進。早是離人傷感，況值暮春天道，好煩惱人也呵！詩曰好句有情憐夜月，落花無語怨東風。[172]

第三本第一折，紅娘允諾代張、崔二人傳信，張生將寫給鶯鶯的信，唸給紅娘聽：

---

[170] 明・朱朝鼎：〈新校注古本西廂記跋〉（同註 154）。

[171] 《西廂記》第一本第三折，參楊家駱主編《全元雜劇初編》四（同註 21）。

[172] 《西廂記》第二本第一折（同上註）。

（紅云）寫得好呵，讀與我聽咱。（末讀云）『珙百拜奉書芳卿
可人妝次：自別顏範，鴻稀鱗絕，悲愴不勝。……就書錄呈：
相思恨轉添，謾把瑤琴弄。樂事又逢春，芳心爾亦動。此情不
可違，虛譽何須奉？莫負月華明，且憐花影重。』[173]

此外，第三本第二折，張生接到鶯鶯回信，展信解讀鶯鶯的「待月西廂
下，迎風戶半開，隔牆花影動，疑是玉人來」詩謎[174]；第三本第三折鶯
鶯上場說：「花陰重疊香風細，庭院身沉淡月明。」[175]；《破窯記》頭折，
寇準云：「曾讀前書笑古今，恥隨流俗共浮沉。終期直道扶元化，敢為
虛名役片心。」[176]、又同折寇準說：「詩曰：得受貧時且受貧，休將顏
色告他人。梧桐葉落根須在，留著枝梢再等春。」[177]；《麗春堂》第三
折（外扮孤上詩云）：「聲名德化九天聞，長夜家家不閉門。雨後有人耕
綠野，月明無犬吠荒村。」[178]、又同折（左相上云）：「變幻者浮雲，無
定者流水。君看仕路間，升沉亦如此。」[179]等。

　　綜觀王實甫雜劇，濃麗的辭藻與細膩的情感刻畫，使「詩劇」、「劇
詩」特點鮮明呈現外，其「以詩作劇」的創作手法，更是劇作家獨到
之處。

---

[173] 《西廂記》第三本第一折（同上註）。
[174] 《西廂記》第三本第二折（同上註）。
[175] 《西廂記》第三本第三折（同上註）。
[176] 《破窯記》第一折，參《孤本元明雜劇》一（同註68）。
[177] 同上註。
[178] 《麗春堂》第三折，參《元曲選》第三冊（同註8），頁906。
[179] 同上註。

（二）引書用典

　　引書用典是文人創作時的習慣手法，適度地引用前人詩文或典故，不僅能增加劇作的深度，更足以看出劇作家的文學造詣。當然，用典太過，不僅易落舊習俗套，掉書袋更是容易減弱戲劇的生命力。所以，引書用典的拿捏技巧，無疑是相當重要的。王實甫的語言特質之一是引書用典，葉慶炳曾說：「詩人撰劇，往往挾其對古典文學之高深修養，專注曲文辭藻之美，甚至用典引書，力求風格之雅正。」[180]身為詩人劇作家典型的王實甫，自然免不了用典引書了，如《西廂記》第二折，（末哭科云）：

> 哀哀父母，生我劬勞，欲報深恩，昊天罔極。[181]

此即引用《詩經》〈蓼莪〉的詩句。又同折，紅娘云：

> 先生是讀書君子，孟子曰：『男女授受不親，禮也。』君子『瓜田不納履，李下不整冠。』道不得箇『非禮勿視，非禮勿聽，非禮勿言，非禮勿動。』……[182]

王實甫將儒家思想與名言，由一個丫鬟嘴裡說出，足可見其詩人作劇對雅正風格之要求。然而，劇作家在引述前人詩文故實時，將典故純熟化入劇本中，因技巧熟練而不見刻畫痕跡。又如，《西廂記》第一本第二折【四煞】曲文：「……休直待眉兒淺淡思張敞，春色飄零憶阮郎。」第二本第二折，杜確上場時的賓白，即引用了《孫子兵法》說：「孫子

---

[180]　葉慶炳：《中國文學史》下冊（台北：台灣學生書局，1987 年 8 月），頁 232。
[181]　《西廂記》第一本第二折，參楊家駱主編《全元雜劇初編》四（同註 21）。
[182]　同上註。

曰：『凡用兵之法，將受命於君，合君聚眾，圯地無舍，……』」[183]第二本第四折曲文【殿前歡】的「都做了江州司馬淚痕多」、「今日敗也是恁箇蕭何」[184]；第二本第五折，張生說：「歌一篇，名曰『鳳求凰』。昔日司馬相如得此曲成事，我雖不及相如，願小姐有文君之意。（歌曰）『有美人兮，見之不忘。一日不見兮，思之如狂。……』」[185]劇作家更引高唐賦、巫山神女與楚襄王、紅葉詩等詩文中常見典故。

　　另外，《破窯記》中無論是曲文或賓白，皆可見劇作家引書用典的情況。如第一折曲文：

> 【油葫蘆】學劍攻書折桂郎。有一日開選場，半間兒書社換做都堂。想韓信偷瓜手，生扭做了元戎將。傳說那築牆板，翻做了頭廳相。想當初王鼎臣姜呂望，那鼎臣將柴擔子橫在肩頭上。太公八十歲遇著文王。[186]

在此段曲文中，劇作家引用了韓信、傅說、王鼎臣、姜太公等有名典故。同齣劇第三折中的曲文亦引顏回、范丹、朱買臣、卓文君、魯秋胡等人的故事。此外，《麗春堂》第三折中，也用了「也不學劉伶荷鍤」、「也不學屈子投江」、「且作個范蠡歸湖」[187]；同齣劇第四折，亦引用了高力士、李太白貶夜郎等故實。所以，劇作家將典故純熟化入劇本中的手法，的確呈現了「詩人作劇」的獨特處。

　　觀王實甫現存三齣劇，不論是賓白或曲文，引書用典的手法，用的是駕輕就熟、不見痕跡，誠如明・方諸生所說：「實甫要是讀書人，曲

---

[183] 《西廂記》第二本第二折（同上註）。
[184] 《西廂記》第二本第四折（同上註）。
[185] 《西廂記》第二本第五折，參楊家駱主編《全元雜劇初編》四（同註21）。
[186] 《破窯記》第一折，參《孤本元明雜劇》一（同註68）。
[187] 《麗春堂》第三折，參《元曲選》第三冊（同註8），頁906。

中使事，不見痕跡，益見爐錘之妙。」[188]這樣的評語，眞是再恰當不過了。

（三）濃麗的「花間」語言

　　以詩歌史論，到了晚唐五代，文人詞中逐漸出現了「詞爲豔科」的局面，楊海明認爲：「晚唐五代詞之所以出現『以豔爲美』、『以豔爲榮』的普遍風氣，就是『愛情意識』在文學領域裏第三次大『萌生』、大『發動』的結果。」[189]在創作上，此期的詩歌主要特徵便是「多寫豔情」和「香豔輕蒨」的風格呈現。當然，晚唐五代的「花間詞」，如歐陽炯所說：「鏤玉雕瓊，擬化工而迴巧；裁花剪葉，奪春豔以爭鮮。」「家家之香逐春風，寧尋越豔；處處之紅樓夜月，自鎖嫦娥」[190]般，呈現的是綺麗文辭與豔情題材的風格。

　　在戲曲創作上，王實甫以詩人身分，專注於才子、佳人的書寫與曲文詞藻之營造，是以朱權以「花間美人」[191]形容之。如張燕瑾說：

---

[188] 明・方諸生：〈西廂附評語十六則〉，參蔡毅編著《中國古典戲曲序跋》二（同註154），頁 668。

[189] 楊海明：《唐宋詞史》（高雄：麗文文化事業股份有限公司，1996 年 2 月），頁 98。

[190] 晚唐・歐陽炯：《花間集・序》，參李誼《花間集注釋》（大陸：四川文藝出版社，1986 年 6 月），頁 1。

[191] 明・朱權《太和正音譜・古今群英樂府格勢》：「王實甫之詞，如花間美人。鋪敘委婉，深得騷人之趣。極有佳句，若玉環之出浴華清，綠珠之採蓮洛浦。」參《中國古典戲曲論著集成》三（同註 3）。案：此處的「花間」並非等同於「花間詞」，然而，吳梅的「王實甫作《西廂》，以研鍊濃麗爲能，此是詞中異軍」，參《中國戲曲概論》（台北：廣文書局，1971 年 4 月），頁 38；譚正璧則以「工作曲」「散曲濃麗如其劇曲」論實甫，參《元曲六大家略傳》（台北：莊嚴出版社，1982 年 1 月），頁 123。等皆重其濃麗特點，往往易將其與「花間詞」等同。（又案：李昌集將元初期散曲家以創作內容分「志情」、「花間」與「市井」三派，若準此而論，王實甫劇曲則易被歸爲「花間派」，參《中國古代散曲史》（上海：華東師範大學出版，1991 年 8 月），頁 317~327。）

就曲詞而論，王實甫是以詩心寫戲，寫出的是具有詩意詩情之美的戲劇；……同是寫景，《西廂記》裏都是眼前景，創造人物自身所處的自然環境，皆可眼見，像「送別」諸曲。不眼見的則只作為比喻，像「賴婚」諸曲。這些景物帶有主人公的強烈感情色彩。但不脫離劇情，不脫離環境，是戲。[192]

「以詩作劇」的王實甫，劇曲濃麗與情感細膩爲其重要特色。而王驥德所論：

> 實甫斟酌才情，緣飾藻豔，極其致於淺深濃淡之間，令前無作者，後掩來茲。遂擅千古絕調。[193]

亦同樣肯定其辭藻之豔麗。以下試略舉王實甫《西廂記》、《破窯記》、《麗春堂》等劇中，具「花間氣息」的濃麗語言以作說明。首先，以《西廂記》爲論：其第一本第一折曲文【么篇】：

> 恰便是嚦嚦鶯聲花外轉，行一步兒可人憐。解舞腰肢嬌又軟，千般嫋娜，萬般旖旎，似垂柳晚風前。[194]

又第二折曲文：

> 【三煞】想著他眉兒淺淺描，臉兒淡淡妝，粉香膩玉搓咽項。翠裙鴛繡金蓮小。紅袖鸞綃玉筍長。不想呵其實強：你撇下半天風韻，我拾得萬種思量。[195]

---

[192] 張燕瑾：〈元劇三家風格論〉，參《中國戲曲史論集》（同註58），頁41。
[193] 明·王驥德：〈新校注古本西廂記自序〉（同註154），頁656。
[194] 《西廂記》第一本第一折，參楊家駱主編《全元雜劇初編》四（同註21）。
[195] 《西廂記》第一本第二折（同上註）。

此外，《西廂記》第二本第三折曲文【耍孩兒】的「俺那裏落紅滿地胭脂冷，休辜負了良辰美景。……樂奏合歡令，有鳳簫象板，錦瑟鸞笙。」[196]；同齣同本第四折的【離亭宴帶歇指煞】曲文、第三本第二折的【四煞】曲文、第三本第三折的【喬牌兒】與【甜水令】、第四本第一折的【混江龍】曲文……等，皆有著明顯的「花間氣息」。

　　再者，《麗春堂》第一折曲文【賞花時】：

> 萬草千花御苑東，簌翠偎紅彩繡中。滿地綠茸茸，更打著軍兵簇擁。可兀的似錦衚衕。[197]

又如同劇第四折曲文【一錠銀】、【相公愛】、【醉娘子】、【金字經】……等等，雖未若《西廂記》那般辭藻濃豔，其委婉細膩之風格，仍與王實甫詩人的「花間氣」相合。

　　以整體而言，王實甫劇作呈現以詩作劇、引書用典以及濃麗的「花間氣息」等語言特點，尤其《西廂記》與《麗春堂》二齣劇，更是明顯。《破窯記》曲文雖未若《西廂記》、《麗春堂》般濃麗，其在引書用典上，仍不失文人劇作之特質。

　　王實甫「以詩心寫戲」的創作基調，使其劇作有「詞章風韻羨」、「花間美人」之美名。由《西廂記》、《破窯記》、《麗春堂》的題材、語言、表現手法來看，同樣是藉人物刻畫來表現主題的劇本創作，善於勾畫人物心理的王實甫，以委婉細膩的筆調、濃麗的語言、劇詩的詩劇，構建文人「以詩作劇」的創作風格。以中國戲曲發展中《西廂記》評點、改編等歷久不衰的現象論，王實甫的《西廂記》和「以詩作劇」的創作趨向，在戲曲發展史上有一定的意義與影響。

---

[196] 《西廂記》第二本第三折（同上註）。
[197] 《麗春堂》第一折，參《元曲選》第三冊（同註8），頁901。

三、馬致遠

「戰文場、曲狀元，姓名香貫滿梨園。」[198]「朝陽鳴鳳」、「典雅清麗」[199]為前人評馬致遠曲辭之論。向來論者習以文采派視之，然將其與同列文采派的王實甫相較，二者又有著明顯的差異，日本學者青木正兒在〈元人雜劇序說〉：

> 馬致遠的曲辭，雖然富於文采，而極清奇，和王實甫、白仁甫相比，則別為一派，宛然居於文采派與本色派之間。[200]

確實，以馬致遠曲作論：《東籬樂府》中已大量運用融詩入曲的語言技巧，而雜劇中，尚輕俊清麗、引書用典、以劇作詩等語言特點清晰可見。

馬致遠雜劇語言是複雜且豐富的，除卻元劇作家或多或少皆備的本色語外，其情景交融的語言運用，成語俗諺、詩詞典故的引用，類疊、頂針句法的鋪排……等，皆使詩人語言獨具風格。準此，本單元將分尚輕俊清麗的文采特色、引書用典的文人氣、以劇作詩的語言特點等面向論之。

---

[198] 明・賈仲明：〈凌波仙詞〉：「萬花叢裏馬神僊。百世集中說致遠。四方海內皆談羨。戰文場曲狀元。姓名香貫滿梨園。漢宮秋、青衫淚。戚夫人、孟浩然。共庾白關老齊眉。」見《錄鬼簿》卷上，參楊家駱主編《錄鬼簿新校注》（台灣：世界書局，1982 年 4 月）。

[199] 明・朱權《太和正音譜》〈古今群英樂府格勢〉：「馬東籬之詞，如朝陽鳴鳳。其詞典雅清麗，可與靈光景福，而相頡頏。有振鬣長鳴，萬馬皆瘖之意。又若神鳳飛鳴于九宵，豈可與凡鳥共語哉？宜列群英之上。」參《中國古典戲曲論著集成》三（同註3），頁 16。

[200] 青木正兒：《元人雜劇序說》，參《元曲研究》乙編（台北：里仁書局），頁 78。

（一）尚輕俊清麗的文采特色

歷來研究者為了論王實甫與馬致遠曲辭特點，將同列文采派大家的王、馬二人，以「工鍛鍊」和「尚輕俊」[201]作區隔。除「尚輕俊」外，亦見「曲詞清麗瀟灑」[202]、「清麗典雅」[203]論馬致遠語言特色。

此處，據馬致遠現存七部雜劇，論其輕俊、疏放的文采表現。如《任風子》第三折曲文：

> 【紅繡鞋】……聽杜鵑一聲聲叫道不如歸。也不曾遊閬苑，又不曾赴瑤池，止不過在終南山色裏。……
>
> 【四煞】我則見匆匆月出東，厭厭日落西。秋鴻春燕相催逼。……[204]

以「終南山」呼應杜鵑的「不如歸」鳴聲，既見輕俊與疏放的語言特色，又強化其歸隱的心情；「日落月出」「秋鴻春燕」雖寫的是日常的時序景色，卻寓有時光飛逝、青春不再的感慨。

此外，同劇第四折【川撥棹】：「……松柏周遭，山川圍著。疏竹瀟瀟，落葉飄飄。……」[205]；《黃粱夢》第一折曲文【金盞兒】：「俺那裏地無塵，草長春。四時花發常嬌嫩，更那翠屏般山色對柴門。雨滋棕葉

---

201 吳梅：「嘗謂元人劇詞，約分三類，喜豪放者學關卿；工鍛鍊者宗實甫；尚輕俊者號東籬。一代才彥絕少達官，斯更足見人民之宗尚。……」參《中國戲曲概論》，（台北：廣文書局，1980年7月），頁44。

202 許金榜：「《漢宮秋》的曲詞清麗瀟灑，音律諧美，在關漢卿的雄放質樸、王實甫的自然華美之外別具一格。」參《中國戲曲文學史》（北京：中國文學出版社，1994年5月），頁162。

203 余從、周育德、金水等：「馬致遠雜劇曲詞清麗典雅，尤其喜歡寫『末本』，這一點和關漢卿也有所不同。」參《中國戲曲史略》（北京：人民音樂出版社，1993年12月），頁101。

204 《任風子》第三折，參《元曲選》第四冊（同註8），頁1677~1679。

205 《任風子》第四折（同上註），頁1681。

潤，露養藥苗新。聽野猿啼古樹，看流水繞孤村。」[206]；《陳摶高臥》
第三折【滾繡毬】：「俺便是那閒雲自在飛，心情與世違。」、【倘秀才】：
「俺那裏草舍花欄藥畦，石洞松窗竹几。您這裏玉殿朱樓未爲貴，您那
人間千古事，俺只松下一盤棋，把富貴做浮雲可比。」[207]……等，馬致
遠劇作的曲辭特色，皆清楚可見。而這應與劇作家「以劇作詩」的寫劇
態度當然相關。

（二）引書用典的文人氣

　　馬致遠雜劇在語言上的另一個特點：引書用典，成語俗諺、詩詞等
皆可入曲。誠如葉慶炳說：「詩人撰劇，往往挾其對古典文學之高深修
養，專注曲文辭藻之美，甚至用典引書，力求風格之雅正。」[208]此正點
出馬致遠語言運作之特點。文人寫劇引書用典，不僅使語言簡潔、精鍊，
更有雅化的作用。當然，以通俗性的大眾娛樂戲劇言，戲劇若過度地雅
化發展，容易走向狹隘或滅亡一途；相對地，過於通俗的劇本，雖迎合
了社會大眾普遍的審美口味，卻往往容易失去文學藝術應有的含蓄、想
像美感。兩者間的取捨、偏重，正可見出「三家風格」及其發展趨向的
微妙關聯。

　　由馬致遠現存劇作，可知其習引書用典的詩人撰劇風格，如《漢宮
秋》第一折【醉中天】：

---

[206] 《黃粱夢》第一折，參《元曲選》第二冊（同上註），頁 779。
[207] 《陳摶高臥》第三折（同上註），頁 726。
[208] 葉慶炳：《中國文學史》下冊（同註 180），頁 232。

　　　　將兩葉賽宮樣眉兒畫，把一個宜梳裏臉兒搽。額角香鈿貼翠花，

　　　　一笑有傾城價。若是越句踐姑蘇臺上見他，那西施半籌也不納。

　　　　更敢早十年敗國亡家。[209]

此處即是運用「句踐復國」之典故。此外，同劇同折亦用了司馬相如的
「陳皇后《長門賦》」典故，又第二折曲文【賀新郎】的「伊尹扶湯，
武王伐紂」[210]、第三折【步步嬌】：「您將那一曲《陽關》休輕放」[211]
與【雁兒落】的「我做了別虞姬楚霸王，全不見守玉關征西將。那裏取
保親的李左軍，送女客的蕭丞相。」[212]、第四折【么篇】唱：「傷感似
替昭君思漢主，哀怨似作薤露哭田橫。淒愴似和半夜楚歌聲。悲切似唱
三疊陽關令。」[213]無不是故實的引用。

　　此外，《青衫淚》第一折的「劉伶粧布袋」[214]、第二折【滾繡毬】：「只
那長安市李謫仙，他向酒裏臥酒裏眠。尚古自得貴妃捧硯，……」[215]、
同劇同折同調【滾繡毬】：「你文章勝賈浪仙，詩篇壓孟浩然。」[216]等，
劇作家把劉伶故事、李白醉酒、貴妃捧硯的故事，於劇本中引用，更直
誇白居易詩文勝賈、孟二人；再者，《岳陽樓》第一折賓白：「王弘送酒，
劉伶荷鍤，李白摸月。」與【么篇】：「王弘探客在籬邊，李白捫月江心
喪，劉伶荷鍤在墳頭葬。」[217]；《任風子》第二折【二煞】：「學列子乘風，

---

[209]　《漢宮秋》第一折，參《元曲選》第一冊（同註8），頁3。

[210]　《漢宮秋》第二折（同上註），頁6。

[211]　《漢宮秋》第三折（同上註），頁9。

[212]　同上註。

[213]　《漢宮秋》第四折（同上註），頁12。

[214]　《青衫淚》第一折曲文【金盞兒】，參《元曲選》第三冊（同註8），頁884。

[215]　《青衫淚》第二折（同上註），頁886，

[216]　同上註，頁889。

[217]　《岳陽樓》第一折，參《元曲選》第二冊（同註8），頁615~616。

子房歸道，陶令休官，范蠡歸湖。」[218]、同劇第三折【石榴花】：「想當日范杞良築在長城內，乾迤逗的箇姜女送寒衣。」[219]；《黃粱夢》第二折【幺篇】：「隨何陸賈舌。張儀蘇季才。」[220]、同劇同折賓白，呂洞賓云：「……顏子也曾一簞食一瓢飲，居於陋巷。」[221]；《陳摶高臥》第一折【油葫蘆】：「古聖傳留周易經」[222]、同劇第三折賓白（駕云）：「大人以四海爲家，萬物一體，無我無人，勿固勿必，所謂君子周而不比。」[223]……等，馬致遠或將歷史人物、文人典故入曲，或將民間傳說加以引用影射，或引書名典籍，或引儒道思想文句，此爲詩人撰劇之語言特點的呈現。

（三）以劇作詩的語言特點

王國維曾說：「客觀之詩人，不可不多閱世。閱世愈深，則材料愈豐富、愈變化，《水滸傳》、《紅樓夢》之作者是也。主觀之詩人不必多閱世。閱世愈淺，則性情愈眞，李後主是也。」[224]以此論之：詩文創作著重個人主觀情感的抒發，此爲其與戲曲小說不同之處。蘇國榮在〈中國戲曲的宏觀體系〉文中，對劇詩做了詮釋：

> 我國是一個詩的王國，詩又以抒情詩居多。因而，我國的繪畫和戲曲，又帶有濃重的詩的色彩。明人臧晉叔《元曲選序》中

---

[218]　《任風子》第二折，參《元曲選》第四冊（同註8），頁 1675~1676。

[219]　《任風子》第三折（同上註），頁 1677。

[220]　《黃粱夢》第二折，《元曲選》第二冊（同註8），頁 783。

[221]　同上註，頁 785。

[222]　《陳摶高臥》第一折，參《元曲選》第二冊（同註8），頁 720。

[223]　《陳摶高臥》第三折（同上註），頁 727。

[224]　王國維：《人間詞話》〈李後主性情真〉，參唐圭璋編《詞話叢編》（五）（台北：新文豐出版公司，1988 年 2 月），頁 4242~4243。

　　　　說：「詩變而詞，詞變而曲，其源本於一。」清人黃周星在《制
　　　　曲枝語》中也說：「曲為詩之流派」。……我國詩歌以抒情詩為
　　　　主脈，中國劇詩受抒情詩影響很深，……[225]

綜覽馬致遠雜劇，即符合「以抒情為主脈」的劇詩特點。所以，「以劇
作詩」且將寫詩的態度傾注於戲曲創作中的馬致遠，其劇作呈現劇詩與
詩劇的特殊面貌，是再自然不過的事了。此處擬由上場詩與賓白、曲文
等面向，論析馬致遠「以劇作詩」的劇詩與詩劇的語言特點。

1、上場詩與賓白

　　元雜劇中，主要人物上場時即有「上場詩」。馬致遠的現存劇本，
除「上場詩」之外，劇中人物無論是何種身分層級、性別等，皆能或多
或少「吟詩作對」，在賓白安排中呈現濃厚的詩意。
　　以《漢宮秋》為論：在楔子裏，正末漢元帝上場詩：「嗣傳十葉繼
炎劉，獨掌乾坤四百州。邊塞久盟和議策，從今高枕已無憂。」[226]沖末
番王上場詩：「氈帳秋風迷宿草，穹廬夜月聽悲笳。控弦百萬為君長，
款塞稱藩屬漢家。」[227]毛延壽上場詩：「為人鵰心雁爪，做事欺大壓小。
全憑諂佞姦貪，一生受用不了。」[228]短短一個楔子，即安排三個上場詩，
劇作家藉上場詩，將人物的身分與性格作交代。又第三折旦（王昭君）
賓白：

---

[225]　蘇國榮：《中國劇詩美學風格》（同註155），頁36。
[226]　《漢宮秋》楔子，參《元曲選》第一冊（同註8），頁1。
[227]　同上註。
[228]　同上註。

> 妾這一去，再何時得見陛下。把我漢家衣服都留下者。（詩云）
> 正是今日漢宮人，明朝胡地妾。忍著主衣裳，為人作春色。[229]

劇作家把詩句安插在賓白中，那種運用自如的手法，是如此不漏痕跡。
另外，《青衫淚》第一折賈浪仙：「高興出塵外，攜尊翫物華。」與孟浩
然：「偷將休沐暇，去訪狹邪家。」[230]等出場詩，與第四折的賓白（駕
云）：

> ……一帆風送至潯陽，正值著江干送客。聞琵琶相遇悲傷，與
> 故人生死相別。彈一曲情淚千行，放逐臣偏多感歎。……[231]

文字似乎翻寫自白居易的樂府詩〈琵琶行〉，無論是情境或詩意的營造，
皆呈現詩劇的特點；《岳陽樓》第一折（外扮柳樹精）上場詩：「翠葉柔
絲滿樹枝，根科榮茂正當時。為吾屢積陰功厚，上帝加吾排岸司。」[232]
第二折（柳改扮郭馬兒）上場詩：「龍團鳳餅不尋常，百草前頭早占芳。
採處未消風頂雪，烹時猶帶建溪香。」與同劇第三折賓白，郭馬兒說：

> 自從那師父與了我一口劍，拿到家中，三更前後，不知什麼人
> 把我媳婦殺了。劍上寫著四劇詩道：朝游北海暮蒼梧，袖裏青
> 蛇膽氣粗。三醉岳陽人不識，朗吟飛過洞庭湖。[233]

同劇同折，劇作家安排（正末愚鼓簡子上）詞云：

---

[229] 《漢宮秋》第三折，參《元曲選》第一冊（同註8），頁9。
[230] 《青衫淚》第一折，參《元曲選》第三冊（同上註），頁882。
[231] 《青衫淚》第四折（同上註），頁899。
[232] 《岳陽樓》第一折，參《元曲選》第二冊（同上註），頁616~617。
[233] 《岳陽樓》第三折（同上註），頁625。

披蓑衣，戴箬笠，怕尋道伴。將簡子，挾愚鼓，閒看中原。打
一回，歌一回。……踐紅塵，登紫陌，繫住心猿。跨彩鷥先飛
到西天西裏。……[234]

馬致遠在劇本中，除四句詩運用外，亦會有整篇長詩的安排，《青衫淚》
第三折更將白居易〈琵琶行〉全篇引出，其對詩的偏愛，已到了無以復
加的地步了。

其次，《任風子》第一折的上場詩[235]；《黃粱夢》第一折上場詩[236]、
第四折正末詩云：「漢朝得道一將軍，故來塵世度凡人。十八年來一夢
覺，點化唐朝呂洞賓。」等；《陳摶高臥》第一折沖末趙大舍的上場詩[237]、
第二折趙改扮駕的上場詩[238]、第四折鄭恩與正末（陳摶）上場詩[239]等；
《薦福碑》第一折范仲淹與張浩的上場詩[240]、第二折龍神上場詩與作詩
儆戒張鎬[241]、第三折薦福寺長老上場詩[242]等莫不皆然。習以詩文為生的
文人，尤其像馬致遠這類的詩人劇作家，在雜劇上場詩與賓白中呈才獻
巧，創作詩篇或營造詩境，其例證可說不勝枚舉。

---

[234] 同上註，頁 626。
[235] 《任風子》第一折，參《元曲選》第四冊（同註 8），頁 1670。
[236] 《黃粱夢》第四折，參《元曲選》第二冊（同上註），頁 792~793。
[237] 《陳摶高臥》第一折，參《元曲選》第二冊（同上註），頁 720。
[238] 《陳摶高臥》第二折（同上註），頁 725。
[239] 《陳摶高臥》第四折（同上註），頁 729。
[240] 《薦福碑》第一折，參《元曲選》第二冊（同上註），頁 577。
[241] 《薦福碑》第二折（同上註），頁 584。
[242] 《薦福碑》第三折（同上註），頁 588。

2、曲文

　　就韻文史言，曲既爲詩，劇曲當然也是詩。馬致遠是一個詩人氣質極濃厚的人，無論是想像與思維、觀察力，皆對其創作有著相當影響。張燕瑾曾說：

> 嚴格說來，馬致遠是位出色的詩人，卻不是出色的戲劇家，他的抒情詩人氣質，超過了他戲劇家的特質。……馬致遠的劇作，不是以描繪生活場景、表現生活氣息見長，而是以抒情見長，在抒情中蘊含著某種讓人思索的哲理。[243]

此段話確實道盡馬致遠「以劇寫詩」的特點，詩人與劇作家身分兼具的他，濃厚的詩人氣質，以抒情見長的寫劇手法，使得他的劇作，往往如同一篇篇長詩構建而成的詩劇。這樣的特色尤以曲文的表現最明顯。以《漢宮秋》爲論，其第二折【南呂‧一枝花】曲文：

> 四時雨露勻，萬里江山秀。忠臣皆有用，高枕已無憂。守著那皓齒星眸，爭忍的虛白畫。近新來染得些證候，一半兒為國憂民，一半兒愁花病酒。[244]

此段曲文，既寫景又寫情、既寫兒女私情又道盡家國天下之憂，既是抒情的詩又是有情節的劇。再者，同劇第三折【雙調‧新水令】的「舊恩金勒短，新恨玉鞭長。」[245]、【駐馬聽】的「尙兀自渭城衰柳助淒涼，共那灞橋流水添惆悵。」[246]、【梅花酒】[247]等，與第四折【中呂‧粉蝶兒】：

---

[243] 張燕瑾：〈馬致遠的創作道路〉，參《中國戲曲史論集》（同註58），頁115。
[244] 《漢宮秋》第二折，參《元曲選》第一冊（同註8），頁5。
[245] 《漢宮秋》第三折（同上註），頁8。
[246] 同上註。

> 寶殿涼生，夜迢迢六宮人靜，對銀臺一點寒燈。枕席間，臨寢
> 處，越顯的吾身薄倖。萬里龍廷，知他宿誰家一靈真性。[248]

同樣是寫景寓情的表現，若文句加以裁剪一番，便是一首一首極佳的抒
情詩；同劇同折的【滿庭芳】與【十二月】[249]等，亦皆是詩與劇的最佳
組合。

此外，馬致遠在《青衫淚》楔子中曲文【仙呂‧端正好】寫：

> 有意送君行，無計留君住，怕的是君別後有夢無書。一尊酒盡
> 青山暮，我搵翠袖淚如珠，你帶落日踐長途。情慘切，意躊躇，
> 你則身去心休去。[250]

曲文述盡了裴興奴離別心緒，其「無計留君住」、「一尊酒盡山暮」、「情
慘切」、「意躊躇」營造了人物對生離死別的無奈與不捨形象；同劇第二
折【叨叨令】[251]、【一煞】[252]，與第三折【雙調‧新水令】：

> 正夕陽天闊暮江迷，倚晴空楚山疊翠。冰壺天上下，雲錦樹高
> 低，誰倩王維，寫愁入畫圖內。[253]

是情景交融、劇與詩兼具的曲文表現。同劇第四折【普天樂】的「寒波
漾漾，芳心脈脈，明月如花」等，更可見劇作家筆觸細膩的寫景寓情技

247　同上註。
248　《漢宮秋》第四折（同上註），頁 11。
249　同上註，頁 12。
250　《青衫淚》楔子，參《元曲選》第三冊（同註 8），頁 885。
251　《青衫淚》第二折（同上註），頁 888。
252　同上註，頁 889。
253　《青衫淚》第三折，參《元曲選》第三冊（同註 8），頁 891。

巧。馬致遠的其他劇本如《岳陽樓》第一折的【寄生草】[254]、【幺篇】[255]、【憶王孫】[256]、第三折的【煞尾】[257]等曲文;《任風子》第四折【川撥棹】的「松柏周遭,山川圍著,疏竹瀟瀟,落葉飄飄。」[258]等;《黃粱夢》第一折【金盞兒】的「聽野猿啼古樹,看流水繞孤村。」[259]、第三折【大石調‧六國朝】、【歸塞北】、【初問口】、【怨別離】[260]……等曲文;《陳摶高臥》第二折【賀新郎】[261]、【黃鐘煞】[262]、第三折【倘秀才】[263]等,皆是劇與詩兼具的曲文表現。

馬致遠的劇作的語言特點,是尚輕俊疏放的文采、引書用典的文人氣、在賓白與曲文上呈現了「以劇作詩」的語言特點。觀覽馬致遠現存雜劇作品,在語言運用上,雖雜有「元劇本色語」,然而,以抒情為寫劇基調的劇作家,仍以詩人作詩的態度,將劇當詩來寫,故建構出其特有的「以劇作詩」風格。

若由詩的角度論馬致遠,其散曲、雜劇的文字表述、場景刻畫,皆可成為充滿詩情與畫意的畫作,此無關其它,僅因東籬為一位具濃厚詩人氣質的劇作家。既「以戲劇手法寫詩」,寫出的當然是具有戲劇特點的詩。前人以「戰文場、曲狀元」、「朝陽鳴鳳」、「典雅清麗」論之,主要是針對其語言曲辭的特色而發,若以馬致遠的雜劇創作整體言,抒情寫志的特質應是較全面之論。當然,依戲曲發展論,馬致遠的抒情寫志

---

[254] 《岳陽樓》第一折,參《元曲選》第二冊(同上註),頁 615。
[255] 同上註,頁 615~616。
[256] 同上註,頁 617。
[257] 《岳陽樓》第三折(同上註),頁 628。
[258] 《任風子》第四折,參《元曲選》第四冊(同註8)。
[259] 《黃粱夢》第一折,參《元曲選》第二冊(同註8),頁 779。
[260] 《黃粱夢》第三折(同上註),頁 787。
[261] 《陳摶高臥》第二折,參《元曲選》第二冊(同上註),頁 724。
[262] 同上註,頁 725。
[263] 《陳摶高臥》第三折(同上註),頁 726。

與「以劇作詩」的風格,對劇作家以後(尤其是明代)文人劇作發展抒情化趨向,有相當的影響。

據關、王、馬三家雜劇的「語言」論述,實不難發現關漢卿的通俗、本色;王實甫的用典、穠麗;馬致遠的抒情輕俊等「三家鼎立」特色。正因語言特色之不同,更突顯了關漢卿的「以劇作劇」、王實甫的「以詩作劇」、馬致遠的「以劇作詩」等創作手法之差異。

第五節 小結

在此一章中,經由「故事題材」、「情節」、「人物」、「語言」幾個面向,討論並比較了關漢卿、王實甫、馬致遠三家雜劇特色,為使三家特色益加鮮明呈現,筆者於此擬由文章論述切入面與比較內容做補述說明。

一、題材

故事題材與情節皆屬雜劇內容部分,與「時代背景」及劇作家的人生態度極相關涉。設若由「元雜劇精神主調」[264]論關、王、馬三家雜劇的故事題材,則關漢卿的題材多元化、內容的通俗性等,是對現實社會揭露、批判的最佳反映,其雜劇將社會各階層的人物都寫入劇本中,不

---

[264] 案:前章〈元代戲曲發展與關王馬三家特色之形成〉據余秋雨之論,已對「三家雜劇的精神主調」有所論述。若由「雜劇精神主調」言,關漢卿為「傾吐整體性的鬱悶和憤怒」,是「破」、「批判」的;王實甫則為「謳歌非正統的美好追求」,是「立」、「謳歌」的;馬致遠則因「隱逸思想與詩人頑強主體性」之特點呈現,故以「避」、「退離」視之。

預設主題立場，於是有了公案劇、歷史劇、情愛劇、社會劇等不同故事題材、不同主題訴求、不同人物形象刻畫的劇本產生；然而，以「立」、「謳歌」為創作基調的王實甫，面對時代的黑暗與社會不公，則採取情感轉移的態度，將專注點轉向「美好的目的追求」（情愛婚姻自由、科考功名）上，王實甫《西廂記》、《破窯記》、《麗春堂》等劇題材描寫即是；馬致遠雜劇不像關漢卿歷史、公案、社會、愛情題材等皆入劇本，也與王實甫題材普遍性表現有所不同。其題材特殊處，在於「神仙道化劇」的創作與隱居樂道思想的宣揚，如《岳陽樓》、《任風子》、《黃粱夢》與《陳摶高臥》等即是。劇作家面對政治社會黑暗，選擇以「避」、「退離」的態度面對，故轉向山林田園與宗教尋求身心安頓，且藉「神仙道化劇」創作，以達到抒發個人情志的目的。另外，其《漢宮秋》、《青衫淚》、《薦福碑》等劇，雖以歷史、文人遭遇描寫為主，其強烈抒發作家個人情感的特質仍是不變的。

　　再者，關漢卿雜劇的故事題材多元化、內容通俗等特點，與其重舞臺演出的「以劇作劇」創作手法正相呼應；王實甫的情愛婚戀自由、功名仕途等題材抒寫，亦與其「以詩作劇」的創作手法吻合；相對地，馬致遠的歷史、「神仙道化」、文人不遇等題材的選取，正適於劇作家抒情寫志之用，故其「以劇作詩」之手法與雜劇故事題材無疑是相應的。

二、情節

　　「情節」與「故事題材」是一體兩面。「情節」是依附在故事上，使故事題材精彩呈現者，自然隸屬雜劇內容範圍。關、王、馬三家雜劇因故事題材之差異，影響其情節之安排。以關漢卿為論，單線、雙線結構的應用、情節的戲劇性與一致性安排，皆透顯著劇作家對社會的不滿與揭露，如其《竇娥冤》、《蝴蝶夢》、《魯齋郎》、《望江亭》、《裴度還帶》、

《救風塵》等劇中對權豪勢要與無賴昏官的惡行、對下層百姓與婦女的生活困境之描寫；《單刀會》、《魯齋郎》、《單鞭奪槊》等安排忠義、公正無私、勇敢的歷史人物為情節高潮畫下句點，皆是劇作家對社會不滿的現實揭露與批判。以王實甫為論，《西廂記》結構之長與情節安排曲折，除故事內容有別於唐傳奇《鶯鶯傳》與諸宮調、院本《西廂》外，其戲劇性的情節安排，彰顯「美好的目的追求」下必有「情、理」的衝突與糾葛；《破窯記》在情節安排上使劉月娥處於情理、個人與家庭、愛情與親情間的兩難處境；《麗春堂》的樂善亦同樣處於堅持自己理念與妥協的兩難局面，王實甫藉著情節衝突的安排，強化「堅持美好目的的追求」必臻成功之境的理念。以馬致遠為論，單線結構與戲中戲的情節安排，是「神仙道化劇」的情節特色，更是劇作家隱逸思想與「退離」態度的表現；此外，馬致遠的《漢宮秋》、《薦福碑》、《青衫淚》等劇情節，仍不脫憂時感慨與抒情寫志之安排，而正因為無奈與不遇的感慨，劇作家選擇了逃避、退離。

　　再者，若就劇作家的創作手法論，關漢卿的「以劇作劇」、王實甫的「以詩作劇」、馬致遠的「以劇作詩」等，在情節表現上皆能相映。如關漢卿劇作《竇娥冤》與《救風塵》反映昏官與無賴、權豪勢要對百姓的欺凌，劇作家選擇群眾接受度高的情節安排，用「以劇作劇」的手法表現；王實甫的《西廂記》、《麗春堂》、《破窯記》在內容上以科舉功名、仕途為主要描寫，劇作家以詩人撰劇的特點，用典以加強情節鋪寫，足見其「以詩作劇」之手法表現；此外，馬致遠的《任風子》、《黃粱夢》與《漢宮秋》、《薦福碑》等，以神仙道化思想、憂時與文人不遇為主要情節描寫，充分見出劇作家「以劇作詩」的抒情寫志之意。

三、人物

　　「人物」與「語言」皆屬雜劇創作手法範圍。以關漢卿為論，其「以劇作劇」的手法與對時代社會的「批判、揭露」創作態度，在人物塑造上自然傾向「多元化」、「典型化」。以「多元化」為論：由關漢卿劇本可發現，英雄、書生、小姐、婢女、寡婦、妓女、道姑、清官、昏官……等形形色色的人物，在關漢卿雜劇中皆可見。其中最具「典型化」者：如《單刀會》的關羽、《西蜀夢》的關羽張飛、《尉遲降唐》的尉遲恭，皆是英雄人物典型；如《救風塵》的趙盼兒和宋引章、《謝天香》的謝天香、《金線池》的杜蕊娘等，皆是反應機智形象鮮明的妓女典型；又如《竇娥冤》的竇娥，更成了悲劇人物形象塑造之表徵。關漢卿的人物塑造，對後世戲曲小說有影響者，如《單刀會》中的關羽；《竇娥冤》中的竇娥節婦形象；《救風塵》中的趙盼兒等。另外，關漢卿雜劇以「旦本戲」為主，在戲劇中無論是節婦、寡婦、妓女、閨女、婢女等劇作家皆予鮮明形象。

　　再者，王實甫「以詩作劇」的手法與「美好目的追求」的創作態度，在人物塑造上亦清楚可見。如《西廂記》藉著情、理的衝突，描寫與分析鶯鶯內心世界所受的衝擊：傳統禮教與個人情慾的衝擊、親情與愛情的對立與矛盾；《破窯記》中王實甫塑造了劉月娥溫厚的性格，亦賦予其勇於追求婚姻自主的形象等皆是劇作家以溫婉作詩的筆觸，賦予人物溫柔敦厚的形象。

　　此外，「以劇作詩」的手法與「退離」隱逸態度的馬致遠，其劇本主要描寫人物有君臣、文人、神仙等，在人物塑造上劇作家的「抒情創作趨向」與文人形象塑造，對後世戲曲家有絕對的影響，如洪昇《長生殿》的重抒情與悲劇氣氛之提高，即是受馬致遠之影響。又如《漢宮秋》一劇，成功地塑造了王昭君的悲劇形象，誠如閔宏所說：

> 馬致遠《漢宮秋》雜劇的問世，第一次在文學史上成功地完成
> 了昭君悲劇形象的塑造；把這個廣為流傳的和親故事推陳出
> 新，發展到新的高峰。……把個人的悲劇同國家、民族聯在一
> 起，為我們塑造了一個有血有肉、有自己思想行為、有性格特
> 徵的活生生的昭君形象。[265]

據此可知，馬致遠雜劇中所塑造的王昭君形象，是有著鮮明性格與生命
力的，其對後世昭君形象的塑造自然有一定影響。

　　以文人劇創作為著的馬致遠，其《青衫淚》中的白居易形象塑造，
與《薦福碑》中張鎬的文人形象，同樣都對後世戲曲小說中的文人形象
塑造，有必然的影響，如明代顧大典有《青衫記》之作，即是本馬致遠
《青衫淚》而作。至其神仙道化劇，更開雜劇風氣之先，當然，其《任
風子》中馬丹陽的形象；《岳陽樓》中的呂洞賓形象；《黃粱夢》中的鍾
離權與呂洞賓形象，皆與道教八仙故事的形成與形象塑造有關聯，故我
們可以說馬致遠雜劇在人物形象塑造上，對後世有必然的影響。

四、語言

　　同屬創作手法的「語言」，與劇作家人物形象塑造、曲文特色有必
然關係，因為「語言」往往是人物形象塑造、曲文風格歸納的重要參考。
關漢卿的雜劇語言，曲文中利用了詩家情韻，而以本色、通俗口語為主，
符合「以劇作劇」的創作要求。朱權以「花間美人」喻王實甫，認為其
如「玉環之出浴華清，綠珠之採蓮洛浦。」既具「花間美人」富貴氣，

---

[265] 閔宏：〈馬致遠《漢宮秋》的主題與創作〉，參《許昌師專學報》（1986 年第 4 期），
　　頁 82。

又有著細膩婉麗的情態，此即由「詩」的角度論王實甫的曲詞。其後評論王實甫《西廂記》者，亦皆以濃麗曲詞、情感抒懷爲主。

以馬致遠的整體劇作論，其語言表現是雅俗兼備的，曲詞的典雅與對白的口語，將人物形象塑造得更鮮明。日本學者青木正兒認爲：「馬致遠的曲辭，雖然富於文采，而極清奇，和王實甫、白仁甫相比，則別爲一派，宛然居於文采派與本色派之間。」[266]既肯定詩人的文采，又彰顯其與王、白的差異在於清奇，此即突顯東籬曲文之詩意。雜劇的曲詞是「劇詩」，本來就重視抒情。馬致遠在雜劇創作中，有意識地利用「劇詩」的特點，將個人情志與不遇的心境，一無隱藏地表現。誠如張燕瑾說：

> 劇中人物所說的話，只能是符合人物性格的話，而不能是劇作家思想感情的代言人。劇作家在進行創作的時候，完全可以忘記自己，創造什麼人物就過什麼人物的生活，把自己變成劇中人，卻絕不應該忘記劇中人的身分地位，讓劇中人變成劇作家的喉舌。在對待戲曲的這些基本規律上，三家的態度並不相同。關漢卿、王實甫遵循著戲曲的這種規律，在他們的作品裏，看不到絲毫的作者的影子；馬致遠則不然，他的劇中帶有明顯的劇作家的個人色彩。[267]

馬致遠與關漢卿、王實甫不同之處，因「以抒情爲創作趨向」之故，致使每本戲都有自己的影子與個人色彩存在，張燕瑾直評：「馬致遠的戲是很典型的『心理劇』」，真是再貼切不過了。以抒情爲戲劇的重點，加上「融詩入曲」的語言、特殊的劇本題材、獨特的戲劇結構等特點，使

---

[266] 青木正兒：《元人雜劇序說》，參《元曲研究》（乙編）（台北：里仁書局），頁78。
[267] 張燕瑾：〈元劇三家風格〉，參《中國戲曲史論集》（同註58），頁37。

散曲與劇曲創作風格一致的馬致遠，「以劇作詩」的創作特點益加鮮明外，更對「戲曲回歸抒情傳統」[268]的發展，有著相當重要的影響。

　　依「故事題材」、「情節」、「人物」、「語言」等面向，論關漢卿、王實甫、馬致遠三家雜劇創作，實不難看出關漢卿劇作偏「故事題材」與「情節」；馬致遠的劇作以「人物」為主；「語言」則王實甫、馬致遠二人各擅勝場。劇作家創作的偏重現象，實與「以劇作劇」、「以詩作劇」、「以劇作詩」的創作手法有關，而創作手法之呈現亦扣緊雜劇內容與劇作家的創作態度。

　　由韻文角度論，曲是詩，劇曲也是詩。據前述關漢卿、王實甫、馬致遠「三家風格」論析，無庸置疑的是：關漢卿的「劇人之劇」，以本色通俗、敘事為重；王實甫的「詩人之劇」，重情感抒寫，而仍歸之於敘事的用意；到了馬致遠的「劇人之詩」，劇作家以主觀情感抒寫劇本，敘事似乎只是手段，言志抒情反成為目的了，此敘事與抒情表現得相互融滲、傾斜，造成「三家風格」的各具特色。

　　當然，由「戲曲本質」的論述，既得以知悉三家創作之差異，而藉著「時代背景」的論析，更是將關、王、馬三家的「破」、「立」、「隱」創作基調彰顯無遺。關、王、馬「三家」特色與中國戲曲發展關係密切，換句話說：中國戲曲發展的作家類型，大致不出「三家」範圍。筆者將三家順序：關漢卿、王實甫、馬致遠，作如此排列，實因關漢卿、王實甫、馬致遠的生平，據推論應是：關→王→馬，此其一也；再者關→王

268　顏師天佑在〈從馬致遠作品看元雜劇抒情化之意義〉說：「初期的雜劇作家由於時代社會的非常之變，儘管稍有加工，大抵未嘗斲傷他的本色。而馬致遠以一窮愁潦倒的讀書人，借雜劇自抒懷抱。雜劇的由質漸變，可說即導因於此種文人抒情意態的復甦。後期作家著名者如宮天挺、鄭光祖、喬吉、張可久等人，幾乎都已失去市井觀照的興趣，而純以讀書人的生活為描繪的主要。」參《元雜劇八論》（台北：文史哲出版社，1991年8月），頁102~103。

→馬的順序，亦貼近戲曲發展抒情化過程，此其二也；此外，由戲曲發展抒情化過程的討論，正足以旁證「明傳奇文人化」的發展脈絡，此其三也。

第四章　關、王、馬三家雜劇特色與中國戲曲類型之關係

元雜劇以大都爲主要創作中心，清人李玉在《南音三籟・序言》中已論關、王、馬三家風格不同[1]；吳梅的「三家鼎盛，矜式群英」之說，明白標舉三家鼎立之勢[2]；張燕瑾在〈元劇三家風格論〉中更說：「元代的雜劇取得了輝煌成就，留下了豐富的遺產，在這眾多的作家作品當中，成就最高、無論在當時還是對後世影響最大的，無過關漢卿、王實甫和馬致遠三家。」[3]由此可知：「三家特色」與戲曲發展之緊密關係，自不待言。

本單元擬由關、王、馬三家雜劇特色，論元（三家之後）、明、清劇作家的創作。以元代言，其雜劇發展不脫「三家」範圍；而明、清以後，因時代背景與戲曲體制的不同，雖有部分劇作家的創作趨向居於模糊地帶，未能以「三家創作類型」論之（案：故「明、清劇作家類型」不列圖表），然而，綜覽劇作家的劇本創作，卻仍可以「三家」爲主要創作類型歸類。因各節論述時涉及元、明、清劇作家與劇本歸類分析，筆者將元代已知劇作家與劇本存佚情況以表格呈現，方便歸納參照之用

---

[1]　清・李玉：《南音三籟・序言》，參王秋桂主編善本戲曲叢刊：《南音三籟》（二）（台北：台灣學生書局，1987年11月），頁899~901。
[2]　吳梅：《中國戲曲概論》卷上（台北：廣文書局，1980年7月），頁39~40。
[3]　張燕瑾：《中國戲曲史論集》（北京：新華書店，1995年3月），頁36。

（如本書附表）。論述內容：以雜劇、傳奇、短劇等劇種爲主，依劇作家劇本的創作手法與態度分類，將各家創作以「關漢卿類型」、「王實甫類型」、「馬致遠類型」等論之，使其有助於時代與劇作、創作風格趨向等關係呈現。須說明的是：本書論述版本以《元曲選》、《孤本元明雜劇》、《全元雜劇》初、二、三、外編、《全明雜劇》、《盛明雜劇》、《六十種曲》、《清人雜劇》與清代傳奇大家劇作等爲主；參酌前研究者的歸納與劇作、劇家統整爲論；本書以文人劇作爲主，清代地方戲不在此論述範圍。

第一節　「以劇作劇」與「批判」的「關漢卿類型」

　　向來，對關漢卿評論以「珠璣語唾自然流」[4]、「瓊筵醉客」[5]、「躬踐排場，面傅粉墨」[6]、「其言曲盡人情，字字本色」[7]……等最著，然其中多爲漢卿語言風格與其粉墨登場之評論。葉慶炳以「劇人富有戲劇經

---

[4]　明・賈仲明：〈凌波仙詞〉挽關漢卿：「珠璣語唾自然流，金玉詞源即便有。玲瓏肺腑天生就。風月情忺慣熟。姓名香四大神物。驅梨園領袖。總編修師首。捻雜劇班頭。」《錄鬼簿》卷上，參《錄鬼簿新校注》（台北：世界書局，1982 年 4月），頁 9。

[5]　明・朱權《太和正音譜》：「關漢卿之詞，如瓊筵醉客。觀其詞語，乃可上可下之才，蓋所以取者，初爲雜劇之始，故卓以前列。」參《中國古典戲曲論著集成》四（北京：中國戲劇出版社，1959 年 7月），頁 17。

[6]　明・臧晉叔《元曲選・序》：「今南曲盛行於世。無不人人自謂作者。而不知其去元人遠也。元以曲取士。設十有二科。而關漢卿輩爭挾長技自見。至躬踐排場。面傅粉墨。……」參《元曲選》第一冊（北京：中華書局，1958 年 10月），頁 3。

[7]　王國維《宋元戲曲考》：「關漢卿一空倚傍，自鑄偉詞，而其言曲盡人情，字字本色，故當爲元人第一。」參《王國維戲曲論文集》（台北：里仁書局，1993 年 9月），頁 131。

驗；其編劇也，致力於情節之曲折緊湊，人物之性格分明，對話之流利
生動，以求得最大戲劇效果。」[8]道出關漢卿雜劇創作之特點，更點出「關
漢卿即爲劇人作家之領袖」的重要地位。然而，由創作基調論，元、明、
清「以劇作劇」的「關漢卿類型」劇作家，在劇本創作上仍依循「破」、
「批判」創作主調之軌跡。因爲深諳舞臺演出的劇作家，在劇本的構思
與創作上，往往也較能考量觀眾的欣賞傾向，而有著普遍社會各層面的
內容反映。就這一點來說，關氏「破」、「批判」的創作主調，於戲曲文
學史上亦深具意義。

　　本單元擬由關漢卿劇作類型，歸納辨析元、明、清劇作家創作特點、
時代背景與演變脈絡；敘述時，分元、明、清三階段，將劇作家特色、
數量、身分等加以論述，藉此尋繹出創作手法與時代背景、劇作與劇論
互爲影響之情況，使戲曲發展史上「以劇作劇」的「關漢卿類型」發展
脈絡益加鮮明呈現。

一、元代

　　有關元雜劇分期之說，筆者於第二章第三節〈「三家」特色的確立〉
單元，已作了詳盡論述，此處不再贅述。本章論述，以元雜劇前期（「蒙
古時代」1260～1280）、後期（「一統時代」至「至正時代」1280～1360）
爲主。據傅惜華《元雜劇作家傳略》載：前期作家有關漢卿、白樸、王
實甫、楊顯之、費君祥、梁進之、馬致遠等五十七人；後期則有宮天挺、
鄭光祖等三十人。

8　葉慶炳：《中國文學史》下冊（台北：台灣學生書局，1987 年 8 月），頁 232。

　　隸屬前期作家的關漢卿，生卒年約為 1230～1324 年[9]間。關漢卿雜劇題材廣泛、內容通俗、人物塑造形象分明、語言口語化，實為「市井文學」之代表。廖奔等對關漢卿在雜劇上的重要地位，作了肯定的論述：

> 如果說，元雜劇奏響的是時代的黃鍾大呂，那麼，關漢卿就是這歷史和聲深處最為沈重渾厚的旋律。在元代眾多傑出雜劇作家的隊伍中，關漢卿昂首闊步地行進在最前列，以他前驅者的勇力，以他多產而高質的劇作，以他劇作高絕的形式技巧，以他內容的激切精神性……把雜劇創作這一代文學藝術實踐，引向它輝煌的歷史頂點。[10]

此處，不僅點出關漢卿的重要地位，更針對其創作數量、劇本內容、技巧等進一步論述與肯定。關漢卿確實是以傑出劇作家身分行於前列，在雜劇創作上具上前導作用。以下就其同時的前期作家、後期作家區分，論「關漢卿類型」劇作家之創作。

（一）前期作家

　　論元代前期同創作趨向的劇作家，一如區分三家特色，我們仍可由戲曲形成與時代背景等面向加以探討。就戲曲形成角度論：「本色」、「行

9　案：「關漢卿生卒年」說法，大抵以劉靖之的「生於蒙古乃馬貞後元年至海迷失後三年之間（1241~1250）……卒於元仁宗延祐七年以後，泰定帝泰定元年以前（1320~1324）。」參劉靖之撰《關漢卿三國故事雜劇研究》（香港：三聯書店，1987 年 2 月），頁 29；乃黎的「關漢卿生於 1230 年之後，卒於 1320 年之前，享年八十餘歲。」參乃黎撰〈關漢卿生卒年考〉,《寧夏大學學報》（1980 年第 2 期），頁 51。等說較妥。因現存資料有限，無以考據出關漢卿明確的生卒年，筆者綜合劉、乃二說，為關漢卿生卒年之論。

10　廖奔、劉彥君：《中國戲曲發展史》第二卷（大陸：山西教育出版社，2000 年 10 月），頁 203。

家」、「以劇作劇」之特點，即是「關漢卿類型」；而以時代面向論，大量的「三國戲」、「水滸戲」、社會現實、歷史故事等題材，則是「關漢卿類型」劇作家創作的內容反映。

據元代戲曲發展，可知與關漢卿同為本色派的前期劇作家，有高文秀、紀君祥、王仲文、康進之、李文蔚、楊顯之、武漢臣、岳伯川、孟漢卿、李直夫、李行道、張國賓、石君寶、戴善甫、尚仲賢、吳昌齡等。

為關漢卿莫逆之交的楊顯之、梁進之、費君祥等人，皆當時文壇之翹楚，其中，楊顯之作有《鄭孔目風雪酷寒亭》與《臨江驛瀟湘秋月雨》等劇，《錄鬼簿》云：「大都人。關漢卿莫逆之交。凡有文辭。與公較之。號楊補丁是也。」[11]青木正兒將其歸為「本色——溫潤明麗派」乃因其以本色為主而偶兼文采之故，如《瀟湘夜雨》第三折寫女主角翠鸞被棄且發配沙門島充軍時唱：

> 【黃鍾·醉花陰】忽聽的摧林怪風鼓。更那堪甕寒盆傾驟雨，耽疼痛捱程途。風雨相催，雨點兒何時住。眼見的折挫殺女嬌姝。我在這空野荒郊可著誰作主。[12]

與《酷寒亭》【紅芍藥】[13]、【菩薩梁州】[14]、【沉醉東風】[15]等曲文的口語化相較，【黃鍾·醉花陰】在文辭上似乎亦有其文采的一面。至於《瀟

---

[11]　元·鍾嗣成：《錄鬼簿》卷上，參《錄鬼簿新校注》（同註4），頁42。

[12]　楊顯之：《瀟湘夜雨》第三折，參明·臧晉叔主編《元曲選》第一冊（北京：中華書局，1958年10月），頁255。

[13]　《酷寒亭》第三折【紅芍藥】曲文：「道偷了米麵把瓮封合。掏的些冷飯兒，又被堯婆擘手把碗來奪。孩兒每雨淚如梭。黃甘甘面皮如蠟堝。前街後巷叫化些波。那孩兒靈便口嘍囉。且是會打悲呵。」參《元曲選》第三冊（同上註），頁1009。

[14]　《酷寒亭》第三折【菩薩梁州】曲文：「湯水兒或少或多。乾糧兒一簡兩簡米麵兒一撮半撮。捨貧的姊姊哥哥。他娘在誰敢把氣兒呵。糖堆裏養養的偌來大，……」（同上註）

[15]　《酷寒亭》第四折【沉醉東風】曲文：「兄弟每滿滿的休推莫側，直吃的醉醺醺

湘夜雨》和《酷寒亭》二劇，內容上仍以社會現實爲主要反映；所以整體而言，應可歸爲「關漢卿類型」。

　　作《黑旋風雙獻功》的高文秀與作《梁山泊李逵負荊》的康進之、《同樂院燕青博魚》的李文蔚，題材捃選上同以「水滸故事」爲主，風格表現同爲「本色的豪放激越派」，青木正兒將其歸爲關漢卿之流。

　　素有「小漢卿」[16]之稱的高文秀除《黑旋風雙獻功》「水滸故事劇」外，尚有《好酒趙元遇上皇》、《劉玄德獨赴襄陽會》、《須賈誶范睢》、《保成公徑赴澠池會》等，以歷史人物、傳統故事爲表現題材，無論是情節、語言、人物形象之構思，皆具「劇人之劇」的本色呈現。傅惜華於《元代雜劇作家傳略》評：「文秀雖不幸早世，然所製已如此豐贍，使天假以年，則其成就，必駕漢卿之上；《太和正音譜》評其詞如：『金瓶牡丹』，蓋風格豪放，純爲本色一派。」[17]康進之現僅存《梁山泊李逵負荊》雜劇，《太和正音譜》評曰：「其詞勢非筆舌可能擬，眞詞林之英傑也。」[18]傅惜華認爲：「進之作風，則爲豪放激越一派。」[19]再者，李文蔚的《同樂院燕青博魚》、《破符堅蔣神靈應》、《張子房圯橋進履》等劇，傅惜華云：「《太和正音譜》評文蔚之詞，如『雪壓蒼松』，亦爲本色派之作家。」[20]據此可知：高文秀、康進之、李文蔚等皆列入關漢卿「以劇作劇」的本色派範圍。

　　東倒西歪。把豬肉來燒，羊羔來宰。……」（同上註），頁 1012。

16　《錄鬼簿》卷上，於「高文秀」列云：「東平府學生員，早卒，都下人，號小漢卿。」（同註 4），頁 28。

17　傅惜華：《全元雜劇作家傳略》（台北：文泉閣出版社，1972 年 8 月），頁 22。

18　明・朱權：《太和正音譜》，參《中國古典戲曲論著集成》（同註 5），頁 20。

19　傅惜華：《全元雜劇作家傳略》（同註 17），頁 46。

20　同上註，頁 32。

　　此外，紀君祥的《冤報冤趙氏孤兒》，朱權《太和正音譜》評：「紀君祥之詞，如雪裡梅花。」[21]而傅惜華更說：「蓋其作風，純尚本色，不事藻飾，洵為當行之作。」[22]就此劇的題材內容、情節安排、語言等表現，孟稱舜評語：「此是千古最痛最快之事，應有一篇極痛快文發之，讀此，覺太史公傳猶為寂寥，非大作手不易辦也。」[23]即是對其「本色」、「劇人之劇」的最佳指證。

　　武漢臣的現存雜劇《散家財天賜老生兒》、《李素蘭風月玉壺春》、《包待制智賺生金閣》三種，朱權《太和正音譜》論其詞：「遠山疊翠」[24]，而傅惜華以「漢臣諸劇，均為本色之作。」[25]將武漢臣歸為關漢卿本色派。然據漢臣劇本來看，雖為本色風格，已稍趨向「敦樸自然」風格呈現，未若關漢卿豪放激越。王仲文現存《救孝子賢母不認屍》全劇，僅存佚文者有《諸葛亮秋風五丈原》、《從赤松張良辭朝》二種，朱權評其詞為：「劍氣騰空」[26]，傅惜華則云：「仲文作品，亦為豪放一派。」[27]岳伯川現存《呂洞賓度鐵拐李岳》全劇，與僅存佚文《羅公遠夢斷楊妃》劇，朱權評其詞：「雲林樵響」[28]，傅惜華則肯定其：「樸實自然，純屬本色一流」[29]之風格；吳昌齡現存《花間四友東坡夢》、《張天師斷風花雪月》二種，僅存佚文者有《唐三藏西天取經》劇，朱權以「庭草交

---

[21] 同上註，頁 19。

[22] 同上註，頁 30。

[23] 孟稱舜評點《新鐫古今名劇酹江集・趙氏孤兒》楔子，參楊家駱主編《全元雜劇初編》七（台北：世界書局，1985 年 3 月）。

[24] 明・朱權：《太和正音譜》，參《中國古典戲曲論著集成》（同註 5），頁 19。

[25] 傅惜華：《全元雜劇作家傳略》（同註 17），頁 31。

[26] 明・朱權：《太和正音譜》，參《中國古典戲曲論著集成》（同註 5），頁 20。

[27] 傅惜華：《全元雜劇作家傳略》（同註 17），頁 41。

[28] 明・朱權：《太和正音譜》，參《中國古典戲曲論著集成》（同註 5），頁 20。

[29] 傅惜華：《全元雜劇作家傳略》（同註 17），頁 45。

翠」[30]論其詞，傅惜華評：「昌齡作品，亦屬清麗華巧一流。」[31]而青木正兒將其列爲「本色——溫潤明麗派」[32]屬楊顯之之流；同爲「清麗派」[33]的石君寶，朱權以「羅浮雪梅」[34]論之，其現存雜劇有《魯大夫秋胡戲妻》、《李亞仙花酒曲江池》、《諸宮調風月紫雲亭》三種；製劇甚富的鄭廷玉，現僅存《宋上皇御斷金鳳釵》、《楚昭王疏者下船》、《包待制智勘後庭花》、《看錢奴買冤家債主》、《布袋和尚忍字記》、《崔府君斷冤家債主》等六種，朱權以「珮玉鳴鑾」喻之，觀其作品，以樸實見長，不事雕琢，劇本多以斷獄故事爲主，傅惜華認爲其「乃開後世『龍圖公案』之先聲，且其用筆老辣，亦似斷獄吏也。」[35]青木正兒將鄭廷玉歸爲「本色——敦樸自然派」[36]；戴善甫現存《陶學士醉寫風光好》全劇，僅存佚文者有《柳耆卿詩酒翫江樓》，朱權以「荷花映水」[37]評其詞，傅惜華云：「善甫作品，爲清麗一派。」[38]青木正兒將其歸爲「本色——溫潤明麗派」[39]（楊顯之之流）；孟漢卿現存《張鼎智勘磨合羅》劇，與鄭廷玉同爲「本色——敦樸自然派」的劇作家，賈仲明〈凌波仙〉挽曲弔孟漢卿：「己齋老叟聲名播，表字相同亦漢卿。」[40]則其屬性，前人已早爲之歸類了。

---

[30]　明・朱權：《太和正音譜》，參《中國古典戲曲論著集成》（同註5），頁20。

[31]　傅惜華：《全元雜劇作家傳略》（同註17），頁54。

[32]　青木正兒：《元人雜劇序說》，參《元曲研究》乙編（台北：里仁書局），頁47。

[33]　傅惜華云：「君寶諸劇，亦爲清麗一派。」參《元代雜劇作家傳略》（同註20），頁56；青木正兒於《元人雜劇序說》中，將石君寶歸爲「本色——溫潤明麗派（楊顯之之流）」（同上註）。

[34]　明・朱權：《太和正音譜》，參《中國古典戲曲論著集成》（同註5），頁20。

[35]　傅惜華：《全元雜劇作家傳略》（同註17），頁24。

[36]　青木正兒：《元人雜劇序說》，參《元曲研究》乙編（同註32），頁47。

[37]　明・朱權：《太和正音譜》，參《中國古典戲曲論著集成》（同註5），頁20。

[38]　傅惜華：《全元雜劇作家傳略》（同註17），頁61。

[39]　青木正兒：《元人雜劇序說》，參《元曲研究》乙編（同註32），頁47。

[40]　賈仲明〈凌波仙〉挽曲弔孟漢卿，參《錄鬼簿新校注》（同註4），頁80~81。

　　除前述劇作家外，元代前期屬「關漢卿類型」的劇作家，尚有李潛夫、李直夫、張國賓、尚仲賢等人。李潛夫現存有《包待制智勘灰欄記》雜劇，傅惜華：「潛夫亦爲樸質本色一派」[41]，青木正兒將其列爲「本色——敦樸自然」（鄭廷玉之流）[42]；李直夫現存雜劇《便宜行事虎頭牌》，僅存佚文者有《吳太守鄧伯道棄子》劇，其劇作風格自然樸實，爲「本色派」劇作家，朱權以「梅邊月影」[43]論其詞，青木正兒將其列爲「本色——敦樸自然派」（鄭廷玉之流）[44]；張國賓現存《相國寺公孫汗衫記》、《薛仁貴衣錦還鄉》、《羅李郎大鬧相國府》等劇，其作品純爲「本色」一派，青木正兒將其列爲「本色——敦樸自然派」（鄭廷玉之流）[45]；以現存《尉遲恭單鞭奪槊》、《洞庭湖柳毅傳書》、《漢高皇濯足氣英布》等劇爲名的尚仲賢，朱權以「山花獻笑」論其詞，即肯定其本色語之呈現，青木正兒將其歸爲「本色——溫潤明麗派」（楊顯之之流）[46]，傅惜華云：「蓋爲文采一派之作家」[47]應是筆誤之論，究尚仲賢劇，實看不出文采派的藻麗雅言，故筆者仍將其以關漢卿「劇人之劇」的本色特點視之。

（二）後期作家

　　後期劇作家與前期相較，在劇作量與劇作家數上，似有抑緩現象。此期「關漢卿類型」的劇作家，有秦簡夫、蕭天瑞、朱凱、楊梓等人。秦簡夫現存《孝義士趙禮讓肥》、《陶母剪髮待賓》、《東堂老勸破家子弟》

---

[41]　傅惜華：《全元雜劇作家傳略》（同註17），頁68。
[42]　青木正兒：《元人雜劇序說》，參《元曲研究》乙編（同註32），頁47。
[43]　明・朱權：《太和正音譜》，參《中國古典戲曲論著集成》（同註5），頁73。
[44]　青木正兒：《元人雜劇序說》，參《元曲研究》乙編（同註32），頁47。
[45]　青木正兒：《元人雜劇序說》，參《元曲研究》乙編（同註32），頁47。
[46]　青木正兒：《元人雜劇序說》，參《元曲研究》乙編（同上註），頁47。
[47]　傅惜華：《全元雜劇作家傳略》（同註17），頁33。

等劇，朱權以「峭壁孤松」[48]評之，傅惜華云：「蓋其風格，純樸自然，實爲本色派之作家。」[49]青木正兒將其列爲「本色——敦樸自然派」（鄭廷玉之流）[50]；蕭天瑞（德祥）現存《楊氏女殺狗勸夫》劇，又有南戲文現存《犯押獄盆吊小孫屠》，究其劇作，可知應爲本色一派，青木正兒將其歸爲「本色——豪放激越派」（關漢卿之流）[51]；朱凱現存《昊天塔孟良盜骨》、《劉玄德醉走黃鶴樓》劇，其風格豪放不羈，實爲本色派，青木正兒將其歸爲「本色——豪放激越派」（關漢卿之流）[52]；楊梓現存《忠義士豫讓吞炭》、《國光殿霍光鬼諫》、《下高麗敬德不伏老》等劇，其作品風格激越豪放，爲本色派劇作家，青木正兒將其歸爲「關漢卿之流」。

據上述元代前、後期「本色派」劇作家風格析論，同爲「關漢卿類型」的「本色」又分「豪放激越」、「敦樸自然」、「溫潤明麗」等派，「本色派」致力於結構排場，曲詞以平實素樸者居多，然而，縱使爲本色派大家，創作時亦不免會有傾向歌曲與排場者。「本色派」中「豪放激越」、「敦樸自然」、「溫潤明麗」的特點，青木正兒於此做了區別說明：

> 曲之最俚直而無修飾者爲敦樸自然派；恰像用口語說話似的，極自然的作著曲詞，而在這種地方，具有妙味。豪放激越派是在質樸之中，具有豪爽之致，以氣力勝者。溫潤明麗派是以本色爲主而兼有文采者，一面用著口語，一面做著美麗的曲文。[53]

---

[48] 明・朱權：《太和正音譜》，參《中國古典戲曲論著集成》（同註5），頁20。
[49] 傅惜華：《全元雜劇作家傳略》（同註17），頁107。
[50] 青木正兒：《元人雜劇序說》，參《元曲研究》乙編（同註32），頁47。
[51] 同上註。
[52] 同上註。
[53] 青木正兒：《元人雜劇序說》，參《元曲研究》乙編（同註32），頁47。

據此，筆者將元代本色派「關漢卿類型」的劇作家，以「豪放激越」、「敦樸自然」、「溫潤明麗」加以劃分論述，爲求時代與劇作風格走向關係更明確，此處將元代「關漢卿類型」以圖表呈現。

附表　元代「關漢卿類型」劇作家

劇作家	分期（前、後）		已知存佚劇目數		本色——豪放激烈	本色——敦樸自然	本色——溫潤明麗	已知風格未見作品	其它
	前	後	存	佚					
高文秀	●		6	28	★				
紀君祥	●		1	5	★				
王仲文	●		1	9	★				
康進之	●		1	1	★				
李文蔚	●		3	9	★				
鄭廷玉	●		6	17		★			
武漢臣	●		3	9		★			
岳伯川	●		1	2		★			
孟漢卿	●		1			★			
李直夫	●		1	10		★			
李行道	●		1			★			
張國賓	●		3	2		★			
楊顯之	●		2	6			★		
石君寶	●		3	7			★		
戴善甫	●		1	4			★		
尚仲賢	●		3	7			★		
吳昌齡	●		2	10			★		
楊梓		●	3		★				
朱凱		●	2		★				
蕭德祥		●	1	3	★				
秦簡夫		●	3	2		★			

二、明代

　　明代為繼元朝之後戲曲發展史上重要的階段。文人大量加入劇本創作的行列，使劇作、劇論得以蓬勃發展，此皆為戲劇觀念已臻成熟的現象呈現。明代戲劇主要形製有雜劇、短劇、傳奇、折子戲等，其中明雜劇在形式體制上已與元雜劇有所差異，「短劇」的出現，更是明代戲曲特點，盧前說：

> 『短劇』云者，指單折之雜劇而言。肪於元晚進王生之圍棋、
> 闖局。蒙古舊制，雜劇以四折為準。王生之所為，不過偶爾命
> 筆，匪可視為常例也。單折劇之製作，實在明正德嘉靖之世。
> 其實徐渭、汪道昆之徒，以逮隆萬間陳與郊、沈自徵、葉憲祖
> 輩，各有短劇。以一折，譜一事，此短劇流行之初期也。[54]

因此，可知「短劇」實為「雜劇」之一，只不過未若元雜劇般合「四折」通例，故以「短劇」名之。筆者於劇種分類論述時，擬將雜劇、短劇、傳奇等分論（案：「折子戲」的生成與傳奇有絕對關係，陸萼庭認為其「源於傳奇，是全本戲的有機組成部分。」[55]因此，為避免論述重複，將其摒除不論。）唯論述時因劇本數量、資料等因素考量，仍以雜劇與傳奇為主脈論之。在戲曲分期上，本文以曾永義的「初期『憲宗成化以前』（1368～1487）一二○年間；中期『孝宗弘治以迄世宗嘉靖』（1488

---

[54]　盧前：《明清戲曲史》（台北：台灣商務印書館，1971 年 10 月），頁 88。
[55]　陸庭萼：《崑劇演出史稿》（台北：國家出版社，2002 年 12 月），頁 266~267。

～1566）約八十年間；後期『穆宗隆慶以至明亡』（1567～1644）約八十年間」[56]分期為論。

（一）明代初期「憲宗成化以前」（1368～1487）

戲曲在明代，除文學本身的發展與戲曲文學地位的確立外，樂戶的分布與商業繁榮、帝王與士大夫的喜好等，皆是影響明代戲劇興盛的直接與間接因素。豐富的劇作與劇論、以文人為主的作家群是明代戲曲的特點，在此種文學環境下，關漢卿、王實甫、馬致遠「三家風格」的創作趨向，自然有別於前代。

1、雜劇

明初雜劇在結構與演唱形式、曲調應用上皆異於元雜劇，當然，由於皇室致力於戲曲的「教化」宣揚，使明代雜劇前期作家是傾向宮廷化和貴族化發展。在此種「上行下效」環境條件下[57]，充溢著「教化」、「道學」思想的劇作，如雨後春筍般出現，以「場上之曲」、重舞臺呈現的「關漢卿類型」自然受到不小的衝擊。

以初期劇作家言，作有雜劇《翠紅鄉兒女兩團圓》[58]的高茂卿，在題材、賓白曲辭上，質樸敦厚具元人本色之特點，由「關目極盡曲折，其悲歡離合，雖瑣碎而入情入理，銜結處見其波瀾起伏之妙。」評語[59]，

---

[56]　曾永義：《明雜劇概論》（台北：學海出版社，1999 年 4 月），頁 2~3。

[57]　案：明代皇室朱權、朱有燉等皆有極豐富的劇本創作，劇本以「歌功頌德」與「太平盛世」的宣揚為主，此對雜劇創作有「上行下效」的作用。

[58]　曾永義：「高茂卿，字、號不詳。河北涿州人。生平事蹟，略無可考。雜劇有《翠紅鄉兒女兩團圓》一種。此劇一向認為係楊文奎作，鄭因百師〈元劇作者質疑〉（大陸雜誌特刊第一輯）考定為高氏之作。」參《明雜劇概論》（同註 56），頁 186。

[59]　曾永義：《明雜劇概論》（同註 56），頁 187。

足見其場上之曲與本色的特點；劉君錫現存劇本有《龐居士誤放來生債》，此劇宗教思想較濃，雖不免有教化作用，然其純粹口語的賓白、清順的曲辭，未能稱上「文采」之作，故將其歸爲關漢卿類型；黃元吉現存《黃廷道夜走流星馬》雜劇，關目生動、排場調劑得宜、曲辭且具本色，故當爲「劇人之劇」作品。

2、短劇

「短劇」崛興於明代，其產生應與雜劇的演變發展有關。前人多以爲「短劇」出於元代晚近王生的《圍棋闖局》[60]，此劇實爲《西廂記》增補之作，故不當歸爲「短劇」創格之作。若據現存元明雜劇劇目來看，王九思的《中山狼》應爲短劇之開端，而王九思則爲明代中期的劇作家，故明代初期的短劇發展尚呈現空白局面，此處自然無以爲論。

3、傳奇

「傳奇」在唐代指稱小說、宋代爲諸宮調、元代爲雜劇、明代則以南戲爲文學代表。在明代，雜劇已成強弩之末，代之而起者爲傳奇。據現存劇本與前人研究可知，傳奇不僅擁有鉅大創作力，其劇作特色更是呈現「三家」紛陳的樣式。在初期傳奇作家中，具明顯「劇人之劇」、重場上之曲的劇作家，有王濟、沈受先、沈采、姚茂良、陳羆齋、蘇復之與沈璟等人。

現存《連環記》的王濟，劇作關目精采，《曲品》評云：「《連環》詞多佳句，事亦可喜。」[61]將其歸爲「妙品」，據此可知王濟傳奇作品不

60　案：「短劇」源於《圍棋闖局》之說，據學者研究《圍棋闖局》應爲《西廂記》補增之作，故不當以「短劇」創格之作論之，可參見曾永義《明雜劇概論》與曾影靖《清人雜劇論略》二書皆有論述。

61　明・呂天成《曲品》卷上：「烏鎮王雨舟，人以曲稱，曲緣事重。頗知鍊局之法，

僅是「頗知鍊局之法」，以人物形象表現爲考量，在曲辭上「或莊或逸」故將其歸爲關漢卿類型；沈受先現存《三元記》，青木正兒雖以「曲文中雜詩語，賓白亦多文語」[62]論斷之，然明代戲曲選本大量選刊了其中戲齣，如《詞林一枝》[63]、《徽池雅調》[64]等，足見其風行之情況；沈采《千金記》、《還帶記》、《四節記》等傳奇，呂天成以「佳。寫得豪暢。」[65]、「佳。鋪敘詳備。」[66]、「清倩之筆」[67]等論之，符合「關漢卿類型」；姚茂良善寫歷史劇，其作如《精忠記》、《雙忠記》、《金丸記》等，皆以歷史故事爲主要描寫，呂天成《曲品》評《精忠記》：「詞簡淨，演此令人皆裂。」[68]而評《雙忠記》：「此張、許事，境慘情悲，詞亦充暢。」[69]評《金丸記》：「此詞出在成化年，曾感動宮闈。」[70]據此可知，姚茂良劇作爲舞臺性極強的「關漢卿類型」；陳羆齋的《躍鯉記》，祁彪佳評：「任質之詞，字句恰好；即一節生情，能輾轉寫出。」[71]蘇復之《金印記》以戰國蘇秦由落魄至發跡故事爲主要描寫，其中寫「世態炎涼曲盡，眞

半寂半喧；更通琢句之方，或莊或逸，我欽高手，事想令名。」參《中國古典戲曲論著集成》六（同註5），頁210。

[62] 青木正兒：《中國近世戲曲史》上冊（台北：台灣商務印書館，1988年3月），頁131。

[63] 明·黃文華：《詞林一枝》，參王秋桂主編《善本戲曲叢刊》（台北：台灣學生書局，1984年7月），頁69。

[64] 明·熊稔寰：《徽池雅調》（同上註），頁33。

[65] 明·呂天成《曲品》卷下評《千金記》劇云：「韓信事，佳。寫得豪暢。」參《中國古典戲曲論著集成》六（同註5），頁226。

[66] 明·呂天成《曲品》卷下評《還帶記》劇云：「裴晉公事，佳。鋪敘詳備。」（同上註）

[67] 明·呂天成《曲品》卷下評《四節記》劇云：「清倩之筆。」（同上註）

[68] 同上註，頁227。

[69] 同上註。

[70] 同上註。

[71] 明·祁彪佳：《遠山堂曲品》「能品」參《中國古典戲曲論著集成》六（同註5），頁26。

足令人感喟發憤。近俚處具見古態。」[72]廖奔將初期傳奇與舞臺關係，做了極佳論述，此正足以作爲關漢卿類型呈現之說解，他說：

> 明代前期盛演於舞臺上的傳奇作品，除了一部分是由元代繼承而來以外，另有一批為當時下層文人所作，其中一些取得了較高的藝術成就，如蘇復之的《金印記》、王濟的《連環記》、沈采的《千金記》、陳羆齋的《躍鯉記》、姚茂良的《精忠記》、沈受先的《三元記》，以及無名氏的《桃園記》、《草廬記》、《古城記》、《珍珠記》、《荔枝記》等。這些作品大多取材於歷史傳說和民間故事，帶有濃郁的民間風格，雖然語言質樸無華，但確有較強的戲劇性，利於舞臺搬演。[73]

此處，由語言、戲劇、舞臺等論，將蘇復之、王濟、沈采、陳羆齋、姚茂良、沈受先等人的關漢卿「以劇作劇」特色點出。

（二）明代中期「孝宗弘治以迄世宗嘉靖」（1488～1566）

戲曲發展到了明代中期，雜劇正逢「由元而明」的創作轉折期，在劇作量與劇作家數上自不可與前、後期並論，此爲雜劇本身問題；另外，劇作家傾注心力從事傳奇的創作，促使傳奇的繁盛，更是「北曲衰、南曲盛」的主要影響。

1、雜劇

明代中期爲雜劇發展過程上的轉折期，此期面臨的景況是「前期的元人北劇餘勝已經消沈殆盡，後期眞正的明雜劇尚未完全形成」，故作

72　明・呂天成《曲品》，參《中國古典戲曲論著集成》六（同註5），頁225。
73　廖奔、劉彥君：《中國戲曲發展史》第三卷（同註10），頁229。

品不多。[74]以「關漢卿類型」為論，在體制上雖改變元人規範，但曲辭卻最有元人氣息的馮惟敏，其《不伏老》、《僧尼共犯》等劇，青木正兒以「曲詞語語本色，直追元人。」[75]稱之；任二北《散曲概論》：「馮氏之長處，正在本色與遒馴：惟其如此，乃能豪辣。」[76]曾永義認為馮惟敏的雜劇「大體上他還是以本色雄渾為主的。」[77]如此論斷加上劇本內容呈現，當屬「關漢卿類型」無疑。

2、傳奇

明代中期的傳奇，不僅作家創作量較初期繁盛，在創作技巧上亦較精進，誠如前述：或許是劇論興盛，劇作觀念更增進的緣故，中期傳奇作品開始出現「場上、案頭」並重的創作風格，部分作家與作品是無法以單一風格論述的（案：此種「並重」、「雙美」的類型，留待後面再敘。）中期傳奇作家，以「關漢卿類型」為創作趨向者亦不少，如王世貞、李日華、沈采、李開先、高濂等皆是。

王世貞《鳴鳳記》是明代傳奇表現當代重大政治事件的開端之作，主要描寫嚴嵩父子的擅權，因此具顯明的現實意義。在藝術貢獻上，《鳴鳳記》實塑造了一批憂國憂民、剛直耿介的當代忠臣烈士形象。呂天成《曲品》卷下云：「《鳴鳳記》記諸事甚悉，令人有手刃賊嵩之意。」[78]據此可知，其當屬「以劇作劇」的「關漢卿類型」；李日華與崔時佩的《南西廂記》，為《西廂記》改編本，將北曲雜劇改為合於南曲旋律的南戲

---

[74]　曾永義：《明雜劇概論》（同註 56），頁 299。

[75]　青木正兒：《中國近世戲曲史》上（同註 62），頁 191。

[76]　任二北：《散曲概論》卷二，參《散曲叢刊》（四）（台北：台灣中華書局，1984年 6 月）。

[77]　曾永義：《明雜劇概論》（同註 56），頁 339。

[78]　明・呂天成：《曲品》卷下，參《中國古典戲曲論著集成》六（同註 5），頁 249。

劇本，使之能夠在舞臺上長期流傳，此亦當歸爲「以劇作劇」類型[79]；李開先現存傳奇有《寶劍記》和《斷髮記》二種，其中《寶劍記》曲詞清暢自然，其中〈夜奔〉一齣，向來爲崑曲舞臺上保留劇目，其舞臺性之特點，自然不言而喻；高濂現存《玉簪記》和《節孝記》，廖奔云：「《玉簪記》在明代後期講究詞藻格律的文人眼中價值並不高，……呂天成《曲品》甚至僅僅把它評爲『中之下』。他們都是只著眼於文詞格律，而沒有考慮舞臺演出效果。事實上《玉簪記》在民間舞臺上受到極大的歡迎，流傳極其廣泛。」[80]所以，此處將其歸爲關漢卿類型。

（三）明代後期「穆宗隆慶以至明亡」（1567～1644）

　　後期的雜劇在體制與風格上較臻完備，曾永義認爲此期的雜劇：「劇本的題材內容較以前廣泛，作家及作品的數量較以前增加。」[81]確實，與前二期相較，明代後期的雜劇要豐富繁盛多了。同樣地，此期文人傾力創作的傳奇，無論是劇作量或劇作家的參與度都大幅提高。

---

[79]　清・李漁《閒情偶寄》卷二《詞曲部・音律之三》論《南西廂》作者：「此人之於作者（王實甫），可謂功之首而罪之魁矣。所謂功之首者，非得此人，則俗優競演，雅調無聞……」參《中國古典戲曲論著集成》（同註5），頁33～34。案：李漁認爲李日華等《南西廂記》其功在於以雅調崑曲傳演《西廂》，其罪則在於曲白音律無一不惡；郭英德說：「明代許多戲曲選集均收錄此劇散齣，後世崑劇所演《遊殿》、《鬧齋》、《惠明》、《寄柬》、《跳牆》、《著棋》、《佳期》、《拷紅》、《長亭》、《驚夢》諸齣，也均出此劇。可見評者自評，而演者自演。」參《明清傳奇史》（大陸：江蘇古籍出版社，1999年8月），頁101。故準此，而將其歸爲「以劇作劇」。

[80]　廖奔、劉彥君：《中國戲曲發展史》第三卷（同註10），頁288。

[81]　曾永義：《明雜劇概論》（同註56），頁413。

1、雜劇

　　曾永義論「明代後期雜劇」時說：「萬曆以後的北雜劇，由於受到傳奇的影響已深，除了規律更加破壞外，曲辭也轉向藻麗綺靡；但是由於北雜劇的大量刊布，雜劇又有復古的趨向，有些作家在風格上仍能保持元人的餘味，這些作家就是王衡、沈自徵和凌濛初。」[82]準此，可知後期雜劇題材廣泛、作家與作品量增多，為明代雜劇發展鼎盛期。以「三家風格」論，此期以關、王、馬類型為創作趨向的作品，自然更鮮明、豐富。其中，王衡、徐復祚、凌濛初、葉憲祖等，則歸屬為「關漢卿類型」。

　　王衡的《鬱輪袍》、《沒奈何》、《真傀儡》等劇，其曲文質樸，以本色見長，沈德符評：「近年獨王辰玉太史衡所作真傀儡、沒奈何諸劇，大得金元蒜酪本色，可稱一時獨步。」[83]徐復祚現存《一文錢》雜劇雖為宗教劇，在情節構築上卻極盡巧思。曾永義評：「從乞兒口中寫出盧員外家產連城，亦善用烘托之法，使人覺此巨富尚不如乞兒。陽初論曲注重本色，調諧音律，故頗賞拜月亭『宮調極明，平仄極協，自始至終，無一板一折非當行本色語。』而對於駢儷一派的作品，如梅禹金的玉合記，便大肆攻擊，即使琵琶記亦以宮雜韻亂譏之。因此，本劇的曲辭，亦以白描本色見長。」[84]重本色與白描，自然非關漢卿類型莫屬。

　　凌濛初現存《莽擇配》、《虬髯翁》、《宋公明》、《顛倒姻緣》等劇，曾永義以「凌氏以俗拙見雋巧，決心以本色質樸立異當世，實在是很可

82　曾永義：《明雜劇概論》（同上註），頁 487。

83　明・沈德符：《萬曆野獲編》卷二十五〈評論〉（北京：中華書局，1959 年 2 月），頁 647~648。

84　曾永義：《明雜劇概論》（同註 56），頁 427。

注意的。」[85]葉憲祖現存十二種雜劇，以戀愛劇最多，如《夭桃紈扇》、《碧蓮繡符》、《丹桂鈿合》、《素梅玉蟾》、《團花鳳》、《寒衣記》、《琴心雅調》、《三義成姻》、《渭塘夢》等屬之，另有義烈劇《易水寒》、《罵座記》與佛教劇《北邙說法》。曾永義評：「在劇曲史上，為有明一大家，綽有餘裕。內容以男女風情戀愛為多，文字以本色為基礎，而或出以雅致清麗，或挾以勁切雄渾，黃宗義所謂『古淡本色，街談巷議，亦化神奇，得元人之髓。』是頗有見地的。」[86]故將其歸為「以劇作劇」類型。

2、短劇

　　明代後期短劇作家，由劇作內容、曲文等風格呈現來看，沈璟、葉憲祖等人為「關漢卿類型」。以沈璟論，據尹昌洙《明清四段式組合短劇研究》，將其歸為「分十段的組合劇」[87]，沈璟短劇有《十孝記》（現僅存二種）、《博笑記》（今全存），曾永義認為《博笑記》的結構：「十劇都非常緊湊，毫不拖泥帶水。其原因就是對劇情高潮處理的得法。每劇高潮都安排在尾聲部分，高潮一過，便趨向平淡，迅即結束。」[88]鄭振鐸《博笑記·跋》：「詞隱論曲，貴本色而貶繁縟。故《博笑》曲白，並明白如話，無一艱深之語，是蓋場上之劇曲，而非僅案頭之讀物也。」[89]皆可看出沈璟短劇乃為重舞臺表現的場上之曲，將其歸為「劇人之劇」是無庸置疑的。

85　同上註，頁 508。

86　同上註，頁 487。

87　尹昌洙：《明清四段式組合短劇研究》（國立清華大學中國文學研究所碩士論文，1996 年 11 月），頁 29。

88　曾永義：《明雜劇概論》（同註 56），頁 434。

89　鄭振鐸：《博笑記·跋》，參蔡毅編著《中國古典戲曲序跋彙編》二（大陸：齊魯書社，1989 年 10 月），頁 1209。

　　葉憲祖現存《四豔記》[90]短劇一組，在劇曲史上為明代大家，內容雖以男女風情戀愛為多，文字卻仍具「元人本色」[91]之基礎，曾永義引黃宗羲評語：「古淡本色，街談巷議，亦化神奇，得元人之髓。」[92]等，皆肯定其本色、場上之特點。

3、傳奇

　　歷經初、中期的經驗積累，無論是傳奇編劇技巧、結構安排、語言應用及舞臺演出的考量等，後期傳奇的貢獻與影響，皆是前二期傳奇創作所無法比擬的。以「三家風格」論，此期傳奇作家吳炳、葉憲祖、徐復祚、卜世臣、周朝俊、鄭之珍等皆歸「關漢卿類型」。吳炳傳奇作品有《綠牡丹》、《西園記》、《畫中人》、《療妒羹》和《情郵記》合稱《粲花齋五種曲》（一名《石渠五種曲》），其傳奇結構考究、情節安排層次清晰且曲折，廖奔評：「吳炳傳奇充分注意到對情節的提煉，劇中絕無散筆漫筆，每一筆都有其寫作用意，因此它們本本都非常緊湊，雖格局狹小，但演來節奏感極強，絕無一般傳奇鬆散冗慢的弊病。」[93]此即肯定其「劇人之劇」的特點；葉憲祖現存《鸞記》、《金鎖記》傳奇，呂天成言其《鸞》「曲中頗具憤激」[94]又評其《金鎖記》「元有《竇娥冤》劇，最苦。」[95]，可知葉憲祖對關漢卿劇之推許與其創作特點；徐復祚的傳奇作品皆具極強的戲劇性，適於舞臺觀賞，如其《繡襦記》、《紅梨記》、

90　案：《四豔記》是由《天桃紈扇》、《碧蓮繡符》、《丹桂鈿合》、《素梅玉蟾》四短劇組合而成。
91　曾永義云：「（葉憲祖）文字以本色為基礎，而或出以雅致清麗，或挾以勁切雄渾，……」（同註56），頁487。
92　同上註，頁487。
93　廖奔、劉彥君：《中國戲曲發展史》第三卷（同註10），頁396。
94　明・呂天成《曲品》卷下，參《中國古典戲曲論著集成》六（同註5），頁234。
95　同上註。

《投梭記》等，廖奔評：「他的劇作大多能夠奏之場上，發揮很大的社會影響。」[96]；卜世臣現存《冬青記》傳奇一齣，呂天成《曲品》卷下評云：「悲憤激烈，誰誚腐儒酸也？音律工整，情景眞切。吾友張望侯曰：『橋李屠憲副於中秋夕帥家優於虎邱千人石上演此，觀者萬人，多泣下者。』……」[97]足見此亦爲「劇人之劇」的類型；周朝俊《紅梅記》內容、情節迂迴宛轉，「詞語眞切秀逸，各從人物心底流出，處處本色質樸，絕不塡塞故實」[98]此亦爲「關漢卿類型」者；鄭之珍的《目蓮救母勸善記》爲一部民間傳說與文人創作相結合的優秀作品，祁彪佳《遠山堂曲品》將其歸爲「雜調」且云：「全不知音調，第效乞食瞽兒沿門叫唱耳。無奈愚民佞佛，凡百有九折，以三日夜演之，鬨動村社。」[99]準此，可知《目蓮救母勸善記》除了故事內容是民眾耳熟能詳的之外，在村社廟會演出中又是廣受歡迎的劇本，於此，自然將其歸爲「劇人之劇」的類型。

　　明代劇作繁盛與劇壇論爭現象，不僅顯示文人對戲曲文學之重視，更表明了「拒俗文學於文學殿堂之外」的時代已成過去式了。「關漢卿類型」在明代初期、中期、晚期的創作趨向，雜劇方面呈現了「初期承元劇餘緒、中期元明雜劇銜接斷層、晚期明雜劇確立與繁盛。」三個未均等的現象；傳奇方面無論是劇作家或劇作量，則較均等發展。以劇類言，雜劇與短劇、傳奇與折子戲皆互爲同源關係，礙於劇本分析歸納等因素的考量，本文以雜劇、傳奇爲論述主脈，爲免於重複論述，更將折子戲摒除不論，主要原因在於折子戲，往往是據現存傳奇劇本而擇其中精彩折數敷演之故。

96　同註93，頁375。

97　明・呂天成《曲品》卷下，參《中國古典戲曲論著集成》六（同註5），頁233。

98　廖奔、劉彥君：《中國戲曲發展史》第三卷（同註10），頁366。

99　明・祁彪佳：《遠山堂曲品》，參《中國古典戲曲論著集成》六（同註5），頁114。

三、清代

異族入主中原、皇室的參與喜好，是清代戲劇發展影響的外在因素。就文學本身言，雜劇、傳奇、地方戲的鼎立，不僅透顯出戲曲文學的多樣性風貌，由劇本創作「場上、案頭並備」的重視，更足以窺知戲曲觀念的精進與成熟。劇壇上的「花雅爭勝」實為場上之曲與案頭文學之爭，此爭勝內容，自然脫離不了「三家特色」創作趨向之範圍。當然，地方戲曲「百花爭放」的景況，實為「舞臺勝過案頭」的最佳說明。廖奔說：

> 在經歷了傳奇創作的最後高峰乾隆時期之後，中國戲曲走入了藝人主導階段，此時典型的劇本創作意識淡漠了，在多數情況下直接性的舞臺創作發揮了巨大作用，而忽視或跨越過了案頭階段，這使中國古典戲曲的創作進入一個新的時期。[100]

於此段文字的敘述中，廖奔不僅道出清代戲曲發展導向，更點出劇本創作的藝人主導、重舞臺性的特點。

前述本文論述範圍未及地方戲曲，實因筆者由關、王、馬「三家特色」論中國戲曲發展，以雜劇、短劇、傳奇等文人劇為主；再者，地方戲範圍廣、劇種多，非本文重點所在，且平心而論：地方戲研究往往涉及田野調查，自然更是本文所未能觸及者，所以，在清代戲曲史分類時，擬以曾影靖的「初期、中期、後期」分期論之。[101]

---

[100] 廖奔、劉彥君：《中國戲曲發展史》第四卷（同註10），頁217。

[101] 案：有關清代雜劇分期問題，鄭振鐸〈清人雜劇初集序〉分始盛（順、康之際）、全盛（雍、乾之際）、次盛（嘉、咸之際）、衰落（同、光之際）等四期，然此分法雖時代明確，卻稍嫌刻板無以概括；周妙中《清代戲曲史》分清初、康熙雍正年間、乾隆年間、嘉慶以後、晚清等期，唯其以入清後所寫劇本為限、作品少、

（一）清代初期──包括順治、康熙、雍正三朝（約公元 1644～ 1735 年）

清初，政治的易代刺激，使文士劇作多以家國黍離之悲、文人不遇的內容爲主要描寫反映。在戲劇搬演上，亦承明代以來之風俗，在劇團類別上大致有宮廷劇團、職業戲班與私人家樂等；在演出場合上，不外乎內府、勾闌、官廳、妓院、酒樓、茶肆、廟會與私人家宅等處。清初雜劇與傳奇的搬演是相輔相成的，劇作家大多雜劇、傳奇二者創作兼具。

1、雜劇

據曾影靖〈清代雜劇作家的分期及其社會地位〉文中劇作家分期論[102]，初期雜劇作家約有四十九人，其中以張源爲「關漢卿類型」的劇作家。現存《櫻桃宴》雜劇一種的張源，曾影靖評：「是劇關目布置頗好，結構嚴謹，層次分明，有條不紊。……曲辭近本色語，沉鬱蘊結。」[103]故將其歸爲「劇人之劇」類型。

2、傳奇

清初傳奇發展繁盛的情況，是戲曲史上有目共睹的。傳奇劇作家在創作上，無論是場上之曲或案頭文學，皆有均等且繁盛的表現。「三家」在清初傳奇創作上，關漢卿和馬致遠是足以並論的，反之，「王實甫類型」則自明代後，漸爲「馬致遠類型」或「雙美」風格取而代之，此現象，留待下一單元再補述。初期傳奇作家如李玉、朱佐朝、朱榷、畢魏、

無代表性者、造詣不高者皆不論。筆者認爲：鄭氏之分期有一定侷限，而周氏選錄標準又不夠明確，曾氏分期適可避二家之弊，故此處以曾影靖分期爲依據。

[102] 曾影靖：《清人雜劇略論》（台北：台灣學生書局，1995 年 9 月），頁 1~2。

[103] 同上註，頁 230。

葉時章、邱圓、盛際時、朱雲從、陳二白、陳子玉等,皆屬「三家」中
「關漢卿類型」「場上之曲」的劇作家。

　　明末清初劇壇,以李玉爲首的「蘇州派」[104]在劇本創作上與「正統
派」[105]的文人之曲不同,誠如〈蘇州作家群的藝術追求〉所寫:

> 以李玉為主要代表,其他人有朱楎、朱佐朝、葉時章、張大復、
> 朱雲從、盛際時、邱圓、畢魏、陳二白等。蘇州作家群大多出
> 身於下層社會,對當時的社會政治及其矛盾有著較為清醒而深
> 刻的認識,因而其作品能多方面地真實表現其時代,具有警世
> 勸俗的作用。他們大多熟悉舞臺演出,寫出的傳奇大都是場上
> 之曲,民間風格濃郁,語言通俗,因而盛行不衰,傳播廣遠。[106]

作家大多出身於下層社會,對現實生活自然有較深體認,劇本創作因之
亦呈現通俗、民間風情,再加上蘇州派作家大多熟稔舞臺演出,其劇作
亦多爲場上之曲,故歸爲「劇人之劇」的「關漢卿類型」是再適當不
過了。

　　李玉現存傳奇《一品爵》、《一捧雪》、《人獸關》、《永團圓》、《占花
魁》等二十三種存本(案:廖奔《中國戲曲發展史》云:二十一種存本。),

---

[104] 案:「蘇州派」是指明末清初,江蘇吳縣及其附近地區的劇作家,如李玉、朱楎、
朱佐朝、葉時章、畢魏等人,同氣相求,往來密切,形成一個聲勢浩大的戲曲流
派,即蘇州派。「蘇州派」又稱「吳縣派」、「蘇州作家群」、「吳門劇家」等。
參郭英德著《明清傳奇史》(大陸:江蘇古籍出版社,1999 年 8 月),頁 352。

[105] 案:有關「正統派的文人之曲」,郭英德在〈文人之曲〉中說:「傳奇發展期劇壇
上還活躍著一批以吳偉業、尤侗為代表的正統派傳奇作家,包括丁耀亢、黃周星、
嵇永仁、王抃、孫郁、龍燮、裘璉、查慎行、呂履恒、岳端、許廷彔、程鑣、張
雍敬等人,這些正統派傳奇作家以創作詩詞古文的傳統思維模式創作傳奇,借傳
奇抒發故國之思、興亡之嘆、身世之感⋯⋯深厚的文學造詣,這就給他們的傳奇
作品帶來主觀化和案頭化的創作傾向。」(同上註),頁 422。

[106] 廖奔、劉彥君:《中國戲曲發展史》第四卷(同註 10),頁 229。

在劇作內容上以史事、強烈道德批判等為主，在結構情節的安排與語言的運用上，則適於舞臺演出，所以歸之為「以劇作劇」的「當行」作家，應是沒有疑議的。廖奔云：

> 李玉的劇作之所以能夠廣泛流傳，與他對於舞臺的『當行』分不開。最重要的一點，就是他在創作時能夠針對戲劇是特殊的傳達藝術這一特點，從觀眾的欣賞心理和審美需求出發，在場面的長短分配、各類角色的穿插互襯方面，都做出合理安排。[107]

撰有傳奇《十五貫》、《未央天》、《翡翠園》、《錦衣歸》等的朱㩴，是一位職業傳奇作家，在劇本創作上與明代傳奇家重案頭的傾向自然不同，廖奔認為：「他的劇本具有很強的劇場性，故事新奇而生動，情節往往充滿著出人意料的波瀾……。」[108]朱佐朝現存《九蓮燈》、《五代榮》、《石麟現》、《吉慶圖》、《血影石》、《牡丹圖》等，其劇作充滿豐富的民間性，注重傳奇觀賞效果與劇作長期在舞臺上歷久不衰[109]等特點。以上二人都是「劇人之劇」的劇作家類型；畢魏現存《三報恩》與《竹葉舟》傳奇，亦為重場上表演的劇作家。

　　另外，邱園現存《黨人碑》、《御袍恩》、《幻緣箱》等劇，故事情節曲折離奇，充分滿足了觀眾對戲劇傳奇性的渴求，當亦屬關漢卿類型劇作家。廖奔以為：

> 這種筆法將傳奇手法進一步導向通俗演義，或者反過來說，市井流行的通俗演義小說和說書筆法越來越深地影響了傳奇創

---

[107] 廖奔、劉彥君：《中國戲曲發展史》第四卷（同註10），頁266~267。
[108] 同上註，頁238。
[109] 廖奔云：「《豔雲亭》能夠在舞臺上長期引人入勝，歷久不衰，很大程度上應歸功於劇作家營構戲劇動作的技巧。」（同上註），頁243。

作，使之向演義筆法靠攏。這種趨勢的進一步發展，就是劇本
創作文人階段的終結和藝人演義階段的到來。[110]

至於，現存傳奇有《琥珀匙》、《英雄概》等劇本的葉時章；與現存《雙
奇俠》、《龍燈賺》、《兒孫福》等劇的朱雲從；現存《稱人心》、《雙冠誥》、
《彩衣歡》等傳奇的陳二白；《玉殿緣》傳奇的陳子玉等人，皆同為熟
悉舞臺演出、其寫作的傳奇大多為「場上之曲」的蘇州作家群，故將其
一併歸為「關漢卿類型」。

（二）清代中期──包括乾隆、嘉慶兩朝（約公元 1736～1820 年）

以戲曲史論，清代乾隆時期為文人戲強弩之末，職業戲班的興盛與
折子戲的流行，花部與雅部的爭勝與消長，皆是此時戲曲發展之主要現
象。正因此種戲劇發展背景，以文人戲為導向的關、王、馬「三家」創
作趨向亦呈現疲弱現象，據可掌握的劇作家而歸納：中期雜劇劇作家以
「雙美」創作趨向者居多，如厲鶚、吳城、蔣士銓、孔廣林、陳棟、吳
鎬等皆是，而「三家」中的「關漢卿類型」，僅唐英而已；此外在清代
初期繁盛的短劇，到了中期則略顯衰弱；甚至向來為明清主要戲曲形製
的傳奇，在清代中期作品亦明顯減少，反而折子戲廣泛流行、花部興盛。

1、雜劇

花部興盛，除了以「文人戲」為取向的雅部衰竭外，在夾縫中求生
存的雜劇，亦多少受地方戲影響。以唐英為論，其現存可知雜劇如《笳
騷》、《虞兮夢》、《傭中人》、《清忠譜正案》、《長生殿補闕》、《雙釘案》、
《巧換緣》、《三元報》、《天緣債》、《梅龍鎮》、《英雄報》、《麵缸笑》、《十

字坡》、《蘆花絮》、《梁上眼》等齣，有宣揚忠義、改易傳奇、翻放地方戲者，其中約十齣戲為取材於地方戲的作品，地方戲的特點，自然著重舞臺表現，誠如曾影靖評：

> 在唐英的十七種作品中，竟有十種是取材自地方戲曲的，相信這與他多年的海關生活有關。海關、碼頭是花部盛行的地方，他接觸地方戲的機會既多，對這些被崑曲作家認為鄙俚不足道的劇曲的態度便沒有那麼褊狹，……曲詞少但結合實際，語言通俗生動。[111]

確實，唐英與當時劇作家楊潮觀、蔣士銓等人，卓然不同，以「曲詞少、結合實際」、「語言通俗生動」特點論，當屬「以劇作劇」的「關漢卿類型」無疑。

2、短劇

　　清代中期短劇創作，已不若初期般繁盛了。相對地，「三家」中「關漢卿類型」，據資料考證亦僅知楊潮觀屬之。現存短劇三十二齣合稱《吟風閣雜劇》，楊潮觀為中期短劇劇作量較多的作家，其劇作內容大多取材於歷史、神話或時人故事，除勸誡世人、針砭時弊與抒寫情懷外，豐富的舞臺性更是其劇作特點。誠如曾影靖云：

> 《吟風閣》成於乾隆年間，這時正是短劇的極盛時代，而此三十二劇更為其中的極詣之作。它的體制兼取傳奇與雜劇的優點。三十二折各有獨立的故事，合起來是一個整體，分開來又

---

[111] 曾影靖：《清人雜劇論略》（同註102），頁405~406。

是三十二個個體。在搬演上非常便利而具有伸縮性，既沒有傳奇繁瑣冗長的毛病，也避免了元雜劇呆板單調的缺點。[112]

正因「搬演上非常便利而具有伸縮性」的特點，楊潮觀的短劇當歸爲「劇人之劇」的「關漢卿類型」。

3、傳奇

皇帝的愛好與政治干預，致使此期文人創作趨向封建教化的宣揚，加上民間地戲的興盛與衰亡，文人創作更走上了「案頭化」一途。此時的傳奇創作是衰靡不振的，劇作欲求生存，僅能另闢蹊徑了。若以「三家」論析，唐英則爲此期「關漢卿類型」的劇作家。

現存《天緣債》、《轉天心》、《雙釘案》等傳奇的唐英，身處「崑曲日漸衰落，而地方戲聲腔劇種競興爭勝的時代，體現爲兒女情長模式的文人傳奇受到冷落而日益萎縮在狹小的圈子裡，民間舞臺上大量演出的則是血氣方剛、激蕩詼諧的地方戲劇目。」[113]促使其吸收地方戲的舞臺特點而加以改編。所以，唐英的傳奇劇作，在結構與舞臺的要求表現上，一如他的雜劇創作，也應歸於「劇人之劇」的「關漢卿類型」。誠如廖奔云：

> 唐英從地方戲舞臺上改編了十部劇作，並且在傳奇結構上也徹底突破了明清傳奇舊有的生旦相思模式，另開蹊徑，從地方戲舞臺吸收了大量靈感……體現了唐英借助於地方戲結構手法、

---

[112] 曾影靖：《清人雜劇論略》（同註102），頁387~388。
[113] 廖奔、劉彥君：《中國戲曲發展史》第四卷（同註10），頁350。

力求使崑曲舞臺出新的意圖。唐英改編地方戲，是為了吸收其
合理成分來豐富崑曲舞臺。[114]

由地方戲汲取養分，豐富傳奇的舞臺性，確實是唐英獨到之處。然而，
此種重舞臺演出的特點正是「劇人之劇」的特色呈現。

（三）清代後期──包括道光、咸豐、同治、光緒以至宣統（由公元 1821～1911 年）

清代後期的戲曲發展，由於花部的興盛，雅部（崑曲）已呈疲弱之
狀，地方劇種的盛行，對向來以文人創作為導向的雜劇、短劇、傳奇，
自然是一極大的衝擊。就「三家」類型論：雜劇、傳奇等皆無以考知以
「關漢卿類型」為創作趨向者，僅「短劇」劇作家許善長重視戲曲內容
與格調之表現。

許善長現存十二齣短劇，體例與《吟風閣雜劇》相似，十二齣短劇
為：《伯嬴持刀》、《忠妾覆酒》、《無　附膝》、《齊婧投身》、《莊姪伏幟》、
《奚妻鼓琴》、《徐吾會燭》、《魏負上書》、《聶姐哭弟》、《繁女救夫》、《西
子捧心》、《鄭袖教鼻》等，周妙中云：

> 這十二個小故事選擇得很好，也正是通過戲曲形式使得不到讀
> 書機會的人學到一些歷史知識的好辦法。一折短劇也就是古代
> 的獨幕劇，它簡單說明了，主題突出，容易取得較好的戲劇效果。[115]

---

[114] 廖奔、劉彥君：《中國戲曲發展史》第四卷（同上註），頁 350。
[115] 周妙中：《清代戲曲史》（大陸：中州古籍出版社，1987 年 12 月），頁 337。

確實，許善長的短劇，主題突出、又易取得較好戲劇效果，故將其歸爲「關漢卿類型」，可惜的是清末文人戲已走向案頭化了，故無以窺見其極富舞臺性的短劇在場上演出的情況。

第二節　「以詩作劇」與「謳歌」的「王實甫類型」

　　賈仲明、朱權等對王實甫的風格論斷，皆從「詞章穠麗」的曲文面向著手，如「詞章風韻羨」[116]、「如花間美人」即是。[117]以王實甫劇作論，賈仲明的「風月營密匝匝列旌旗」、「鶯花寨」、「翠紅鄉」等形容[118]，皆透顯其關注點在《西廂記》。吳梅更言：「王實甫做西廂，以妍鍊穠麗爲能，此是詞中異軍，非曲家出色當行之作。」[119]確實，《麗春堂》與《破窯記》在戲曲發展史上未若《西廂記》般擁有盛名，然就王實甫的劇作特色言，三劇仍鮮明呈現「以詩作劇」的共同傾向。

　　葉慶炳以「詩人撰劇」論王實甫，認爲其「往往挾其對古典文學之高深修養，專注曲文辭藻之美，甚至用典引書，力求風格之雅正。」[120]詩人撰劇在舞臺演出上自有其侷限性，然而閱讀上卻能予人吟詠之美。身爲「詩人劇作家」的王實甫，在戲曲上有其地位與影響，如「北曲故當以《西廂》壓卷」即是對《西廂記》地位之肯定[121]，而《西廂記》在

---

[116] 明・賈仲明：〈凌波仙詞〉弔「王實甫」見《錄鬼簿》卷上，參楊家駱主編《錄鬼簿新校注》（同註4）。

[117] 明・朱權：《太和正音譜》，參《中國古典戲曲論著集成》三（同註5），頁17。

[118] 同註116。

[119] 吳梅：《中國戲曲概論》（同註2），頁38。

[120] 葉慶炳：《中國文學史》下冊（同註8），頁233。

[121] 明・王世貞：《曲藻》，參《中國古典戲曲論著集成》四（同註5），頁29。

戲曲史上之地位與影響，由明代劇壇「《西廂》、《琵琶》、《拜月》優劣」成為論爭的主要議題，與明清《西廂記》的評點、改寫等情況即可窺知一二。

此處由「以詩作劇」與「謳歌」的創作手法與主調，論元、明、清劇作家創作趨勢。期藉此歸納論述，得以窺知「詩人之劇」的「王實甫類型」創作趨向，在中國戲曲史上發展之樣態。

一、元代

依前述元劇分期狀況，知悉王實甫隸屬元代前期作家行列，情愛與科考的題材表現、文人等特定對象的塑造，加上詞藻妍麗的曲文、細膩的刻畫手法、情理衝突的主題等，皆是王實甫「花間氣息」、「以詩作劇」特色之呈現。與關漢卿、馬致遠同列為元代前期劇作家的王實甫，在雜劇創作上自然具前導作用，以下依元代前、後期作家分論王實甫影響下「以詩作劇」的文采派劇作家之創作。

（一）前期作家

青木正兒以「文采派」中的「綺麗纖穠」論王實甫，將白樸、張壽卿、鄭光祖、喬吉、李好古等人歸為此派。其中，白樸、張壽卿、李好古等為前期劇作家。白樸現存《董秀英花月東牆記》、《唐明皇秋夜梧桐雨》及《裴少俊牆頭馬上》三種。白樸劇作流傳者不多，然皆「俊語如珠」。[122]賈仲明「嬌馬輕衫館閣情，拈花摘葉風詩性，得青樓薄倖名。」[123]

---

[122] 傅惜華：《元代雜劇作家傳略》：「世所謂元四大曲家『關馬鄭白』之白，即白樸，所製諸劇，雖傳者不多，然皆俊語如珠，乃元曲中罕觀者。」（同註17），頁12。

[123] 明‧賈仲明〈凌波仙〉詞弔「白樸」：「峨冠博帶太常卿。嬌馬輕衫館閣情。拈花摘葉風詩性。得青樓薄倖名。洗襟懷剪雪裁冰。閒中趣、物外景。蘭谷先生。」

正道出白樸「詩人之劇」的特質，故將其歸爲「王實甫類型」。此外，現存《謝金蓮詩酒紅梨花》劇的張壽卿，朱權的《太和正音譜》將其置於董解元以下一百五人中總評：「其詞勢非筆舌可能擬，眞詞林之英傑也。」[124]賈仲明〈凌波仙〉詞弔「張壽卿」云：「湽江省掾祖東平。蘊藉風流張壽卿。紅梨花一段文章盛。花三婆獨自勝。論才情壓倒群英。敲金句、擊玉聲。震動神京。」[125]將張壽卿蘊藉風流的才情與金句玉聲的文筆特點道出。無論是劇作題材或曲文表現，傅惜華「風格翩翩，全爲綺麗文采一派」的評斷[126]，即是肯定其「詩人之劇」的特點，故將其歸爲「王實甫類型」。李好古現存《沙門島張生煮海》雜劇，朱權《太和正音譜》評其詞「孤松掛月」[127]、賈仲明〈凌波仙〉詞評：「錦繡胸中萬卷書」[128]，皆肯定李好古「詩人作劇」之風格呈現。不過須注意的是，重文采亦「馬致遠類型」之特點要求，王、馬之差異主要在於抒情態度的表現，李好古未若馬致遠般主觀抒情，故將其歸爲「王實甫類型」。

（二）後期作家

後期作家中，創作特色趨向王實甫者，僅鄭光祖與喬吉二人。歷來論「元曲大家」皆涵蓋鄭、喬，此不僅是對鄭、喬的肯定，亦彰顯二人在戲曲史上之地位與影響。誠如《元曲六大家》云：

參《錄鬼簿新校注》（同註4），頁22。

[124] 明‧朱權：《太和正音譜》（同註5），頁21。

[125] 明‧賈仲明：〈凌波仙〉詞弔「張壽卿」，參《錄鬼簿》卷上（同註4），頁68。

[126] 傅惜華：《元代雜劇作家傳略》（同註17），頁66。

[127] 明‧朱權：《太和正音譜》（同註5），頁20。

[128] 明‧賈仲明：〈凌波仙〉詞弔「李好古」，參《錄鬼簿》卷上（同註4），頁65。

　　喬吉等清麗派作家，在明代文人的心目中，地位是要比早期的
　　作家還要來得高的。如明代在正德到萬曆年間所編的曲選、所
　　選錄的元人雜劇，大多是後期的作品。可見其時明人所欣賞的，
　　大多偏於曲詞的清麗。[129]

同為清麗派作家的鄭光祖與喬吉，在明人的品評標準中，自然是受青睞
的。現存《倩女離魂》、《㑳梅香》、《王粲登樓》、《周公攝政》等劇的鄭
光祖，鍾嗣成評云：「乾坤膏馥潤肌膚。錦繡文章滿肺腑。筆端寫出驚
人句。解駑騰今是古。詞壇老將輸伏。翰林風月、梨園樂府。端的是曾
下功夫。」[130]即是對鄭光祖詞章之肯定，就曲文言，「詞壇老將」的鄭
光祖與「詞章風韻羨」的王實甫，前人的評價與肯定，將二者的距離拉
近了；由劇本言，鄭光祖的《㑳梅香》與王實甫的《西廂記》在關目與
故事內容上幾乎是一樣的，清代梁廷枏《曲話》卷二至少列出二十處相
同者，並謂：「《㑳梅香》如一本《小西廂》，前後關目、插科、打諢，
皆一一照本模擬。」[131]雖然《㑳梅香》一劇明顯笑謔《西廂》，但就全
部劇作而言，朱權評其詞「如九天珠玉」，認為「其詞出語不凡，若咳
唾落乎九天，臨風而生珠玉，誠傑作也。」[132]傅惜華則認為「其風格，
若以唐詩喻之，則似溫飛卿，以宋詞喻之，則似秦少遊，現存諸劇，皆
清麗芊綿，自成馨逸，洵為第一流之大作家也。」[133]則其為「以詩作劇」
的王實甫類型，且卓然成家，殆無可議。

---

[129] 王忠林、應裕康：《元曲六大家》（台北：東大圖書公司，1977 年 2 月），頁 231。
[130] 明‧賈仲明：〈凌波仙〉詞弔「張壽卿」，參《錄鬼簿》卷下（同註 4），頁 103。
[131] 清‧梁廷枏：《曲話》，參《中國古典戲曲論著集成》八（同註 5），頁 262~263。
[132] 明‧朱權：《太和正音譜‧古今群英樂府格勢》，參《中國古典戲曲論著集成》三
　　　（同上註），頁 17~18。
[133] 傅惜華：《元代雜劇作家傳略》（同註 17），頁 84。

　　其次，現存《揚州夢》、《兩世姻緣》與《金錢記》的喬吉，朱權認為：

> 喬夢符之詞，如神鰲鼓浪。若天吳跨神，渫味於大洋，波濤洶湧，截斷眾流之勢。[134]

朱權著眼於喬吉的「氣骨」而論，賈仲明也評之曰：「《金錢記》、《揚州夢》振士林。」[135]至於傅惜華則認為「喬吉之作，高華穠豔，擅名一世，《杜牧之詩酒揚州夢》、《玉簫女兩世姻緣》二劇，自明以來諸家遞有選本，雖風情之詞，人所共嗜，要足以見其聞之著也。」[136]乃對喬吉「詩人作劇」特點之肯定，故將其歸為「以詩作劇」的王實甫類型。

　　值得一提的是：後期「王實甫類型」劇作家，可知者雖僅鄭光祖與喬吉，然二人在戲曲史的地位，可由「並列元曲大家」中窺知。只是應裕康先生論述鄭、喬二人時曾說：「鄭、喬之時，曲風就有很大的轉變，最主要的，就是他們注意曲詞的修飾……戲劇自鄭、喬之後，漸漸發展到出於文人之手，這種改變也是很自然的。」[137]這正說明了戲曲由本色而朝文人化發展的一種趨勢。但筆者要補述的是：元雜劇發展文人化，應是循序的，由王實甫的「以詩作劇」始，詩人撰劇的特點已將戲曲由「本色」帶往「文采」一途發展，隨後馬致遠的「以劇作詩」更是戲曲根本走向文人化的開始，而鄭、喬二位後期劇作家則應是奠基於前期王、馬的「詩人撰劇」創作取向而發展的。

---

[134] 明・朱權：《太和正音譜・古今群英樂府格勢》（同註5），頁17。

[135] 明・賈仲明〈凌波仙〉詞弔「喬吉」：「天風環珮玉敲金。掌父集花應錦。太平歌吹珠翠滲。金錢記、揚州夢振士林。荊公遣妾、父意特深。認玉釵珊瑚沁。黃金臺翡翠林。兩世姻緣、賞音協音。」參《錄鬼簿》卷下（同註4），頁127。

[136] 傅惜華：《元代雜劇作家傳略》（同註17），頁102。

[137] 王忠林、應裕康：《元曲六大家》（同註129），頁230。

附表　元代「王實甫類型」劇作家

劇作家	分期 （前、後）		已知存佚 劇目數		文采——	已知風格 未見作品	其它
	前	後	存	佚			
白樸	●		3	13			
張壽卿	●		1				
李好古	●		1	2			
鄭光祖		●	7	10			
喬吉		●	3	8			

二、明代

　　王實甫對明代戲曲的影響，以「戲曲抒情化」論，王實甫的「以詩作劇」介於本色、文采間之轉折點，對明代文人化創作趨向，間接地有其貢獻與影響；尤其素有「北曲壓卷之作」的《西廂記》，在明代出現極多改編本、評點，其改編與研究之風氣極盛，甚至可以「西廂學」專名稱之，其影響自無以輕忽。

　　然而，除《西廂記》的影響外，在明代的前、中、後期中，亦有一些以「王實甫類型」為創作取向的劇作家，其中尤以雜劇劇作家較多，據現有資料可知，短劇中「王實甫類型」無以窺見。故本單元擬由雜劇與傳奇二面向論之。

（一）明代前期

　　若說明代雜劇是承元雜劇而來，且於南戲傳奇中汲取養分，發展出其獨特面貌的話，在明代前、中、後三期中，前期應可言為元劇之餘緒。此期的「王實甫類型」雜劇作家較傳奇家多。

1、雜劇

明代前期雜劇家，歸爲「王實甫類型」者有李唐賓、湯式、劉兌等人。其中湯式爲僅存劇目而作品已佚的劇作家，此處將其列出，實因《太和正音譜》以「錦屏春風」喻其風格[138]，而據現存《風月瑞仙亭》、《嬌紅記》劇目論，亦頗見花間氣息，是以歸之「王實甫類型」。

現存《梧桐葉》劇的李唐賓，賈仲明《錄鬼簿續編》評：「人物風流，文章樂府俊麗。」[139]可知其曲辭佳之特點。曾永義評《梧桐葉》也說：「關目布置甚覺不自然，排場亦失之平板，唯曲辭尚有可觀。……大抵唐賓爲中駟之才，其文辭雖麗未臻於『俊』，……」[140]依此，將「文辭雖麗」的李唐賓歸爲「王實甫類型」；劉兌現存《嬌紅記》與僅存曲文的《世間配偶》，朱權評：

> 劉東生之詞，如海嶠雲霞。鎔意鑄詞，無纖翳塵俗之氣，迴出人一頭地，可與王實甫輩並驅。……[141]

足見其特色與王實甫近。傅惜華即指出：「他（劉兌）走的顯然是王實甫《西廂》的路子，但他較《西廂》缺少的是表現人物鮮活的生命力，因之氣格減弱，……」[142]劉兌與王實甫相較，自然無以並駕齊驅，然爲「王實甫類型」的劇作家，則是不爭的事實。

---

[138] 明・朱權：《太和正音譜》（同註5），頁23。

[139] 明・賈仲明：《錄鬼簿續編》，參楊家駱主編《錄鬼簿新校注》（同註4），頁157~158。

[140] 曾永義：《明雜劇概論》（同註56），頁160。

[141] 明・朱權：《太和正音譜・國朝一十六人》（同註5），頁22。

[142] 傅惜華：《全元雜劇作家傳略》（同註17），頁139。

2、傳奇

　　現存《香囊記》傳奇的邵燦，其雖承繼《伍倫全備》的道德說教衣鉢，在情節上可見《琵琶記》、《荊釵記》與《拜月亭》的影子，語言上卻追求典雅綺麗。徐渭《南詞敘錄》評：

> 《香囊》如教坊雷大使舞，終非本色，……至於效顰《香囊》而作者，一味孜孜汲汲，無一句非前場語，無一事無故事，無復毛髮宋、元之舊。三吳俗子，以為文雅，翕然以教其奴婢，遂至盛行。南戲之厄，莫甚於今。[143]

徐文長對《香囊記》的「非本色」已有所評論，對學習《香囊記》的劇作家們那種「無復毛髮宋元之舊」而「三吳俗子，以爲文雅」的因襲狀況更是不滿，徐文長乃立於「本色」、「場上之曲」立場論之。徐復祚《曲論》則謂：

> 香囊以詩語作曲，處處如煙花風柳。如『花邊柳邊』、……麗語藻句，刺眼奪魄，然愈藻麗，愈遠本色也。[144]

徐復祚雖點出邵燦《香囊記》的曲文藻麗特點，也批評了它「愈遠本色」的弊病。張燕瑾論《香囊記》也說：「它首開明代戲曲『時文派』之弊端；邵燦又是曲中駢綺派（文辭派）的開山祖師，其風盛時足與本色派爭雄。」[145]姑且不論「本色與文采優劣之爭」，將邵燦歸爲「以詩作劇」的王實甫類型，應不致偏離事實才是。

---

[143] 徐渭：《南詞敘錄》，參《中國古典戲曲論著集成》三（同註5），頁243。
[144] 徐復祚：《曲論》，參《中國古典戲曲論著集成》四（同註5），頁236。
[145] 張燕瑾：《中國戲劇史》（台北：文津出版社，1993年7月），頁156。

（二）明代中期

　　明代中期傳奇興起，雜劇未若前期般發達，若以「三家」論此期「王實甫類型」劇作家，則雜劇出現王實甫、馬致遠「二家特色兼具」的狀況，如梁辰魚即是[146]；短劇劇作家亦無以見；傳奇則除了《西廂記》改寫本外（案：筆者擬於文末針對《西廂記》影響，再行補述。）亦無以得見「王實甫類型」的劇作家。

　　針對此現象，筆者歸納其因：因戲劇知識的進步與戲曲理論的影響，介於關漢卿、馬致遠之間的王實甫，漸併入二家創作趨向中，此其一也；「本色」與「文采」的論爭中，王實甫雖被高度關注，除《西廂記》影響外，卻少見以「王實甫類型」為創作趨向者，因「戲曲抒情化」之關係，明代「詩人之劇」劇作家，除了「以古典詩詞入曲」外，更習以戲曲來抒發個人情感，故「重文采」的劇作家，以馬致遠的「以劇作詩」為創作取向，此其二也；準此可知：明代中期劇作家中以「王實甫類型」為創作取向者，實難以窺見。

（三）明代後期

　　戲曲發展到了明代後期，傳奇鼎盛、明雜劇體制與風格則至此期才臻完備。[147]無論是北雜劇或創新的南雜劇及短劇、傳奇等體制，劇作家

146　案：梁辰魚「王、馬風格兼具」之論：筆者據前人對梁辰魚現存《紅線女》雜劇評論，認為梁氏應屬為二家風格兼具者，如陳田《明詩紀事》稱其詩「有麗藻」；吳梅《霜崖曲跋》則評：「曲白研鍊雅潔」；曾永義認為：「文字，除了賞其秀麗之外，兼亦覺其字裡行間，挾有一股雄爽之氣。遠山堂劇品置本劇於雅品。」等，即是肯定梁辰魚「文采」特點趨於馬致遠。

147　案：曾永義認為明代後期劇本「題材內容較以前廣泛，作家及作品的數量較以前增加」，「形成明雜劇的鼎盛期」，所以，「明雜劇的體制及風格，到這一時期才算完備」，參《明雜劇概論》（同註56），頁413。

輩出之勢，成了明代戲曲發展之高峰。然以「三家」論此期「王實甫類型」劇作家，以雜劇體制者居多，其次為傳奇，而短劇則無以得見。以下就雜劇、傳奇二者分論。

1、雜劇

後期雜劇作家中，以「王實甫類型」為創作取向者，有汪廷訥、呂天成、孟稱舜、徐士俊、桑紹良、陳汝元、梅鼎祚、傅一臣、茅維與王澹等人。其中，呂天成為著名劇論家，而孟稱舜則有《西廂記》評點，此二人在雜劇創作上，以「王實甫類型」為據，實屬較特殊者。

現存《廣陵月》雜劇的汪廷訥，祁彪佳評：「張永新隔簾以小豆記曲，能正李龜年音韻之訛。此在天寶間確為可傳之快事，但其後離合情境，無足驚喜耳。」[148]而將其列為「能品」。祁氏認為此劇關目不佳，故將之列為「能品」，然曾永義評云：「論文字，則賓白雅潔整飾，曲文流麗諧暢。唯淨丑角色，出語與生旦不殊，人物無絲毫個性可言。本劇未能臻於佳作之林，主要即在此。」[149]「賓白雅潔整飾，曲文流利諧暢」的語言特色，與「淨丑角色出語與生旦不殊」的人物刻畫問題，正見「詩人撰劇」之特點，故將其歸為「王實甫類型」。

呂天成現存《齊東絕倒》雜劇，祁彪佳評為「逸品」[150]，其關目布置與排場之處理皆得體，據《遠山堂劇品》所述呂天成散佚的雜劇《耍風情》等七齣劇，其內容推測應大多為寫兒女私情者，曾永義評其逞「摹寫麗情褻語」之「絕技」。[151]若然，則呂天成可歸之「王實甫類型」。至

---

[148] 明・祁彪佳：《遠山堂劇品》，參《中國古典戲曲論著集成》六（同註5），頁184。

[149] 曾永義：《明雜劇概論》（同註56），頁566。

[150] 明・祁彪佳：《遠山堂劇品》於《海濱樂》下題《齊東絕倒》且將其歸為「逸品」（同註5），頁169。

[151] 曾永義：《明雜劇概論》（同註56），頁446。

於現存雜劇《桃花人面》、《死裏逃生》、《花前一笑》、《殘唐再創》、《眼兒媚》等劇的孟稱舜，居於明代後期劇壇復古之風，其風格趨向綺麗。其《古今名劇合選・自序》:「取元曲之工者，分其列為二，而以我明之曲繼之，一名《柳枝集》，一名《酹江集》，即取〈雨淋鈴〉『楊柳岸』及『大江東去』、『一樽還酹江月』之句也。」[152]此不僅論及《柳枝集》與《酹江集》之命名由來，更以「婉麗」、「雄壯」分之。孟稱舜的《桃花人面》、《花前一笑》、《眼兒媚》皆歸於《柳枝集》，應屬「王實甫類型」。

　　徐士俊現存《春波影》、《洛冰絲》二劇，前劇內容為幽賞閨怨、手法未能超脫，故只適於做案頭文學;後劇劇情雋逸高雅，曾永義評之曰:

> 完全按照《瑤嬛記》敷演，沒有別出心裁的點染。作者也僅在敘寫文士的一段奇遇而已，沒有什麼寄懷和感託。像這樣簡單的情節，用獨幕劇，由生旦分唱雙調新水令合套，收尾收得乾淨俐落，而渺渺然饒有餘韻，是很富詩味的。[153]

幽賞閨怨、雋逸高雅以及「饒有餘韻」、「很富詩味」的文人奇遇敘寫，這一切都吻合「以詩作劇」的王實甫類型特色。

　　此外，陳汝元現存《紅蓮債》雜劇，祁彪佳《遠山堂劇品》評為「豔品」，且云:「藻豔俊雅，神色俱旺」[154]、曾永義亦認為此劇「不只曲文俊雅妥溜，即賓白亦頗為清適爽口。本劇是以文字取勝的。」[155]準此，而將其歸為「以詩作劇」的王實甫類型。傅一臣現存《買笑局金》、《賣

---

[152] 明・孟稱舜:《古今名劇合選・序》，參陳良運主編《賦學曲學論著選》(大陸:百花洲文藝出版社，2002年4月)，頁792。
[153] 曾永義:《明雜劇概論》(同註56)，頁535。
[154] 明・祁彪佳:《遠山堂劇品》，參《中國古典戲曲論著集成》六(同註5)，頁177。
[155] 曾永義:《明雜劇概論》(同註56)，頁540。

情紮囿》、《沒頭疑案》、《截舌公招》、《智賺還珠》、《人鬼夫妻》、《死生仇報》、《錯調合璧》、《賢翁激婿》、《義妾存孤》、《蟾蜍佳偶》、《鈿盒奇姻》等《蘇門嘯》十二劇，是從凌濛初《拍案驚奇》初二刻中抽出十二則故事來敷演，曾永義評：

> 論體制，此十二劇實屬於短篇的傳奇，文字的柔媚婉麗也確有
> 明人傳奇的味道，可是它的弊病還是和典麗派一樣，不能揣摩
> 人物的口吻，以致生旦淨丑之曲，萬口一腔，毫無區別。文字
> 的形式過於單調，嘗一臠而知全鼎，讀多了，反令人有平庸無
> 奇的感覺。[156]

據此論述，可知傳一臣詩人撰劇的特質極鮮明，故亦將其歸為「王實甫類型」。現存《蘇園翁》、《秦廷筑》、《金門戟》、《醉新豐》、《鬧門神》、《雙合歡》等六種雜劇的茅維，其劇本皆用長套大曲，為北雜劇所少見者。略覽茅維劇作，清詞麗句的曲文與無新意的關目，仍以歸之「以詩作劇」的「王實甫類型」為宜。

2、傳奇

明代後期傳奇劇作家，以「王實甫類型」為創作取向者，有湯顯祖、孟稱舜、梅鼎祚與鄭若庸等。其中湯顯祖不僅為明代戲曲大家，其臨川派與沈璟吳江派對峙，各有愛戴與擁護者，甚而引致「湯、沈之爭」之論。臨川派的湯顯祖現存《玉茗堂四夢》（案：《紫釵記》、《牡丹亭》、《邯鄲記》、《南柯記》等）傳奇，湯氏戲劇以「情」貫串其中，主張以達意為主，輕音律與重文采為其戲曲創作之理念。其於〈答姜呂山〉中云：「凡文以意趣神色為主。四者到時，或有麗詞俊音可用。爾時能一一顧

---

[156] 曾永義：《明雜劇概論》（同上註），頁 563。

九宮四聲否？」即是反對格律束縛之說。[157]張燕瑾評：「《牡丹》的語言都屬於瑰麗華美一派。」[158]據其曲文、內容題材、人物抒寫等特點論，其「詩人撰劇」特色十分鮮明，故將其歸爲「王實甫類型」。

　　孟稱舜現存《嬌紅記》、《二胥記》、《貞文記》等傳奇，其雜劇歸爲「王實甫類型」，而傳奇創作亦與雜劇近，祁彪佳《孟子塞五種曲序》云：「昔人謂梨園弟子有能唱孟家詞者，其價增重十倍。」[159]即是對孟稱舜戲曲創作在當時受肯定之描寫。此外，鄭若庸現存《玉玦記》傳奇一齣，其文辭優美、聲調和諧，王世貞《曲藻》評：「鄭所作《玉玦記》最佳。」[160]徐復祚《曲論》評：「此記極爲今學士所賞，佳句故自不乏如『翠被擁雞聲，梨花月痕落』等，堪與《香囊》伯仲。」[161]廖奔認爲：「把傳奇當作詩詞來作，一味講究填詞的平仄韻腳，追求詞采對仗，並堆用典故，卻不顧登場的特點。」[162]據此可知：鄭若庸爲「詩人撰劇」之「王實甫類型」。現存《玉合記》傳奇一齣的梅鼎祚，於戲曲創作上長於文詞，且爲詞采派的重要代表，王驥德《曲律‧雜論第三十九下》云：「於文辭一家得一人，曰宣城梅禹金。摛華掞藻，斐亹有致。」[163]沈德符《顧曲雜言》評：「梅雨（案：應爲「禹」之誤）金《玉合記》最爲時所尚，然賓白盡用駢語，餖飣太繁，其曲半使故事及成語……」[164]

---

[157] 明‧湯顯祖：〈答呂姜山〉，參徐朔方箋校《湯顯祖全集》（二）（大陸：北京古籍出版社，1999 年 1 月），頁 1302。

[158] 張燕瑾：《中國戲劇史》（同註 150），頁 220。

[159] 明‧祁彪佳：《孟子塞五種曲序》，參蔡毅編著《中國古典戲曲序跋彙編》四（同註 91），頁 2746。

[160] 明‧王世貞：《曲藻》，參《中國古典戲曲論著集成》四（同註 5），頁 37。

[161] 明‧徐復祚：《曲論》（同上註），頁 237。

[162] 廖奔、劉彥君著《中國戲曲發展史》第三卷（同註 10），頁 260。

[163] 明‧王驥德：《曲律》，參《中國古典戲曲論著集成》四（同註 5），頁 170。

[164] 明‧沈德符：《顧曲雜言》，參《中國古典戲曲論著集成》四（同註 5），頁 206。

準此可知，梅鼎祚講究華麗詞采、對仗工穩、善用典故等特點，而使其劇作遠離本色，「詩人撰劇」之特質明顯，故亦歸爲「王實甫類型」。

此外，王實甫《西廂記》對明代戲曲影響，亦是不可忽視的，如陸采《南西廂記》、王百戶《南西廂記》、黃粹吾《續西廂昇仙記》、屠本畯《崔氏春秋補傳》、槃薖碩人《增改定本西廂記》、周公魯《錦西廂》等皆是，本文以「王實甫類型」的創作特色爲論，所以《西廂記》改寫與評點部分僅能略述，何況，海峽兩岸學者專研《西廂記》者，已針對《西廂記》改本與評點等做了極多論述，故筆者於此即不再贅述。

與關漢卿、馬致遠二家風格相較，「王實甫類型」劇作家在明代戲曲發展上居劣勢，此應與戲劇審美觀的改變與藝術表演知識的增進有關外，時代與政治社會的外在因素影響，亦不容忽視。關於劇論對「三家」創作趨向發展的影響問題，筆者擬於下一章「關、王、馬三家在中國戲曲理論中的討論」再行論析。

三、清代

在戲曲發展史上，清代是另一關鍵轉折點。以雜劇、短劇與傳奇爲主的文人戲，隨著劇論知識的成熟、民眾意識抬頭，漸爲通俗大眾化且重舞臺演出的地方劇種所取代。就清代戲曲史言，前期的雜劇、短劇盛行、傳奇依然興盛，然中期左右，幾乎是地方戲的天下。

「王實甫類型」爲取向的劇作家，在清代前、中、後三期中，卻僅前期、後期的雜劇體制可論述，餘皆無以窺知「詩人撰劇」之劇作家特點。故此處論述時，只能採統括論述方式。初期的雜劇家以張龍文、南山逸史、周如璧、碧蕉軒主人、鄒式金、堵庭棻、袁于令、洪昇、車江英等爲「以詩作劇」的「王實甫類型」。

　　張龍文現存《旗亭讌》雜劇一種，以「旗亭畫壁」的文人雅事爲本。無論是內容題材或曲辭表現，皆是「以詩作劇」的「王實甫類型」。南山逸史現存《半臂寒》、《長公妹》、《中郎妹》、《京照眉》、《翠鈿緣》等劇，皆以現成的文人故事爲題材，其中曲文穠麗似花間氣息，如《長公妹》曲文【齊天樂】「（旦）榆錢徑，滿蕉裾窗蔭樓……」[165]，故將其歸爲「王實甫類型」。周如璧現存《孤鴻影》、《夢幻緣》雜劇，二劇皆爲戀愛劇，曲辭優美，對女子情懷與心理感受、情態等描寫皆有其獨創處，曾影靖評：「周如璧這劇（案：《孤鴻影》）亦是縹渺淒迷，若近若遠，愈淡愈雋，所寫之情，由靜處得來，從內心發出，走的正是《西廂》、《還魂》的路線。」[166]此處，亦將其歸爲「王實甫類型」。

　　此外，碧蕉軒主人現存雜劇有《不了緣》，此劇譜寫鶯鶯與張生事，關目雖與王《西廂》不同，結尾又是悲劇，然曲文穠麗悽惻的筆調，仍充分呈現「詩人撰劇」。鄒式金現存《風流塚》雜劇，此劇寫柳永與名妓謝天香故事，情節簡單、關目平穩，但寫情細膩、曲辭秀雅，曾影靖云：「曲辭尤清新秀媚，恍似柳七之詞。」[167]應歸爲「王實甫類型」。堵庭棻現存《衛花符》雜劇，寫唐代崔元微結廬於洛苑之東，眾花神愛其居清雅，便借來做集會之所，後崔生救助花神免於風難之事。文辭表現婉約清麗。曾影靖評：「縱觀全劇，曲辭都是清麗秀媚，沒有一點火氣味，眞如花間之美人。」[168]「花間美人」正是朱權對王實甫的評喻。袁于令現存《雙鶯傳》雜劇，此劇結構簡單，寫景平淡，然曲辭頗爲典麗，當屬「以詩作劇」的「王實甫類型」。車江英現存《四名家傳奇摘齣》雜劇，此劇乃譜韓愈、柳宗元、歐陽脩、蘇軾四人故事，分別爲《藍關

---

[165] 清・鄒式金：《雜劇三集》（北京：中國戲劇出版社）。
[166] 曾影靖：《清人雜劇論略》（同註102），頁232~233。
[167] 同上註，頁243。
[168] 同上註，頁250。

雪》、《柳州煙》、《醉翁亭》、《遊赤壁》四齣劇，其撰劇敘事詳盡，所有
出場人物俱見經傳，曲文在寫景寫情時皆豔麗鋪寫，曾影靖評：「愛把
絢麗的詞語、色澤鮮豔的句子，及詩詞成語生硬地堆砌在一起。」[169]因
其「詩人撰劇」特點鮮明，故亦將其歸爲「王實甫類型」。另外，前期
的洪昇現存《四嬋娟》雜劇，此應爲《謝道韞》、《衛茂漪》、《李易安》、
《管仲姬》等四折短劇組合而成，無論是題材內容、曲文表現，皆爲「以
詩撰劇」的「王實甫類型」。

　　清代後期的黃燮清，現存《凌波影》雜劇是描寫曹植遇洛神的故事，
其工於寫情、曲文穠麗，曾影靖評：

> 清劇作者中，藏園（蔣士銓）學玉茗（湯顯祖）而變其貌，而
> 韻珊（黃燮清）則從藏園入手，以窺玉茗，故其曲亦穠豔柔麗，
> 絢爛之極。[170]

準此，而將黃燮清歸爲「王實甫類型」。

　　清代劇壇的「花雅」勝負局面，在文人劇的創作上做了反映。以文
人戲爲論的「三家」中的「王實甫類型」，在中後期階段，幾於絕無僅
有，其中消息，自有可探。

---

[169] 曾影靖：《清人雜劇論略》（同註102），頁322。
[170] 同上註，頁464。

第三節　「以劇作詩」與「避」的「馬致遠類型」

　　散曲與劇曲表現皆獲得相當評價的馬致遠，朱權以「朝陽鳴鳳」、「典雅清麗」論其詞[171]；賈仲明亦以「萬花叢裏馬神僊」[172]肯定其「神仙道化劇」之開創。然觀覽馬致遠之劇作，如主觀情感的抒寫、以劇作詩等特點與「避」、「退離」的創作主調的呈現，亦皆是其特有的創作特色。若據此尋繹元、明、清劇作家創作概況，實不難發現「馬致遠類型」已蔚爲一創作指標。

　　和王實甫、白樸同爲「詩人撰劇」的東籬，歷來評論家皆著重於其曲文、神仙道化劇、《漢宮秋》等面向論述，然而梳理其創作手法，卻不難看出東籬「以劇作詩」的特質。在舞臺上，「以劇作詩」往往無法將劇本中抽象情景書寫表現出，因而演出時有一定侷限性；然而，此種侷限性，正是「以劇作詩」劇作在閱讀感受上勝過其它類型劇作家之處。以下即針對東籬「以劇作詩」創作特色，歸納元、明、清劇作家創作類型。

一、元代

　　馬致遠爲元代前期曲家，無論是散曲或雜劇的創作表現，在元代及曲史上皆有一定地位與影響。劇作多爲末本劇的東籬，其抒情性高、詞采典雅的特點，題材卻未若關漢卿般普遍通俗，僅擇歷史、文人、神仙

---

[171] 明・朱權：《太和正音譜》（同註5），頁16。

[172] 明・賈仲明：〈凌波仙〉詞弔「馬致遠」（同註4）。

道化等入劇。且「三家」之列的馬致遠，與王實甫同為文采派作家，然而又與王實甫有所不同，誠如青木正兒說：「馬致遠的曲辭，雖然富於文采，而極清奇，和王實甫、白仁甫相比，則別為一派，宛然居於文采派與本色派之間。」[173]有待說明的是：青木正兒的「居於文采派與本色派之間」的說法，並非指「戲曲抒情化」過程的中間過渡，而是以文采為主而題材內容著重於文人情感書寫的本色。將雜劇創作回歸到「詩」的本質，即是「以劇作詩」的基本創作態度。本單元擬由「以劇作詩」的「馬致遠類型」論元代前期、後期劇作家創作趨向。

（一）前期作家

　　元代前期劇作家中，據現存資料考證，其戲曲創作趨向與風格表現為「以劇作詩」者，僅李壽卿、石子章等人。現存《月明和尚度柳翠》、《說鱄諸伍員吹簫》等雜劇的李壽卿，朱權以「洞天春曉」稱其詞，且評：「其詞雍容典雅，變化幽玄，造語不凡，非神仙中人，孰能致此？」[174]賈仲明〈凌波仙〉詞弔「李壽卿」，以「南華莊老歎骷髏」、「月明三度臨歧柳」[175]正道出李壽卿「雍容典雅」的文采特質與神仙道化劇之呈現，傅惜華亦評：「蓋壽卿諸作，純為清麗一派。」[176]依此而將李壽卿歸為「馬致遠類型」是無庸置疑的；此外，石子章現存雜劇《竹塢聽琴》一齣，朱權以「蓬萊瑤草」[177]論其詞，賈仲明〈凌波仙〉詞弔「石子章」

173　青木正兒：《元人雜劇序說》（同註32），頁78。
174　明・朱權《太和正音譜・古今群英樂府格勢》，參《中國古典戲曲論著集成》三（同註5），頁16~17。
175　明・賈仲明：〈凌波仙〉詞弔「李壽卿」：「南華莊老歎骷髏。船子秋蓮夢裏遊。月明三度臨歧舞。播閻浮四百州。姓名香贏得青樓。黃沙漫、寒艸秋。白骨荒丘。」參《錄鬼簿》卷上（同註4），頁44。
176　傅惜華：《元代雜劇作家傳略》（同註17），頁28。
177　明・朱權：《太和正音譜・古今群英樂府格勢》（同註5），頁18。

云：「子章橫槊戰詞林。尊酒論文喜賞音。疏狂放浪無拘禁。展腹施錦心。竹窗雨、竹塢聽琴。高山遠、水流深。戞玉鏘金。」[178]詞中將子章的疏狂放浪詩人形象描寫殆盡外，又肯定其詞章表現，無論是「蓬萊瑤草」、「竹窗雨、竹塢聽琴」或「高山遠、水流深」皆透顯詩人慕道隱逸之心，傅惜華評：「蓋子章風格，為清俊一流。」[179]據此處論述可知，石子章的劇作題材與風格皆近「馬致遠類型」。

（二）後期作家

　　元代後期「以劇作詩」的劇作家，有宮天挺、范康、羅本（案：羅本即羅貫中，為元明間人，筆者將其納入元代後期作家論。），其中，宮天挺現存雜劇作品有《嚴子陵垂釣七里灘》、《死生交范張雞黍》二種，朱權評其詞為「西風鵰鶚」，更稱「其詞鋒犀利、神彩燁然」[180]，賈仲明認為其「志在乾坤外，敢嫌他天地窄。」[181]，此皆著重於宮天挺遣辭用意、豪邁遒勁等詞章特點之表現。若據現存劇作題材與曲文表現論，宮天挺當歸為「詩人撰劇」之列，又因其曲文尚不若王實甫般濃麗，反而呈現豪放遒勁之風，故將其歸為「馬致遠類型」。現存《竹葉舟》與《曲江池》等劇的范康，朱權以「竹裏鳴泉」[182]論其詞，鍾嗣成「詩籌酒令閒吟詠。戰文場、第一功。」之評語，與賈仲明論馬致遠的「戰文場曲狀元」似有同工之妙，此外，范康亦撰有神仙道化劇，傅惜華評：

---

178 明・賈仲明：〈凌波仙〉詞弔「石子章」，參《錄鬼簿》卷上（同註4），頁64。
179 傅惜華：《元代雜劇作家傳略》（同註17），頁49。
180 明・朱權：《太和正音譜・古今群英樂府格勢》（同註5），頁17。
181 鍾繼先詞弔「宮天挺」：「豁然胸次掃塵埃。久矣聲明播省臺。先生志在乾坤外。敢嫌他天地窄。詞章壓倒元白。憑心地、據手策。是無比英才。」參《錄鬼簿》卷下（同註4），頁101。
182 明・朱權：《太和正音譜・古今群英樂府格勢》（同註5），頁18。

「其風格豪放清麗，兼而有之。」[183]依上述論證，應可納爲「馬致遠類型」。羅本現存《風雲會》雜劇，此劇演述宋太祖受周禪即帝位，乘風雲平定南唐等故事。曲辭典雅當爲文采派，再加上題材內容之演述，若以劇作特色言，亦可歸爲「馬致遠類型」。

附表　元代「馬致遠類型」劇作家

劇作家	分期 (前、後)		已知存佚 劇目數		文采——	已知風格 未見作品	其它
	前	後	存	佚			
李壽卿	●		2	8			
石子章	●		1	1			
宮天挺		●	2	4			
范康		●	2				
羅本		●	1				

二、明代

明代戲曲發展「文人化」趨向與元劇前期劇作家馬致遠的創作「抒情化」有關。若和關漢卿、王實甫二家相較：「馬致遠類型」的劇作家在明代居多，且於三家中占主導優勢。此種景況，不僅與戲曲發展抒情化、文人化有關，更與王室貴族、曲論家之提倡與對東籬「群英之上」的肯定評價有關。

---

[183]　傅惜華：《元代雜劇作家傳略》（同註17），頁87。

綜覽明代戲曲「馬致遠類型」劇作家在前、中、後期的雜劇、短劇、傳奇等劇本創作，有不等的作品呈現。此處，即針對明代前、中、後期劇作家「以劇作詩」的「馬致遠類型」論。

（一）明代前期

以雜劇創作為論，前期的「馬致遠類型」劇作家較關漢卿、王實甫類型多；短劇則無以窺知；傳奇部分，「馬致遠類型」劇作家則較少。據前期戲曲創作景況論，雜劇尚屬於主導地位，故劇作家、劇作量多是必然的。此處擬由雜劇、傳奇等面向論。

1、雜劇

前期雜劇作家中，以王子一、朱權、朱有燉、谷子敬、楊訥等為具文采、「以劇作詩」特點的「馬致遠類型」。現存《誤入天臺》的王子一，為「明初十六子」之首[184]，朱權以「如長鯨飲海」評其詞[185]，青木正兒則明白指出：「曲辭之端莊清麗，具有元馬致遠之風格。此一點，當可冠其他諸人之作。」[186]王子一在曲辭表現上不僅「具馬致遠風格」，其《誤入桃源》劇與馬東籬已佚的《誤入桃源》皆同為描寫晉劉阮誤入桃源之故事，故依此而將其歸「馬致遠類型」。

朱權現存雜劇有《獨步大羅天》、《私奔相如》等，前者乃寫神仙道化故事，後者則以相如文君故事為描寫，王季烈《孤本元明雜劇提要》

---

[184] 朱權在《太和正音譜》〈國朝一十六人〉中列出：「王子一、劉東生、王文昌、谷子敬、藍楚芳、陳克明、李唐賓、穆仲義、湯舜民、賈仲明、楊景言、蘇復、楊彥華、楊文奎、夏均政、唐以初」等人，大抵以「明初十六子」稱之（同註5），頁22。
[185] 同上註。
[186] 青木正兒：《中國近世戲曲史》上冊（同註62），頁135。

評《私奔相如》：「有元人之古樸，而無元人粗野之弊；有明人之工麗，而無明人堆砌之病。雖關白馬鄭，無以過焉。」[187]此評雖太過褒揚，然其「無元人粗野之弊；有明人之工麗」卻是切中要點，此亦道出朱權風格趨向與馬致遠「以劇作詩」之關連。朱有燉現存《蟠桃會》等三十一種雜劇[188]，為明代雜劇創作極豐的作家，其中仙佛劇約居半數，無論劇作內容、詞采等表現，朱有燉皆具「以劇作詩」之特點。

　　另外，谷子敬現存《城南柳》雜劇，朱權以「如崑山片玉」[189]論其作，又稱「其詞溫潤，如璆琳琅玕，可荐為郊廟之用，誠美物也。」據此論與《城南柳》題材內容表現，將其歸為「馬致遠類型」；楊訥現存《西遊記》與《馬丹陽度脫劉行首》雜劇，朱權以「如雨中之花」喻其詞曲風格[190]，加上其劇本內容為神仙道化度脫之描寫，將其歸為「馬致遠類型」；賈仲明現存《荊楚臣重對玉梳記》、《蕭淑蘭情寄菩薩蠻》、《鐵拐李度金童玉女》、《呂洞賓桃柳昇仙夢》等雜劇，朱權以「如錦帷瓊筵」喻其作品風格[191]，徐子方認為：「聯繫其在愛情劇的題材開掘，神仙道化劇的意境求新，可謂上承馬致遠，下開朱有燉，在當時北雜劇演變過程中具有相當的典型性。」[192]據此可知：賈仲明特色與馬致遠之關係緊密，將其歸「以劇作詩」類型，是再自然不過了。

---

[187] 王季烈：〈孤本元明雜劇提要〉，參元・王實甫等撰《孤本元明雜劇》一（台北：台灣商務印書館，1977年12月），頁18。

[188] 朱有燉三十一種雜劇：《常椿壽》、《半夜朝元》、《仙官慶會》、《得騶虞》、《靈芝慶壽》、《神仙會》、《十長生》、《海棠仙》、《蟠桃會》、《八仙慶壽》、《辰鉤月》、《小桃紅》、《悟真如》、《喬斷鬼》、《降獅子》、《香囊怨》、《曲江池》、《桃源景》、《復落娼》、《慶朔堂》、《煙花夢》、《仗義疏財》、《豹子和尚》、《義勇辭金》、《牡丹仙》、《牡丹品》、《牡丹園》、《賽嬌客》、《繼母大賢》、《團圓夢》、《踏雪尋梅》等。

[189] 明・朱權：《太和正音譜》（同註5），頁22。

[190] 同上註，頁23。

[191] 同上註。

[192] 徐子方：《明雜劇史》（北京：中華書局，2003年8月），頁62。

2、傳奇

　　明代前期傳奇尚為醞釀階段，從事傳奇創作者自然不多，若以「三家」論，馬致遠「以劇作詩」類型劇作家可考者僅邱濬一人。邱濬現存《伍倫全備》傳奇，其內容主要在宣揚倫常教化，明代中期後雖對《伍倫全備》時有不滿之論，如徐復祚《曲論》評：「《伍倫全備》，純是措大書袋子語，陳腐臭爛，令人嘔穢。」[193]然綜觀此劇，曲文表現「聲情並茂」與劇作家詩人身分有關。祁彪佳《遠山堂曲品》評：「華實並茂，自是大老之筆。」[194]即是對其詩人身分肯定，因此而將其歸為「馬致遠類型」。

（二）明代中期

　　馬致遠在明代中期的影響，仍以雜劇為主要、傳奇次之、短劇則居後；換言之，此期的「以劇作詩」劇作家，以雜劇家最多，其次為傳奇作家，再其次則為短劇作家。此種情形，除了彰顯雜劇雖為主導地位外，傳奇已漸發展，故據雜劇、短劇、傳奇三面向而論。

1、雜劇

　　中期「以劇作詩」的「馬致遠類型」劇作家，據現存資料考知有：王九思、康海、陳沂、楊慎等人。曾永義論中期雜劇家：

> 弘正嘉三朝約八十年間，在明代雜劇發展過程上處於轉關樞紐
> 的時期。前期的元人北劇餘勝已經消沈殆盡，後期真正的明雜
> 劇尚未完全形成，所以這時期的作品不多。但卻有幾個傑出的

193　明・徐復祚：《曲論》（同註5），頁236。
194　明・祁彪佳：《遠山堂曲品》，參《中國古典戲曲論著集成》六（同上註），頁46。

作家，如康海、王九思、徐渭、馮惟敏、汪道昆諸人，或在風
格方面，或在體制方面，能夠繼往開來，也就奠定了他們自己
在明劇壇上的地位。[195]

由此可知，於戲曲史居重要影響地位的明代雜劇作家，多為此期的「馬致遠類型」。王九思現存《杜子美沽酒遊春記》、《中山狼》等劇，與同鄉摯友康海遭遇與成就相同，康海現存《中山狼》與《王蘭卿》等劇，曾永義論二人時云：「他們又同樣藉雜劇來發洩胸中的憤慨，使得雜劇從此變成文人遣興抒懷的工具，而其文辭，康氏之本色渾灝與王氏之秀麗雄爽，尤得劇論家的讚賞。」[196]準此，則王九思、康海的「以劇作詩」特質十分鮮明；陳沂現存《善知識苦海回頭》雜劇一種，內容敘述：書生胡仲淵苦讀十年，方得科舉中試，卻因新進士賜宴時一句話而得罪丁渭，於官場中屢遭陷害，雖最終朝廷還予公道，其卻看破紅塵而出家修道去。此劇較先前「度脫劇」具現實意義，可謂文人感慨情志之寫，曾永義評：「筆墨音調，真是道道地地的文人聲口，極為典雅清綺。……本劇當是案頭之劇，非場上所宜演。」[197]準此，而將其歸「以劇作詩」類型；此外，楊慎的《洞天玄記》雜劇，祁彪佳在《遠山堂劇品》列為「雅品」且評：「所陳者吐納之道，詞局宏敞，識者猶以咬文嚼字譏之。」[198]依此而將其歸「馬致遠類型」。

---

[195] 曾永義：《明雜劇概論》（同註56），頁299。
[196] 同上註，頁299~300。
[197] 同上註，頁347~348。
[198] 明・祁彪佳：《遠山堂劇品》（同註5），頁153。

2、短劇

　　明代中期短劇劇作家有徐渭、汪道昆、許潮等人。現存《四聲猿》（案：由《狂鼓史》、《翠鄉夢》、《雌木蘭》、《女狀元》等組合而成）短劇的徐渭，短劇盛行與其有絕對關係，吳梅云：「徐文長四聲猿中，女狀元劇，獨以南詞作劇，破雜劇定格，自是以後南劇孳乳矣。……文長詞精警豪邁，如詞中之稼軒龍洲。」[199]梁一成更直說：「四聲猿流行以後，明代短劇創作之風大盛。」[200]這些評斷不僅肯定其戲曲地位，更道出其文人撰劇的特質，曾永義評：「文長一生雖然僅做了這四個短劇，但其體制、音律都具有除舊創新的魄力，文辭更直逼關馬，在我國戲曲史上是足以卓立千古的。」[201]「直逼關馬」，當然是一高度的揄揚。然而就思想內容之呈現，似更近於馬致遠之主觀抒情特質，故此處將其歸爲「馬致遠類型」。許潮由《武陵春》、《蘭亭會》、《寫風情》、《午日吟》、《赤壁遊》、《南樓月》、《龍山宴》、《同甲會》等單折組合而成的《太和記》短劇，皆取材節令中文人雅事，曾永義評：「作者著重的是文辭的表現，所謂『典雅工麗』，正是他們的共同特色。」[202]依此而將其歸「以劇作詩」類型。

　　此外，汪道昆現存《大雅堂樂》是由《高唐記》、《洛神記》、《五湖記》、《京兆記》等短劇組合而成，其體制與《四聲猿》及《太和記》相同，曾永義論：

　　　　他做這四本雜劇，不過把它當作四篇小品文來處理，目的是要
　　　　文人案頭諷誦，讚美他的文辭。也因此，他對於題材的選擇、

---

[199]　吳梅：《中國戲曲概論》（同註2），頁69~70。
[200]　梁一成：《徐渭的文學與藝術》（台北：藝文印書館，1977年1月），頁79。
[201]　曾永義：《明雜劇概論》（同註56），頁358。
[202]　同上註，頁400。

關目的布置、排場的安排，以及文字的運用，便不太考慮到場上的效果和平民觀眾了。[203]

故亦將其歸爲「以劇作詩」的「馬致遠類型」。

3、傳奇

明代中期傳奇作家中，據考證可知「以劇作詩」的「馬致遠類型」劇作家有屠隆、梁辰魚等人。屠隆現存《曇花記》、《修文記》、《綵毫記》三種，呂天成《曲品》卷上評：「屠儀部逸才慢世，麗句驚時。」[204]祁彪佳《遠山堂曲品》：「學問堆垛，當作一部類書觀。」[205]廖奔評：「屠隆傳奇的成就主要在其文詞所顯露的才華上，……也有一些文人看重他傳奇的憤世、求仙之意，但同樣指出其不利劇場演出的一面。」[206]據此而將其歸爲「以劇作詩」類型；梁辰魚現存《浣紗記》傳奇，劇作家參與魏良輔等人的昆山腔改良活動，將自己的傳奇《浣紗記》以昆山腔舞臺演出的面貌呈現，卻因「在傳奇中將自己的姓名開誠布公地宣示於眾」[207]且其劇本關目散慢、羅織富麗等特質，故將其歸「以劇作詩」類型。

（三）明代後期

明代後期的「以劇作詩」「馬致遠類型」爲創作趨向的劇作家，以雜劇創作爲多，短劇亦可見，然於明代蔚爲風氣的傳奇，到了後期卻僅

203　同上註，頁 406。
204　明・呂天成：《曲品》卷上（同註 5），頁 215。
205　明・祁彪佳：《遠山堂曲品》（同上註），頁 20。
206　廖奔、劉彥君：《中國戲曲發展史》第三卷（同註 10），頁 359。
207　廖奔、劉彥君：《中國戲曲發展史》第三卷（同註 10），頁 276。

發現陳與郊具「以劇作詩」創作趨向。此處由雜劇、短劇、傳奇三面向
論之。

1、雜劇

　　明代後期「以劇作詩」雜劇劇作家人數，較同期的關漢卿、王實甫
類型居多。其中如王驥德、王澹、王應遴、吳中情奴、徐陽輝、鄒兌金、
陳與郊、陸世廉、黃家舒、湛然、葉小紈、孫源文、鄭瑜等人皆是。

　　集劇論、劇作家身分於一身的王驥德，現存《男王后》雜劇一齣，
《遠山堂劇品》列「雅品」評：「詞甚工美，有大雅韻度。」[208]青木正
兒評：「其曲詞用本色而流麗，頗有逼眞元人之處者。」[209]據此將其歸
爲「馬致遠類型」；現存《櫻桃園》雜劇的王澹，《遠山堂劇品》列爲「雅
品」且評：「澹居士詞筆老到，不輕下一字，故字句俱恰和。」[210]曾
永義說：「澹翁好爲傳奇、知音律，且躬自登場，是一位戲劇的製作者，
這一點很像關漢卿。……澹翁既躬踐排場，寫出來的戲劇應當是『劇人
之劇』才是，但櫻桃園並非如此，也許是題材拘限的緣故吧？」[211]此處，
由祁佳彪、曾永義之論斷而將其歸「以劇作詩」類型；王應遴現存《逍
遙遊》雜劇，此劇雖亦爲道化宣揚，以揭發世人好名貪利之心爲主，其
舞臺性低，主要爲劇作家個人思想理念之宣揚，故將其歸爲此類；吳中
情奴現存《相思譜》雜劇，《遠山堂劇品》列「能品」且評：「其語意大
略在鼻公西樓中打出，亦娟秀動人。但我輩有情，自能窮天聲地，出有
入無，乃借相思鬼、絪縕使作合，反覺著跡耳。」[212]、曾永義云：「本

---

[208]　明・祁彪佳：《遠山堂劇品》（同註5），頁161。

[209]　青木正兒：《中國近世戲曲史》上冊（同註62），頁229。

[210]　明・祁彪佳：《遠山堂劇品》（同註5），頁164。

[211]　曾永義：《明雜劇概論》（同註56），頁568~569。

[212]　明・祁彪佳：《遠山堂劇品》（同註5），頁180。

劇給人的感受是內容貧乏，相思之情亦描摹得不夠深刻，曲辭間有秀麗語，然大致平整而已。」[213]據此將其歸馬致遠類型。

再者，存《情痴》與《脫囊穎》二劇的徐陽輝，前齣劇《遠山堂劇品》列「逸品」[214]、後者則入「能品」[215]，曾永義綜評二劇：「賓白頗醒豁，曲辭亦清麗有致，間出本色語。」[216]「書生習氣未除」[217]據此而將其歸爲「馬致遠類型」。鄒兌金存《空堂話》劇，爲作者遣懷之作，鄒式金批：「叔弟深入禪那，此文從妙悟中流出，筆墨俱化；逸氣高清，藻思雅韻，特餘技耳。」[218]曾永義：「只是排場沈悶，但供案頭而已。」[219]由此足見其「以劇作詩」之特點；陳與郊現存《昭君出塞》、《文姬入塞》、《袁氏義犬》等劇，其內容題材皆取自史事，爲借事抒懷之作。曾永義評：「縱觀與郊三劇，當以文姬入塞爲最勝，在曲律排場方面，三劇俱未能臻妥貼，曲白以雅潔見長，亦能出於本色語。」[220]陸世廉《西臺記》劇，此劇主要演述文天祥事，曾永義評：「關目片段，毫無連綴，其病與風流冢相同。……文辭典雅，痛哭西臺爲主題所在，也是作者所以寄亡國之恨，但悲壯不足，筆力無以當之，蓋才氣短拙使然。」[221]據此而將其歸爲「馬致遠類型」；黃家舒現存《城南寺》劇，《遠山堂劇品》列「逸品」[222]、曾永義評：「此等關目失之沈寂，與文人賦詠無殊，已

---

[213]　曾永義：《明雜劇概論》（同註56），頁580。

[214]　明·祁彪佳：《遠山堂劇品》（同註5），頁173。

[215]　同上註，頁180。

[216]　曾永義：《明雜劇概論》（同註56），頁571。

[217]　同上註，頁572。

[218]　鄭振鐸：《清人雜劇二集》（香港：龍門書店，1969年3月），頁109。

[219]　曾永義：《明雜劇概論》（同註56），頁557。

[220]　同上註，頁422。

[221]　曾永義：《明雜劇概論》（同註56），頁579。

[222]　明·祁彪佳：《遠山堂劇品》（同註5），頁170。

非場上之劇。然文辭典雅可誦,非靡麗者可比。」[223]此處已說得十分清楚,黃家舒劇作斷非場上之曲,依其文辭與內容表現,故將其歸爲「以劇作詩」類型;湛然現存《魚兒佛》劇,爲寓佛法於戲劇之中,傳揚佛教工具。曾永義:「本劇無論戲劇的功能或傳教的目的,都不能算成功。」[224]葉小紈存《鴛鴦夢》劇,據此劇關目看,由仙女降凡而歷經塵世、再經神仙點化回仙界,並無創意。曾永義評:「本劇純是悼念懷舊的寫實之作,所以僅能就文字觀之,若就劇場的結構而言,是無可取的。」[225]孫源文存《餓方朔》劇,文字雄麗、關目安排亦得宜。曾永義評:「表面上是藉著東方朔演一段滑稽事,其實,是寄著無限的感慨。作者可能是個遭時不遇的人。」[226]準此可知,黃家舒、湛然、葉小紈、孫源文等皆可歸爲「以劇作詩」的「馬致遠類型」。

2、短劇

　　明代後期短劇劇作家,經分析歸納爲「馬致遠類型者」有車任遠、沈自徵、鄭瑜等人。車任遠現存《蕉麓夢》雜劇,呂天成評:「蔚有才情,結撰亦富。」[227]曾永義評:「將全劇的本事和主旨先自說明,然後依樣敷演,觀閱者已先了然胸中,其布置又平板無生氣,如此眞味同嚼蠟矣。」[228]現存《霸亭秋》、《簪花髻》、《鞭歌妓》等雜劇的沈自徵,其劇皆爲悲憤之作,曾永義評:「縱觀君庸三劇,杜默之哭,升庵之笑,建封之罵,無一不是用來寄託胸中的悲憤。」[229]據此將其歸馬致遠類型;

---

[223] 曾永義:《明雜劇概論》(同註 56),頁 556。
[224] 同上註,頁 552。
[225] 同上註,頁 464。
[226] 同上註,頁 553。
[227] 明‧呂天成:《曲品》(同註 5),頁 216。
[228] 曾永義:《明雜劇概論》(同註 56),頁 573。
[229] 同上註,頁 460。

鄭瑜存《鸚鵡洲》、《汨羅江》、《黃鶴樓》、《滕王閣》等劇,曾永義云:
「以上四劇關目均極簡單,毫無曲折變化、文字典雅,隱括之曲雖尚順
適,然板板無生氣,這簡直是作繭自縛,⋯⋯戲劇一旦落入此等境地,
豈非等於辭賦的附庸?」[230]據此可知,鄭瑜短劇實爲「以劇作詩」類型。

3、傳奇

後期傳奇劇作家中,陳與郊是「以劇作詩」趨向的傳奇劇作家。現
存《鸚鵡洲》、《櫻桃夢》、《麒麟罽》、《靈寶刀》等傳奇,就題材與內容
表現來看,劇作家借劇抒情的成分高,廖奔評:「陳與郊畢竟不是一位
純粹意義上的曲家,他只是和大部分傳奇作家一樣,想借創作來抒發自
己的人世感慨,因而其劇作也就不可避免地存在著一些不盡如人意之
處。其最主要缺陷⋯⋯多爲文學性強的案頭之作,很難奏之場上,影響
了這些劇作的進一步流傳。」[231]據此,而將其歸「以劇作詩」的「馬致
遠類型」。

馬致遠的「以劇作詩」,主要將詩人自身的憤懣不平情緒、感時不
遇情志等藉戲劇人物抒發。到了明代,戲劇成爲禮教宣揚工具,劇作家
的抒懷有時夾雜忠孝節義思想的成分在其中,有時亦借史事而抒發感慨。

三、清代

戲曲不僅具教育與娛樂的作用,更是反映政治社會現實情狀的工
具。清代的戲曲環境較前代占優勢處,除戲曲文學有宋、元、明戲文與
雜劇所奠定的堅實基礎外,崑曲興盛、各地方劇種發達等皆爲清代劇壇

---

[230] 同上註,頁 555。
[231] 曾永義:《明雜劇概論》(同註 56),頁 378。

增添色彩。周妙中認為：「劇壇上人才輩出，百花爭豔的景象，並不曾隨著明王朝的覆滅而銷聲匿跡，作家人數之眾，問世作品之多，都達到了驚人的地步。」[232]確實，清代劇壇作家、劇作量皆頗豐，雜劇與傳奇皆有不錯作品問世，若以「三家」論，關漢卿、王實甫、馬致遠三家鼎立之勢雖依然存在，但「以劇作詩」的「馬致遠類型」，似乎略居優勢。以下就清代前、中、後期分論「馬致遠類型」在雜劇、短劇、傳奇中之表現。

（一）清代初期

馬致遠的「以劇作詩」創作特點，主要在於將個人懷才不遇、憤懣之情藉著戲劇人物口得以抒發宣洩。周妙中論及清初劇作家時說：「許多作家借古人酒杯澆自己塊壘，從不同的角度，曲折地抒發了反清朝統治階級的情感，傾吐了廣大人民鬱積在內心深處的痛苦和義憤，寫下了不少的傑作。」[233]正因如此，「以劇作詩」的劇作家較關、王二家的「以劇作劇」、「以詩作劇」類型多。

1、雜劇

清代前期的「以劇作詩」「馬致遠類型」劇作家，有薛旦、吳偉業、尤侗、王夫之等人。其中薛旦現存《昭君夢》雜劇，此劇內容敷演昭君自嫁入胡邦後，憂思愁悶，夢回漢闕重會漢帝事。雖與馬致遠、尤侗題材同，在人物與情調氛圍上卻不一樣。《梁溪詩話》評：「既揚生而慧業，吐納風流，懷才不遇，豔思綺語，往往見於歌曲……欲步武徐文長，沈

君庸諸公之後，以抒其憤懣之氣，蓋亦悲哉！」[234]足見薛旦的創作趨向。再者，曾影靖亦云：「是劇關目，頗有輕重倒置之弊……然此時之曲，多只供案頭吟詠，而不是用於梨園搬演，作者於此，當另有寓意。」[235]準此，而將其歸爲「馬致遠類型」。此外，現存《臨春閣》、《通天臺》劇的吳偉業，因其劇充滿故國興亡之感慨，鄭振鐸云：「諸劇皆作於國亡之後，故幽憤慷慨，寄寓極深。」[236]確實，吳梅村雜劇文學成就高、曲辭佳，其中多個人情志之抒寫，如曾影靖評：「《通天臺》蒼涼悲咽，而《臨春閣》一劇則是哀悱頑豔，令人惻然傷心。前者好像是作者的恣情痛哭，將滿腔憤懣，盡吐無遺；後者則恍若哀囀悲啼，一切憂思愁悶，均深壓心中。其表現雖不同，而哀痛則無異。」[237]據此，將其歸「以劇作詩」類型。現存《讀離騷》、《弔琵琶》、《桃花源》、《黑白衛》等劇的尤侗，以文人事蹟爲主要描寫，命意高寄託深遠之意清楚可見，吳梅《讀離騷・跋》：「《讀離騷》展成此作、適下第之時，感憤無聊，所以洩恨也。」[238]鄭振鐸則評：「就曲文觀之，則侗誠不愧才子，其使事之典雅，運語之俊逸，行文之楚楚動人，在在皆令讀者神爽。」[239]因此將尤侗歸爲「馬致遠類型」是無庸置疑的；現存《龍舟會》劇的王夫之，此劇故事以李公佐的《謝小娥傳》爲藍本，劇本呈現激楚悲壯、慷慨悲憤語言，實不難看出劇作家影子，故亦將其列「馬致遠類型」。

---

234 《梁溪詩話》，見清・王孫《江蘇詩徵》卷一五六，參清道光元年「焦山海西庵詩徵閣刊本」。

235 曾影靖：《清人雜劇論略》（同註102），頁222。

236 鄭振鐸：《通天臺・跋》，參蔡毅編著《中國古典戲曲序跋彙編》二（同註89），頁928。

237 曾影靖：《清人雜劇論略》（同註102），頁162。

238 吳梅：《讀離騷・跋》（同註89），頁939。

239 鄭振鐸：《清平調・跋》（同上註），頁944。

2、短劇

　　清代前期「以劇作詩」類型的短劇家，有嵇永仁、土室道民、葉承宗、廖燕、洪昇、裘璉、張潮、黃之雋、張韜等人。曾影靖論「清代短劇」時說：

> 這種短劇，在題材方面，亦有其特點，即不再像元雜劇一樣，專寫民間傳說之中心人物，如包龍圖、李逵、魯智深、鄭元和之類，而改寫為文人所喜愛的故事，藉以發洩自己胸臆。故這種短劇亦可稱之為「文士劇」。由於形式的方便，最利於文人發洩牢騷，抒寫懷抱，所以短劇到了清代，流行益盛。[240]

據此可知，清代初期短劇家多藉戲劇抒寫懷抱，如嵇永仁現存《續離騷》（案：由《劉國師教習扯淡歌》、《杜秀才痛哭泥神廟》、《痴和尚街頭笑布袋》、《憤司馬夢裏罵閻羅》單折劇組合而成。）；洪昇學習徐渭《四聲猿》體例，而以《詠雪》、《簪花》、《鬥茗》、《畫作》等短劇合稱《四嬋娟》；裘璉的二折劇《昆明池》、《集翠裘》與四折的《鑑湖隱》、三折的《旗亭館》，皆演述文人韻事者；張潮的《筆歌》上卷為《瑤池宴》、《窮途哭》、《乞巧文》、《拜石丈》等單折劇合成，亦為文人抒懷之作；黃之雋的《四才子劇》由《飲中仙》、《夢揚州》、《藍橋驛》、《鬱輪袍》等短劇組成，就內容敷演與文辭呈現，皆屬「以劇作詩」的「馬致遠類型」。

　　此外，土室道民現存《鯁詩讖》劇，是敘述五代時，貫休和尚往蜀途中過吳越，錢鏐向其請示興亡成敗之勢，休贈以詩，錢請其更改詩意，貫休性鯁而不肯。曾影靖云：「劇中頗多感慨之語，恐是作者有感而

240　曾影靖：《清人雜劇論略》（同註 102），頁 14。

發。……結構雖是簡單平淡，直敘平鋪，但作者運筆遒健，意氣蒼莽，下語謹嚴，縱非名家，卻頗有名家風度。」[241]故據此而將其歸「馬致遠類型」；現存《孔方兄》、《賈閬仙》、《十三娘》、《呂洞賓》等劇的葉承宗，曾影靖評：「承宗的雜劇，不僅在體制上仿效元人，即風格亦與前賢相似，將他的曲置於元人作品中，幾不能分。……有些似元宮大用的風格。」[242]宮天挺爲元雜劇大家，元劇風格分類時亦歸爲「以劇作詩」馬致遠類型，準此，葉承宗當然亦歸同類；廖燕現存《醉畫圖》、《訴琵琶》、《續訴琵琶》、《鏡花亭》等劇，除《續訴琵琶》二折外，其餘皆爲一折短劇，所寫內容皆是作者自己之事，曾影靖評：「柴舟的雜劇，只是抒憤洩怨之作，僅供案頭吟詠，非圖梨園搬演。」[243]因之，而將其歸爲「以劇作詩」類型；現存短劇《續四聲猿》的張韜，其作在體例上和徐渭《四聲猿》相同，風格亦相似，《續四聲猿》實包括《杜秀才痛哭霸亭廟》、《戴院長神行薊州道》、《王節使重讀木蘭詩》、《李翰林醉草清平調》等單折劇。周妙中評云：

> 不難理解作者是個長期蹭蹬場屋，懷才不遇、滿腹牢騷的文人。……劇本中文人的際遇，不過是作者的理想。……他們的雜劇可稱是當行的作品，我們認爲他的作品可傳，並不是出於同情他的遭遇。[244]

此與關漢卿「破」、「批判」的創作基調接近，所以，將張韜歸之爲「劇人之劇」。

---

[241] 同上註，頁 331。
[242] 同上註，頁 256。
[243] 曾影靖：《清人雜劇論略》（同註 102），頁 301~302。
[244] 周妙中：《清代戲曲史》（同註 115），頁 169。

3、傳奇

清代初期傳奇創作，除了以李玉爲代表的蘇州派作家與風流文人李漁等人外，傳奇劇壇上以正統派傳奇家的「文人之曲」爲劇壇帶來另一番氣象，如郭英德所說：

> 傳奇發展期劇壇上還活躍著一批以吳偉業、尤侗為代表的正統派傳奇作家，包括丁耀亢、黃周星、嵇永仁、王抃、孫郁、龍燮、裘璉、查慎行、呂履恒、岳端、許廷彔、程鑣、張雍敬等人。這些正統派傳奇作家以創作詩詞古文的傳統思維模式創作傳奇，借傳奇抒發故國之思、興亡之嘆、身世之感……傳奇作品帶來主觀化和案頭化的創作傾向。[245]

由此段文字敘述，可知正統「文人之曲」實際上即「以劇作詩」之表現。現存《鈞天樂》傳奇的尤侗，其劇爲敘寫書生沈白、楊雲才高學富，上京應試卻因未能賄賂主試官而落第，郭英德云：「這些戲曲作品都作於順治十四年至十六年間，正是他仕途遭受挫折，個人功名失意之時，因而充滿牢騷、憤激的感情。」[246]據此而將其歸「馬致遠類型」。此外，如丁耀亢的《西湖扇》、龍燮的《江花夢》與《芙蓉城記》、嵇永仁的《揚州夢》與《雙報應》、裘璉的《女崑崙》、查愼行的《陰陽判》、現存《天下樂》、《天有眼》、《井中天》、《如是觀》等劇的張彝宣與張雍敬的《醉高歌》、王抃的《籌邊樓》、黃周星《人天樂》、呂履恒的《洛神廟》等傳奇，皆爲初期文人藉劇抒寫個人情志與憤懣不平之作，就內容與「傳

---

245 郭英德：《明清傳奇史》（同註 79），頁 422。

246 同上註，頁 431。

奇作家以創作詩詞古文的傳統思維模式創作傳奇」的手法論，這些劇作家皆當歸為「以劇作詩」類型。

　　另外，吳偉業現存《秣陵春》傳奇，為敘寫五代南唐學士徐鉉之子徐適入宋以後的姻緣功名遇合故事，作者以秣陵初春景象，使人增添故國之思來抒寫自己的家國興亡惆悵與身處兩朝的矛盾與無奈。寓園居士說：「灌隱五古，直逼漢、魏；歌行近體，上下初盛；敘記之文，不媿唐宋大家；而寄興詞曲，復推宗匠，又一奇也。」[247]郭英德認為：「情節的設置，不正隱然透露出吳偉業不忘舊主、感激恩眷的深切情衷？」[248]由此可知：吳偉業撰劇亦主要是藉劇抒情，故將其歸為「以劇作詩」類型。

（二）清代中期

　　若說政治影響文學發展，此期的戲曲創作即是最明顯例證。清中期，朝廷施行懷柔政策，社會經濟發展與中央統治權力鞏固之下，漢民族的仇恨亦不若前期激昂慷慨，相對地，此期的劇本創作在風格上少了前期的蒼莽疏宕氣，加上地方劇種的發達與劇論「雙美」重場上、案頭之主張影響，劇作家創作已脫離單一化的窠臼，而趨於多元以符「雙美」原則要求。所以，「三家」絕對化的創作趨向已漸消褪，依可考知的劇作家論，「以劇作詩」類型在短劇、傳奇之表現，如下：

　　就短劇言：此期有舒位、曹錫黼、徐火羲等人，舒位現存《瓶笙館修簫譜》是由《卓女當壚》、《樊姬擁髻》、《酉陽修月》、《博望訪星》等四種單折雜劇組合，此雖為寫古人逸事，而其中亦不無借題發揮作者思

---

[247]　寓園居士：《秣陵春·序》，參蔡毅編著《中國古典戲曲序跋彙編》三（同註89），頁1439。

[248]　郭英德：《明清傳奇史》（同註79），頁425。

想和感觸之處。曾影靖評:「綜合而言,鐵雲諸劇,曲、白並有情緻;白則雋永可喜,不染道學頭巾氣;曲亦疏淡清爽,新道秀麗。」[249]鄭振鐸評:「鐵雲之《修簫譜》,新妍若夭桃初放。」[250]準此,歸爲「馬致遠類型」;現存《四色石》的曹錫黼,其《四色石》是由《張雀網廷平感世》、《序蘭亭內史臨波》、《宴滕王子安撿韻》、《寓同谷老杜興歌》等四個單折短劇組合而成。施潤評:「《四色石》慷慨淋漓,各盡其致,則徐文長之《四聲猿》可以頡頏。」[251]據四齣單折短劇內容看來,無論是失意文人心情描寫或感時之嘆,皆可見「以劇作詩」之影子;現存《寫心雜劇》(案:周妙中《清代戲曲史》認爲此劇有二種版本,各爲十六折與十八折本。)內收《遊湖》、《述夢》、《遊梅遇仙》、《癡祝》與《青樓寄困》……等,周妙中認爲:「《寫心雜劇》所寫都是親身經歷或幻想……」[252]準此,故將其歸爲「馬致遠類型」。

　　就傳奇論:此期的傳奇劇作家有岳端、蔣士銓等人。岳端現存《揚州夢》傳奇,此劇取材於《太平廣記》卷一六《杜子春》故事,寫唐代杜子春揚州揮霍落敗後遇仙人、得道成仙。郭英德云:「此劇作於清康熙三十七年,這年岳端緣事革爵,所以借杜子春故事,感慨世情冷暖……」[253]據此,將其歸爲「以劇作詩」類型;蔣士銓現存《冬青樹》與《桂林霜》二齣傳奇,皆以慷慨犧牲從容就義的忠臣義士爲描寫對象,周妙中認爲:「清朝的漢人和元朝的漢人處境大體相同,因此借歌頌宋末民族英雄來寄託反對民族壓迫的哀思,就成爲有清一代文人慣用的手

[249]　曾影靖:《清人雜劇論略》(同註102),頁413。
[250]　鄭振鐸:《清人雜劇・序言》(同註218),頁4。
[251]　施潤:《四色石・序》,參《清人雜劇》初集(同上註),頁226。
[252]　周妙中:《清代戲曲史》(同註115),頁276。
[253]　郭英德:《明清傳奇史》(同註79),頁435。

法。《多青樹》的寫作大約就是這種思想的反映。」[254]據此，亦將其歸
為「馬致遠類型」。

（三）清代後期

　　戲曲發展到了此期，以文人為主要創作的雜劇、短劇、傳奇已是強
弩之末了。地方戲的蓬勃發展，雖迎合了廣大社會群眾，其戲曲文學卻
文學價值低而不入雅人之賞，吳梅曾說：「乾隆以上有戲有曲；嘉道之
際有曲無戲；咸同以後實無戲無曲矣。」[255]正是貼切之形容。所以，若
論馬致遠「以劇作詩」在清代晚期風格呈現，短劇家有吳藻、梁廷楠、
俞樾等人，雜劇與傳奇則無以窺見。

　　就短劇言，吳藻為清代少數女曲家，其《飲酒讀騷圖》（案：又名
《喬影》）於此一折短劇中，寫謝絮才嫌己身是個女子，易裝描成一幅
圖像，名為「飲酒讀騷圖」掛在書房內，一日，忽又換閨裝到書房賞玩、
對圖讀《離騷》狂飲痛哭，後收畫而去。周妙中云：「很明顯，謝絮才
就是作者自己的化身，是她自以為才華如同謝道韞一般的意思。」[256]此
種借劇中人物抒寫個人情志的特點，正符合「以劇作詩」的風格；再者，
梁廷楠的《小四夢》即由《江梅夢》、《圓香夢》、《曇花夢》、《斷緣夢》
等四齣單折短劇組成，主要敘寫李隆基和梅妃、毛奇齡和姬曼殊、莊生
和李含煙、高仰士和陶四眉間之愛情故事，梁廷楠寫《小四夢》有意與
湯顯祖《臨川四夢》相競，然周妙中：「《臨川四夢》的佳處主要在於湯
顯祖文學修養和藝術造詣的高超，而不在於『夢』。『人生如夢』本是不
健康的思想意識，用來寫戲曲，偶一為之，令人感覺新奇可愛，用多了

---

[254] 同上註，頁 251。
[255] 吳梅：《中國戲曲概論》（同註 2），頁 141~142。
[256] 周妙中：《清代戲曲史》（同註 115），頁 325。

就成俗套。」[257]筆者認爲：梁廷枏以「夢」來表現，不僅是仿效湯顯祖，更有抒發個人不遇感慨的用意，誠如曾影靖所說：「咸同之後，短劇之作，雖然稍稍斂跡，但前期流風未泯，文士仍有藉之以抒憂洩怨。」[258]故將其歸「以劇作詩」類型；現存《老圓》短劇一種的俞樾，內容敘寫一老將與一老妓，受到老僧的點化因而大悟，此爲以抒性靈爲主的短劇，在情節結構上雖很簡單，但文辭佳，確實是「以劇作詩」的類型。

第四節　小結

　　據元、明、清三代「劇作家類型」分析，可知關、王、馬「三家」在戲曲發展上因時代政治背景的衝擊與劇種的不同而有所增減變化。

　　賈仲明以「雜劇班頭」、「梨園領袖」論關漢卿，肯定其在雜劇創作上的主導地位。確實，「三家」中的「關漢卿類型」，對於劇作家創作取向的影響是有目共睹的。若以元、明、清「關漢卿類型」論，元代此類型創作取向的作家多；明代則雜劇家少而傳奇家較多；清代雜劇劇作家少而傳奇作家多。

　　而「作詞章風韻羨」、「西廂記天下奪魁」、「西廂爲北曲壓卷之作」等評語，不僅道出王實甫劇作特點，更點出其戲曲史上之地位。確實，王實甫的曲辭濃麗特點與《西廂記》對元、明、清戲曲有著莫大的影響，「以詩作劇」的創作取向和大量《西廂記》改寫本、評點等，即是最佳明證。劇作家的「以詩作劇」創作手法與「謳歌」的創作主調，於元、

---

[257] 周妙中：《清代戲曲史》（同上註），頁 324。
[258] 同註 102，頁 17。

明、清劇作家的劇本中仍可見。依前述元、明、清「王實甫類型」論，元代「王實甫類型」創作取向的劇作家量居於關漢卿之次而與馬致遠相當；到了明代則雜劇家多而傳奇少（案：筆者認爲此應與大量的《西廂記》改寫本與評點有關）；清代則前期雜劇家多，中後期絕無僅有，短劇與傳奇則幾無以窺知。據「王實甫類型」創作趨向之遞變，除政治社會與時代背景衝擊影響外，不可否認的是：戲劇理論的成熟與撰劇時之場上要求，皆爲主要影響因素，尤其介於關漢卿與馬致遠兩種風格之間的「王實甫類型」，往往是在稍有傾斜時便最容易被吸收與同化的。

　　再者，向來以「戰文場曲狀元」、「萬花叢裡馬神僊」與「朝陽鳴鳳」論馬東籬的曲作，馬致遠將戲曲回歸「詩」的抒情本質，使其成爲文人抒發情感之文學工具，在中國戲曲發展史中之影響是不容忽視的。由元、明、清「以劇作詩」劇作家的圖表來看，「馬致遠類型」創作趨向的劇作家，元代尚居關漢卿之後，明、清時已居主要創作趨向地位，這種現象，除了與前述的政治社會、劇作家生命情調影響有關外，究其原因，應是戲曲回歸抒情傳統之故。

附表　元雜劇「劇作家類型」分析

		關漢卿			王實甫			馬致遠		
		劇作家	前期	後期	劇作家	前期	後期	劇作家	前期	後期
元代雜劇		高文秀	●		白樸	●		李壽卿	●	
		紀君祥	●		張壽卿	●		石子章	●	
		王仲文	●		李好古	●		宮天挺		●
		康進之	●		鄭光祖		●	范康		●
		李文蔚	●		喬吉		●	羅本		●
		鄭廷玉	●							
		武漢臣	●							
		岳伯川	●							
		孟漢卿	●							
		李直夫	●							
		李行道	●							
		張國賓	●							
		楊顯之	●							
		石君寶	●							
		戴善甫	●							
		尚仲賢	●							
		吳昌齡	●							
		楊梓		●						
		朱凱		●						
		蕭德祥		●						
		秦簡夫		●						

　　由「三家」論元、明、清劇作家創作趨向，除了關、王、馬類型劇作家各有消長盛衰外，因戲曲理論的精進與影響，造成了「非一種風格」（案：「雙美說」影響，致使劇作家倡「本色、文采」、「情、理」並重之創作論。）的創作趨向；再者，王實甫《西廂記》影響等，皆是筆者此處須特別說明的。茲以「雙美」作家、《西廂記》影響等列點論之。

一、「雙美」作家

因劇本創作而起的論爭，達到「雙美」共識後，又反過來影響劇本創作，是不變的循環規則。正因此不變規則，影響劇本創作趨向，而出現了「非單一類型」劇作家。所謂「非單一類型」乃指劇作家同時兼具二種或二種以上創作特色，亦即指「風格多樣呈現，非關、王、馬三家中，任一家可歸類詮釋者」如：明代短劇劇作家程士廉、李開先、車任遠；明傳奇家張鳳翼、陸采、徐霖、李開先、沈璟等；清代雜劇家黃家舒、孔尚任、蔣士銓等，皆是「非單一類型」所能框限的劇作家。本文以時代分論，期使其清楚呈現。

（一）明代

戲曲發展繁盛的明代，據歸納可知：短劇和傳奇中即有「非單一類型」劇作家。以短劇爲論，程士廉、李開先、車任遠等即是；以傳奇爲論，則有張鳳翼、陸采、徐霖、李開先、王玉峰、沈璟、阮大鋮等人。

（二）清代

據歸納分析可知：清代雜劇、短劇、傳奇皆有「雙美」劇作家。以雜劇論，有黃家舒、徐石麒、裘璉、孔尚任、厲鶚、吳城、蔣士銓、孔廣林、陳棟、吳鎬、張聲玠等；以短劇論，來集之、葉承宗、桂馥、石韞玉、周樂清等屬之；以傳奇言，則有過孟起、鄒玉卿等人。

「雙美說」戲曲創作論完成於明代，以此創作理論爲依據的劇作家，由明代至清代亦呈現由少趨多、弱趨盛的局面。當然，此與「劇學理論」至清代李漁的《閒情偶寄》完成，多少有關係吧。

二、《西廂記》影響

　　「西廂」故事，自《董廂記》、《西廂記》形成後，以《西廂》爲底本、命名者有：李景雲《崔鶯鶯西廂記》、楊景賢《翠西廂》、晚進王生《圍棋闖局》、佚名《南調西廂記》與《南西廂記》、《東廂記》、《錦翠西廂》、陸采《南西廂記》、王百戶《南西廂記》、黃粹吾《續西廂昇仙記》、屠本畯《崔氏春秋補傳》、槃薖碩人《增改定本西廂記》、周公魯《錦西廂》、查繼佐《續西廂》、秦之鑑《翻西廂》、卓人月《新西廂》、碧蕉軒主人《不了緣》、沈謙《美唐風》(《翻西廂》)、葉時章《後西廂》、薛旦《後西廂》、周杲《竟西廂》、程端《西廂印》、韓錫胙《砭眞記》、王基《西廂記後傳》、楊國賓《東廂記》、張錦《新西廂記》、高宗元《新增南西廂》、周聖懷《眞西廂》、陳莘衡《正西廂》、石龐《後西廂》、湯世瀠《東廂記》、吳國榛《續西廂》、吳沃堯《白話西廂記》、成燮春《眞正新西廂》、《普救寺》等。據此論述可知，《西廂記》自元代後，在明、清形成了一股創作風潮，甚而劇論中亦將其廣度引用作爲評比對象，由於後世研究熱潮故使其形成「西廂學」專門研究領域。

　　本單元以關、王、馬「三家」論中國戲曲類型發展之關係，論述時得以清楚知悉三家之興衰消長情況。然而，此處須說明的是：「三家」中的王實甫，除了影響後世的《西廂記》改本、評點外，最後爲具明顯本色、文采的關、馬二家所取代。再者，基於劇本與理論的相輔相成關係，「雙美類型」劇作家的出現當是戲劇知識進步、劇論發達的環境下所可能發生的。所以，到了明代，戲曲回歸到文人抒情傳統與沈璟、孔尚任、阮大鋮、陸采、張鳳翼等案頭、場上兼具的「雙美」劇作家出現，爲戲曲發展帶來更多樣的變化。

第五章　關、王、馬三家在中國戲曲理論中的討論

戲曲理論的產生，是奠基在豐厚的劇本創作上，中國古典戲曲理論由萌芽、成熟、發展，經歷了漫長的歷史階段。雜劇前的戲曲理論，多散見於典籍中，唐代崔令欽的《教坊記》與段安節的《樂府雜錄》皆為研究古代技藝、音樂、舞蹈與樂部管理制度等的參考，具理論批評的色彩，可謂戲曲評論之萌芽；元代為雜劇繁盛期，戲曲的正式形成與繁榮，亦促成戲曲理論的進一步發展；明、清時期的大量劇作與劇論，更是雙向交流衝擊下的成果。由戲曲發展史來看，戲曲理論專著也經歷了由粗到精、由不完善到完善的過程，誠如俞為民說：

> 在早期所產生的一些理論專著中，一方面，所論不成系統；另一方面，史料的成分較重，如《錄鬼簿》、《青樓集》便是如此。到了明代中葉，戲曲理論進入繁盛時期，戲曲理論家們對戲曲本體的認識有了提高，其研究和探討的範圍也有了新的開拓。因此，這一時期所出現的戲曲理論涵蓋較為廣泛，理論較有系統的特徵。如……王驥德《曲律》……。清初，戲曲理論進入

集成時期後，這一時期的曲論專著不僅系統性更為加強，而且更具有精深的特徵，李漁的《閒情偶寄》就是最傑出的代表。[1]

而在如此源遠流長的發展過程，當然涵蓋了戲曲方面的各種議題。其中若欲論戲曲理論對「三家特色」的討論，當自元代始。元人周德清「關、鄭、白、馬」提出後，明代劇壇論爭，各有所尊，而關、王、馬「三家」往往互有起落；清代亦有主關、尊王、尊馬之論；至民國，吳梅等人更將關漢卿、王實甫、馬致遠以「三家」並論。值得注意的是：關漢卿、王實甫、馬致遠「三家」「以劇作劇」、「以詩作劇」、「以劇作詩」的劇論探討，不僅彰顯劇作與劇論互為影響之關係，更是劇學理論發展完備過程之呈現。

基於戲曲理論之粗精、完備與否的考量、戲曲創作之正式形成等問題，本文論述時由元代始，且將元、明、清、民國各以一單元分論，論述時礙於劇作、劇論與時代分期之考量，或以「不分期、劇論專著」如元代；或以「劇壇論爭」如明代；或以「時代分期」如清代、民國等為論。藉此論述，期使中國古典戲曲理論與「三家」關係更清楚呈現。

第一節　元代

元雜劇的生成是奠基在話本、諸宮調、歌舞等藝術形式上的，中國戲曲由民間發展轉至文人創作，自然亦應由元代開始論起。向來，將元

---

[1]　俞為民、孫蓉蓉：《中國古代戲曲理論史通論》（台北：華正書局，1998 年 5 月），頁 3。

雜劇以前、後期分論，其中劇作家劇作量多、風格趨向定型的前期，對於僅能延伸發展而無以另闢新境地的後期雜劇，在創作上自然具主導作用。劇本與劇論是相輔相成的，就明、清戲曲言，此種依恃關係是透明且清楚的，然而對於文人開始投入創作的元代戲曲言，卻僅能據較粗略、史料成分重的戲曲理論專著，如《錄鬼簿》、《青樓集》、《唱論》等進行爬梳與歸納論述。

　　元雜劇前、後期劇作量既未能均等，元代又是文人戲創作之始，在戲曲理論上當然是貧瘠的，故論述時若以前、後期論「三家」，首先便會面臨資料不足、論述偏頗等問題。況且關漢卿、王實甫、馬致遠身處於前期，其「劇人之劇」、「詩人之劇」、「劇人之詩」的創作風格，卻須至後期方為人所討論。準此，本單元擬以《錄鬼簿》、《青樓集》、《唱論》、《中原音韻》等戲曲史料專著為主，再輔以元代劇作家、詩文等，對「三家」的討論進行論析。

一、理論專著的研討

　　俞為民論述元代戲曲理論時說：

> 在這一時期裏，出現了一批戲曲論著，如鍾嗣成的《錄鬼簿》
> 在記載戲曲作家的生平與劇目的同時，也對他們的創作特色做
> 了簡略的評論。夏庭芝的《青樓集》評述了戲曲演員的表演技
> 藝。芝庵的《唱論》則是一部戲曲聲樂理論專著。而周德清的
> 《中原音韻》不僅對北曲的曲韻作了較詳盡的論述，而且也提
> 出了一些具體的創作方法。[2]

---

[2]　俞為民、孫蓉蓉：《中國古代戲曲理論史通論》（同註1），頁80。

　　據此可知，若欲研論關漢卿、王實甫、馬致遠「三家」特色，《錄鬼簿》應是最直接之論著，餘則可為論述之參考。

1、《錄鬼簿》

　　鍾嗣成的《錄鬼簿》將關漢卿、王實甫、馬致遠列於「前輩已死名公才人，有所編傳奇行於世者」[3]，對關、王、馬等「前輩已死名公才人」僅列其姓名與所編撰之劇目，未敢作傳以弔的原因，亦於《錄鬼簿》中作一番論述：

> 右前輩編撰傳奇名公，僅止於此，才難之云，不其然乎？余僻處一隅，聞見淺陋，散在天下，何地無才，蓋聞則必達，見則必知，姑敘其姓名於右；其所編撰，余友陸君仲良得之於克齋先生吳公，然亦未盡其詳。余生也晚，不得預几席之末，不知出處，故不敢作傳以弔云。[4]

《錄鬼簿》前部分為他人所作，鍾嗣成自謙己身之識見淺陋、編撰未盡其詳、且出生稍晚又不知出處，故未敢作傳弔之，僅列述其姓名與劇目。據《錄鬼簿》卷下「方今已亡名公才人，余相知者，為之作傳，以〈凌波曲〉弔之」之論[5]，可知鍾嗣成為「方今已死名公才人」作〈凌波曲〉弔唁。

　　正因《錄鬼簿》卷上，僅列關、王、馬三家劇目與姓氏，未作任何評述，故為知悉「三家」在元代理論專著中的研討，筆者據本論文「三家特色」之論斷標準，對鍾嗣成《錄鬼簿》卷下的〈凌波曲〉加以探析。

3　元・鍾嗣成：《錄鬼簿》，參《中國古典戲曲論著集成》二（北京：中國戲劇出版社，1982 年 11 月），頁 104~109。

4　元・鍾嗣成：《錄鬼簿》卷上（同上註），頁 117。

5　元・鍾嗣成：《錄鬼簿》卷下（同上註），頁 118。

以「劇人之劇」關漢卿研討為論：鍾嗣成於《錄鬼簿》卷下弔「鮑天祐」云：「談音律，論教坊，唯先生占斷排場。」[6]；對沈和評述：「天性風流，兼明音律。以南北調合腔，自和甫始……江西稱為蠻子關漢卿是也。」[7]在〈凌波曲〉中云：

> 五言嘗寫和陶詩，一曲能傳冠柳詞，半生書法欺顏字。占風流獨我師，是梨園南北分司。當時事，子細思；細思量不似當時。[8]

此處，將沈和通曉音律與梨園緊密關係點出，更肯定其曲之通俗若詞中柳永。鍾嗣成對鮑天祐、沈和甫的評述，著重在劇作家與教坊、梨園關係外，更肯定其音律通曉與市井通俗之要求。

再者，鍾嗣成的〈凌波曲〉亦觸及「以詩撰劇」的王實甫風格研討，如其弔「鄭光祖」云：

> 乾坤膏馥潤飢膚，錦繡文章滿肺腑，筆端寫出驚人句。翻騰今共古，占詞場老將伏輸。《翰林風月》、《梨園樂府》，端的是曾下工夫。[9]

此中的「錦繡文章滿肺腑」、「占詞場老將伏輸」著重於「以詩撰劇」類型的文辭研討。又以「其辭甚麗」評趙良弼的《梨花雨》，〈凌波曲〉弔「趙良弼」則云：

---

[6]　元・鍾嗣成：《錄鬼簿》卷下（同註3），頁122。
[7]　同上註，頁121。
[8]　同上註。
[9]　同上註，頁119。

> 閒中袖手刻新詞，醉後揮毫寫舊詩，兩般總是龍蛇字。不風流
> 難會此，更文才宿世天資。感夜雨梨花夢；歎秋風，兩鬢絲，
> 住人間能有多時？[10]

「刻新詞」、「寫舊詩」、「不風流難會此」等，既道出其對文辭之重視講
究，更點出柔婉的情懷抒寫，此即「以詩撰劇」之特點。另外，鍾嗣成
以「美容儀、能詞章」論喬吉[11]；「天資明敏，好爲詞章、隱語、樂府」
論吳本世[12]，皆是以善詞章爲著的「詩人之劇」劇作家類型。其中尤以
「已死才人不相知者」的胡正臣生平論述，與王實甫最貼近，如：

> 董解元《西廂記》自『吾皇德化』至於終篇，悉能歌之，至於
> 古之樂府、慢詞、李霜涯賺令，無不周知。[13]

胡正臣喜董《西廂》，故難免受其影響，可惜的是並未能見其劇作，故
無以評論。此外，「以劇作詩」類型的論述，鍾嗣成〈凌波曲〉弔「宮
天挺」：

> 豁然胸次埽塵埃，久矣聲名播省臺。先生志在乾坤外，敢嫌天
> 地窄，更詞章壓倒元白。憑心地，據手策，數當今，無比英才。[14]

既言其氣度，更道其詞章勝元白，此「文采」表現自然與前述「感夜語
梨花夢」的「歎秋風」不同，它融入詩人主觀情感。又如弔「范康」〈凌
波曲〉寫：

10　同上註，頁 125。
11　同上註，頁 126。
12　同上註，頁 127。
13　元・鍾嗣成：《錄鬼簿》卷下（同註 3），頁 129。
14　元・鍾嗣成：《錄鬼簿》卷上（同上註），頁 118。

詩題鴈塔寫秋空，酒滿舟光　船棹晚風，詩籌酒令閒吟詠。占文場第一功，掃千軍筆陣元戎。龍蛇夢，狐兔蹤，半生來彈指聲中。[15]

鍾嗣成弔曲不僅點出劇作家同爲詩人身分，更道出其撰劇如作詩之特點，如「詩籌酒令閒吟詠，占文場第一功，掃千軍筆陣元戎。」對劇作家的評論與明初賈仲明的〈凌波仙〉詞弔「馬致遠」的「戰文場曲狀元」竟有同工之妙。而「龍蛇夢，狐兔蹤，半生來彈指聲中。」與馬致遠〈夜行船〉（秋思）散套，也幾同一慨嘆。

鍾嗣成《錄鬼簿》對「三家」之研討，實藏伏於劇作家生平論述與「挽曲」中，雖未明言「三家鼎立」之情狀，亦未論及「三家」之詞，卻於劇作家評述中，多少指出不同特色的存在。

2、《青樓集》、《唱論》及《中原音韻》

夏庭芝《青樓集》爲記載演員生平和表演技藝的論著，除了朱經的〈青樓集序〉寫：「我皇元初并海宇，而金之遺民若杜散人、白蘭谷、關已齋輩，皆不屑仕進，乃嘲風弄月，流連光景……」[16]，論及關漢卿不屑仕進、嘲風弄月之生活態度外，整本《青樓集》皆未再涉及與關、王、馬三家有關之論。其次，燕南芝庵的《唱論》亦僅著重音調與唱腔之論述，未觸及「三家」特色。此外，周德清的〈中原音韻序〉云：

樂府之盛、之備、之難，莫如今時。其盛，則自搢紳及閭閻歌詠者眾。其備，則自關、鄭、白、馬一新製作，韻共守自然之音。[17]

---

[15]　同上註，頁 120。
[16]　元・夏庭芝：《青樓集》，參《中國古典戲曲論著集成》二（同註3），頁 15。
[17]　元・周德清：《中原音韻》，參《中國古典戲曲論著集成》一（同上註），頁 175。

此一段文字向來被視為「元曲四大家」的最早揭出，但論述時「三家」中缺王實甫，且未針對各家特點加以研討。

二、詩文的研討

曲是元代的文學表徵。散曲與雜劇繁盛，相形之下，詩文倒成了此時文學發展之配角。然對戲曲的討論，詩文卻往往提供了極具意義的資料，如胡祗遹《黃氏詩卷·序》提出「九美說」：

> 女樂之百伎，惟唱說焉。一、資質濃彩，光彩動人；二、舉止閒雅，無塵俗態；三、心思聰慧，洞達事物之情狀；四、語言辯利，字句真明；五、歌喉清和圓轉，纍纍然如貫珠；六、分付顧盼，使人解悟；七、一唱一說，輕重急徐中節合度，雖記誦閒熟，非如老僧之誦經；八、發明古人喜怒哀樂、憂悲愉佚、言行功業，使觀者如在目前，諦聽忘倦，惟恐不得聞；九、溫故知新，關鍵詞藻，時出新奇，使人不能測度為之限量。九美既備，當獨步同流。[18]

此為其對戲曲表演的見解說明，可惜的是並未直接觸及與「三家」有關的論述；再者，元人陶宗儀的《輟耕錄》亦是研究戲曲的重要參考資料。

雖然戲曲資料是研究戲曲時最直接的參考，然有時候劇作家的詩文內容，倒成了其創作理念宣揚之工具，如關漢卿的【南呂·一枝花】〈不伏老〉中的自述：

18　元·胡祗遹：《黃氏詩卷·序》，參陳良運主編《中國歷代賦學曲學論著選》（大陸：百花洲文藝出版社，2002 年 4 月），頁 501。

【梁州】我是個普天下郎君領袖。蓋世界浪子班頭。……通五音六律滑熟……占排場風月功名首。更玲瓏又剔透。我是個錦陣花營都帥頭。曾翫府遊州。[19]

這一段文字正是關氏「劇人身分」的充分說明。值得一提的是：散曲中亦出現「贈女藝人」之作，如關漢卿的【南呂・一枝花】〈贈珠簾秀〉[20]、胡祇遹的【沉醉東風】[21]等皆是，由此可看出文人與演藝人員交往情況。

總之，在戲曲理論發展未完全成熟的元代，《錄鬼簿》卷下鍾嗣成所撰寫的挽曲，或多或少觸及到劇作特色與劇作家的不同創作趨向；周德清的《中原音韻》則是首位論及「元曲四大家」者（案：周德清文中未直接標舉「四大家」之稱，而是舉「關、馬、鄭、白」四家為論）。我們可以說，元代鍾嗣成與周德清之論，基本上已為明代劇壇「三家」的討論，預作準備了。

---

19 元・關漢卿：【南呂・一枝花】〈不伏老〉，參隋樹森輯《全元散曲》一（台北：漢京文化事業有限公司），頁172。

20 元・關漢卿【南呂・一枝花】〈贈珠簾秀〉：「輕裁蝦萬鬚。巧織珠千串。金鈎光錯落。繡帶舞蹁躚。似霧非煙。粧點就深閨院。不許那等閒人取次展。搖四壁翡翠濃陰。射萬瓦琉璃色淺。【梁州】富貴似侯家紫帳。風流如謝府紅蓮。鎖春愁不放雙飛燕。綺窗相近。翠戶相連……十里揚州風物妍。出落著神仙。……你箇守戶的先生肯相戀。煞是可憐。則要你手掌兒裏奇擎著耐心兒捲。」（同上註），頁170~171。

21 元・胡祇遹【雙調・沉醉東風】〈贈妓朱簾秀〉：「錦織江邊翠竹。絨穿海上明珠。月淡時。風清處。都隔斷落紅塵土。一片閒情任卷舒。掛盡朝雲暮雨。」（同上註），頁69。

第二節　明代

　　元代戲劇在創作上不僅爲中國戲曲發展提供了基礎養分，同時在理論上，更爲其後發展顛峰的明代，預先做了準備。準此，可說「中國古典戲劇進入理論的自覺時期，是由元代開始的。」[22]然而，從元代到明初，劇作與理論發展仍未一致，理論落後於創作的情況，直到明代中葉後才改善。明代爲繼元代後中國戲曲發展的另一高峰，不同的是：大量劇本與劇論的產生，充分印證戲曲理論不是空想，而是與成熟的戲曲創作共存共榮的。

　　劇作與劇論繁盛的明代，劇作家往往兼具劇論家的身分，如徐渭所撰的《南詞敘錄》爲研究南戲之參考，其《四聲猿》則是短劇；王驥德撰有《男王后》等劇與《曲律》戲曲專著；呂天成則有《齊東絕倒》等劇，亦有《曲品》劇論等即是鮮明例證。再者，因劇作、劇論的蓬勃發展，引發相互間的意見交流，進而有了劇壇的「論爭」。俞爲民針對明代劇壇論爭現象加以歸納，提出「明代劇壇三次論爭」[23]之說，認爲明代嘉靖、隆慶、萬曆時期，劇壇上「《琵琶》、《拜月》、《西廂》」、「元曲四大家」、「湯、沈」的論爭，不僅彰顯了劇作家創作時的謹慎嚴肅態度，更是戲曲高度發展的表徵。

　　而如果以「三家」爲核心，則俞爲民的「三次論爭」中，「元曲四大家高下」與「《琵琶》、《拜月》、《西廂》優劣」之爭，不僅環繞著關漢卿、王實甫、馬致遠「三家」雜劇特色和優劣高下的論述，而且緊密

22　譚帆、陸煒：《中國古典戲劇理論史》（北京：中國社會科學出版社，1993 年 4 月），頁 5。
23　俞爲民、孫蓉蓉：《中國古代戲曲理論史通論》（同註 1），頁 142。

相關。故此處據「元曲四大家高下」與《琵琶》、《拜月》、《西廂》優劣」等論爭，論「三家風格」在明代的研討。此外，「三次論爭」中的「湯、沈之爭」因未直接觸及「三家」特色議題，筆者將其與「未直接參與論爭，其戲劇觀涉及三家者」併入餘論部分論述。

一、「元曲四大家」之爭

元代周德清在《中原音韻‧序》中，雖已提出「關（漢卿）、鄭（德輝）、白（樸）、馬（致遠）」四人之名[24]，但未明確標舉「四大家」之說。周德清以樂府音韻的角度論述關、鄭、白、馬四家，其實並不具優劣評比的意思。然而，以「四大家論爭」言，周德清或已開端緒。隨後賈仲明在〈凌波仙〉挽詞弔馬致遠時寫：

> 萬花叢裏馬神僊。百世集中說致遠。四方海內皆談羨。戰文場曲狀元。姓名香貫滿梨園。漢宮秋、青衫淚。戚夫人、孟浩然。共庾白關老齊眉。[25]

賈仲明在弔馬致遠的挽詞中，雖提及「共庾白關老齊眉」亦僅是同周德清一樣，將鄭德輝改為庾天錫，列出「馬致遠、庾天錫、白樸、關漢卿」四家之名，且陳述馬致遠與庾、白、關地位相當，未道出優劣高下。直到明代，首次明確提出「元曲四大家」的何良俊說：

---

[24] 元‧周德清《中原音韻‧序》：「樂府之盛，之備，之難，莫如今時。其盛，則自搢紳及閭閻歌詠者眾。其備，則自關、鄭、白、馬一新製作，韻共守自然之音，字能通天下之語，字暢語俊，韻促音調；觀其所述，曰忠，曰孝，有補於世。」參《中國古典戲曲論著集成》一（同註3），頁175。

[25] 元‧賈仲明：〈凌波仙〉詞弔「馬致遠」，見《錄鬼簿》卷上，參楊家駱主編《錄鬼簿新校注》（台灣：世界書局，1982年4月）。

> 元人樂府稱馬東籬、鄭德輝、關漢卿、白仁甫為四大家。馬之
> 詞老健而乏姿媚。關之詞激厲而少蘊藉，白頗簡淡，所欠者俊
> 語，當以鄭為第一。[26]

何氏將馬致遠、鄭德輝、關漢卿、白樸名為四大家，且以鄭德輝為第一。
至此，「元曲四大家」之名確立外，亦足見何良俊對關漢卿、馬致遠「激
厲而少韻藉」、「老健而乏姿媚」風格之評論。「激厲而少蘊藉」強調的
是戲曲激昂的生命力，韻味卻嫌不足，就戲曲語言論，關漢卿通俗本色、
活潑直接的風格即是；再者，「老健而乏姿媚」強調的是文采穩練遒健
而缺乏柔靡綺媚，此種特點，自然是馬致遠的風格呈現。其次，王世貞
《曲藻‧序》云：

> 諸君如貫酸齋、馬東籬、王實甫、關漢卿、張可久、喬夢符、
> 宮大用、白仁甫輩，咸富有才情，兼喜聲律，以故遂擅一代
> 之長。[27]

王氏僅將元曲大家列出，肯定眾家皆有才情，未論及優劣與風格表現。
直到評何良俊論鄭德輝時，才得以略悉其對元曲大家品評的觀點，如《曲
藻》說：

> 何元朗極稱鄭德輝《梅香》、《倩女離魂》、《王粲登樓》，以為出
> 《西廂》之上。《梅香》雖有佳處，而中多陳腐措大語，且套數、
> 出沒、賓白，全剽《西廂》。《王粲登樓》事實可笑，毋亦厭常
> 喜新之病歟？[28]

26　明‧何良俊：《曲論》，參《中國古典戲曲論著集成》四（同註3），頁6。
27　明‧王世貞：《曲藻》，參《中國古典戲曲論著集成》四（同上註），頁25。
28　明‧王世貞：《曲藻》，參《中國古典戲曲論著集成》四（同上註），頁34。

王世貞對何良俊高舉「鄭德輝爲元曲第一」並謂其劇「出《西廂》之上」，頗不以爲然，認爲鄭德輝雜劇全剽《西廂》，則心中輕重，略可知矣。而徐渭在《南詞敘錄》論南、北曲製作，認爲：「入元又尙北，如馬、貫、王、白、虞、宋諸公，皆北詞手」[29]，所列缺關、鄭、喬三家，且未做優劣品評。胡應麟在〈莊嶽委談〉中，以《西廂》流傳之廣，而肯定「王實甫在關漢卿之上」其云：

> 勝國詞人王實甫、高則誠聲價本出關鄭白馬下，而今世盛行元曲僅《西廂》、《琵琶》而已。……今王實甫《西廂記》爲傳奇之冠，……關漢卿自有《城南柳》、《緋衣夢》……雖字字本色，藻麗神俊大不及王。[30]

據此段文字論述言，胡應麟肯定王實甫「藻麗神俊」的特色，乃是「字字本色」的關漢卿所未能及的。同樣地，極力推許王實甫的王驥德，也認爲關漢卿在元曲大家中略遜一等，如：

> 世稱曲手，必曰關、鄭、白、馬，顧不及王，要非定論。……作北曲者，如王、馬、關、鄭輩，創法甚嚴。終元之世，沿守惟謹，無敢踰越。[31]

此處即提出「作北曲者，如王、馬、關、鄭輩」將王實甫置於首位，且於〈新校注古本西廂記評語〉中又說：

---

[29]　明・徐渭：《南詞敘錄》，參《中國古典戲曲論著集成》三（同上註），頁242。

[30]　明・胡應麟：《少室山房曲考》，參任中敏編《新曲苑》一（台灣：中華書局），頁109~112。

[31]　明・王驥德：〈雜論〉第三十九，《曲律》，參《中國古典戲曲論著集成》四（同註3），頁149~151。

元人稱關、鄭、白、馬，要非定論，四人關漢卿稍殺一等，第
之，當日王馬鄭白，有幸與不幸耳。[32]

王驥德理想的四大家排列：王、馬、鄭、白，將素有「雜劇班頭」之稱
的「梨園領袖」關漢卿，明白摒除於四大家之列。此外，沈德符：「若
《西廂》，才華富贍，北詞大本未有能繼之者，終是肉勝於骨，所以讓
《拜月》一頭地。元人以鄭、馬、關、白為四大家而不及王實甫，有以
也。」[33]則認為王實甫《西廂記》因「肉勝於骨」，故在《拜月亭》之下，
四大家未收王實甫是有其道理的；卓人月：「必也具十分才情，無一分
慾謬，可與馬白關鄭、荊劉拜殺頡之頏之者，可以言曲。」[34]論述元曲
四大家時，亦將王實甫排除於外。

　　以上為明代「元曲四大家」論爭之大略論述，內容主要環繞著「曲
家優劣」與「風格」的問題。以下試就這些論述進一步作歸納呈現，以
窺此論爭中對「三家」之觀點。

　　「元曲四大家」論爭中，雖亦出現對三家優劣進行品評分等的情
況，而此種分類品評與劇作家個人主觀好惡有關。筆者為求劇論家對「三
家」特色之品評能清晰呈現，特以關漢卿、王實甫、馬致遠分論：

　　以關漢卿為論，除品評優劣之外，在風格上的論述有何良俊的「關
之詞激厲而少蘊藉」、胡應麟「字字本色」等。「激厲而少蘊藉」強調的
是語言本色的特點呈現，此本為「劇人之劇」的關漢卿特點；就王實甫
言，胡應麟以「藻麗」、沈德符則以「《西廂》才華富贍」等著重其文辭

---

[32]　明・王驥德：《新校注古本西廂記評語》，參陳良運主編《中國歷代賦學曲學論著
　　　選》（同註18），頁715。
[33]　明・沈德符：〈拜月亭〉，《顧曲雜言》，參《中國古典戲曲論著集成》四（同註3），
　　　頁210。
[34]　明・卓人月：《殘唐再創》小引。

藻麗之特點，藻麗、才華富贍的文辭，向來即爲王實甫雜劇之主要特色；至於馬致遠，賈仲明的〈凌波仙〉挽詞：「萬花叢裡馬神僊」、「戰文場曲狀元」即道出馬東籬的雜劇題材與善於曲文營造的詩人特質；此外，何良俊的「馬之詞老健而乏姿媚」自然是與同爲詩人撰劇的王實甫「藻麗、才華富贍」特色，做了最清楚的劃分說明。

準此，關漢卿、王實甫、馬致遠在明代「元曲四大家論爭」中，雖然與特色有關的論述往往點到爲止，然可知與關漢卿「以劇作劇」、王實甫「以詩作劇」、馬致遠「以劇作詩」等創作特點並無太大差異。

二、《西廂》、《拜月》、《琵琶》之爭

由何良俊首開其端的「《西廂記》、《琵琶記》、《拜月亭》優劣之爭」，即是本色與文采之論。何良俊在《曲論》說：

> 近代人雜劇以王實甫之《西廂記》，戲文以高則誠之《琵琶記》爲絕唱，大不然。……祖宗開國，尊崇儒術，士大夫恥留心詞曲，雜劇與舊戲文本皆不傳，世人不得盡見，雖教坊有能搬演者，然古調既不諧於俗耳，南人又不知北音，聽者即不喜，則習者亦漸少，而《西廂》、《琵琶記》傳刻偶多，世皆快睹，故其所知者，獨此二家。……乃知今元人之詞，往往有出於二家之上者。蓋《西廂》全帶脂粉，《琵琶》專弄學問，其本色語少。蓋填詞須用本色語，方是作家……[35]

35　明・何良俊：《曲論》，參《中國古典戲曲論著集成》四（同註3），頁6。

何良俊以「本色」與「當行」立場為論，認為《西廂》全帶脂粉，而《琵琶》專弄學問，無法與本色語當行兼具的《拜月亭》並論。[36]王世貞卻以《拜月亭》「中間雖有一二佳曲，然無詞家大學問，一短也；既無風情，又無裨風教，二短也；歌演終場，不能使人墮淚，三短也」[37]而判定《拜月亭》在《琵琶記》之下。此後，臧懋循在《元曲選‧序》云：

> 大抵元曲妙在不工而工，其精者採之樂府，而粗者雜以方言。……何元朗評施君美《幽閨》遠出《琵琶》上，而王元美目為好奇之過。夫《幽閨》大半已雜膺本，不知元朗能辨此否。元美千秋士也，予嘗於酒次論及《琵琶》〈梁州序〉〈念奴嬌序〉二曲，不類永嘉口吻，當是後人竄入，元美尚津津稱許不置，又惡知所謂《幽閨》者哉。[38]

臧懋循於此處指出元劇的本色，且藉著其品評標準，而對《琵琶記》加以貶抑。在序文中更對王世貞「津津稱許」未合本色且「不類永嘉口吻，當是後人竄入」的《琵琶記》曲文感到不滿；此外，他以「《幽閨》大半已雜膺本，不知元朗能辨此否？」對何良俊不辨版本亦提出質疑。基本上，臧懋循是認同何良俊的「當行」、「本色」的，所以其《元曲選後序》說：

> 總之曲有名家，有行家。名家者出入樂府，文彩爛然，在淹通閎博之士，皆優為之。行家者隨所粧演，無不模擬曲盡，宛若

36　明‧何良俊說：「《拜月亭》是元人施君美所撰，《太和正音譜》『樂府群英姓氏』亦載此人。余謂其高出於《琵琶記》遠甚。蓋其才藻雖不及高，然終是當行。」（同註35），頁12。

37　明‧王世貞：《曲藻》，參《中國古典戲曲論著集成》四（同註3），頁34。

38　明‧臧晉叔：《元曲選》第一冊（大陸：中華書局，1991年12月），頁3。

　　身當其處，而幾忘其事之烏有，能使人快者掀髯，憤者扼腕，
　　悲者掩泣，羨者色飛。是惟優孟衣冠，然後可與於此。故曰曲
　　上乘，首曰『當行』。[39]

「當行」之曲為「上乘」，「行家」的創作必著重於舞臺演出，而非「文
彩爛然」的鋪寫。除臧晉叔以外，凌濛初的《譚曲雜箚》[40]亦以「本色」
與「當行」為評曲的準則，不同意王世貞將《琵琶記》置於《拜月亭》
之上；而沈德符[41]、徐復祚等人亦支持何、臧、凌之說[42]。

　　其後對於王世貞「《拜月亭》於《琵琶記》之下」提出支持認同者，
有呂天成、王驥德等人。如呂天成在《曲品》卷下論述時，將《琵琶記》
與《拜月亭》同列「神品」：

　　《琵琶》蔡邕之託名無論矣，其詞之高絕處，在布景寫情，真
　　有運斤成風之妙。串插甚合局段，苦樂相錯，具見體裁。可師，
　　可法，而不可及也。詞隱先生嘗謂予曰：『東家妙處全在調中平、

---

[39]　明・臧晉叔：《元曲選》第一冊（同上註），頁4。

[40]　凌氏：「曲始於胡元，大略貴當行不貴藻麗。其當行者曰『本色』。蓋自有此一番
　　材料，其修飾詞章，填塞學問，了無干涉也。故荊、劉、拜、殺為四大家，……
　　元美責《拜月》以無詞家大學問，正謂其無吳中一種惡套耳，豈不冤甚！然元美
　　於《西廂》而止取其『雪浪拍長空』、『東風搖曳垂楊線』等句，其所尚可知已，
　　安得不擊節於『新篁池閣』、『長空萬里』二曲，而謂其在《拜月》上哉！《琵琶》
　　全傳，自多本色勝場，二曲正其稍落游詞——前輩相傳謂為膚入者——乃以繩《拜
　　月》，何其不倫！」見凌濛初著《譚曲雜箚》，參《中國古典戲曲論著集成》四（同
　　註3），頁253~254。

[41]　明・沈德符《顧曲雜言》：「何元朗謂《拜月亭》勝《琵琶記》，而王弇州力爭，
　　以為不然，此是王識見未到處。……」參《中國古典戲曲論著集成》四（同上註），
　　頁210。

[42]　明・徐復祚《曲論》：「何元朗（良俊）謂施君美《拜月亭》勝於《琵琶》，未為
　　無見。《拜月亭》宮調極明，平仄極協，自始至終，無一板一折非當行本色語，
　　此非深於是道者不能解也，……」參《中國古典戲曲論著集成》四（同上註），
　　頁235~236。

> 上、去聲字用得變化，唱來和協。至於調之不倫，韻之太離，
> 則彼已自言，不必尋數矣。』萬物共襃，允宜首列。

《拜月》云此記出施君美筆，亦無的據。元人詞手，製爲南詞，天然本色之句，往往見寶，遂開臨川玉茗之派。何元朗絕賞之，以爲勝《琵琶》，而《談詞定論》則謂次之而已。[43]

　　針對《琵琶》與《拜月》高下之爭，呂天成雖表現「《琵琶》優於《拜月》」之個人主觀喜好，然其論「本色」與「當行」時，又提出：不應把「本色」狹隘理解爲語言的淺庸，也不應把「當行」誤爲賣弄文才的語言遊戲，其直指「當行兼論作法，本色只指填詞。」[44]確爲最佳說明。

　　在明代曲學家中，試圖爲戲曲理論做總結的王驥德，對於《琵琶記》與《拜月亭》的評論，雖認爲《琵琶記》的地位勝於《拜月亭》，卻亦歸納二者皆屬「本色」[45]一家，且進一步論述《琵琶記》和《拜月亭》的缺點。如《曲律・雜論上》寫：

---

[43]　明・呂天成《曲品》，參《中國古典戲曲論著集成》六（同上註），頁234。

[44]　明・呂天成認爲：「當行兼論作法，本色只指填詞。當行不在組織餖飣學問，此中自有關節局概，一毫增損不得；若組織，正以盡當行。本色不在摹勒家常語言，此中別有機神情趣，一毫妝點不來；若摹勒，正以蝕本色。……殊不知果當行，則句調必多本色；果其本色，則境態必是當行。」參《中國古典戲曲論著集成》六（同註3），頁211。

[45]　明・王驥德在《曲律・論家數》：「曲之始，止本色一家，觀元劇及《琵琶》、《拜月》二記可見。……大抵純用本色，易覺寂寥；純用文調，復傷琱鏤。《拜月》質之尤者，《琵琶》兼而用之，如小曲語語本色，大曲引子如『翠減祥鸞羅幌』、『夢遶春闈』，過曲如『新篁池閣』、『長空萬里』等調，未嘗不綺繡滿眼，故是正體。」參《中國古典戲曲論著集成》四（同上註），頁121~122。

《拜月》語似草草，然時露機趣；以望《琵琶》，上隔兩塵；元
朗以為勝之，亦非公論。[46]

即是王驥德對何良俊的「《拜月》優於《琵琶》」提出不滿之處。王驥德
除了認爲「《拜月》優於《琵琶》」非「公論」與二者皆「本色」外，亦
對《琵琶》、《拜月》二劇，提出不足與太過之論斷，如：「故不關風月，
縱好徒然，此《琵琶》持大頭腦處，《拜月》只是宣淫，端士所不與也。」[47]
與「《琵琶》尙多拗字纇句，可列妙品；《拜月》稍見俊語，原非大家，
可列能品，不得言神。」[48]此處王驥德認爲《琵琶》「持大頭腦」、「多拗
字纇句」而《拜月》「只是宣淫」、「原非大家」，在立論上有近於何良俊
與王世貞之處。此種優劣兼論的中肯態度，實爲「雙美說」之雛論。

綜前所述，可知「《西廂》、《拜月》、《琵琶》優劣之爭」其實爲「本
色與文采」之爭。而以關漢卿、王實甫、馬致遠「三家風格」言，此論
爭未脫離三家範圍之研討，且須進一步說明的是：關漢卿「本色派」身
分是無庸置疑的，而隸屬文采派的王實甫、馬致遠又有所區別，王實甫
爲「綺麗纖穠」的文采派；馬致遠不僅爲「清奇俊逸」的文采派作家，
更是「戲曲抒情化」的完成者，其文采與言志之特點，造就了「以劇作
詩」創作手法。

---

[46]　明‧王驥德：《曲律‧雜論上》，參《中國古典戲曲論著集成》四（同上註），頁
149。
[47]　明‧王驥德：《曲律‧雜論下》（同上註），頁 160。
[48]　同上註，頁 172。

三、論爭中形成的「審美標準」

　　將戲曲推向文壇霸主地位的元雜劇，創作上不僅爲中國戲曲提供了發展基礎養分、理論上有開先河之功外，更爲戲曲發展的另一高峰——明代，預先做了準備。明代的「三次劇壇論爭」[49]不僅彰顯了劇作家創作時的謹慎嚴肅態度，更是戲曲高度發展的象徵。以戲曲發展史來看，由元代至明代前期，戲劇理論已初具規模，如：燕南芝庵的《唱論》、周德清的《中原音韻》、夏伯和的《青樓集》、鍾嗣成的《錄鬼簿》與朱權的《太和正音譜》等，大多爲演唱法則與技巧、聲韻與北曲作法、演員著錄與評論、雜劇作家與作品等論述。中國戲曲理論的鼎盛期，應是指「明代中葉到清初」二百年間，譚帆與陸煒將此時期又分：嘉靖隆慶時期、萬曆時期、明晚期、入清以後（清代初期）等四階段。[50]

　　明代劇壇三次論爭：「《西廂記》、《拜月亭》和《琵琶記》優劣之爭」、「元曲四大家高下之爭」與「湯、沈之爭」，曲論家即以戲曲創作和批評中的一些問題而展開論爭，如：本色與文采、教化與言情、文辭與聲律、內容與形式、案頭與場上等成爲主要論爭內容。本單元〈論爭中形成的「審美標準」〉以明代劇壇論爭「本色與文采」、「主情與主理」論爭中的「合則雙美」折衷論點「雙美說」之論述爲主[51]，期藉「主情」、「主理」與「三家風格」關係之衍展；戲曲「雙美說」的創作趨向與三

---

[49]　俞爲民提出「明代劇壇三次論爭」之說，認爲明代嘉靖、隆慶、萬曆時期，劇壇上主要有「《琵琶》、《拜月》、《西廂》高下之爭」、「元曲四大家之爭」、「湯、沈之爭」等論爭。

[50]　譚帆、陸煒：《中國古典戲劇理論史》（同註22），頁5~9。

[51]　明‧呂天成在《曲品》中論述湯沈風格時，提出「雙美」觀念，如：「二公譬如狂、狷，天壤間應有此兩項人物。不光有光祿，詞硎不新，不有奉常，詞髓孰抉？倘能守詞隱先生之矩矱，而運以清遠道人之才情，豈非合之雙美者乎？」參《中國古典戲曲論著集成》六（同註3），頁212。

家的刺激，論析劇壇論爭中的「審美標準」與關、王、馬「三家」雜劇
創作之關係。

（一）本色與文采

　　歷來劇論家對「本色」有不同解釋：如「本色」為戲曲語言[52]、戲
曲反映生活[53]、唱詞音樂[54]、人物個性[55]、本色同於當行[56]等說。然而，
一般論「本色」大都是相對於戲曲語言的「文采」而言，王書珮論文中
曾說：

> 而在論及戲曲語言的本色時，或者認為俚俗淺顯就是「本色」，
> 如沈璟之流。或者認為本色語言應該是文而不晦、俗而不俚，
> 如徐渭、呂天成、王驥德、徐復祚等人……從明代曲論家對《西
> 廂》、《拜月》、《琵琶》語言方面的評論，歸納為文采派、俚俗
> 本色派、自然本色派、雅俗本色派加以論述。[57]

---

[52] 明・呂天成《曲品》：「當行兼論作法，本色只指填詞。」參《中國古典戲曲論著
集成》六（同上註），頁 211。

[53] 明・臧晉叔於〈元曲選序二〉：「而填詞者必須人習其方言。事肖其本色。境無旁
溢。語無外假。」參《元曲選》第一冊（同註 38），頁 4。

[54] 明・馮夢龍撰〈太霞新奏序〉：「當行也，語或近於學究；本色也，腔或近於打油。」
（同註 18），頁 715。

[55] 清・徐大椿在《樂府傳聲》〈元曲家門〉說：「總之，因人而施，口吻極似，正所
謂本色之至也。」參《中國古典戲曲論著集成》七（同註 3），頁 159。

[56] 明・凌濛初著《譚曲雜箚》：「曲始於胡元，大略貴當行不貴藻麗。其當行者曰『本
色』。」參《中國古典戲曲論著集成》四（同上註），頁 253。

[57] 王書珮：《明代戲曲理論的對峙與合流——以《西廂記》、《拜月亭》、《琵琶記》
的高下之爭為線索》（國立中興大學中國文學系碩士論文，1997 年 6 月），頁 82。

據此可知：明代「本色與文采」多傾力於「戲曲語言」的論述，本文亦據此論「本色與文采」，只不過論述上仍單純以本色、文采二元化論之，未如引文中將「本色」細分俚俗本色、自然本色、雅俗本色。

南戲《拜月亭》相傳為元代施君美所撰[58]，乃據關漢卿的《閨怨佳人拜月亭》改編，基本上沿用了關漢卿原作的人物和故事情節。依前述明代的「《西廂》、《拜月》、《琵琶》優劣之爭」，可知何良俊以「本色、當行」肯定《拜月亭》外，凌濛初、臧晉叔、沈德符、徐復祚、沈璟、李贄等人，或主張質樸通俗、自然等本色語言之表現，倘以「三家」特色為論，自是對關漢卿「劇人之劇」的贊同，「雜劇班頭」的關漢卿，向來為「本色派」劇作家之代表。

雖然「本色」劇作家重通俗與舞臺的表現，然仍有劇作家本著文學創作的態度，而將撰劇當作抒情工具，以寫作詩文的態度創作劇本，專營於曲文辭藻之表現，「文采派」劇作家蓋即如此。若就明代「《西廂》、《拜月》、《琵琶》優劣之爭」的劇本言，《西廂記》與《琵琶記》二齣當歸為「文采派」劇作，以關、王、馬「三家」論，更是王實甫、馬致遠特色之呈現。其中，王實甫《西廂記》的文采特點，於前面論述中已清楚呈現，應是無庸置疑的；而馬致遠的「以劇作詩」特點，在《琵琶記》中亦有跡可尋。若以廣義的「以劇作詩」抒情言志定義來看，高則誠的《琵琶記》從教化的觀點出發，歌頌「全忠全孝」的人物形象，藉劇作人物將個人情志寄寓其中，正符合馬致遠抒情精神之表現。

---

[58] 案：王世貞《藝苑巵言》、王驥德《曲律》、李調元《曲話》都說是元施君美作；《錄鬼簿》卻僅說：其「詩酒之暇，惟以填詞和曲為事。」亦未提及他寫過南戲；呂天成《曲品》說：「云此記出施君美，亦無的據。」故南戲《拜月亭》編者為誰，尚無定論。

　　其次，主張「文采」的劇論家中，王世貞以《拜月亭》「中間雖有一二佳曲，然無詞家大學問，一短也」論[59]，足見其重文采之立場；再者，前述呂天成、王驥德的「文采」主張，亦皆是極佳之說明。然而，須說明的是：王驥德、徐復祚等人，其「本色、文采」論述標準，立足點不同、論述前後未能一致，故無法以「二元論」視之；此外，「雙美說」的提出，實透露出「雙贏」的劇作標準要求，「創作標準」是由論爭中反覆討論取得的，此當是研究明代劇壇論爭時所應注意的。

　　「本色」與「文采」為對立的美學課題，歷來學者對「本色」、「文采」的理解並未一致，其中尤以「本色」為甚。前述歷來劇作家與劇論家以戲曲語言、戲曲反映生活、唱詞音樂、人物個性、本色同於當行等論「本色」，由於概念上未能統一的情形，往往易造成評論上沒有交集的混亂，如朱權以「花間美人」[60]評王實甫《西廂記》，將其歸為「文采」作品；徐復祚卻又將《西廂記》評為「本色」[61]作品，此即概念理解未一致，致使評論無交集。綜覽明代劇論的「本色與文采」概念，主要側重為「戲曲反映生活」和「戲曲語言」之論述。若以「戲曲語言」論「本色與文采」其實可把古代戲曲創作劃分為二種風格，誠如蔡運長說：

　　　　用本色語言和文采語言來劃分戲曲作品，我們就可以把古代戲曲創作劃分為兩個作家群，即本色派的作家群和文采派的作家

59　明・王世貞：《曲藻》，參《中國古典戲曲論著集成》四（同註3），頁34。

60　明・朱權《太和正音譜》〈古今群英樂府格勢〉：「王實甫之詞，如花間美人。鋪敘委婉，深得騷人之趣。極有佳句，若玉環之出浴華清，綠珠之採蓮洛浦。」參《中國古典戲曲論著集成》三（同上註），頁17。

61　明・徐復祚《曲論》：「語其神，則字字當行，言言本色，可為南北之冠。」參《中國古典戲曲論著集成》四（同上註），頁242。

> 群，這兩種語言形成兩種風格，組成兩大流派，貫穿了古代戲
> 曲創作的始終。[62]

據此劃分，則元代「字字本色」[63]的關漢卿、明代「專尚本色，蓋詞林之哲匠，後學之師模也。」[64]的沈璟，皆是「本色」派劇作家；「花間詞人」[65]的王實甫與「止可作文字觀，不得作傳奇觀」[66]的湯顯祖，則是「文采」派劇作家。

　　由戲曲語言論「本色與文采」，再據此論關、王、馬「三家風格」，實不難發現「本色與文采」分指關漢卿、王實甫與馬致遠。關漢卿秉著「劇人作劇」舞臺演出果效的考量，在語言上傾向「字字本色」、題材上亦以「通俗、大眾化」為主要表現，自然是「本色」創作觀念的影響；其次，王實甫與馬致遠二人，雖同為力求典雅的「文采派劇作家」，卻因創作基調與個人特質之差異而有所區別。王實甫，將「作詩」的態度運用在雜劇創作上，使戲曲語言傾向「文采」表現；馬致遠則乾脆將整個戲劇創作的過程與目的，回歸到一種傳統詩歌的單純抒寫。

　　觀前述「三家」特色形成鼎立之態勢，實與「本色與文采」緊密關連，此種關連，正是劇論家論爭時之主要範圍。

---

[62]　蔡運長：〈劇曲的本色與文采——漫談劇曲的特點之一〉，見《戲曲藝術》，1993年1期，頁52。

[63]　王國維：《宋元戲曲考》：「關漢卿一空倚傍，自鑄偉詞，而其言曲盡人情，字字本色，故當為元人第一。」參《王國維戲曲論文集》（台北：里仁書局），頁131。

[64]　王驥德：《曲律‧雜論第三十九》，《中國古典戲曲論著集成》四（同註3），頁164。

[65]　明‧朱權《太和正音譜》〈古今群英樂府格勢〉：「王實甫之詞，如花間美人。」參《中國古典戲曲論著集成》三（同上註），頁17。

[66]　李漁：《閒情偶寄》〈詞采第二〉，參《中國古典戲曲論著集成》七（同上註），頁23。

（二）主情與主理

　　曾祖蔭將「情理論」的發展分為重理時期（先秦至兩漢）；情理平衡時期（魏晉至宋元）；重情時期（明清）等三個時期[67]，究「情理論」的形成與發展，實未脫「實用與藝術」、「教化與言情」等，為生活而藝術或為藝術而藝術的論爭範圍。以「情理論」為例，「詩言志」之說[68]，即是「重理」傾向藝術觀念的確立，而「緣情說」正是文學自覺的要求[69]。

　　「情理論」為明代重要美學課題，無論是戲曲或小說的內容與主題反映，皆多少與「情」、「理」有關。傳統美學觀的「情理」論述，雖將明清歸為「重情時期」，然而在劇作與劇論上卻有「重理」（戲曲教化論者）、「重情」（戲曲主情論者）與「主雙美」（情教兼論者）等說。

　　「重情」（主情）論，其以劇作家的內在情感抒發為主要的描寫。觀明代劇作、劇論家中「重情」者，在「情與理」對立中闡釋「情」內涵的湯顯祖，其認為：

> 其填詞皆尚真色，所以入人最深，遂令後世之聽者淚，讀者顰，無情者心動，有情者腸裂。何物情種，具此傳神手。[70]

67　曾祖蔭：《中國古代美學範疇》（台北：丹青圖書有限公司，1987 年 4 月），頁 8~55。
68　有關「詩言志」之說，先秦典籍論述頗多，如：《左傳‧襄公二十七年》：「詩以言志，志誣其上，而公怨之，以為實榮。」參十三經注疏 6：《左傳》（台北：藝文印書館），頁 648；《莊子‧天下篇》：「詩以道志，書以道事，禮以道行，樂以道和，易以道陰陽，春秋以道名分。」參黃錦鋐註譯《新譯莊子讀本》（台北：三民書局，1994 年 2 月），頁 370；《荀子‧儒效篇》：「《詩》言是，其志也；……」參北大哲學系注釋《荀子新注》（台北：里仁書局，1983 年 11 月），頁 121。
69　陸機〈文賦〉：「遵四時以嘆逝，瞻萬物而思紛；悲落葉於勁秋，喜柔條於芳春……」參《中國歷代文論選》上（台北：木鐸出版社，1987 年 7 月），頁 136。
70　明‧湯顯祖：〈焚香記總評〉，參徐朔方箋校《湯顯祖全集》二（大陸：北京古籍出版社，1999 年 1 月），頁 1656。

湯顯祖說描寫真情的戲曲作品，往往易使觀眾讀者感動，正因為「人生而有情，思歡怒愁，感于幽微，流乎嘯歌，形諸動搖。」之故[71]，湯顯祖主張戲曲創作應以「情」為重，即便是其劇作，諸如《牡丹亭》等亦實行其「重情」的創作理念。此外，尚有徐復祚的「《西廂》之妙，正在於〈草橋〉一夢，似假疑真，乍離乍合，情盡而意無窮。」[72]等「重情」劇論家之說。

　　若論關漢卿、王實甫、馬致遠劇作與「主情說」之關係，此處的「情」乃指劇本主題思想，而非劇作家抒情方式。關漢卿雜劇以現實反映、批判為創作本質，故而傾向「教化」、「言理」；王實甫的《西廂記》以男女自由婚戀為「美好目的之追求」，就主題思想言自然屬於「主情」者，明代劇壇以《西廂》為主要論爭之對象，即扣緊其文辭濃麗、言情之特點。當然，在劇壇論爭中，關、王、馬「三家」與「主情說」的戲曲審美觀之產生，自然有關。

　　「重理」（即主戲曲教化者）除傳統「言志」實用性文學觀影響外，明太祖時對文化思想的壓制等，亦促使戲曲發展走向教化、重理一途。如何良俊在《曲論》中說：「祖宗開國，尊崇儒術，士大夫恥留心詞曲。雜劇與舊戲文本皆不傳，世人不得盡見。」[73]在這種情況下，戲曲不得不走向教化的保守路線；高明承繼夏伯和「厚人倫，美風化」的教化論，在其《琵琶記》第一齣〈副末開場〉寫：

　　　【水調歌頭】（副末上）秋燈明翠幕。夜案覽芸編。今來古往。
　　　其間故事幾多般。少甚佳人才子。也有神仙幽怪。瑣碎不堪觀。

---

[71]　明・湯顯祖：〈宜黃縣戲神清源師廟記〉，參徐朔方箋校《湯顯祖全集》（二）（同上註），頁1188。

[72]　明・徐復祚：《曲論》，《中國古典戲曲論著集成》四（同註3），頁241~242。

[73]　明・何良俊：《曲論》，《中國古典戲曲論著集成》四（同註3），頁6。

正是不關風化體。縱好也徒然。論傳奇。樂人易。動人難。知音君子。這般另作眼兒看。休論插科打諢。也不尋宮數調。只看子孝共妻賢。正是騏驎方獨步。萬馬敢爭先。[74]

高明的「不關風化體，縱好也徒然。」爲戲曲理論史上「教化論」的最佳代表。明代「重理」教化論的開展，乃在此基調上展開，如朱權的「生當太平之盛，樂雍熙之治，欲返古感今，以飾太平。」[75]；朱有燉由「興、觀、群、怨」[76]讚揚太平美事與宣揚三綱五常之理；邱濬的「若於倫理無關緊，縱是新奇不足傳。」[77]；邵璨在劇作中「忠孝」思想的宣揚[78]；王世貞在「《西廂記》、《琵琶記》和《拜月亭》高下」之爭時，指出《拜月亭》不比《琵琶記》的理由有三短，其中「無裨風教」之說[79]，即是王世貞「重理」、「重教化」的戲曲觀。

據此可知，「言理」即「主教化」、「實用」之文藝觀。而關、王、馬三家中，以「批判」、「現實反映」爲創作基調的關漢卿，歸屬「言理

74　明・高明：《琵琶記》，參毛晉編《六十種曲》一（北京：中華書局，1958 年 5 月），頁 1。

75　明・朱權：《太和正音譜》〈雜劇十二科〉，《中國古典戲曲論著集成》三（同註），頁 25。

76　明・朱有燉在〈《牡丹仙》自引〉中說：「嘗謂太平之世，雖草木之微，亦蒙恩澤所及，以遂其生，成繁盛之道焉。」參蔡毅編著《中國古典戲曲序跋彙編》二（大陸：齊魯書社，1989 年 10 月），頁 838。

77　秦學人、侯作卿：《中國古典編劇理論資料匯輯》（北京：中國戲劇出版社，1984 年 4 月），頁 28。

78　邵璨在《香囊記》第一齣〈家門〉末唱【沁園春】：「爲臣死忠。爲子死孝。死又何妨。……孟母賢慈。共姜節義。萬古名垂有耿光。因續取五倫新傳。標記紫香囊。」參《六十種曲》一（同註74），頁 1。

79　明・王世貞：《曲藻》：「《琵琶記》之下，《拜月亭》是元人施君美撰，亦佳。元朗謂勝《琵琶》，則大謬也。中間雖有一二佳曲，然無詞家大學問，一短也；既無風情，又無裨風教，二短也；歌演終場，不能使人墮淚，三短也。」參《中國古典戲曲論著集成》四（同註3），頁 34。

說」之劇作家。須說明的是：以創作基調言，關漢卿因具現實反映、批判之特點，故將其歸爲「言理說」之劇作家；若以劇本主題思想論，三家劇作中雖或多或少皆有忠孝、節義等教化思想之呈現，然而，王、馬二者未若關劇鮮明外，劇壇論爭中「言理」與「主情」實爲對峙論點，前述劇壇論爭實不離「三家」之範圍，而此對峙論點更與「三家」雜劇特色有著無以分割之關係。

（三）「雙美說」的創作趨向與三家的刺激

戲曲創作圭臬「雙美說」在王驥德的「俱妙」影響與呂天成的開展下，對劇作與劇論之影響頗鉅。葉長海的論述說：

> 呂天成『雙美』一說對明末戲曲理論的發展影響甚大。從這種「雙美」的主張形成後，傳奇作家大都向著這個方向努力。[80]

一點也沒錯，自王、呂之後，無論是祁彪佳的「閑於法而工於辭」[81]；凌濛初的認同呂天成「雙美」之論[82]；馮夢龍的「嫻於詞而復不詭於律」[83]；

---

[80]　葉長海：《中國戲劇學史》（台北：駱駝出版社，1987 年 8 月），頁 247。

[81]　明・祁彪佳在〈雙合〉論王澹：「澹翁饒有才情，閑於法而工於辭，雖纖穠之中，不礙雅則……」見《遠山堂曲品》，參《中國古典戲曲論著集成》六（同註 3），頁 20。

[82]　明・凌濛初在《譚曲雜箚》中云：「呂勤之序彼中《蕉帕記》，有云：『詞隱先生之條令，清遠道人之才情。』又云：『詞隱取程於古詞，故示法嚴；清遠翻抽於元劇，故遣調俊。』又云：『詞忌組練而晦，白忌堆積駢偶而寬。』其語良當。」參《中國古典戲曲論著集成》四（同上註），頁 259~260。

[83]　明・馮夢龍：《太霞新奏序》：「當行者，語或近於學究；本色也，腔或近於打油。又或運筆不靈，而故事填塞，多多聞以示博；章法不講，而餖飣拾湊，摘片語以誇工；此皆世俗之通病也。作者不能歌，每襲前人之舛謬，而莫察其腔之忤合；歌者不能作，但尊世俗之流傳，而執辨其詞之美醜。……余扼攬此道，間取近日名家散曲，擇其嫻於詞而復不詭於律者如干，題曰《新奏》，而冠以「太霞」。」參陳良運主編《中國歷代賦學曲學論著選》（同註 18），頁 715。

孟稱舜的「專尚諧律、工辭皆爲偏見」[84]；張琦以「情」、「合乎雙美」爲論元明曲作之標準[85]；茅日英的「律、辭合則並美，離則兩傷。」[86]等，皆是「雙美」觀念的論述。「雙美」觀念既取得了劇作、劇論家之認同，則其指涉內容爲何？何以產生「雙美」？此即本文關注點所在。

　　明代「雙美」曲論，並非僅止於「本色與文采論」、「情理論」二者，「言意」、「虛實」、「形神」等亦屬對立的美學議題，然此處以「主情」、「言理」爲論，未將其它議題羅列論述的原因：實因此處以明代劇壇論爭爲主要論述範圍，故未將此些與「雙美論」有關者列出，此其一也；「言意」、「虛實」、「形神」於劇壇論爭時期，在戲曲小說上的應用與論述尚未達成熟地步，此其二也；「言意」、「虛實」、「形神」即便在此時期的劇論著述中可見，其論述頻率亦偏低、或者中心點未能交集，此其三也。基於此些理由，筆者僅論述「情與理」、「本色與文采」等美學議題，期使藉此論述，得以窺知關、王、馬「三家」在明代劇壇論爭中，對戲曲「雙美」準則的刺激與影響。

1、情理「雙美說」

　　「情理『雙美說』」顧名思義即是：「情」與「理」兼備與並重。王璦玲在〈論湯顯祖劇作與劇論中之情、理、勢〉時曾論及「情」、「理」

84　明・孟稱舜《古今名劇合選・序》：「邇來填詞家更分爲二，沈寧庵專尚諧律，而湯義仍專尚工辭，二者俱爲偏見。然工詞者不失才人之勝，而專尚諧律者，則與伶人教師登場演唱者何異？」參陳良運主編《中國歷代賦學曲學論著選》（同註18），頁 793。

85　明・張琦論元代與明代前期曲作家時，以「是否有情、合乎雙美否」爲準，參《衡曲塵譚》〈作家偶評〉《中國古典戲曲論著集成》四（同註3），頁 268~271。

86　明・茅日英〈題《牡丹亭記》〉：「大都有音即有律。律者，法也。必合四聲，中七始，而法始盡。有志則有辭。曲者，志也。必藻繪如生，顰笑悲涕而曲始工。二者固合則並美，離則兩傷。」參蔡毅編著《中國古典戲曲序跋彙編》二（同註76），頁 1224。

交會時，其作為人心的一種可能呈現，事態發展有其某種必然性與偶然性的趨向，這就是「勢」，她說：

> 從戲曲美學的層面來說，以情、理論述為基礎而構思如何呈現世間「情」、「理」交會的種種樣態時，他所呈現的，是一種首尾貫串的整體性動態思維。但劇作不同於哲學的演繹，也不是哲學的實踐，戲劇最吸引人也最棘手之處，就在於它是情節性的，是一種戲劇化情節與情境的時間性呈現。湯顯祖以劇作「寫情」，其中所牽涉的情、理、勢問題，其實是提出一個如何使戲劇產生「戲劇性」的根源問題──當「情」與「理」交會時，無論是「以理格情」、「以情抗理」抑或「以情通理」，其作為人心的一種可能呈現，事態發展有其某種必然性與偶然性的趨向，這就是一種「勢」。[87]

劇作家以「情」、「理」論述為基礎，構思「情」、「理」交會的種種樣態時，無論是「以理格情」、「以情抗理」就劇作與劇論趨向言，「情理並重」的發展是必然的。

　　「情理並重」的明代劇作家，除重視內在情感表現外，也顧及文學的教化作用，「情教兼論」的劇作家以倫理綱常、反映現實和社會教化觀為主。李相喆在《明代戲曲創作論研究》中，將「情教兼論」的劇作家的教化觀表現分三類：（一）含有倫理教化者：王驥德、馮夢龍、孟稱舜等人；（二）含有現實教化觀者：徐渭和李贄；（三）含有社會教化觀者：湯顯祖、潘之恒及張琦等。[88]此中較特殊者為「重情」的湯顯祖，

---

[87]　王瓊玲：〈論湯顯祖劇作與劇論中之情、理、勢〉，參中央研究院中國文哲所【湯顯祖與牡丹亭】國際學術研討會，2004 年 4 月 27~28 日，頁 7。

[88]　李相喆：《明代戲曲創作論研究》，國立台灣師範大學國文研究所博士論文，1996年 7 月，頁 63~65。

其戲曲觀雖集中於「情」又提出「以人情之大竇，爲名教之至樂」的戲曲教化論[89]，湯顯祖認爲戲曲表演不僅可使觀眾改變性情，也可以改善人與人之間的關係而使得天下太平。另外，無論教化性質的差異，將情與教並論的劇作家，其創作思想的基點實爲「雙美說」之呈現，如馮夢龍不僅提出「我欲立情教，教誨諸眾生。」的情教論[90]，更言：「忠孝志節種種具備，庶幾有關風化而奇可傳矣。」[91]；張琦的「古之亂天下者，必起於情種先壞，而慘刻不衷之禍興。使人而有情，則士愛其緣，女守其介，而天下治矣。」[92]即由人性角度論「情種說」將「情」用來統一「主情」和「教化」可說是承襲湯顯祖之「情教兼論」者。再者，如徐渭、李贄、孟稱舜、潘之恒等，亦皆有「情教兼論」的「雙美」觀念提出。

　　「情教兼論」是「情」與「理」的折衷論點，此種折衷思想的提出，除了緩和劇論論爭外，「情」、「理」分論至「情理並論」的發展過程，受政治與時代背景的影響與左右，是不爭的事實，針對「情教兼論」的生成問題，李相喆的話做了最佳論述，他說：

> 明代的戲曲觀，在明初，受教化風氣的影響，流於政治功利主義或倫理教化的戲曲觀，後來徐渭、李贄等人的出現之後，一度出現以真情爲基礎的濃厚現實主義的積極戲曲觀，到了湯顯

89　明・湯顯祖：〈宜黃縣戲神清源師廟記〉，參徐朔方箋校《湯顯祖全集》（二）（同註71）。

90　明・馮夢龍：《情史・序》，收錄於橘君輯注《馮夢龍詩文》（海峽文藝出版社，1985年10月），頁85。

91　明・馮夢龍：〈新灌園序〉，參《中國古典戲曲序跋彙編》二（同註76），頁1341。

92　明・張琦：《衡曲麈譚》〈塡詞訓〉，參《中國古典戲曲論著集成》四（同註3），頁267。

祖，一方面提高了對情的認識，又一方面逐漸形成了情教調和的現象，一直維持到明末。[93]

時代與政治影響了「情教兼論」的發展，劇作劇論家亦在「情與理」孰重孰輕的論爭中，取得劇本創作時的平衡點。此種平衡點的產生，不僅與戲劇理論發展的成熟度有關，傳統「中和」思想更是扮演重要的催化角色。

2、本色與文采「雙美說」

若以「戲曲語言」論，明代劇壇的「《西廂記》、《琵琶記》、《拜月亭》高下」、「元曲四大家」、「湯、沈」等論爭，其論爭內容實以「本色與文采」為主要範圍。然而，在眾多論述中，王驥德的《曲律·雜論上》公允評斷《琵琶記》與《拜月亭》太過與不足處，可謂「雙美」創作論形成之催化劑；而呂天成的「倘能守詞隱先生之矩矱，而運以清遠道人之才情」之說[94]，實已具「本色」、「文采」皆重之意。

在創作上，主「本色」的劇論家，多以舞臺演出、語言通俗化等為主要訴求，如徐復祚在《曲論》中批評：

> 《香囊》以詩語作曲，處處以煙花風柳，如「花邊柳邊」、「黃昏古驛」、「殘星破暝」、「紅花仙桃」等大套，麗語藻句，刺眼

---

[93] 李相詰：《明代戲曲創作論研究》（同註88），頁66。

[94] 明·呂天成在《曲品》中論述湯沈風格時，提出「雙美」觀念，如：「二公譬如狂、狷，天壤間應有此兩項人物。不光有光祿，詞硎不新，不有奉常，詞髓孰抉？倘能守詞隱先生之矩矱，而運以清遠道人之才情，豈非合之雙美者乎？」參《中國古典戲曲論著集成》六（同註3），頁212。

奪魄。然愈藻麗，愈遠本色。《龍泉記》、《五倫全備》，純是措大書袋子語，……此後作者輩起，坊刻充棟，而佳者絕無。[95]

即是對「文采派」之不滿。此外，主「文采」的劇論家，在戲曲演出中不僅重音樂聲情之美，更要求文學上詞情美感的呈現，如王世貞所言：

> 《琵琶記》之下，《拜月亭》是元人施君美撰，亦佳。元朗謂勝《琵琶》，則大謬也。中間雖有一二佳曲，然無詞家大學問，一短也；既無風情，又無裨風教，二短也；歌演終場，不能使人墮淚，三短也。[96]

由此段文字敘述，王世貞重文采的態度便十分清楚。筆者須說明的是：明代劇作、劇論家在戲曲創作論述中雖有主文采、本色之傾向，於其個人劇論與著述中，卻時常可見「雙美」的創作觀，如前述王驥德與呂天成在「《西廂記》、《琵琶記》、《拜月亭》高下」論爭時，認同王世貞之說，卻又提出「至本色之弊，易流俚腐；文詞之病，每苦太文。」[97]、「倘能守詞隱先生之矩矱，而運以清遠道人之才情，豈非合之雙美者乎？」[98]之說。再者，茅日英於〈題《牡丹亭記》〉文中說：

> 大都有音即有律。律者，法也。必合四聲，中四聲，而法始盡。有志則有辭。曲者，志也。必藻繪如生，嚬笑悲涕而曲始工。二者固合則並美，離則兩傷。[99]

---

[95] 明・徐復祚：《曲論》，參《中國古典戲曲論著集成》四（同註3），頁236。

[96] 明・王世貞：《曲藻》，參《中國古典戲曲論著集成》四（同上註），頁34。

[97] 明・王驥德：《曲律》〈論家數第十四〉，參《中國古典戲曲論著集成》四（同上註），頁122。

[98] 明・呂天成：《曲品》，參《中國古典戲曲論著集成》六（同上註），頁212。

[99] 明・茅日英：〈題《牡丹亭記》〉（同註86）。

更是明確道出辭、律二者「合則並美，離則兩傷」的「雙美說」。此外，在「本色」與「文采」論述上，凌濛初對呂天成的「詞忌組練而晦，白忌堆積駢偶而寬。」之說認同與讚賞[100]，正足以知其在「本色與文采」之爭上的「雙美」立場；馮夢龍的「嫻於詞而復不詭於律」亦爲辭律「雙美」之說。[101]此處以「本色與文采」的美學議題，一窺劇作、劇論家在「雙美」基調下，對創作時的戲曲語言、音律等的要求準則。其「至本色之弊，易流俚腐；文詞之病，每苦太文。」、「守詞隱先生之矩矱，運以清遠道人之才情。」、「詞忌組練而晦，白忌堆積駢偶而寬。」、「嫻於詞而復不詭於律」之論，雖爲劇論家評劇且創作論之提出，然而，若以其不偏不頗、中立公允的論述，正符合儒家「中和」審美觀。

四、餘論

　　本單元「餘論」，實以明代劇壇中未觸及前述二次論爭，且對關、王、馬「三家」有所研討者，明代前期如朱權、賈仲明等人皆是。朱權《太和正音譜》論關、王、馬三家，分別爲：

> 關漢卿之詞，如瓊筵醉客。觀其詞語，乃可上可下之才，蓋所以取者，初爲雜劇之始，故卓以前列。[102]
> 王實甫之詞，如花間美人。鋪敘委婉，深得騷人之趣。極有佳

100　明・凌濛初在《譚曲雜箚》中云：「呂勤之序彼中《蕉帕記》，有云：『詞隱先生之條令，清遠道人之才情。』又云：『詞隱取程於古詞，故示法嚴；清遠翻抽於元劇，故遣調俊。』又云：『詞忌組練而晦，白忌堆積駢偶而寬。』其語良當。」參《中國古典戲曲論著集成》四（同註3），頁259~260。

101　明・馮夢龍：《太霞新奏序》（同註83）。

102　明・朱權：《太和正音譜・古今群英樂府格勢》，參《中國古典戲曲論著集成》三（同註3），頁17。

句，若玉環之出浴華清，綠珠之採蓮洛浦。[103]

馬東籬之詞，如朝陽鳴鳳。其詞典雅清麗，可與靈光景福而相頡頏。有振鬣長鳴，萬馬皆瘖之意。又若神鳳飛鳴于九霄，豈可與凡鳥共語哉？宜列群英之上。[104]

「可上可下」之評，洵非的論。然而用「瓊筵醉客」、「花間美人」、「朝陽鳴鳳」比喻三家語言風格，則極精確而傳神。至謂王詞「鋪敘委婉，深得騷人之趣」馬詞「典雅清麗」，亦能於「文采」中指出兩家的差異。

朱權以樂府語言角度論「三家」，對本色派的關漢卿言，自然有失公允；其次，賈仲明〈凌波仙〉詞弔關漢卿、王實甫、馬致遠時，分別道出三位劇作家的特點與地位評價。如弔關漢卿云：

珠璣語唾自然流。金玉詞源即便有。玲瓏肺腑天生就。風月情忺慣熟。姓名香四大神物，驅梨園領袖。總編修師首。捻雜劇班頭。[105]

〈凌波仙〉詞弔王實甫：

風月營密匝匝列旌旗。鶯花寨明颼颼排劍戟。翠紅鄉雄糾糾施謀智，作詞章風韻羨，士林中等輩伏低。新雜劇、舊傳奇。西廂記天下奪魁。[106]

〈凌波仙〉詞弔馬致遠：

---

[103] 同上註。

[104] 明・朱權：《太和正音譜・古今群英樂府格勢》，參《中國古典戲曲論著集成》三（同註3），頁16。

[105] 明・賈仲明：〈凌波仙〉詞弔「關漢卿」見《錄鬼簿》卷上（同註25）。

[106] 明・賈仲明：〈凌波仙〉詞弔「王實甫」（同上註）。

> 萬花叢裏馬神僊。百世集中說致遠。四方海內皆談羨。戰文場
> 曲狀元。姓名香貫滿梨園。漢宮秋、青衫淚，戚夫人、孟浩然。
> 共庾白關老齊眉。[107]

除了點出「三家」特色外，更對三家在戲曲史上之重要地位加以論述，
與朱權相較下，賈仲明對關漢卿、王實甫、馬致遠的評論要持平公允
多了。

　　古典戲劇理論經元代的初步發展與明代中期文藝思想的影響，到了
萬曆時期形成一波高潮，誠如葉長海先生所說：

> 元代、明初的一些戲劇學著作為後來的理論研究提供了資料、
> 經驗和研究基礎，嘉靖、隆慶期間革新派對戲劇的鼓吹和呼喊，
> 逐漸形成了戲劇研究的時代風氣。萬曆時期戲劇理論批評是嘉
> 靖、隆慶時期戲劇理論的繼承與發展。如徐渭的本色說、李贄
> 的化工說都直接影響了萬曆期間整整一代人的戲劇研究。[108]

此處，將戲劇理論發展過程與文藝思潮對劇論之影響點出。確實，徐渭
與李贄等對戲曲發展有必然的影響。而明代劇壇論爭，除前述的「元曲
四大家高下」、「《西廂》、《拜月》、《琵琶》優劣」之爭外，尚有「湯、
沈」之爭，隨著「湯、沈之爭」而壁壘分明的臨川與吳江二派，其劇論
與「三家風格」論述有關係者亦僅止於「本色、文采」論，若將其併入
論述，恐有所偏頗，故略而不論。

---

[107]　明‧賈仲明：〈凌波仙〉詞弔「馬致遠」（同上註）。
[108]　葉長海：《中國戲劇學史》（同註80），頁170。

第三節　清代

　　戲曲歷經元、明的發展和繁盛，不僅於藝術上已臻完備，劇作家們累積了劇本創作與舞臺表演的豐富經驗，爲戲曲理論總結的清代，提供了豐富的理論與資料。在清代劇壇百花爭豔、戲曲文學多樣呈現的情況下，明代場上、案頭並重的「雙美說」提出，對清代劇作家劇本創作時之影響，是不容小覷的，如李漁《閒情偶寄》不僅是具編劇與表演完整理論之專著，更是中國戲曲發展回歸到「劇學體系」的總結者。

　　就清代戲曲發展言，除卻繁盛的地方戲外，以文人創作爲主導的雜劇、傳奇亦不少，其中尤以清初劇作存目爲最。劇作量多，影響了劇論的發展與研討，這是必然的，所以，明代之後的清代，於戲曲理論研討上又是一發展高峰，無論是戲曲理論專著、評點、詩文研討等，皆有相當的論述水平。當然，在「三家」雜劇特色的研討，除了延續前代說法外，「雙美說」的影響已消弭了「三家」強烈對立的態勢，再加上李漁「劇學體系」的回歸等因素，清代的劇壇已另有一番氣象。

　　針對劇壇上對「三家」研討與劇壇發展情況言，本文擬由清初、中後期二階段分論，主要以文人傳統劇作爲主，地方戲不在論述內。

一、清代初期

　　與元代有著類似政治背景的清代，同爲異族統治、文學劇作中多黍離悲痛之反映。然而，清初戲曲發展情況，雜劇量多且以「文采」爲主要創作趨向，究其原因：傳奇創作的繁榮與高腔的巨大發展，使得昆山腔傳奇成爲戲曲舞臺上的主要形式，雜劇卻因而漸退出舞臺，此其一

也；再者，清初雜劇作家或為朝廷官員如廖燕者，或為思想家如王夫之、黃宗羲者，或為詩人畫家如吳偉業者等，此時劇作家的社會地位與元代文人卑微身分有所區別，致使「文采」上的成就較元代占優勢，此其二也。依前章〈關、王、馬三家雜劇特色與中國戲曲類型之關係〉的論析可知：清代雜劇創作以「文采派」的馬致遠類型為主要趨向，誠如海興寧所說：

> 總之，雜劇的脫離舞臺，創作者的文人化及所處的時代，決定作品的文采、作家的情緒、表現的方式，然而這些特徵無疑使雜劇這種以演出為目的的藝術形式走向衰弱。[109]

此當為清初雜劇「文采」、「案頭化」趨向最好的說明。此處若就清代戲曲創作全面性論，傳奇與折子戲自非「文采」所能框限，而在創作表現上，關漢卿、王實甫、馬致遠三家類型，雖以「以劇作詩」的馬致遠為勝，在戲曲理論的研討上，卻是「劇學體系」成熟、理論完備發展。

　　針對「三家」在清代戲曲理論上的研討，筆者擬由戲曲理論專著、評點、詩文等面向來論。

（一）戲曲理論專著與評點

　　清代初期是我國戲曲發展史上另一重要關鍵期，前代的劇作與劇論提供了豐富的養分，使此期戲曲理論得以更深層發展。清初，除李漁《閒情偶寄》戲曲理論專著外，承襲自明代的戲曲評點亦往往是劇論家戲曲知識研討之參考。

---

[109] 海興寧：〈莫道桑榆晚，為霞尚滿天——淺談清初雜劇劇本的三個特徵〉，見《戲曲藝術》（2001 年 4 月），頁 47。

1、戲曲理論專著

葉長海評明清二代劇學特色時說：

> 明代中晚期的戲劇學特色在於「大」，清代初中期的戲劇學特色
> 則在於「深」；明代的曲學精神貴在「辯」，清代的曲學精神則
> 貴在「思」。[110]

「深」與「思」是清代劇學與曲學特色，與明代相較之下，清代的劇學
要成熟進步多了，此更可由中國戲曲源起於「劇學體系」，中經「曲學
體系」發展，後又回歸到「劇學體系」看出，而使「劇學」體系成熟之
劇論家，則爲清初李漁。雖然，明代劇壇論爭爲戲曲尋繹梳理出案頭與
場上「雙美」的折衷論點，對李漁劇論有絕對影響，然而，作爲清初戲
曲理論專著的《閒情偶寄》與其它劇論專著，如《看山閣集閒筆》、《雨
村曲話》、《劇說》等，皆對「三家」多少有所研討。

　以《閒情偶寄》論：李漁的戲劇學，已包含創作論、導演論、演員
論、觀眾論、舞臺效果論及教學論等，是一部頗具規模與完整體系的理
論著作。其中，戲曲語言與結構部分的論述，觸及「三家」特色、本色
與文采等範圍，如《詞采》第二的〈貴顯淺〉云：「曲文之詞采，與詩
文之詞采非但不同，且要判然相反。何也？詩文之詞采貴典雅而賤麤
俗……」[111]，本之街談巷議與取其直說明言乃說明戲曲語言的大眾化與
通俗化；〈忌塡塞〉中又說：「傳奇不比文章，文章作與讀書人看，故不
怪其深……」[112]，戲曲語言通俗化，是明代「本色派」戲曲家努力實踐

110　葉長海：《中國戲劇學史》（同註80），頁9。
111　清‧李漁：《閒情偶寄》，參《中國古典戲曲論著集成》七（同註3），頁22。
112　同上註，頁28。

的目標，李漁此處的論述具有總結意義。李漁雖然重視語言通俗，卻對文辭音律仍有一定的堅持，如其《音律》第三：

> 詞曲中音律之壞，壞於《南西廂》。凡有作者，當以之為戒，不
> 當取之為法。非只音律，文藝亦然。請詳言之。填詞除雜劇不
> 論，止論全本，其文字之佳、音律之妙，未有過於《北西廂》
> 者，自南本一出，遂變極佳者為極不佳，極妙者為極不妙。……
> 因北本為詞曲之豪，人人贊美，但可被之管絃，不便奏諸場上。[113]

李漁對《南西廂》的不滿，於此可見，至於肯定王實甫《西廂》為詞曲之豪卻不便場上，亦屬公允之論。除卻「本色與文采」問題之論述，《閒情偶寄》中亦對關漢卿、王實甫、馬致遠三家有多次的評論，如《結構》第一：「高則誠、王實甫諸人，元之名士也。舍填詞一無表見。使兩人不撰《西廂》、《琵琶》，則沿至今日，誰復知其姓字？是則誠、實甫之傳，《琵琶》、《西廂》傳之也。湯若士，明之才人也，詩、文、尺牘，盡有可觀，而其膾炙人口者，不在尺牘、詩、文，而在《還魂》一劇。」[114]此即將王實甫、高則誠、湯顯祖劇本創作作連結。《閒情偶寄》中對關、王、馬「三家」以王實甫為主要論述，且著重於《西廂記》牽扯出的「本色與文采」議題。

另外，黃圖珌的《看山閣集閒筆》中對王實甫也有所討論：

> 《琵琶》為南曲之宗，《西廂》乃北調之祖，調高辭美，各極其
> 妙。雖《琵琶》之諧聲、協律，南曲未有過於此者，而行文布
> 置之間，未嘗盡善。學者維取其調暢音和，便於歌唱，較之《西

113　清·李漁：《閒情偶寄》，參《中國古典戲曲論著集成》七（同註3），頁33。
114　清·李漁：《閒情偶寄》，參《中國古典戲曲論著集成》七（同上註），頁7。

廂》，則恐陳腐之氣尚有未銷，情景之思猶然不及。噫，所謂畫
工，非化工也。[115]

同樣以王實甫的《西廂記》與高則誠的《琵琶記》作比較，肯定《西廂》
為北調之祖外，「調高辭美」的特點亦是王實甫雜劇風格。再者，李調
元的《雨村曲話》與《劇話》亦對關、王、馬「三家」有所研討，如《雨
村曲話》引王弇州話：「如馬東籬、貫酸齋、王實甫、關漢卿、張可久、
喬夢符、鄭德輝、宮大用、白仁甫輩，咸富有才情，兼喜音律，遂擅一
代之長。所謂宋詞、元曲，信不誣也。」後評：「貫酸夫、張可久、宮
大用袛工小令，不及馬、王、關、喬、鄭、白遠甚，未可同年語也。」[116]對
於關、王、馬的肯定，自然不在話下；李調元將同為「文采派」的王實
甫與馬致遠做了區隔，如：「其實視撰詞人之手筆，各自成家，如馬致
遠之『朝陽鳴鳳』則豪爽一路，王實甫之『花園美人』（案：園應為間）
則細膩一路，各自成體，不必拘也。」[117]此將王、馬的濃麗與輕俊差異做
了最佳說解；李調元《劇話》中又說：

> 《西廂》雖出金董解元，然猶絃唱、小說之類；至元王、關所
> 撰，乃可登場搬演。高氏又一變而為南曲。嗣是作者迭興，古
> 昔所謂雜劇、院本，幾于盡廢。[118]

此處將《西廂》視為關、王合撰，認為其尚屬場上之曲，到了《琵琶記》
則一改雜劇院本特色。

---

115 清・黃圖珌：《看山閣集閒筆》，參《中國古典戲曲論著集成》七（同上註），頁
144。
116 清・李調元：《雨村曲話》卷上，參《中國古典戲曲論著集成》八（同上註），頁7。
117 同上註，頁8。
118 清・李調元：《劇話》，參《中國古典戲曲論著集成》八（同上註），頁38。

　　清代初期的戲曲論著，尚有黃周星的《制曲枝語》、毛先舒的《南曲入聲答問》等，唯對關漢卿、王實甫、馬致遠「三家風格」未直接觸及，故此處不論。

　2、評點

　　戲曲理論除了完整理論體系的全本著作外，亦有就單一劇本而作的評點，劇論家往往藉單一劇本評論，進而提出個人戲曲見解。戲曲評點產生與明代劇壇論爭對特定劇本的論析有關，清代亦延續此種評論風氣，如金聖嘆《西廂記》評點、毛聲山《琵琶記》評點等皆是，評點亦是研究劇作的重要參考，故此處將其納入論述範圍，藉評點一窺劇論家對「三家」特色之研討。明代中葉以來，文人研究《西廂記》風氣很盛，如徐渭、李贄、王驥德等人研究成果可觀，到了清初，金聖嘆批改本和毛西河論定本，可謂《西廂》流行雙璧。葉長海說：

> 金聖嘆的《西廂記》批評，繼承了李贄的文藝批評精神，並吸收了王驥德《西廂記評語十六條》中的一些見解，予以極大的拓開與發展，呈現嶄新的理論風貌。[119]

確實，金批《西廂》不再是純粹劇本評點，而是理論專著，可惜的是：金聖嘆未全力探討《西廂記》的戲劇性特色，反而著力於文學上的評述。

　　再者，評點中涉及關、王、馬「三家」、「本色與文采」層面的劇作，除《西廂記》外，尚有《長生殿》、《桃花扇》等批語評點，亦多傾向「本色」的論述。如吳人批語：「昔常與客論作曲，須令人無從下圈點處，

---

[119] 葉長海：《中國戲劇學史》（同註80），頁445。

方是本色當行。如此二曲（案：《刺逆齣》【二犯江兒水】及【前腔】）
眞古樸極矣。」[120]此即明代後期本色派之繼承。

（二）詩文研討

　　向來爲知識分子視爲小道，且摒於正統文學廟堂外的戲曲等俗文
學，經明代王學思想、李贄與公安派文學觀影響，得以躍昇爲與正統文
學等齊之地位。詩文中廣泛地論述即是戲曲等俗文學地位提昇的現象呈
現，藉著詩文資料的表述，使我們得以窺知當時文人的戲曲觀。

　　然而，詩文的範圍囊括哪些？筆者由廣義的角度，將序跋與雜記等
皆統攝於其中，再針對論述中涉及關漢卿、王實甫、馬致遠「三家」特
色者，略作論析。隸屬於詩文部分的「三家」論述者，如李玉的《南音
三籟‧序》：

> 迨至金元，詞變爲曲。實甫、漢卿、東籬諸君子以灝瀚天下，
> 寄情律呂，即事爲曲，即曲命名，開五音六律之祕藏，考九宮
> 十三調之正始。或爲全本，或爲雜劇，各立赤幟，旗鼓相當，
> 盡是騷壇飛將。然皆北也，而猶未南。於是高則誠、施解元輩
> 易北爲南，構《琵琶記》、《拜月亭》諸劇，沉雄豪勁之語，更
> 爲清新綿邈之音。[121]

此段文字表述中，李玉雖未點明關漢卿、王實甫、馬致遠「三家」之特
色，卻已指出其「各立赤幟，旗鼓相當」的三家鼎立情狀。葉長海即充

---

[120] 吳人批：《長生殿》，參秦學人、侯作卿編著《中國古典編劇理論資料匯輯》（北
　　京：中國戲劇出版社），頁337。
[121] 清‧李玉：《南音三籟‧序》，參王秋桂主編善本戲曲叢刊：《南音三籟》（二）（台
　　北：台灣學生書局，1987年11月），頁899~901。

分肯定李玉這一段「把戲曲的歷史表述與風格分析結合起來」的論述。
其次，丁耀亢的〈赤松遊題辭〉爲論戲曲創作之文章云：

> 凡作曲者，以音調爲正，妙在辭達其意；以粉飾爲次，勿使辭
> 掩其情。既不傷詞之本色，又不背曲之元音。[122]

此種論點與明代後期「本色派」曲論家之論同，明代劇場「湯、沈之爭」
亦是此種「本色與文采」、「場上與案頭」之爭。

　　尤侗的〈葉九來樂府序〉[123]、〈倚聲詞話序〉[124]、〈名詞選勝序〉[125]等
文中論述由詩而詞而曲的一貫性發展，且強調曲的優越性，其〈倚聲詞
話序〉對作曲要求「性情」與「聲音」並重：「大抵吾輩有作，當使情
文交暢，聲色雙美」[126]，聲、色「雙美」是尤侗對作曲的要求，葉長海
評：「尤侗論『曲』，卻不大論『戲』；重『唱』，而不大重『演』。因而
說到底，他依然是在論『案頭之曲』。」[127]若準「三家」雜劇特色論，
尤侗應歸爲文采派王、馬類型劇論家。

　　再者，劉廷璣的《在園雜志》有不少與戲曲有關的紀錄評述，若欲
論與「三家」有關連之論述，則其《琵琶記》與《幽閨記》之評比：「以
予持衡而論，《琵琶》自高於《幽閨》。譬之於詩，《琵琶》，杜陵也；《幽
閨》，義山也。……」[128]、又云：「《琵琶》記中賓白宏博，可以見其學

122　清・丁耀亢：〈赤松遊題辭〉，參蔡毅編著《中國古典戲曲序跋彙編》三（大陸：
　　齊魯書社，1989 年 10 月），頁 1529。
123　清・尤侗：〈葉九來樂府序〉，參《西堂雜俎》卷上（台北：廣文書局有限公司，
　　1970 年 12 月），頁 55。
124　清・尤侗：〈倚聲詞話序〉（同上註），頁 48。
125　清・尤侗：〈名詞勝選序〉（同上註），頁 76。
126　清・尤侗：〈倚聲詞話序〉（同註 124）。
127　葉長海：《中國戲劇學史》（同註 80），頁 479。
128　清・劉廷璣：《在園雜志》，參《百部叢書集成續編》（台北：藝文印書館，1971
　　年）。

問之大；詞曲真切，可以見其才情之美。」[129]準此，可知其重文辭表現，故對「三家」特色之研討，應歸為文采派王、馬類型。

二、清代中、後期

戲曲發展到了清代中期，因朝廷的懷柔政策與社會經濟發展等因素，前期戲劇中那種激昂慷慨的風格已消弭；再者，地方戲的發達與劇論「場上、案頭」皆重的「雙美」完整戲曲理論著作的產生等，皆影響中、後期的清代劇壇理論發展。學者直評清代劇論為「理論的完善」且加以論述：

> 清代劇論從內容類別上和方法論上基本沿襲明代，在一些方面有著深化和發展，例如對於藝人伎藝的品評和曲譜類著作即如此，另外在表演和導演理論有較大的推進。清代戲曲理論的最大成就是產生了李漁這樣的大師，將古典曲論的成就推向頂峰。清末則出現了系統化的戲曲史著作。[130]

確實，無論是劇論的內容類別或方法論、劇作標準等，很明顯地，清代除沿襲明代且加以深化發展外，更落實於劇本創作上，如「雙美說」即是。然而，為求表述方便，清代劇論多以「曲話」形式呈現，如《雨村曲話》、《劇話》、《劇說》、《花部農譚》、《曲話》等；在內容上，除劇目彙整的《傳奇彙考標目》、《傳奇彙考》、《曲目新編》、《今樂考證》等著作外，以表演論述為主的《梨園原》、《審音鑒古錄》和歌唱技巧的《制曲枝語》、《南曲入聲客問》等皆是清代劇論所主要關切研討者。

---

[129] 同上註。
[130] 廖奔、劉彥君：《中國戲曲發展史》第四卷（大陸：山西教育出版社，2000 年 10 月），頁 384。

　　若以清代劇壇情況論劇論發展，學者認爲「清代戲曲理論的發展呈現出兩頭翹的態勢，也就是說，在清初曾經出現一個高峰，到清末又產生另外一個高峰。這兩個高峰的總代表，前者是李漁，後者是王國維。」[131]正因此「兩頭翹的態勢」與王國維歸爲民國範圍之考量，筆者於此將清代中、後期並論，藉由戲曲專著、詩文等論此期對關、王、馬「三家」的研討。

（一）戲曲理論專著

　　乾嘉以來，花部崛興，致使崑曲漸脫離群眾，以文人爲主要創作的雜劇與傳奇再也無法如清初「南洪北孔」般呈現。戲劇學上，傳統曲學方式的研究已轉向，劇論家們全力關注於舞臺藝術表現，無論是地方戲或演員評述、舞臺藝術、劇目的收錄與整理等，皆成了研討的對象。

　　綜覽清代中、後期戲曲理論專著，有《揚州畫舫錄》、《消寒新詠》、《審音鑒古錄》、《樂府傳聲》、《傳奇匯考標目》、《笠閣批評舊戲目》、《重訂曲海總目》、《也是園藏書古今雜劇目錄》、《劇說》、《花部農譚》、《曲話》、《梨園原》、《顧誤錄》、《藝概》、《曲目新編》、《小棲霞說稗》、《詞餘叢話》、《續詞餘叢話》、《今樂考證》等。其中《傳奇匯考標目》、《重訂曲海總目》、《也是園藏書古今雜劇目錄》、《今樂考證》等，亦將劇作曲目收錄於書中。由中、後期劇論專著內容來看，與關漢卿、王實甫、馬致遠「三家」論述有關者，如：劉熙載《藝概》卷四〈詞曲概〉論曲：

> 　　北曲名家，不可勝舉，如白仁甫、貫酸齋、馬東籬、王和卿、
> 關漢卿、張小山、喬夢符、鄭德輝、宮大用，其尤者也。諸家

131　廖奔、劉彥君：《中國戲曲發展史》第四卷（同註130），頁386~387。

雖未開南曲之體，然南曲正當得其神味。觀彼所製，圓溜瀟灑，
纏綿韻藉，於此事固若有別材也。[132]

此處列舉北曲名家，將馬致遠、關漢卿二人囊括於內，雖著重於南北曲
緊密之關連，卻未對馬、關二人加以評述。其次，支豐宜在《曲目新編》
〈題詞〉論張鴻卓：「歌海蒐羅欲遍」、「梨園妙選任屢換，滄桑迴殊，
南北渾未雅音變。」[133]、論包世臣：「總千蹈屬傳奇始，破陣形容砌末
俱。逮及握奇珍法曲，古今人總上氍毹。不須剗說下場難，離合誰能破
此關？我亦上場裝老外，歸來仍看六朝山。」[134]等，皆是論劇作家的劇
場舞臺經驗。嚴格說來，即屬「三家」中的「關漢卿類型」研討，這正
說明李漁之後「劇學體系」回歸之情形。

平步青的《小棲霞說稗》，主要考證戲曲故事的來源出處。其《續
奇書》記：「《秋夜梧桐雨》院本亦白作，竹垞謂出關鄭之上。寧獻王權
譜元人曲作者凡一百八十有七人，仁甫居第三，次東籬、小山之下。」[135]僅
是列舉前人說法；楊恩壽的《詞餘叢話》：「康熙時，《桃花扇》、《長生
殿》先後脫稿，時有『南洪北孔』之稱。其詞氣味深厚，渾含包孕處蘊
藉風流，絕無纖褻輕佻之病。鼎運方新，元音迭奏，此初唐詩也。」[136]
此處的「其詞氣味深厚，渾含包孕處蘊藉風流，絕無纖褻輕佻之病」似
「三家風格」中王實甫的特點；同樣地，楊恩壽於《詞餘叢話》評《太
和記》非「當行本色」[137]且於其《續詞餘叢話》中，多次以王實甫《西
廂記》為論，如：

---

[132] 清・劉熙載：《藝概》，參《中國古典戲曲論著集成》九（同註3），頁116。
[133] 清・支豐宜：《曲目新編》，參《中國古典戲曲論著集成》九（同上註），頁132。
[134] 同上註，頁131。
[135] 清・平步青：《小棲霞說稗》，參《中國古典戲曲論著集成》九（同上註），頁203。
[136] 清・楊恩壽：《詞餘叢話》，參《中國古典戲曲論著集成》九（同上註），頁251。
[137] 同上註，頁259。

> 試以《西廂》、《琵琶》兩記較之：作《西廂》者，工於北曲，
> 則入韻是其所長……《琵琶》工於南曲，用入韻是其所短。[138]

此處乃由用韻論《西廂記》與《琵琶記》之差異。此外，楊恩壽又說：
「雖以王實甫之才，僅能寫雙文之姿，不能寫雙文之致。」[139]雖一語道
破王實甫之缺點，卻是肯定了王實甫濃麗詞藻之特色。焦循的《劇說》，
是輯錄散見於各書的論曲、劇之語；《花部農譚》則是地方戲曲劇目、
本事、考證與評論之著作。其中《劇說》以傳統文人戲論述為主，其對
「三家風格」之研討，自然歸為本文論述範疇。如「北詞中亦有不協弦
索者，如鄭德輝、王實甫，間亦不免。」[140]、「《西廂》者，合五劇而譜
一事者也，然其時司唱猶屬一人，仿連廂之法，不能遽變。」[141]、「《西
廂記》始於董解元，固矣；乃《武林舊事》雜劇中有《鶯鶯六么》，則
在董解元之前。《錄鬼簿》王實甫有《崔鶯鶯待月西廂記》，同時睢景臣
有《鶯鶯牡丹記》……」[142]、「自元人王實甫、關漢卿作俑為《西廂》，
其字句音節，足以動人，而後世淫詞紛紛繼作。」[143]等，皆以王實甫
《西廂記》為主要研討，內容亦不出前人範圍；再者，焦循《劇說》中
論及「本色」處有：

> 王澹人工詞曲，所著有《焚卷記》、《太平園》、《吉慶釵》三種，
> 皆寓微意……葉憲祖……一時玉茗、太乙，人所膾炙，而粉筐
> 黛器，高張絕絃，其佳者亦是搜牢元人成句。公古澹本色，街
> 談巷語，亦化神奇，得元人之髓。[144]

138　清・楊恩壽：《續詞餘叢話》，參《中國古典戲曲論著集成》九（同上註），頁 302。
139　清・楊恩壽：《續詞餘叢話》，參《中國古典戲曲論著集成》九（同註 3），頁 320。
140　清・焦循著《劇說》，參《中國古典戲曲論著集成》八（同上註），頁 89。
141　同上註，頁 97。
142　同上註，頁 105。
143　同上註，頁 160。
144　同上註，頁 196。

雖舉王澹人、葉憲祖爲喻，卻以元人「本色」爲論述依歸。《劇說》亦論關漢卿、馬致遠的劇本創作，只不過直接論斷「三家」特色部分，較難以窺知。

梁廷枏《曲話》以雜劇傳奇名目之列舉、格律譜法、音韻、品評各家劇作等爲主要內容論述。其中與關、王、馬「三家」有關之研討，如《曲話》卷二評馬致遠《漢宮秋》【混江龍】與【賺煞】爲「寫景，寫情，當行出色，元曲中第一義也。」[145]且於《曲話》卷三論蔣士銓「九種曲，吐屬清婉，自是詩人本色。」[146]等亦是論馬致遠與蔣士銓詩人本色的特質，足見《曲話》亦將「詩人本色」列爲主要論述內容。最後，姚燮的《今樂考證》雖以戲曲源流、事、物考證與前人劇目、論曲爲主要內容論述，亦對「三家」略有涉獵，如：

> 涵虛子曰：『古今群英樂府，各有其目：馬東籬如朝陽鳴鳳，張小山如瑤天笙鶴……王實甫如花間美人，張明善如彩鳳刷羽，關漢卿如瓊筵醉客……』[147]

此亦引述朱權《太和正音譜》論關、王、馬「三家」；再者，其「若《西廂》，才華富贍，北詞大本未有能繼之者……元人以鄭、馬、關、白爲四大家而不及王實甫，有以也。」之論[148]，皆爲擷取前人觀點，非姚燮獨創者，諸如此類，不勝枚舉。

據前述清代中、後期戲曲理論專著對「三家」之研討，可知劇論家們除了引述前人觀點外，對理想的劇作要求，已由「以劇作劇」、「以詩作劇」、「以劇作詩」風格鼎立中，梳理出一折衷之論劇準則，如笠閣漁

145　清‧梁廷枏：《曲話》，參《中國古典戲曲論著集成》八（同上註），頁 256。
146　清‧梁廷枏：《曲話》，參《中國古典戲曲論著集成》八（同註3），頁 272。
147　清‧姚燮：《今樂考證》，參《中國古典戲曲論著集成》十（同上註），頁 137。
148　同上註，頁 192。

翁在《笠閣批評舊戲目》云：「能文而毀裂宮調，與好音而束殺文章，皆誤也。」[149]即是「雙美」觀念之呈現。此外，論「當行、本色」時，每位劇論家切入角度皆不同，除延續元、明「本色、當行」論外，清人戲曲理論專著多為前人專論之集成與整理。

二、詩文研討

　　清代中、後期詩文對戲曲研討，近人張次溪編纂的《清代燕都梨園史料》正續編即有所收錄，可作為清代戲曲論著與史料研究之參考。此處，針對「三家」相關之詩文研討，加以論述。

　　詩文中如來青閣主人的《片羽集》[150]、安樂山樵的《燕蘭小譜》[151]、留春閣小史的《聽春新詠》[152]、半標子的《鶯花小譜》[153]、邗江小遊仙客的《菊部群英》[154]等，皆以花雅藝人生平事蹟、演技等主要為評述，而觸及「三家」研討者，有莊親王允祿《新定九宮大成‧序》：「關漢卿如『瓊筵醉客』，王實甫如『花塢佳人』……」[155]、黃圖珌《看山閣集閒筆‧自跋》：「《琵琶》為南曲之宗，《西廂》乃北調之祖，調高辭美，各極其妙。」等[156]，同樣皆為前人觀點與話語之引述。

---

[149] 清‧笠閣漁翁：《笠閣批評舊戲目》，參《中國戲曲論著集成》七（同上註），頁310。

[150] 清‧來青閣主人：《片羽集》，參張次溪編纂《清代燕都梨園史料正續編》上（北京：中國戲劇出版社，1988年12月）。

[151] 清‧安樂山樵：《燕蘭小譜》（同上註）。

[152] 清‧留春閣小史：《聽春新詠》（同上註）。

[153] 清‧半標子：《鶯花小譜》（同上註）。

[154] 清‧邗江小遊仙客：《菊部群英》（同上註）。

[155] 蔡毅：《中國古典戲曲序跋彙編》一（同註76），頁127。

[156] 同上註，頁119。

　　清代中、後期戲曲理論專著與詩文對「三家」的研討，除了引述前人著作與明代劇壇論爭議題延續外，因戲曲環境之改變、明代劇論「雙美說」之提出、清初李漁《閒情偶寄》完備的戲劇理論將戲曲回歸至「劇學體系」、地方戲興盛等，致使劇論家以花部演員、舞臺、唱腔、身段等為關注點，相對地，亦削弱了對關、王、馬雜劇特色的論述。

　　到了民國，關、王、馬在中國古典戲曲發展上之重要影響，再度被廣泛論述，足見「三家」雜劇創作特色與中國戲曲之關係緊密。

第四節　民國以後

　　中國古典戲曲理論，由雜劇前與元代的粗略形貌，歷經明代劇壇論爭與案頭、場上並重的「雙美」觀念提出，到了清初的劇學理論發展完備，將戲曲理論發展推至一高峰，然而，清代中、後期出現了停滯局面，直到王國維的戲曲研究著作，為劇學發展帶來研究視野與轉機，學者評述王國維戲曲研究貢獻時曾說：

> 王國維的戲曲研究著作有《曲錄》、《戲曲考原》、《錄鬼簿校注》、《優語錄》、《唐宋大曲考》、《錄曲餘談》、《古劇腳色考》、《宋元戲曲考》等多種，開近代戲曲史研究的風氣，對學術界影響甚大。其中《宋元戲曲考》是他在戲曲研究上的最後帶總結性的重要著作。這部著作以宋元戲曲作為研究的對象，全面考察，尋根溯源，回答了中國戲劇藝術的特徵、中國戲劇的起源和形成、中國戲曲文學的成就等一系列戲曲史研究中帶根本性的問題。[157]

---

[157] 葉長海：《中國戲劇學史》（同註80），頁657。

王國維的戲曲論著，為戲曲開拓了研究的新路徑，甚而可說：民國以後戲曲研究皆不出王國維論著之範圍。

　　本文「民國以後」劇論家之界定，在時空上，意指王國維之後（含王國維在內）、海峽兩岸戲曲研究者。此期研究者如吳梅、盧冀野、任中敏、王季烈、張敬、盧元駿、鄭騫、葉慶炳等。然而，對「三家」特色之研討，不僅可看出其與元、明、清劇論承襲之關係，關、王、馬「三家鼎立」之勢對戲曲發展之影響，亦受到肯定。筆者於此，將王國維（包含王國維在內）之後，對「三家」研討之劇論、研究，約略作一番陳述。

　　首先，王國維戲曲論著中與「三家」論述有關者，如《宋元戲曲考》：

> 元代曲家，自明以來，稱關馬鄭白。然以其年代及造詣論之，寧稱關白馬鄭為妥也。關漢卿一空倚傍，自鑄偉詞，而其言曲盡人情，字字本色，故當為元人第一。白仁甫、馬東籬，高華雄渾，情深文明。鄭德輝清麗芊綿，自成馨逸，均不失為第一流。……明寧獻王曲品，躋馬致遠於第一，而抑漢卿於第十。蓋元中葉以後，曲家多祖馬、鄭，而祧漢卿，故寧王之評如是。其實非篤論也。[158]

王國維以明代「元曲四大家」論發端，列關漢卿、白樸、馬致遠、鄭光祖為元曲家創作風格之標竿，雖未將關漢卿、王實甫、馬致遠「三家」對戲曲發展之影響點出，卻初步有了「劇人之劇」、「詩人之劇」、「劇人之詩」的觀念呈現。就王氏認知中，關漢卿的「其言曲盡人情，字字本色」實為重場上的「以劇作劇」特點；白樸、馬致遠的「高華雄渾，情深文明」與鄭光祖的「清麗芊綿，自成馨逸」之評，似立於詩家文采角度所作的論述，然而，雖同為文采派作家，卻又有所區別。王國維乃據

明代曲論家稱「關、馬、鄭、白」四者加以論述，卻忽略了風格纖麗的
文采派劇作家王實甫，無論是劇作影響與生平年代，皆較鄭光祖有資格
與關漢卿、馬致遠並論。

　　準上述可知：王國維雖未將王實甫置於關、馬之列，反以後期劇作
家鄭光祖代之，卻已有「三家鼎立」之識見，更認為「其餘曲家，均在
四家（案：即三家）範圍內」。其次，近代曲學大師吳梅於《中國戲曲
概論》中對關、王、馬雜劇特點之評斷：

> 大抵元劇之盛，首推大都。自實甫繼解元之後，創為研鍊豔冶
> 之詞，而關漢卿以雄肆易其赤幟。所作救風塵、玉鏡臺、謝天
> 香諸劇，類皆雄奇排夏，無搔首弄姿之態。東籬則以清俊開宗。
> 漢宮孤雁臧晉叔以為元劇之冠。論其風格，卓爾大家。自是三
> 家鼎盛，矜式群英。[159]

吳梅認為「雄肆、無搔首弄姿」的關漢卿、「研鍊豔冶之詞」的王實甫、
「以清俊開宗」的馬致遠「三家鼎盛，矜式群英」正是劇作家創作之準
則。王季烈論「三家」時，仍承襲明代「元曲四大家」關、白、馬、鄭
之說[160]，將王實甫排除另論；又葉慶炳《中國文學史》云：

> 蓋雜劇作家，有劇人、詩人之別。劇人富有戲劇經驗；其編劇
> 也，致力於情節之曲折緊湊，人物之性格分明，對話之流利生
> 動，以求得最大戲劇效果。關漢卿即為劇人作家之領袖……詩
> 人撰劇，往往挾其對古典文學之高深修養，專注曲文辭藻之美，
> 甚至用典引書，力求風格之雅正；蓋以創作純文學作品之態度

---

[159] 吳梅：《中國戲曲概論》卷上（台北：廣文書局，1971 年 4 月），頁 39~40。
[160] 王季烈：《螾廬曲談》卷四〈餘論〉，參《集成曲譜》振集（台北：古亭書屋），
　　　頁 14~16。

> 編劇，初未顧及其演出效果。王實甫即為詩人作家之代表。自
> 然，劇人筆下亦不乏曲文典雅之作，然其典雅之曲文必符合劇
> 中人之身分。[161]

葉先生將劇作家區分為劇人與詩人二類，關漢卿與王實甫即分屬之。再
將王實甫與馬致遠作區隔，認為「致遠雜劇之詩人色彩，尤甚於王實甫、
白樸之作」[162]且在情感表現上「馬致遠以高才陸沈下僚，失意於現實，
故轉而嚮往仙道。其對現實政治之不滿，常藉雜劇中人物傾吐而出。」[163]
確實，馬致遠與王實甫最大之差別，即在於主、客觀情感抒發之差異。

　　張燕瑾引述吳梅的「三家風格」論，除肯定其「三家鼎立、矜式群
英」之觀點外，更認為吳梅由語言風格論三家是不夠的，因為「語言風
格的不同，只是三家劇作風格差異的一個方面，而不是他們區別的全部
內容。從戲劇學的角度來考察，三家風格的差異也是很明顯的。」[164]準
此，張燕瑾由劇學角度對「三家風格」加以評述：

> 「風格就是人的本身」（黑格爾《美學》第一卷）。關漢卿、王
> 實甫同為鬥士，但關是以憤怒的目光看社會，重在反映現實……
> （關）王馬三家鼎立，異蕊而同芳，殊姿而并麗，是元代戲曲
> 成熟、創作繁榮的表現，對後世戲曲文學的繁榮和發展，又起
> 了極大的促進作用。[165]

---

[161] 葉慶炳：《中國文學史》下冊（台北：學生書局，1987 年 8 月），頁 232~233。
[162] 同上註，頁 241。
[163] 同上註，頁 240。
[164] 張燕瑾：〈元劇三家風格論〉，參《中國戲曲史論集》（北京：燕山出版社，1995
　　　年 3 月），頁 36。
[165] 張燕瑾：〈元劇三家風格論〉，參《中國戲曲史論集》（同註 164），頁 48。

張燕瑾將劇作家性格與風格呈現作結合，肯定關、王、馬「三家風格」之殊異與戲曲發展上之影響。再者，葉長海《中國戲劇學史》中引論清初李玉《南音三籟·序言》[166]爬梳出「李玉在復述南北曲總體風格的區別（北之沉雄豪勁，南之清新綿邈）的同時，還提出北曲又有王（實甫）、關（漢卿）、馬（東籬）三種不同風格這一新見。」[167]認為：

> 李玉雖未點明三家的特色，但已指出其「各立赤幟，旗鼓相當」的體勢。對元代雜劇作家風格的認識……提出了獨特的王關馬三派說，其啟發性是顯然的。因為王的優美、關的激越、馬的超逸，其特色分明，不難辨別，經李玉一點，我們就自然很快地找到了三家的不同風貌。[168]

葉長海亦認同「三家風格」對中國戲曲發展之影響，認為王實甫的「優美」、關漢卿的「激越」、馬致遠的「超逸」各家特色分明。然而，李玉與葉長海論「三家風格」差異時，皆由語言風格角度切入，未若張燕瑾由劇作家生命情調論述深刻與生動。

　　據以上論述，可知「民國以後」研究者對關、王、馬「三家」之探討，較元、明、清時明確與深入。由王國維、吳梅、葉慶炳、張燕瑾、葉長海等人對「三家風格」之論述，使我們更明確關、王、馬雜劇創作特色對戲曲發展史之影響。戲曲理論上對「三家」之研討是層層遞進的。以關、王、馬「三家」言，劇論家由初始的「分論」各家風格特點，到三家「並論」且加以評比，其過程是循序且自然的；再者，評述內容亦由語言風格粗略評述，再衍展為由戲劇學角度深入論析「三家風格」之

---

[166] 葉長海：《中國戲劇學史》（同註80），頁247。

[167] 同上註，頁471。

[168] 同上註，頁471~472。

差異，此種「由分論而並論」、「由淺而深」的研討，是無數劇作、劇論家直接或間接參與而形成的。

　　關、王、馬「三家」於劇作中清楚可見其發展脈絡，劇論研討中亦可窺知其對戲曲發展的影響與意義，藉著「『三家』雜劇特色在戲曲理論上之研討」我們發現：「關漢卿→王實甫、馬致遠→李漁」是中國戲曲發展過程的規律。始於關漢卿的「劇學體系」，經王實甫、馬致遠「曲學體系」發展，到了清初李漁的劇論又回歸到「劇學體系」來，故「三家」在劇作與劇論上之重要，是無庸置疑的。

第六章　由戲曲理論系統與美學觀念論關、王、馬三家雜劇特色的意義

　　戲劇是一種綜合藝術，無法單純地以時間或空間藝術視之，其包括了文學、音樂、舞蹈、美術等靜動態藝術在內。作為中國戲劇的雜劇、傳奇等戲曲藝術，曲學、敘事、劇學即是其主要特質呈現。「曲學」即是「詩」，對於以抒情為文學傳統的中國文學言，戲曲無疑仍是詩人吟詠與抒發情感的一種方式；而藉著「敘事」累積並加重詩的抒情成分；最後，回歸到舞臺表演的劇學層面。戲劇的呈現，原本應以劇學（即舞臺表演）為主要且優先的考量。但是，中國戲曲是以文學表現為首要，尤其立於詩史角度論，「從劇本文學到舞臺藝術，都有濃郁的詩意。」[1]確實，中國戲曲是劇詩，也是詩劇，這種首重文學與抒情的戲劇形式，自然與重舞臺呈現的西方戲劇不同，正因此不同的特質，中國戲曲的「劇學」表演方式，雖於關漢卿時已開其端，卻一直要到清代，李漁「劇學體系」的觀念才成熟。

　　若由戲曲本質來看元雜劇的生成與發展，關漢卿、王實甫、馬致遠「三家」雜劇創作之差異，主要在於對「劇」、「詩」的分際與表現上。關漢卿的「以劇作劇」、王實甫的「以詩作劇」、馬致遠的「以劇作詩」正足以作為「三家」創作手法之區別；而「破」、「立」、「避」的雜劇創

---

[1]　蘇國榮：《中國劇詩美學風格》（台灣：丹青圖書有限公司，1987 年 6 月），頁 1。

作主調，更說明了關漢卿、王實甫、馬致遠面對異族統治時代生命態度的獨特性。所以就戲曲本質與時代背景面向論關、王、馬雜劇，除可知悉其生命情調與創作風格不同外，「三家」之差異與特殊性，更是關涉到抒情傳統與戲曲美學之範圍。

本論文以關漢卿、王實甫、馬致遠「三家雜劇特色」在中國戲曲發展上之意義爲主要研討，亦關涉到中國戲曲的抒情傳統和戲曲美學等問題。所以，擬由「三家」與抒情、敘事結合的中國文學傳統；「三家」的戲曲美學意義等面向論。

第一節　由「戲曲理論系統」論關、王、馬雜劇特色

若說中華民族是詩的民族，整部中國文學發展史更可以「詩史」論之，正如玉的溫潤特質般，中國詩教「溫柔敦厚」含蓄、樸質的特質，使詩成了文人抒情的工具。在前人「詩者，志之所之也，在心爲志，發言爲詩」[2]的定義說解下，「詩」的抒情地位業經確認，整部中國文學史可以說就是一部抒情文學傳統演變的過程。誠如呂正惠所云：

> 中國詩非常具有一致性——基本上，那一致性是「抒情的」，即使中國人也偶而以詩「敘事」，以詩「議論」，以詩「諷刺」，然而，這些特質跟西洋同性質的詩作比起來，簡直微不足道，不僅「數量」上如此，「質量」也是如此。比起西洋的敘事詩、議

2　《詩經》，引自《十三經注疏》二（台北：藝文印書館，1993 年 9 月），頁 13。

> 論詩、哲理詩、諷刺詩，中國詩裏的敘事、議論、諷刺成分，
> 實在都像是「抒情詩」了。[3]

此處，由比較的觀點來看中國文學，肯定「抒情」是中國詩的一致特色，
而敘事、議論、諷刺或哲理性的詩，較諸西方而言，仍帶有濃厚的「抒
情」傾向。「抒情」既為詩的本質，更是作為中國文學史主脈的「詩」
的傳統，所以，中國文學的傳統乃是一種抒情的傳統。

　　中西文學的最大不同，更在於「抒情」與「敘事」著重點之差異，
蒲安迪認為西方文學是由「荷馬史記（epic）→羅曼史（romance）→小
說（novel）一脈相承的主流敘事系統」構成[4]；中國文學則是「三百篇
→騷→賦→樂府→律詩→詞曲→小說」以抒情為重的傳統。[5]然而，以抒
情為重的中國文學傳統，當然也有「敘事」文學，只不過與西方不同的
是：抒情與敘事結合，敘事加強「抒情」意義，抒情為主、敘事為輔等，
皆是中國文學的特質。此種特質用來解說戲曲文學是再貼切不過了。試
看傅瑾如下的一段文字：

> 如果說中國戲曲與西方戲劇最大的不同之處，就在於戲曲接受
> 了中國文學悠久的抒情傳統，具有強烈的抒情性的話，那麼它
> 的這一特徵，正是直接從宋詞那裡繼承來的。……從戲曲身上
> 就可以看到中外文化的有機結合：一方面戲曲有著中國文學傳
> 統本身所固有的抒情特徵，另一方面它又有著由西域變文演變
> 而來的敘事文學的故事性。我們不難明白戲曲在形成過程中既
> 保留了傳統文學的抒情本質，又接受了外來的敘事手法的影

---

[3]　呂正惠：〈中國文學形式與抒情傳統〉，參《抒情傳統與政治現實》（台北：台灣
　　學生書局，1989 年 9 月），頁 162。
[4]　蒲安迪講演：《中國敘事學》（北京：北京大學出版，1996 年 3 月），頁 9。
[5]　同上註，頁 10。

　　響。……像中國其它傳統的文學形式一樣，戲曲作者在抒情方面的努力要遠遠超過了它敘事性的追求。[6]

確實，中西戲劇最大的差異在於「抒情」與「敘事」的著重與否。「抒情」是中國文學的傳統，即便是以「敘事故事性」為主的戲曲，仍以「抒情」為主，而「敘事」則成了輔助且加強情感抒發者。

　　戲劇以舞臺表現為主要歸向，作為中國文學之一的戲曲，除了舞臺呈現外，其詩與故事的結合，構成了中國戲曲「曲學」、「敘事」、「劇學」特質。譚帆、陸煒曾說：

　　中國古代戲劇觀念的多層次性促成了古代戲劇理論向多方面延伸。而圍繞戲劇本體觀念的自身演進，中國古代戲劇理論以各別的理論觀念為軸心，各自形成了獨特的「理論圓圈」。這種「理論圓圈」既有各自的「史」的發展線索，同時又構成了橫面的「理論圓圈」的交錯並列，產生了「曲學體系」、「敘事理論體系」和「劇學體系」三種理論系統。[7]

譚帆等由理論言，提出了「曲學」、「敘事」、「劇學」理論體系，將中國戲曲的抒情本質剖析論述。總之，抒情與敘事既為中國文學傳統，自然脫離不了「言志」的功用，「抒情」、「敘事」、「言志」三者，實為「三位一體」[8]關係。若依戲曲即詩的角度言，由《詩經》到元曲皆得以「言志抒情」貫串，元曲中散曲是狹義的詩；劇曲則是廣義的詩，據劇曲之

---

[6]　傅瑾：《戲曲美學》（台北：文津出版社，1995 年 7 月），頁 56~57。

[7]　譚帆、陸煒：《中國古典戲劇理論史》（北京：中國社會科學出版社，1993 年 4 月），頁 55。

[8]　案：「三位一體」為基督教教義。意謂上帝、耶穌、聖靈三者，實皆為同一萬有之神。

特質，可分曲學、敘事、劇學等三個體系，本單元即依曲學、敘事、劇學三面向論關漢卿、王實甫、馬致遠「三家」雜劇特色。

一、「曲學體系」論三家

曲亦是詩，這是不爭的事實。沈寵綏的《度曲須知》：「顧曲肇自三百篇耳。《風》、《雅》變為五七言，詩體化為南詞、北曲。」[9]即是基於詩史的角度論，將戲曲視為詩，此具戲劇性的詩即是中國戲曲的特質之一。除了曲是詩外，又是音樂的結合體，而「曲學」的研究對象，自然囊括了「合樂的詩」、「配詩的樂」、「詩與樂的關係」等。譚帆認為：

> 從廣義而言，所謂「曲學」乃是一個頗為寬泛的概念，其研究範圍至少應包括詩、詞、曲三大部分。而狹義的、一般意義上的「曲學」，則主要是指對宋元以來在音樂和文學上都有別於詩與詞的「曲」（包括劇曲、散曲和民間小曲的研究）。[10]

依此而論，古典戲劇理論中的「曲學體系」即指狹義的、一般意義的「曲學」，而王世貞《曲藻》所說：「三百篇亡而後有騷賦，騷賦不入樂而後有古樂府，古樂府不入俗而後以唐絕句為樂府，絕句少宛轉而後有詞，詞不快北耳而後有北曲，北曲不諧南耳而後有南曲。」[11]姑且不論王世貞戲曲起源發展的說法是否合乎邏輯，但其「三百篇→古樂府→絕句→詞→曲」的演化過程，卻肯定了戲曲的「詩、樂」關係。

9　沈寵綏著《度曲須知》，參《中國古典戲曲論著集成》五（北京：中國戲劇出版社，1959 年 7 月），頁 197。
10　譚帆、陸煒：《中國古典戲劇理論史》（同註 7），頁 66。
11　王世貞：《曲藻》，參《中國古典戲曲論著集成》四（同註 9），頁 27。

　　曲學既指涉詩與樂，自然與「言志」的抒情傳統有關。譚帆、陸煒以「『曲學』的三大理論問題：『聲音之道』、『本色論』、『唱論』對中國古典劇論中的『曲學』作橫面的展開與分析。」基本上是傾向理論之研討[12]，本單元則以「抒情、敘事結合」論關漢卿、王實甫、馬致遠三家的曲學表現，與譚、陸之說自有所區別。依關、王、馬雜劇劇曲，筆者擬由曲文面向論之。

　　對於以「韻文」為主流的中國文學史言，唐詩、宋詞、元曲，以至於劇曲皆屬詩歌範圍，更精確地說：劇曲，屬廣義詩歌。而劇曲既歸為詩歌，關漢卿、王實甫、馬致遠的劇作，自與詩歌脫離不了關係；則曲文當然是論述「三家」特色與中國文學抒情傳統的主要參考對象。此處，據關、王、馬曲文論之。

1、關漢卿

　　以「本色」、「行家」為稱的關漢卿，其曲文表現雖不失「本色」特質，抑或雜有詩文典故，然而，若以主要創作趨向論，關漢卿曲文表現仍是通俗與本色、行家的表現。而「本色」、「行家」乃是以舞臺表演為主要考量，如《竇娥冤》第一折，竇娥憶想自己的愁與悲時唱：

> 【仙呂點絳唇】滿腹閒愁，數年禁受，天知否？天若是知我情由，怕不待和天瘦。
> 【混江龍】則問那黃昏白晝，兩般兒忘食廢寢幾時休？大都來昨宵夢裏，和著這今日心頭。催人淚的是錦爛熳花枝橫繡闥，

---

[12]　譚帆、陸煒：《中國古典戲劇理論史》（同註7），頁92。

斷人腸的是剔團圞月色掛粧樓。長則是急煎煎按不住意中焦，悶沉沉展不徹眉尖皺，越覺的情懷冗冗，心緒悠悠。[13]

曲文既寫竇娥的愁，又為其悲慘遭遇做鋪筆。緊接著的曲文【油葫蘆】[14]與【天下樂】[15]等曲文，則是寫竇娥的悲與怨。由這些曲文看來，不僅文字應用通俗易懂，其情感抒寫亦以劇中人物「竇娥」為主。又如第三折正旦唱：

> 【一煞】妳道是天公不可期，人心不可憐，不知皇天也肯從人願。做什麼三年不見甘霖降？也只為東海曾經孝婦冤。如今輪到你山陽縣。這都是官吏每無心正法，使百姓有口難言。[16]

同樣地，劇作家把對時代社會的不滿，藉劇中人竇娥口中道出。這種以曲「抒劇中人之情」的表現方式，在其它劇本中亦相同，又如《魯齋郎》第一折，正末張珪與妻子上墳時唱的【混江龍】[17]、【油葫蘆】[18]、【天下樂】[19]等曲文皆是。如【金盞兒】：

13　《竇娥冤》第一折，參明‧臧晉叔編《元曲選》第四冊（北京：中華書局，1958年10月），頁1501。

14　【油葫蘆】：「莫不是八字兒該載著一世憂，誰似我無盡頭！須知道人心不似水長流。我從三歲母親身亡後，到七歲與父分離久，嫁的簡同住人，他可又拔著短籌；撇的俺婆婦每都把空房守，端的簡有誰問，有誰偢？」（同註13）

15　【天下樂】：「莫不是前世裏燒香不到頭，今也波生招禍尤？勸今人早將來世修。我將這婆侍養，我將這服孝守，我言詞須應口。」（同上註）

16　《竇娥冤》第三折（同上註），頁1511。

17　《魯齋郎》第一折，參《元曲選》第二冊（同上註），頁844。

18　同上註，頁845。

19　同上註。

> 覷郊原，正晴暄，古墳新土都添遍，家家化錢烈紙痛難言。一
> 壁廂黃驢聲恰恰，一壁廂血淚滴漣漣，正是「鶯啼新柳畔，人
> 哭古墳前」。[20]

劇作家以劇中人物之心情、口吻描寫其感受。此外，《救風塵》、《望江
亭》、《金線池》、《玉鏡臺》等的曲文亦如此。誠如李漁《閒情偶寄》
所言：

> 文字之最豪宕，最風雅，作之最健人脾胃者，莫過填詞一種，……
> 言者，心之聲也，欲代此一人立言，先宜代此一人立心。若非
> 夢往神遊，何謂設身處地。無論立心端正者，我當設身處地，
> 代生端正之想，即遇立心邪辟者，我亦當舍經從權，暫為邪辟
> 之思。務使心曲隱微，隨口唾出，說一人肖一人，務使雷同，
> 弗使浮泛，若《水滸傳》之敘事，吳道子之寫生，斯稱此道中
> 之絕技。[21]

不錯，關漢卿撰劇時已將「設身處地」、「說一人肖一人」列為考慮，因
此，在曲文表現上，可謂更貼近戲劇的本質。又如《緋衣夢》中的正旦
王閨香唱：

> 【採茶歌】往常為不成就，今日也禍臨頭。一重愁番做了兩重
> 愁。父母公婆記冤讎。則這冤冤相報幾時休！[22]

20　同上註。
21　李漁：《閒情偶寄・語求肖似》，參《中國古典戲曲論著集成》七（同註 9），頁
　　53~54。
22　《緋衣夢》第二折，參隋樹森編《元曲選外編》第一冊（北京：中華書局，1959
　　年 9 月），頁 74。

與《五侯宴》第四折，正旦唱：

> 【醉葫蘆】那時節曾記得你有簡弟弟，你阿媽乞將來不曾與些好衣食。你阿媽後來生下你，教那廝放牛羊過日，到如今多管一身虧。[23]

皆明顯是劇中人物心情與口吻之描寫手法。

關漢卿對於時代環境的黑暗面，選擇以「破」、以批判的方式來面對。其曲文表現，不僅通俗易懂，內容、口吻更合乎劇中人身分與性格，這就是「劇學體系」中以舞臺表演為主要考量的曲文本質，亦即為「以劇作劇」的特點呈現。

2、王實甫

「曲辭濃麗」為《西廂記》向來的評價。若論王實甫劇作的曲文表現，《西廂記》、《破窯記》、《麗春堂》皆是曲辭纖麗、詩意濃郁的特點呈現。如《西廂記》第一本第一折，張生唱：

> 【油葫蘆】九曲風濤何處顯，則除是此地偏。這河帶齊梁，分秦晉隘幽燕。雪浪拍長空，天際秋雲捲。竹索纜浮橋，水上蒼龍偃。東西潰九州，南北串百川。歸舟緊不緊如何見，卻便似弩箭乍離絃。[24]

其寫景曲文的筆觸著實像寫詩般。又如第三折曲文【鬥鵪鶉】[25]、【紫花兒序】[26]等，寫的是張生私窺鶯鶯之心情，劇作家既寫夜色美景，更道

23　《五侯宴》第四折（同上註），頁 124。
24　《西廂記》第一本第一折（同上註），頁 260。
25　《西廂記》第一本第三折【鬥鵪鶉】生唱：「玉宇無塵銀河瀉影，月色橫空，花陰滿庭。羅袂生寒，芳心自警。側著耳朵兒聽，躡著腳步兒行。悄悄冥冥，潛潛

出人物等待心靈，情景交融似作詩般細膩幽微、句斟字酌。又如《西廂記》第二本第一折，旦唱：

> 【八聲甘洲】懨懨瘦損，早是傷神，那值殘春。羅衣寬褪，能消幾度黃昏。風裊篆煙不捲簾，雨打梨花深閉門。無語憑闌干，目斷行雲。
>
> 【混江龍】落紅成陣，風飄萬點正愁人。池塘夢曉，蘭檻辭春。蝶粉輕沾飛絮雪，燕泥香惹落花塵。繫春心情短柳絲長，隔花陰人遠天涯近。香消了六朝金粉，清減了三楚精神。[27]

此處曲文，既寫鶯鶯傷春心情，又將情寓景，以情景交融手法，使鶯鶯閨怨情思主題明白呈現。就文辭來說，「風裊篆煙不捲簾，雨打梨花深閉門。」「落花成陣，風飄萬點正愁人。」「池塘夢曉，蘭檻辭春。」等，或融化前人佳句、或別出作者巧思，皆為纖麗典雅的詩句。又如《西廂記》第三本第三折紅娘唱：

> 【新水令】：晚風寒峭透窗紗，控金鉤繡簾不挂。門闌凝暮靄，樓角斂殘霞。恰對菱花，樓上晚粧罷。[28]

既是描景又是寫情，將人物細膩的心思勾畫出，然而，以紅娘之口唱此曲文，似乎未盡貼切人情。又同折【石榴花】[29]、第三折【駐馬聽】[30]等曲文，在文辭上表現亦然。

等等。」（同上註），頁 267。

26　《西廂記》第一本第三折【紫花兒序】生唱：「等待那齊齊整整，嫋嫋婷婷，姐姐鶯鶯。一更之後，萬籟無聲，直至鶯庭。若是面廊下沒揣的見俺可憎，將他來緊緊的捷定，則問你那會少離多，有影無形。」（同註 22）

27　《西廂記》第二本第一折（同上註），頁 271~272。

28　《西廂記》卷三，第三折（同上註），頁 292~293。

29　《西廂記》卷三，第二折（同上註），頁 290。

　　王實甫《西廂記》曲文，有張生、鶯鶯、紅娘等輪唱，然而，劇作家未充分考慮舞臺演出與人物性格特質等必然要求，將張生、鶯鶯、紅娘等人物所唱的曲文未做適度區隔，形象塑造自然多少受到限制。又如《破窯記》第三折旦唱：

> 【中呂粉蝶兒】甕牖桑樞，世間窮盡都在此處。有一千箇不識消疏，范丹也索移，原憲也索趄，便有那顏回也難住。雖然是人不堪居，我覷的勝蘭堂綠窗珠戶。
>
> 【醉春風】恨不恨買臣妻，學不學卓氏女。破窯中熬了我數年多，受了些箇苦。苦。一飲一酌，事皆前定也，也是我一生衣祿。[31]

此處曲文雖可見本色語，卻仍不免「詩人撰劇」用典、力求典雅之特色。又《麗春堂》第一折，正末唱：

> 【賞花時】萬草千花御苑東，簌翠偎紅彩繡中，滿地綠茸茸，更打著軍兵簇擁，可兀的似錦衚衕。[32]

同劇第二折【中呂粉蝶兒】[33]、【醉春風】[34]、【石榴花】[35]、第三折【越調·鬥鵪鶉】[36]、【小桃紅】[37]、【金蕉葉】[38]等，皆明顯偏向詩意的考量。

30　《西廂記》卷三，第三折（同上註），頁293。
31　《破窯記》第三折，參《孤本元明雜劇》一（台北：商務印書館，1941年8月）。
32　明·臧晉叔：《元曲選》第三冊（同註13），頁901。
33　【中呂粉蝶兒】：「山勢崔巍，倚晴嵐數層金碧，照皇都一片琉璃，端的個路盤桓，山掩映，堆藍疊翠。俺這裏佇立丹梯，則見那廣寒宮在五雲鄉內。」（同上註），頁903。
34　【醉春風】：「堪寫在畫圖中，又添入詩句裏。則我這紫藤兜轎趁著濃陰，直等涼些兒個起。受用足萬壑清風，半階涼影，一襟爽氣。」（同上註）
35　同上註，頁905。
36　同上註，頁906。
37　同上註，頁907。

　　王實甫曲文具鮮明詩意，可謂承自「詩」的抒情傳統。在曲文上，用典與文辭濃麗，充分展現情景交融的詩歌特色，卻不免忽略曲文貼切人物、發展情節的故事與舞臺考量；在表現上，將「劇」（尤其「劇曲」）用詩來寫。若以「詩人撰劇」論，王實甫並未能如關漢卿「說一人肖一人」、卻也不似馬致遠「劇中人物皆見作者影子」，其劇作中的曲文僅是「以詩般的語言抒寫劇中人之情」。觀覽王實甫雜劇特點，應與劇作家「謳歌」的創作態度有關。而如果勉強以理論體系來加以解讀，則介於「曲學」「敘事」理論體系之間的曲文表現，或許可以作為王實甫「以詩作劇」的另一詮釋吧？

3、馬致遠

　　賈仲明的「戰文場，曲狀元」，高度肯定了馬致遠曲文的表現。綜覽馬致遠現存劇本，實不難發現其濃郁的詩意與抒情性，若以詩的抒情傳統論，馬致遠的「以劇作詩」即說明了詩人撰劇（尤指劇曲）時的態度。將雜劇視為詩歌般創作的馬致遠，其曲文自然具濃烈的抒情性，如《漢宮秋》第一折，漢元帝（末）唱：

> 【仙呂·點絳唇】車碾殘花，玉人月下，吹簫罷，未遇宮娃，是幾度添白髮。
> 【混江龍】料必他珠簾不掛。望昭陽一步一天涯。疑了些無風竹影，恨了些有月窗紗。他每見絃管聲中巡玉輦，。恰便似斗牛星畔盼浮槎。[39]

---

[38]　同上註，頁 907。

[39]　明·臧晉叔：《元曲選》第一冊（同註 13），頁 2。

無論是文辭表現，或是景色與情感的交融，都像足了一首唐人宮怨詩。
再如第三折曲文：

> 【梅花酒】呀，俺向著這迴野悲涼，草已添黃，色早迎霜，……
> 他他他傷心辭漢主，我我我攜手上河梁。他部從入窮荒，我鑾
> 輿返咸陽。返咸陽，過宮牆。過宮牆，繞迴廊。繞迴廊，近椒
> 房。近椒房，月昏黃。月昏黃，夜生涼。夜生涼，泣寒蛩。泣
> 寒蛩，綠紗窗。綠紗窗，不思量。[40]

此段曲文寫漢元帝送昭君出塞的心情，劇作家的抒情表現以此最具代表
性。此外，《青衫淚》楔子正旦裴興奴唱：

> 【仙呂‧端正好】有意送君行，無計留君住，怕的是君別後有
> 夢無書。一尊酒盡青山暮，我搵翠袖，淚如珠。你帶落日，踐
> 長途。情慘切，意躊躇，你則身去心休去。[41]

既寫景又寫情的曲文，將裴興奴的心情道出，也點染出文人對現實的無
奈。又如第二折【正宮‧端正好】：「命輕薄，身微賤，好人死萬萬千千。
世間兒女別離偏，也敷不上俺那陽關怨。」[42]；第三折【雙調‧新水令】：
「正夕陽天闊暮江迷，倚晴空楚山疊翠。冰壺天上下，雲錦樹高低。誰
倩王維，寫愁入畫圖內。」[43]；第四折【普天樂】[44]、【快活三】[45]等曲

---

[40] 同上註，頁 10。
[41] 明‧臧晉叔：《元曲選》第三冊（同上註），頁 885。
[42] 明‧臧晉叔：《元曲選》第三冊（同註 13），頁 886。
[43] 同上註，頁 891。
[44] 同上註，頁 898。
[45] 同上註。

文，又是寫景，又是寫情的，劇作家藉著情景交融的抒寫，將個人情志表現無遺。

　　描寫文人懷才不遇的《薦福碑》，其曲文更是表現了劇作家抒情寫懷，如第一折曲文【混江龍】張鎬唱：「常言道七貧七富，我便似阮籍般依舊哭窮途……」直接以困窮潦倒的阮籍為喻[46]；又同折【寄生草】與【么篇】曲文，更是對仕途不遇的感慨，如：

> 【寄生草】想前賢語，總是虛。可不道書中車馬多如簇，可不道書中自有千鐘粟，可不道書中有女顏如玉，則見他白衣變得一個狀元郎，那裡是綠袍兒賺了書生處。
>
> 【么篇】這壁攔住賢路，那壁又擋住仕途。如今這越聰明越受聰明苦，越癡呆越享了癡呆福，越糊塗越有了糊塗富。則這有銀的陶令不休官，無錢的子張學干祿。[47]

馬致遠將文人不遇的感慨藉著劇中人物唱出，表面上寫的是張鎬的感慨，實際上是劇作家個人情感的抒寫。劇作家將傳統「詩言志」的特質，在曲文中發揮殆盡，此與其「寫劇即寫詩」的「以劇作詩」創作態度有關。

　　此外，馬致遠的「神仙道化劇」亦然。若據其曲文來看，劇作家逃避、隱逸之心情，在其劇中隱然可見，如《岳陽樓》第二折【賀新郎】[48]、【烏夜啼】[49]、【三煞】[50]；再者，《陳摶高臥》第一折【金盞兒】[51]、第

---

[46]　《薦福碑》第一折，參明‧臧晉叔編《元曲選》第二冊（同上註），頁 578。
[47]　同上註，頁 579。
[48]　《岳陽樓》第二折（同上註），頁 620。
[49]　《岳陽樓》第二折，參明‧臧晉叔編《元曲選》第二冊（同註 13），頁 623。
[50]　同上註。
[51]　《陳摶高臥》第一折（同上註），頁 722。

三折【川撥棹】[52]；《黃粱夢》第三折【大石調・六國朝】[53]等，皆是劇作家「隱逸」創作基調的主要表現。

　　觀覽東籬的劇作，可發現：無論是歷史劇、文人劇、神仙道化劇的曲文安排，皆足以看出其主觀抒情、劇中可見作家影子的抒情特質。此特質之彰顯，除了劇作家創作基調的影響外，主要與馬致遠「以劇作詩」的創作態度有關。關漢卿、王實甫、馬致遠三家，在曲文的表現上，其「以劇作劇」、「以詩作劇」、「以劇作詩」已隱含三家創作在文詞的運用與情感抒寫上之差異。關漢卿的本色語、王實甫的濃麗文辭、馬致遠的清俊等，正足觀三者對戲劇創作態度。然而就曲文「以抒情傳統為依歸」以及「詩人主體的頑強性」[54]的特質言，「以劇作詩」的馬致遠無疑地是把戲劇全然當詩歌來寫了。就這一點來說，他應該是「曲學」理論體系中訴求的徹底實踐者了。

二、「敘事體系」論三家

　　以「事」為研究對象的「敘事理論」其「事」可分：「已經發生的事」屬歷史範圍者；「虛構的事」屬藝術範圍者，小說、戲劇等屬之。就中國「敘事體系」文學發展言，具極高敘事成就的《左傳》，不僅是我國第一部真正敘事作品及先秦史傳作品之典範，因其細節描寫超於史傳的撰作範圍，可謂為「後世小說、戲曲虛擬敘事的萌芽」。[55]確實，「虛

---

[52]　《陳摶高臥》第四折（同上註），頁730。
[53]　《黃粱夢》第三折（同上註），頁787。
[54]　蘇國榮：「中國劇詩的詩人主體，經常在客體中站出來頑強地表現自己，對事物進行評價。」參《中國劇詩美學風格》（台北：丹青圖書有限公司，1987年6月），頁21。
[55]　郭英德、過常寶：《中國古代文學史》上（大陸：四川人民出版社，2003年9月），頁93。

擬敘事」或多或少乃奠基在「史事」上，如關漢卿《單刀會》、馬致遠的《漢宮秋》、《青衫淚》等即是。蘇國榮認爲「單純的抒情詩是不可能形成劇詩的」[56]，若僅有詩人主體情感抒發，對戲曲文學而言是不足的，誠如其言：

> 戲劇體詩既需要像抒情詩描寫詩人自己的內心世界那樣描寫人物主觀的、內在的情感，又要像敘事詩那樣將人物主觀的、內在的情感轉化爲客觀的、外部的行動，做到二者的有機結合。[57]

此處，由詩的角度論抒情與敘事結合，認爲中國戲曲的特質即在於此。

自「敘事體系」論，漢樂府《陌上桑》爲敘事詩的初步形成；東漢末的《孔雀東南飛》則爲敘事詩成熟期作品；唐傳奇與變文、宋代話本等敘事文學高度發展下，敘事詩更進一步地成熟；宋金時的說唱文學，如《董解元西廂記諸宮調》和《劉知遠白兔記諸宮調》等爲戲曲文學的形成和發展，提供了極爲豐富的素材和經驗；元代敘事詩和抒情詩結合的條件成熟，「作爲劇詩的戲曲文學，也在這結合過程中形成了」，如《西廂記》、《白兔記》、《琵琶記》等。由此可知，「抒情與敘事結合」的戲曲文學，實與中國文學的抒情傳統是一脈相承的。關於古典劇論的敘事理論部分，譚帆、陸煒認爲：

> 中國古典劇論中的敘事理論是中國古代敘事理論的一個分支，它是一個較爲晚起的理論思想體系，它以戲劇的故事本體爲研

---

[56] 蘇國榮：〈中國劇詩的形成和民族性〉，參《中國劇詩美學風格》（同註 54），頁 11。

[57] 蘇國榮：〈中國劇詩的形成和民族性〉，參《中國劇詩美學風格》（同註 54），頁 12。

究對象，因而在這一理論思想中既有傳統敘事理論的歷史傳承性，同時又涵醞著戲劇藝術的自身規定性。[58]

「傳統敘事理論的歷史傳承性」乃前述「已經發生的事」，而「戲劇藝術的自身規定性」則爲此處主要探討範圍。雖然，在戲劇敘事理論中尚可清晰地看見敘事理論淵源的「歷史投影」如史官勸善懲惡的金科玉律、先秦神話傳說寓言、唐代傳奇等，然而，不可否認的是：「戲劇藝術的自身規定性」敘事原則，仍與其有承襲關係。以戲劇的「敘事體系」論，關漢卿、王實甫、馬致遠雜劇則有不同特色表現。

戲劇的「敘事體系」中，關涉到「虛」與「實」、「情」與「理」等問題。「虛」、「實」乃指戲劇故事之「虛構或眞實」亦即「主觀與客觀」的表現，如胡應麟的《莊嶽委談》「凡傳奇以戲文爲稱也，亡往而非戲也，故其事欲謬悠而亡根也。」[59]與謝肇淛的「凡爲小說及雜劇戲文，須是虛實相半，方爲遊戲三昧之筆，亦要情景造極而止，不必問其有無也。」[60]等說，所謂「虛構」與「眞實」的關係，即是劇作家的「主觀表現」與「客體眞實」的關係問題，設若據此論「三家」劇作，則關漢卿應爲「眞實」、「客體眞實」表現的敘事類型者，如《單刀會》、《關張雙赴西蜀夢》、《玉鏡臺》、《單鞭奪槊》等皆爲歷史故事之描寫，自然有其眞實性。此外，「客體眞實」意指劇作家敘事乃眞實地反映社會黑暗面，如關漢卿的《竇娥冤》、《魯齋郎》、《救風塵》等即是，劇作家藉劇本創作，對眞實社會進行批判，此正爲關漢卿雜劇創作基調。

58　譚帆、陸煒：《中國古典戲劇理論史》（同註7），頁144。
59　胡應麟：《少室山房曲考・莊嶽委談》，參任中敏編《新曲苑》一（台北：台灣中華書局），頁109~112。
60　謝肇淛：《五雜組》（台北：新興書局有限公司，1971年5月），頁1287。

　　與關漢卿不同的是，若由「敘事體系」論王實甫的劇作，其《西廂記》、《破窯記》、《麗春堂》等，則爲「主觀表現」的敘事類型，劇作家藉虛擬故事，將其「對美好目的追求」的主觀思想呈現。如《西廂記》中張生與崔鶯鶯對愛情的熱烈追求；《破窯記》中寫寒窗苦讀後「一舉成名天下知」的理想追尋與完成；《麗春堂》寫仕途貶謫後，又得以復職立功的夢想表現等，皆是劇作家以虛構故事情節，實現其主觀思想傳達的作品。另外，以曲文取勝的馬致遠，由「敘事體系」論其劇作，並不易作「客體眞實」或「主觀虛構」類敘事類型的截然劃分。因爲《漢宮秋》、《青衫淚》、《薦福碑》、《陳摶高臥》等劇，固爲史傳上得以考知之故事，只是，描寫時劇作家將個人主觀意識、情感明顯融入劇本中，又如《黃粱夢》、《任風子》、《岳陽樓》等「神仙道化劇」更是鮮明之例證。

　　總之，「敘事體系」實關涉到主客體、虛實、情理之劃分與範圍。以關、王、馬「三家」論，關漢卿雜劇創作以「客」、「實」、「理」爲基調；王實甫則以「主」、「虛」、「情」爲主；馬致遠則介於二者之間。此突顯了「三家」雜劇創作之差異，更彰顯「三家」創作基調之特色。

三、「劇學體系」論三家

　　戲劇是訴諸舞臺演出的藝術。譚帆、陸煒在〈搬演理論概說〉文中云：「搬演理論比之曲學理論和敘事理論，顯得敘述零散而無系統，內容也似乎較難把握。」[61]確實，中國戲曲的「劇學理論」較諸曲學與敘事發展遲緩。元劇三家中，關漢卿對舞臺演出的重視，雖可謂「劇學觀

---

[61]　譚帆、陸煒：《中國古典戲劇理論史》（同註7），頁214。

念」的肇始，但中國戲曲「劇學理論」的成熟，須直到清代李漁《閒情偶寄》才告完成。

　　「劇學理論」非僅止於劇本本身的問題論述，其關涉到演員素養、導演與表演等範圍。若論「劇學體系」的抒情傳統，劇作家或藉劇本故事、演出果效來抒發個人情志與對社會的不滿，即是「劇學」與中國文學抒情傳統的最佳說明。據此，論述關漢卿、王實甫、馬致遠等劇作家劇本在舞臺上的呈現與文學傳統之差異。

　　以關漢卿為論：其雜劇劇本，無論是故事題材、人物形象、語言運用等皆以舞臺演出之果效為主要考量。此種呈現方式，除了劇作家素常和演員密切來往有關外，關漢卿雜劇「破」、「批判」等創作基調的影響亦不可忽視。王驥德《曲律‧論引子》：

> 引子，須以自己之腎腸，代他人之口吻。蓋一人登場，必有幾句緊要說話，我設以身處其地，模寫其似，卻調停句法、點檢字面，使一折之事頭，先以數語該括盡之，勿晦勿泛，此是上諦。[62]

此中「以自己之腎腸，代他人之口吻」、「我設以身處其地，模寫其似」等，即說明劇本創作時，須考慮到的舞臺演出果效。關漢卿劇本《竇娥冤》中的竇娥；《救風塵》中的趙盼兒、宋引章、周舍等皆各有其性格語言，此亦劇作家「我設以身處其地，模寫其似」的創作態度。此外，關漢卿雜劇題材多樣化、語言本色通俗、人物形象鮮明、情節曲折等特色，皆為舞臺演出時的必然要求，據此，足以看出「雜劇班頭」、「梨園領袖」的關漢卿，對戲曲搬演之重視。

　　再者，以「敘事體系」為創作主導的王實甫，在戲曲搬演上，因劇本題材、語言等因素受限，以致未若關漢卿雜劇般達到演出果效。以《西

---

[62]　王驥德：《曲律》，參《中國古典戲曲論著集成》四（同註9），頁138。

廂記》文辭濃麗言，在舞臺搬演上，因過於典雅，未能被觀眾所接受。若以故事情節言，《麗春堂》也稍嫌平淡，舞臺演出之效果，自然有所不足。王實甫以「立」、「美好目的追求」為創作主調，在此創作基調下，劇作家抒發了個人情感、宣揚美好的生命理念。然在「劇學」呈現上，則明顯較為不足。

另外，以「曲學體系」創作趨向取勝的馬致遠，其《漢宮秋》、《青衫淚》、《薦福碑》、《黃粱夢》、《任風子》、《岳陽樓》、《陳摶高臥》等劇，無論是故事題材、人物描寫、語言運用等，皆透顯著劇作家「以劇作詩」、「劇中人皆作家影子」的抒情特色，若以舞臺搬演論，自然有所限制。

前述：「『抒情』是中國文學的傳統，即便是以『敘事故事性』為主的戲曲，仍以『抒情』為主，而『敘事』則成了輔助且加強情感抒發者。」所以，戲曲的本質，是「詩與劇」的特殊結合。此種詩與故事結合的表演形式，即是中國戲曲所具備的「曲學」、「敘事」、「劇學」特質。綜覽關、王、馬三家雜劇創作，在「曲學」表現上，當以馬致遠為典型；而「敘事」上，則以王實甫為代表；「劇學」部分，則是關漢卿最為特殊。有趣的是：關、王、馬三家，為元代同時期劇作家，同樣的時代社會背景，竟因生命情調之差異，而產生不同的劇作特色；再者，以「曲學」、「敘事」、「劇學」為論，「三家」既分屬不同創作體系，可知元代「曲學、敘事、劇學」的觀念已同時並存。

觀覽中國戲曲發展史，可以發現：以「曲學」為勝的馬致遠，對後來戲曲「抒情化」創作趨向，有相當影響；以「敘事」為勝的王實甫，在戲曲史上，其「美好正統追求」的《西廂記》，自有一發展脈絡；至於「劇學體系」雖始於關漢卿，卻因中國文學抒情傳統影響之故，直到清代李漁的《閒情偶寄》才又成為主流價值。以抒情、敘事的文學傳統論，關漢卿、王實甫、馬致遠三家，自有其特色與地位。

第二節　由「戲曲美學觀念」論關、王、馬雜劇特色

　　「美學」是指人們對美的本質聯繫的概括和反映，其對藝術、文學創作皆有重大意義。傳統美學常見者如中和、雅、意境、形神、本色與文采、虛實等，不僅是古代文藝理論中常見，於現今仍具一定意義。前述關、王、馬在曲學、敘事、劇學體系中各占主導地位，然而，綜觀「三家」雜劇特色的呈現，不僅與中國戲曲特質有關，更關涉到戲曲美學的交互影響。[63]

　　再者，由「三家」雜劇特色論述，知悉劇壇論爭中衍生「主情」、「主理」、「雙美說」之審美創作標準。故本文擬由「傳統美學思想與劇作」、「論爭中形成的審美標準」等面向，論析「三家」雜劇特色在戲曲美學上之意義。

　　人們對美的本質聯繫的概括和反映即是「美學」範圍，往往因文化之特色差異，各民族皆有其獨到的審美思想。曹利華說：

> 中國美學思想見之於文字記載的是先秦時期的典籍，而其中尤為突出的是儒家、墨家、道家、法家的美學思想。先秦時期的美學是以孔子創立的儒家倫理為中心的美學思想。……但是儒家美學思想從它產生的第一天起就帶有很大的片面性和保守性，因此必然產生與之相對立和互相補充的其他學派：墨家、道家和法家它們各自以反對並吸收儒家的思想而形成自己的派

---

[63]　案：針對「戲曲美學」與「三家風格」關係，筆者認為：傳統美學思想對「三家風格」有絕對影響，而「三家」的劇作特色，對於劇論中「主情」、「主理」、「雙美說」的戲曲美學，又具理論衍生之意義。故此處以「交互影響」論之。

別。這樣就構成了以儒家為中心而向外輻射的美學思想網路：
儒墨思想的對立統一，產生了重生產的實用美學思想⋯⋯儒道
的對立統一，產生了重人性、人情的意境美學思想。[64]

確實，若論傳統美學應歸溯於先秦諸子思想與典籍，曹利華此段文字表
述中，已將儒、道、墨美學特質點出。中國傳統美學思想，對於藝術創
作和文藝理論研究皆有著極大的影響，如儒家的「中和」思想、道家的
「形神」觀等皆是。傳統美學對雜劇中關漢卿、王實甫、馬致遠「三家」
特色形成，有著絕然的影響，如「雅」、「本色與文采」、「教化與言情」
等語言、內容的要求；「意境」、「形神」、「虛實」等描寫手法，皆無以
脫離傳統美學範圍。

　　當然，綜觀劇壇論爭，亦不離此傳統美學範圍。此處擬由關、王、
馬雜劇創作與傳統美學思想之關連，論傳統思想的中和、古典劇論審美
理想「雅」、意境、形神、虛實等對關、王、馬「三家風格」創作趨向
之影響，藉此使傳統美學思想與三家雜劇創作形成之「審美」標準更
明確。

一、傳統思想的「中和」

　　「中和」是古代美的創造與欣賞的準則。古人對於美學上的「中
和」，大略不出「溫柔敦厚」具體風格與「藝術和諧觀」等論述。如「樂
而不淫，哀而不傷。」[65]、「喜怒哀樂之未發謂之中，發而皆中節謂之

---

[64]　曹利華：《中華傳統美學體系探源》（大陸：北京圖書館出版社，1999 年 1 月），
　　　頁 1。

[65]　《論語・八佾》，參宋・朱熹集註《四書集註》（台北：文津出版社，1985 年 9
　　　月），頁 161。

和。」[66]等皆是「中和」（亦即中庸之道）之論述。「中和」審美觀，在戲曲上的表現與運用，譚帆、陸煒在論著中著力於「和」的論述，其云：

> 古典劇論要求的「和」，卻是一種穩定、平和的形態。這種直接形態上的「和」表現在三個方面。一是要求一種不偏不倚的中庸的戲劇美，它之求中的性質與西方戲劇求大悲或大喜適成對比，它之求穩定的性質與西方戲劇講衝突的性質適成對比，此可稱「中和」……。二是「雜多的統一」訴諸於一種五彩繽紛的總觀，此可稱「綜和」。三是在形式的均衡方式上不是突出對比，而是突出對稱，因而形式美不是偏於險峻、奇特，而是偏於祥和、平穩，此可即稱「對稱」。[67]

此處，將劇論要求的「和」表現形態：不偏不倚的中庸戲劇美、色彩斑斕的總體效果、形式均衡的對稱等列出，且以王驥德的「恰好」[68]思想論「中」。據「恰好」、「不偏不倚」論關漢卿、王實甫、馬致遠雜劇創作，應致力於文學語言的表現，如王驥德：

> 唱曲欲其無字。即作者用綺麗字面，亦須下得恰好，全不見痕跡礙眼，方為合作。[69]

又云：

66　《中庸》（同上註），頁47。
67　譚帆、陸煒：《中國古典戲劇理論史》（同註7），頁316。
68　譚帆、陸煒：「在古典劇論中，求『中』的思想是在晚明露出端倪的。這就是王驥德的『恰好』的思想。」（同上註），頁316。
69　王驥德：《曲律·雜論三十九上》，參《中國古典戲曲論著集成》四（同註9），頁153。

　　　　過曲體有兩途：大曲宜施文藻，然忌太深；小曲宜用本色，然
　　　　忌太俚。[70]

以王驥德的「恰好」、「中」論：綺麗文字使用須不見雕琢之工；施文藻
之大曲勿太深、本色之小曲勿太俚俗。

　　觀三家雜劇創作，以「本色」、「當行」為稱的關漢卿，其雜劇語言
同時具「本色與文采」，如王國維評關漢卿：「字字本色，故當為元人第
一」[71]且以「漢卿似白樂天」等肯定了劇作家通俗與本色的特點；但進
一步檢閱關劇的曲文賓白，亦可發現「詩歌化」文采之表現，如《蝴蝶
夢》第二折包拯伏案做夢：「你看那百花爛熳，春景融合……」[72]、《謝天
香》第一折引柳永〈定風波〉：「自春來慘綠愁紅，芳心事事可可。日上
花梢，鶯喧柳帶，……」[73]等即是；再者，其劇本題材則「通俗市井與
歷史文人故事」兼備，如《竇娥冤》、《救風塵》、《魯齋郎》、《望江亭》
《調風月》等為通俗背景的抒寫，而《單刀會》、《西蜀夢》、《單鞭奪槊》、
《裴度還帶》《玉鏡臺》等則為歷史文人的題材，此即是「中和」不偏
取的影響。此外，向來以「文詞濃麗」為名的王實甫，其劇作亦兼有本
色語，其中尤以《破窯記》為甚，有研究者則據此而論：《破窯記》非
王實甫所作，然，明代朱朝鼎認為：「元屬夷世，每雜用本色語」[74]，所
以，《破窯記》的本色語表現毋寧也是合理的。同樣的，即便是「以劇
作詩」風格清俊的馬致遠，仍可見本色語。筆者前述〈馬致遠「以劇作

[70]　王驥德：《曲律·論過曲三十二》（同上註），頁138。
[71]　王國維：《宋元戲曲考》，參《王國維戲曲論文集》（台北：里仁書局，1993年9
　　　月），頁131。
[72]　《蝴蝶夢》第二折，參明·臧晉叔編《元曲選》第二冊（同註13），頁636。
[73]　《謝天香》第一折，參明·臧晉叔編《元曲選》第一冊（同上註），頁145。
[74]　明·朱朝鼎：〈新校注古本西廂記跋〉，參蔡毅編著《中國古典戲曲序跋彙編》二
　　　（大陸：齊魯書社，1989年10月），頁665。

詩」〉時說：「馬致遠雜劇語言是複雜且豐富的，除卻元劇作家或多或少皆備的本色語外，其情景交融的語言運用、成語俗諺、詩詞典故的引用……皆使詩人語言具獨特風格。」此即是馬致遠語言「中和」創作表現。

　　「本色」雖為元雜劇的特質，以文人為創作導向的雜劇劇作家，為求舞臺果效與個人情志抒發之用，往往可見「中和」創作呈現。

二、古典劇論審美理想：「雅」

　　「審美」是以人類的審美活動為研究對象，關涉到民族文化之差異。古典劇論中「雅」的審美理想，便是中國傳統文化特有者。「雅」是表明某種審美感受或審美趣味的概念。誠如譚帆等所云：

> 「雅」字在語言環境中，尤其在古漢語中有多種意義，用法靈活，因而對古典劇論中許多談「雅」的地方，須注意分辨其談的是否為傳奇總體的情調（或審美趣味）問題。「雅」字的基本意義是「正」，因而劇論談「雅」，多有出於「正」義者。……「雅」的含義，我們可略從三個方面揭示之，即「古雅」、「文雅」、「超逸」。這既是「雅」的比較突出的三個方面的內涵，也是傳奇美學趣味發展的階段性特徵。[75]

據此段文字敘述，「雅」即「正」，而「古雅」、「文雅」、「超逸」等更是傳奇美學趣味發展的階段性特徵，亦是古典劇論中所論述與關注者。若以「雅」審美理想論關漢卿、王實甫、馬致遠劇作，無論是故事題材或曲文賓白，王實甫、馬致遠皆較關漢卿尤勝。

---

[75]　譚帆、陸煒：《中國古典戲劇理論史》（同註7），頁333~334。

　　以題材論：關漢卿題材多樣化，僅部分傾向於歷史的劇本如《單刀會》、《西蜀夢》、《五侯宴》等，符合「古雅」的審美理想。而以「美好目的追求」為創作基調的王實甫，其《西廂記》、《破窰記》、《麗春堂》在題材上則較趨於「文雅」；馬致遠的雜劇，以個人情志抒寫為主要創作趨向，題材上自然傾向歷史、文人與神仙道化劇之表現，如《漢宮秋》、《青衫淚》、《薦福碑》、《任風子》、《岳陽樓》、《黃粱夢》、《陳摶高臥》等皆是。其中山水林園、飄然遠引的旨趣，多少帶有「超逸」的氣味。再以曲文賓白論：以本色俚俗為主的關漢卿，縱偶有文采，亦尚無法以「雅」稱；同為「詩人劇作家」的王實甫與馬致遠，雖文辭力求典雅，亦因創作基調之不同而有所差異，此種差異於〈王實甫「以詩作劇」〉、〈馬致遠「以劇作詩」〉等單元已論，此處不再贅述。

　　總之，由關、王、馬三家生平，可知其排序為「關→王→馬」，而其劇作「雅化」過程，亦隱然循此模式。「雅」審美理想的生成，與文人創作主導有必然關係。若以關漢卿、王實甫、馬致遠的雜劇創作為論，關劇的通俗、本色特點與王實甫、馬致遠的「詩人撰劇，力求典雅」即是「劇學→曲學」與「俗→雅」的發展過程。

三、戲曲美學中的意境論

　　作為美學議題中的「意境」，較其它美學觀出現略晚。先秦至魏晉南北朝時期，可謂「意境」的醞釀期，「意境」的正式提出應在唐代，如王昌齡的《詩格》提出詩有「物境、情境、意境」[76]、皎然《詩式》[77]、

---

[76]　王昌齡：《詩格》，參日弘法大師原撰、王利器校注《文鏡秘府論校注》（北京：中國社會科學出版社，1983 年 7 月），頁 283。案：陳伯海《唐詩學引論》中認為「王昌齡著《詩格》」之說，未必可信，然而，《詩格》當作於盛、中唐時期。參《唐詩學引論》（上海：知識出版社，1988 年 10 月），頁 38。

劉禹錫[78]、司空圖[79]等皆有「意境」之論。綜論唐代「意境」觀，實與佛教禪宗的思想有關，唐人對「意境」的認知，大多強調境生於象外的特徵，曾祖蔭認為：

> 意境這個範疇，最初本是從抒情詩的創作實踐中總結出來的。唐宋人論意境，多是從詩歌的創作需要出發，所談的大都是詩歌運用意境理論的經驗。明清以後，由於詩畫互相影響，繪畫中講意境的多起來了。[80]

確實，「意境」是由抒情詩創作總結而生的，且在佛教禪宗的美學思想影響下，成了詩畫、戲曲等審美論述之議題。王國維論「意境」與戲曲美學關連時如是說：「元劇最佳之處，不在其思想結構，而在其文章。其文章之妙，亦一言以蔽之曰：有意境而已矣。」[81]王國維此處「意境」既非關寫景、氣勢，而僅在語言與人物性格之描塑，如關漢卿的《謝天香》第三折曲文：

> 【正宮・端正好】往常我在風塵為歌妓，只不過見了那幾箇筵席，到家來須作自由鬼；今日箇打我在無底磨牢籠內！[82]

王國維評為「語語明白如畫，而言外有無窮之意」[83]即是「意境」之說解；又王實甫《西廂記》第四本第二折紅娘與老夫人之對話：

---

[77]　皎然：《詩式》，參何文煥訂《歷代詩話》（台北：藝文印書館，1991 年 9 月），頁 18~23。

[78]　劉禹錫：《劉賓客文集》〈袁州萍鄉縣楊歧山故廣禪師碑〉，參《百部叢書集成：畿輔叢書》（台北：藝文印書館）。

[79]　司空圖：《二十四詩品》（同註 77），頁 24~27。

[80]　曾祖蔭：《中國古代美學範疇》（台北：丹青圖書有限公司，1987 年 4 月），頁 296。

[81]　王國維：《宋元戲曲考》（同註 71），頁 124。

[82]　《謝天香》第三折（同註 73），頁 149。

　　【聖藥王】他每不識憂，不識愁，一雙心意兩相投。夫人得好休，便好休，這其間何必苦追求，常言道女大不中留。（夫人云）這端事都是你箇賤人。（紅云）非是張生、小姐、紅娘之罪，乃夫人之過也。……信者，人之根本，人而無信，不知其可也。大車無輗，小車無軏，其何以行之哉。[84]

其中「大車無輗，小車無軏，其何以行之哉」亦即王國維所說的「語語明白如畫，而言外有無窮之意。」而馬致遠《薦福碑》第二折【正宮‧端正好】：「恨天涯。空流落。投至到玉關外我則怕老了班超。發了願青宵有路終須到。剗地著我又上黃州道。」[85]《任風子》第四折【駐馬聽】[86]等，皆為王國維的「文章之妙」之「意境」說。

　　再者，以抒情為歸向的戲曲，韓幼德在〈寓浪漫主義抒情美於複雜技巧的民族特色——體系的完成〉文中，亦有「抒情於神韻意境」之論述：

　　　　戲曲的抒情表演，是融匯著民族古典文學、音樂、歌舞、表演、繪畫等各種形式的泛美表現藝術，所以它的美學思想和我們整個民族的傳統美學思想，實質上是一個屬於有機的整體……在我國傳統美學思想中，以真為美、寓真為美、真美一體的思想，固然是它的精髓；然而，只有把各種藝術的創作，都溶化於神、形和意境的交融，從而賦予現實主義的抒情藝術以浪漫主義的

---

[83]　王國維：《宋元戲曲考》（同註 71），頁 125。
[84]　《西廂記》，參隋樹森編《元曲選外編》第一冊（北京：中華書局，1959 年 9 月），頁 302。
[85]　《薦福碑》第二折，參《元曲選》第二冊（同註 13），頁 582。
[86]　《任風子》第一折，參《元曲選》第四冊（同上註），頁 1680。

奇光異彩，才使我們的民族藝術強烈地表現在自己民族的美學個性來。[87]

此處，以戲曲抒情表演論「意境」，確實具有中國傳統美學的獨特意義。以「抒情與意境」的特點呈現來說，馬致遠的《漢宮秋》可說最具代表性了，如第三折【梅花酒】曲文：

> 【梅花酒】呀。俺向著這咽野悲涼。草已添黃，兔早迎霜，犬褪得毛蒼，人搠起纓槍，馬負著行裝，車運著餱糧、打獵起圍場。他他他傷心辭漢主，我我我攜手上河梁。他部從入窮荒，我鑾輿返咸陽。返咸陽，過宮牆。過宮牆，遶迴廊。遶迴廊，近椒房。近椒房，月昏黃。月昏黃，夜生涼。夜生涼，泣寒螿。泣寒螿，綠紗窗。綠紗窗，不思量。[88]

馬致遠藉著曲文，抒發人物的思想感情，不僅對人物內心刻畫細膩深入，更以抒情見長，將作詩的意境醞釀與安排用在雜劇創作上。又如《黃粱夢》第三折呂洞賓唱【初問口】曲文：「則見凍雀又飛，寒鴉又噪，古木林中驀聽的山猿叫。」[89]《青衫淚》第二折【二煞】：「只不過臨萬頃蒼波，落幾雙白鷺，對千里青山。聞兩岸啼猿。愁的是三秋雁字。」[90]等，皆是馬致遠雜劇中藉曲文而營造「意境」的表現。

---

[87] 韓幼德：《戲曲表演美學探索》（台北：丹青股份有限公司，1987 年 2 月），頁311~312。

[88] 《漢宮秋》第三折，參《元曲選》第一冊（同註 13），頁 10。

[89] 《黃粱夢》第三折，參《元曲選》第二冊（同上註），頁 787。

[90] 《青衫淚》第二折，參《元曲選》第三冊（同上註），頁 889。

　　觀覽關漢卿、王實甫、馬致遠三家雜劇「意境」的營造與表現，若以抒情與「意境」爲論，則最具詩家特性的馬致遠雜劇的「意境」最佳，此爲無庸置疑者。

四、戲曲美學中的形神論

　　「形神論」爲我國考察古代藝術特性的重要美學議題。《莊子·德充符》[91]說了一些「形殘而神全」的故事，重「神」而輕「形」的觀念，正合乎其「形而上的道是至高無上的，形而下的物是低下的。」的哲學觀，由此可知，「形神論」是由哲學上的「形神之辨」逐步發展而來的，其可分哲學上的形神、繪畫形神理論、詩文形神理論，以及明清時期小說戲曲等廣泛運用的「形神論」皆是「形」與「神」對立之論爭。王驥德在《曲律·論套數第二十四》：

> 而其妙處，政不在聲調之中，而在字句之外。又須煙波渺漫，姿態橫逸，攬之不得，把之不盡。摹歡則令人神蕩，寫怨則令人斷腸，不在快人，而在動人。此所謂「風神」，所謂「標韻」，所謂「動吾天機」。不知所以然而然，方是神品，方是絕技。[92]

王驥德由戲劇的感染力論，認爲戲劇要訴諸於觀眾的情感，使其感動、共鳴。因之，戲劇語言主要在表現人物內在精神與情感。另外，曾祖蔭

---

[91]　《莊子·德充符》：「魯有兀者王駘（案：刖足曰兀），從之遊者，與仲尼相若。……申徒嘉，兀者也，……。闉跂支離無脤說衛靈公，靈公說之；而視全人，其脰肩肩。甕㽁大癭說齊桓公，桓公說之；而視全人，其脰肩肩。故德有所長而形有所忘，人不忘其所忘而忘其所不忘，此爲誠忘。」參黃錦鋐註譯《新譯莊子讀本》（台北：三民書局，1994 年 2 月），頁 96~99。

[92]　王驥德：《曲律》，參《中國古典戲曲論著集成》四（同註 9），頁 132。

認為「李漁的《閒情偶寄》論戲劇，提出『重機趣』……『生形』與『生氣』的關係，也就是形和神的關係；戲劇創作要求表現出形象的『精神』和『風致』，也就是要求傳神。」[93]據此可知，「形神」在戲劇中，則以人物描寫為重，就關漢卿、王實甫、馬致遠三家劇作言：關漢卿的人物描寫，如《單刀會》中的關羽、《救風塵》中的趙盼兒、《竇娥冤》中的竇娥等皆是形象「傳神」者；又王實甫《西廂記》中的紅娘形象；馬致遠《漢宮秋》中的漢元帝、《薦福碑》中的張鎬等，皆是形象鮮明「傳神」的人物。

　　若以「形神」論關、王、馬三家人物表現，筆者認為：人物的塑造與「形」、「神」有關外，舞臺表演往往以「傳神」人物最膾炙人心、廣受歡迎。當然，關、王、馬三家中，「劇人之劇」的關漢卿，在人物塑造上自然是較居優勢地位。

五、戲曲美學中的虛實論

　　「虛實」美學觀，居古代藝術創作、評論極重要地位，語言、繪畫、書法、戲劇等，無不重「虛」與「實」之運用。《中國古代美學範疇》中，將「虛實論」形成發展分三階段：（一）先秦到南北朝，主要表現為哲學上「有」、「無」的探討；（二）唐宋時期，由審美角度對各藝術中虛實運用作探索，初步形成「虛實論」的理論基礎；（三）明清時期，對虛實論的運用和理論總結。[94]準此，可知「虛實論」至明清時為廣泛運用的審美論點，無論是詩文戲曲或小說之評點皆然。

---

[93]　曾祖蔭：〈形神論〉，《中國古代美學範疇》（同註80），頁101~102。
[94]　曾祖蔭：《中國古代美學範疇》（同註80），頁147~148。

　　曾祖蔭認為：「我國傳統的戲劇理論，往往主張敘事和抒情融為一體，寫實與寫意和諧統一。王驥德的虛實理論，與此有密切關係。」[95]確實，由王驥德之「戲劇之道，出之貴實，而用之貴虛。《明珠》、《浣沙》、《紅拂》、《玉合》，以實而用實者也；《還魂》、『二夢』，以虛而用實者也。以實而用實也易，以虛而用實也難。」[96]可知其要求「虛實結合」之意頗明。若以「虛實」論關、王、馬三家劇作，可由題材內容與抒情手法論之。

　　以題材內容言：關漢卿的《單刀會》、《西蜀夢》、《竇娥冤》、《魯齋郎》、《望江亭》、《裴度還帶》等；王實甫的《破窯記》；馬致遠《漢宮秋》、《青衫淚》、《薦福碑》等，或以歷史故事、或以文人遭遇、或以現實社會為反映的題材，皆可謂「實」的表現。相對地，王實甫的《西廂記》、《麗春堂》；馬致遠的《任風子》等神仙道化劇，題材的捃選並非取自現實社會，故可謂為「虛」的表現。

　　就抒情手法論，關漢卿、王實甫、馬致遠三家，正好形成層次漸進的發展。關漢卿「以劇作劇」的創作態度，將「設身處地」、「說一人肖一人」的創作原則發揮殆盡，就情感抒寫言，自然是抒發劇中人物之情；再者，王實甫雖藉劇作中人物抒寫其對美好人生的「謳歌」，然而，情感上往往「劇中人與作者」是區隔的；到了「以劇作詩」的馬致遠，「劇中人物皆可見劇作家的影子」、「雖寫的是劇中人物的心情，卻是抒發劇作家個人情感」的創作態度，將抒情與「虛實」美學做了最佳詮釋。從雜劇題材、抒情手法來看，關、王、馬三家的「虛實」表現，在主題思想的傳達、創作基調等影響下，有著明顯的差異。

---

[95]　同上註，頁 172。
[96]　王驥德：《曲律‧雜論第三十九上》（同註 9），頁 154。

在傳統「中和」、「雅」、「形神」、「意境」、「虛實」等美學思想影響下，關、王、馬三家在雜劇創作上皆各有特點呈現。據「三家」言，劇作家因生命情調的差異，故劇作風格與美學呈現亦不同。

中國戲曲繼承詩的「抒情傳統」，故而有「劇詩」、「詩劇」之論，以文學表現爲首要的戲曲，與重舞臺演出的西方戲劇，自然不同。據前述可知：由戲曲理論體系（曲學、敘事、劇學）論「三家雜劇創作」形成了關漢卿以劇學爲勝、王實甫以敘事爲主、馬致遠以曲學爲重的創作趨向，在文學抒情意義與傳統上，關、王、馬「三家」各具地位與意義。然而，有趣的是：關、王、馬三家的年代先後順序爲「關漢卿→王實甫→馬致遠」，「三家」於戲曲理論中，分占劇學、敘事、曲學三隅，若由中國戲曲理論發展的「先有曲學，其次敘事，最後劇學」的進程言，「三家」在理論上各主其勝的順序，適與實際上的戲曲理論發展相悖。準此，中國戲曲發展「抒情化」之趨向，自當不言而喻。

此外，由「戲曲美學」論，中國傳統美學課題，如中和、雅、意境、形神、本色與文采、虛實等議題，對關、王、馬「三家」雜劇創作有所影響；相對地，「三家」雜劇特色影響劇壇論爭中「主情」、「重理」戲曲創作觀之論述外，更進一步刺激「雙美說」戲曲審美標準之生成。總之，關、王、馬「三家」承繼中國文學「抒情傳統」外，對戲曲創作、理論系統、審美標準等，也都有「催生作用」。

第七章　結論

　　戲劇的生成，反映了社會與個人對藝術審美的共同與綜合性需求，藉由戲劇使內心的情感與苦悶，得到寄託與抒發外，相對地，戲劇亦因民族、文化等成因，而有所差異。正因此差異，區隔了中西戲劇的不同。蘇國榮說：

> 我國戲曲，從劇本文學到舞臺藝術，都有濃郁的詩意，甚至觀眾的審美觀照，也帶有詩的欣賞特性。因而，我把戲曲稱作劇詩，不是單純指的劇本文學，也包括舞臺藝術，甚至觀眾的審美方式。[1]

　　確實，向來古代戲曲理論家皆「將戲曲視爲詩」[2]，此乃肇因於劇作家創作時流於「抒情」、「以詩撰劇」、「以劇撰詩」的趨向。本論文論述關漢卿、王實甫、馬致遠的雜劇創作趨向時，即已針對關漢卿「以劇作劇」→王實甫「以詩作劇」→馬致遠「以劇作詩」的發展過程予以研討，藉由研討論析而知悉劇作家個人生命情調對戲曲創作之影響。當然，蘇國榮的「從劇本文學、舞臺藝術、觀眾審美」等皆具濃郁的「詩意」之說，正是中國戲曲的特質所在。

---

[1]　蘇國榮：《中國劇詩美學風格》（台北：丹青圖書有限公司，1987年6月），頁1。

[2]　案：古代戲曲理論家有「戲曲即詩」之說者，如沈寵綏、王世貞等人著作中皆可見。筆者於本論文的第二章第一節〈由「戲曲形成」論「三家」〉已有論述，此處不再贅述。

一、「三家特色」的確立

　　元代是中國戲曲創作奠基時期，尤其是前期的劇作家，在創作風格取向上更具意義。明清以來的劇作、劇論家，對「元曲大家」的討論，皆不離關漢卿、王實甫、馬致遠、白樸、鄭光祖、喬吉等範圍。設由時代先後、創作影響論關、王、馬「三家」雜劇特色，在中國戲曲史上更呈現「三家鼎立，矜式群英」[3]之勢。誠如張燕瑾所說：

> 元代的雜劇創作取得了輝煌成就，留下了豐富的遺產。在這眾
> 多的作家作品當中，成就最高、無論在當時還是對後世影響最
> 大的，無過關漢卿、王實甫和馬致遠三家。[4]

確實，站在戲曲發展的立場來看，關漢卿、王實甫、馬致遠「三家」特色，在戲曲史上有一定意義。經由戲曲本質與時代背景二面向論，關漢卿「以劇作劇」、「破」與「批判」；王實甫「以詩作劇」、「立」與「謳歌」；馬致遠「以劇作詩」、「避」與「退離」的創作手法與基調已鮮明呈現。

　　此外，若論三家散曲與雜劇創作，關漢卿的散曲具詩家情韻、劇家本色，其雜劇亦然；王實甫則作曲、劇的手法，如「作詩」般用心；馬致遠散曲與雜劇，在個人情志寄寓、語言、意境上的特色呈現是一致的。梳理出「三家」特色後，經由「雜劇分類與劇作家分期」與「本色與文采」、「元曲大家說」之論述，使關、王、馬「三家特色」益加確立。

---

[3]　吳梅：《中國戲曲概論》卷上（台北：廣文書局，1971 年 4 月），頁 39~40。

[4]　張燕瑾：〈元劇三家風格論〉，參《中國戲曲史論集》（北京：新華書店，1995 年
　　3 月），頁 36。

二、「三家」雜劇特色

　　當然，以「故事題材」、「情節」、「人物」、「語言」論析關、王、馬「三家」雜劇。在創作態度上，呈現關漢卿的「破」與「批判」、王實甫的「立」與「謳歌」、馬致遠的「避」與「退離」等不同的精神主調；在手法上，亦出現「以劇作劇」、「以詩作劇」、「以劇作詩」的創作趨向。因創作態度、手法的差異，關、王、馬「三家」在雜劇創作上各有輕重偏向，如關漢卿偏重「故事題材」與「情節」；馬致遠的劇作以「人物」為主；至於「語言」方面，則王實甫、馬致遠二人各擅勝場。

三、「三家」雜劇特色與戲曲發展

　　自「三家」之後，元、明、清劇作家創作亦大致不離「三家特色」之範圍，即便是劇論研討，亦觸及「三家」雜劇特色。經由〈關、王、馬三家雜劇特色與中國戲曲類型之關係〉的論述，不難發現，在戲曲史上多數劇作家均於「三家類型」中找到定位。以元代論，「關漢卿類型」創作取向的作家多，「王實甫類型」與「馬致遠類型」創作取向的劇作家相當；明代戲曲創作的「三家特色」則又是另一局面，「關漢卿類型」在此期則雜劇家少而傳奇家較多；王實甫則雜劇家多而傳奇少，但此時出現大量的《西廂記》改寫本與評點；「馬致遠類型」劇作家居多；到了清代，「關漢卿類型」則雜劇劇作家少而傳奇作家多；「王實甫類型」則前期雜劇家多，短劇與傳奇幾乎無以窺知；馬致遠創作趨向的劇作家較關、王類型作家多。

　　據此可知，關、王、馬三家「類型」的消長盛衰不一。其中，尤以介於關、馬創作特色間的王實甫，往往是最容易被吸收與同化的，所以，明代除了《西廂》仿作與評點外，其類型作家偏少，到了清代，短劇與

傳奇即無法看見。另外，「馬致遠類型」劇作家，自元末、明清以來，反而呈現一枝獨秀，這種情形，實透顯著「戲曲抒情化」之意義。誠如顏師天佑所說：

> 馬致遠以一窮愁潦倒的讀書人，借雜劇自抒懷抱。雜劇的由質漸變，可說即導因於此種文人抒情意態的復甦。後期作家著名者如宮天挺、鄭光祖、喬吉、張可久等人，幾乎都已失去市井生活觀照的興趣，而純以讀書人的生活為描繪的主要。明人傳奇之充斥才子佳人、麗詞巧句，更是有目共睹的事實。究其原因，也都是戲曲回歸抒情傳統之故。[5]

確實，戲曲走向文人抒情路途，乃因劇作家創作時仍不改「作詩」的態度，將劇本創作，當作抒情的工具，中西戲劇的最大差異，亦在於此。

　　明清以來，「馬致遠類型」特出，除「戲曲抒情化」創作趨向的影響外，王國維的「蓋元中葉以後，曲家多祖馬、鄭，而挑漢卿。」[6]更點出讀者「接受美學」對戲曲創作趨向之影響。如 Terry Eagleton 所說：

> 對於接受理論，閱讀過程永遠是動態的，是時間之流中複雜的運動與開展。文學作品本身，正如波蘭理論家羅曼‧殷加敦（Roman Ingarden）所稱，只是一套「綱要」（schemata）或是概括式的指示，讀者必須加以具現。為了如此，讀者將某些「預

---

[5]　顏師天佑：〈從馬致遠作品看元雜劇抒情化之意義〉，參《元雜劇八論》（台北：文史哲出版社，1996 年 8 月），頁 103。

[6]　王國維：《宋元戲曲考‧元劇之文章》，參《王國維戲曲論文集》（台北：里仁書局，1993 年 9 月），頁 131。

「先理解」帶入作品，這些是有隱約關聯的信念和預期，而作品的種種特點就在其中接受評估。[7]

所以，劇作家受讀者反應、審美接受而影響劇本創作是可能的。相對地，明清時「馬致遠類型」興盛，當與讀者群眾對「戲曲抒情化」接受度有關。陳世驤認為：

> 以字的音樂做組織和內心自白做意旨是抒情詩的兩大要素。中國抒情道統的發源，《楚辭》和《詩經》把那兩大要素結合起來，時而以形式見長，時而以內容顯現。此後，中國文學創作的主流便在這個大道統的拓展中定形。……中國文學被註定會有強勁的抒情成分。在這個文學裏面，抒情詩成了它的光榮，但是也成了它的限制。[8]

確實，「抒情」是中國文學的傳統，在戲曲中仍可見此傳統的延續。俞大綱的「中國戲劇也是長於抒情，弱於敘事。」[9]更點出中國戲曲「敘事乃積累為抒情力量」的特質。

四、「三家」雜劇在戲曲史的意義

關、王、馬「三家」特色，在戲曲理論發展上，亦扮演著極重要角色。由明代劇壇論爭，常以三家劇本、特色為論，劇論家藉著論爭確立

---

[7]　Terry Eagleton 原著、吳新發譯：《文學理論導讀》（台北：書林出版有限公司，2002 年 4 月），頁 100。

[8]　陳世驤：〈中國的抒情傳統〉，參《陳世驤文存》（台北：志文出版社，1972 年），頁 32~33。

[9]　序，施叔青《西方人看中國戲劇》一書（聯經版）。

個人理想「劇作典範」時，不僅無形中推動了戲劇知識的重視，更對戲曲理論發展有所助益，如人物、舞臺表演等的重視，亦是在這樣的環境刺激下形成。以《西廂記》對傳奇《牡丹亭》影響言，即是經由作家討論，進而取得一衡量標準，後再衍生舞臺、人物等戲劇觀念。

　　將關、王、馬「三家」特色，回歸到戲曲理論與美學議題上，劇壇論爭刺激了案頭、場上並重的「雙美」創作論，這樣的創作觀，不僅影響傳統文人戲，即便是地方戲曲，亦多少受到影響。[10]設若由「劇學」、「敘事」、「曲學」論關、王、馬三家，則關漢卿歸屬「劇學體系」；王實甫爲「敘事體系」；馬致遠則是「曲學體系」。然而，中國戲曲理論的發展則是：曲學→敘事→劇學順序，未必與關漢卿→王實甫→馬致遠「三家」排序同。準此，更得以證明中國戲曲重「曲學」（詩、抒情）的特質。

　　總之，關、王、馬「三家」對戲曲發展之影響，是可以肯定的。由戲曲創作可歸納出「三家鼎立」之趨勢外，戲曲本質在「三家」劇論研討中已釐清且提出，藉由劇論對「三家」的研討，而刺激「雙美說」標準之確立，可看出關、王、馬「三家特色」與中國戲曲發展之關係是緊密的。

---

[10]　案：有關「雙美說」之影響，可參拙著〈明代曲論「雙美說」〉，見《興大人文學報》第三十五期上冊（台中：國立中興大學文學院，2005 年 6 月），頁 217~246。

參考書目

一、劇本（依書名筆畫順序排列）

1. 元曲選，明‧臧晉叔編，北京：中華書局，1958 年 10 月。
2. 元曲選外編，隋樹森編，北京：中華書局，1959 年 9 月。
3. 元曲選校注（八冊），王學奇主編，河北：河北教育出版社，1994 年 6 月。
4. 六十種曲，明‧毛晉編，北京：中華書局，1958 年 5 月。
5. 永樂大典戲文三種校注，錢南揚校注，台北：華正書局，1980 年 9 月。
6. 全元雜劇初編，楊家駱主編，台北：世界書局，1985 年 3 月。
7. 全元雜劇二編，楊家駱主編，台北：世界書局，1988 年 10 月。
8. 全元雜劇三編，楊家駱主編，台北：世界書局，1973 年 3 月。
9. 全元雜劇外編，楊家駱主編，台北：世界書局，1974 年 5 月。
10. 全明雜劇（共十二冊），楊家駱主編，台北：鼎文書局，1979 年 6 月。
11. 西廂記，元‧王實甫著、王季思校注，台北：里仁書局，1995 年 9 月。
12. 西廂記，元‧王實甫著，台北：華正書局，1980 年。
13. 西廂記諸宮調，金‧董解元撰、楊家駱主編，台北：世界書局，1977 年。
14. 明清傳奇綜錄（上下），郭英德編著，大陸：河北教育出版社，1997 年 7 月。
15. 孤本元明雜劇（共十冊），王季思編，台北：商務印書館，1977 年 12 月。
16. 校訂元刊雜劇三十種，鄭騫校訂，台北：世界書局，1962 年。
17. 馬致遠全集，元‧馬致遠著、蕭善因等點校，太原：山西古籍出版社，1985 年。
18. 脈望館鈔校本古今雜劇，元‧馬致遠著，商務印書館。
19. 清人雜劇二集，鄭振鐸纂集，香港：龍門書店，1969 年 3 月。
20. 盛明雜劇二、三集，清‧鄒式金輯編，台北：廣文書局，1979 年。
21. 湯顯祖全集（二），湯顯祖著、徐朔方箋校，大陸：北京古籍出版社，1999 年 1 月。
22. 詞林一枝，參王秋桂主編《善本戲曲叢刊》，台北：台灣學生書局，1984 年 7 月。

23.關漢卿戲曲集，元‧關漢卿著、吳國欽校注，台北：里仁書局，1998年。

二、古籍叢書、史料（依書名筆畫順序排列）

1. 人間詞話，王國維著、徐調孚注，香港：中華書局，1986年5月。
2. 小棲霞說稗，清‧平步青著，《中國古典戲曲論著集成》九。
3. 元史，《二十五史》41，台北：藝文印書館。
4. 元典章，中國書店出版，1990年10月。
5. 中原音韻，周德清撰，《中國古典戲曲論著集成》一，北京：中國戲劇出版社，1959年7月。
6. 太和正音譜，朱權撰，《中國古典戲曲論著集成》三，北京：中國戲劇出版社，1959年7月。
7. 少室山房曲考，胡應麟著、任中敏編《新曲苑》一，台北：台灣中華書局。
8. 四友齋叢說，明‧何良俊撰，《百部叢書集成‧紀錄彙編》，台北：藝文印書館，1967年。
9. 今樂考證，清‧姚燮撰，《中國古典戲曲論著集成》十，北京：中國戲劇出版社，1959年7月。
10. 全元散曲（一），隋樹森輯，台北：漢京文化事業有限公司，1983年12月。
11. 曲藻，王世貞撰，《中國古典戲曲論著集成》四，北京：中國戲劇出版社，1959年7月。
12. 曲律，王驥德撰，《中國古典戲曲論著集成》四，北京：中國戲劇出版社，1959年7月。
13. 曲論，何良俊著，《中國古典戲曲論著集成》四，北京：中國戲劇出版社，1959年7月。
14. 曲品，呂天成撰，《中國古典戲曲論著集成》六，北京：中國戲劇出版社，1959年7月。
15. 曲話，清‧梁廷枏著，《中國古典戲曲論著集成》八，北京：中國戲劇出版社，1959年7月。
16. 曲目新編，清‧支豐宜著，《中國古典戲曲論著集成》九，北京：中國戲劇出版社，1959年7月。
17. 古典戲曲存目彙考上中下冊，莊一拂編著，台北：木鐸出版社，1986年。
18. 北夢瑣言，卷三〈段相踏金蓮〉，唐‧孫光憲撰，四庫筆記小說叢書：《北夢鎖言外十二種》，大陸：上海古籍出版社，1991年12月。
19. 青樓集，夏庭芝撰，《中國古典戲曲論著集成》二，北京：中國戲劇出版社，1959年7月。

20.雨村曲話，李調元著，《中國古典戲曲論著集成》八，北京：中國戲劇出版社，1959 年 7 月。

21.度曲須知，沈寵綏撰，《中國古典戲曲論著集成》五，北京：中國戲劇出版社，1959 年 7 月。

22.東京夢華錄注，宋・孟元老撰、民國・鄧之誠注，台北：漢京文化事業有限公司，1984 年 3 月。

23.長春道教源流（卷一），陳教友撰，《道教研究資料》第二輯，台北：藝文印書館。

24.重訂曲海總目，清・黃文暘原編、無名氏重訂、管庭芬校錄，《中國古典戲曲論著集成》七，北京：中國戲劇出版社，1959 年 7 月。

25.看山閣集閒筆，黃圖珌著，《中國古典戲曲論著集成》九，北京：中國戲劇出版社，1959 年 7 月。

26.南詞敘錄，徐渭撰，《中國古典戲曲論著集成》三，北京：中國戲劇出版社，1959 年 7 月。

27.堯山堂曲紀，明・蔣一葵著、任中敏編《新曲苑》一，台灣：中華書局。

28.都城紀勝，南宋・耐得翁撰，《文淵閣四庫全書》590，台北：台灣商務印書館，1983 年。

29.笠閣批評舊戲目，清・笠閣漁翁著，《中國戲曲論著集成》七，北京：中國戲劇出版社，1959 年 7 月。

30.清代燕都梨園史料正續編，張次溪編纂，北京：中國戲劇出版社，1988 年 12 月。

31.蒙韃備錄，南宋・孟珙著，《百部叢書集成・古今說海》，台北：藝文印書館，1967 年。

32.陽春白雪，任中敏輯《散曲叢刊》（一），台北：台灣中華書局，1974 年 2 月。

33.閒情偶寄，李漁著，《李漁全集》十一卷，大陸：浙江古籍出版社，1992 年 10 月。

34.詞餘叢話，清・楊恩壽著，《中國古典戲曲論著集成》九，北京：中國戲劇出版社，1959 年 7 月。

35.摭言，卷七，《百部叢書集成・學津討源》，台北：藝文印書館，1965 年。

36.道教大辭典，大陸：浙江古籍出版，1987 年 10 月。

37.遠山堂曲品，祁彪佳著，《中國古典戲曲論著集成》六，北京：中國戲劇出版社，1959 年 7 月。

38.遠山堂劇品，祁彪佳著，《中國古典戲曲論著集成》六，北京：中國戲劇出版社，1959 年 7 月。

39.樂府傳聲，清・徐大椿撰，《中國古典戲曲論著集成》七，北京：中國戲劇出版社，1959 年 7 月。
40.劇說，清・焦循著，《中國古典戲曲論著集成》八，北京：中國戲劇出版社，1959 年 7 月。
41.衡曲塵譚，明・張琦撰，《中國古典戲曲論著集成》四，北京：中國戲劇出版社，1959 年 7 月。
42.輟耕錄（七），元・陶宗儀撰，《百部叢書集成・津逮秘書》，台北：藝文印書館，1967 年。。
43.譚曲雜箚，凌濛初著，《中國古典戲曲論著集成》四，北京：中國戲劇出版社，1959 年 7 月。
44.藝概，清・劉熙載著，台北：華正書局，1988 年 9 月。
45.錄鬼簿新校注，馬廉著、楊家駱主編，台北：世界書局，1960 年 11 月。
46.錄鬼簿，賈仲明撰、楊家駱主編，《錄鬼簿新校注》，台北：世界書局，1982 年 4 月。
47.顧曲雜言，沈德符撰，《中國古典戲曲論著集成》四，北京：中國戲劇出版社，1959 年 7 月。
48.續詞餘叢話，清・楊恩壽著，《中國古典戲曲論著集成》九，北京：中國戲劇出版社，1959 年 7 月。

三、近代專著

1. 小說美學，陸志平、吳功正著，台北：五南出版社，1993 年 11 月。
2. 三國演義，明・羅貫中著、金聖嘆批、毛宗岡評點，台北：文源書局印行，1969 年 4 月。
3. 中國歷史大辭典：遼夏金元史卷，蔡美彪主編，上海辭書出版社，1986 年 6 月。
4. 中國劇詩美學風格，蘇國榮著，台北：丹青圖書有限公司，1987 年 6 月。
5. 中國戲曲通史（三冊），張庚、郭漢城著，台北：丹青圖書有限公司。
6. 中國戲劇文化史述，余秋雨著，台北：駱駝出版社，1987 年 8 月。
7. 中國戲曲概論，吳梅著，台北：廣文書局，1971 年 4 月。
8. 中國戲劇史，張燕瑾著，台北：文津出版社，1993 年 7 月。
9. 中國戲曲史論集，張燕瑾撰，北京：燕山出版社，1995 年 3 月。
10.中國戲曲史論，吳新雷著，大陸：江蘇教育出版社，1996 年 3 月。
11.中國分類戲曲學史綱，謝柏梁著，台灣：台灣商務印書館，1994 年 6 月。
12.中國戲曲及其音樂，常靜之著，台北：學海出版社，1995 年 6 月。
13.中國古典劇論概要，蔡鍾翔著，北京：中國人民大學出版社，1988 年 10 月。

14.中國文學史（下冊），葉慶炳著，台北：台灣學生書局，1987 年 8 月。
15.中國文學史初稿，王忠林等合著，台北：福記文化圖書有限公司，1985 年 5 月。
16.中國文學發展史，劉大杰撰，台北：華正書局，1990 年 7 月。
17.中國古典戲曲序跋彙編（共四冊），蔡毅編著，大陸：齊魯書社，1989 年 10 月。
18.中國戲劇學史，葉長海著，台北：駱駝出版社，1987 年 8 月。
19.中國俗文學史，鄭振鐸著，大陸：上海書店，1984 年 6 月。
20.中國散曲史，羅錦堂著，台北：中國文化大學出版社，1983 年 8 月。
21.中國近世戲曲史二冊，青木正兒著，台北：台灣商務印書館，1988 年 3 月。
22.中國戲曲發展史（一～四卷），廖奔、劉彥君著，大陸：山西教育出版社，2000 年 10 月。
23.中國古代戲曲理論史通論，俞爲民、孫蓉蓉著，台北：華正書局，1998 年 5 月。
24.中國戲曲小說初論，王漢民著，大陸：江蘇古籍出版社，2002 年 3 月。
25.中國古代美學範疇，曾祖蔭著，台北：丹青圖書有限公司，1987 年 4 月。
26.中國敘事學，蒲安迪講演，大陸：北京大學出版。
27.中國古典戲劇理論史，譚帆、陸煒著，北京：中國社會科學出版社，1993 年 4 月。
28.中國古代文學史上下冊，郭英德、過常寶著，大陸：四川人民出版社，2003 年 9 月。
29.中華傳統美學體系探源，曹利華著，大陸：北京圖書館出版社，1999 年 1 月。
30.中國歷代文論選上冊，台北：木鐸出版社，1987 年 7 月。
31.中國古典編劇理論資料匯輯，秦學人、侯作卿編著，北京：中國戲劇出版社，1984 年 4 月。
32.中國古代戲劇統論，徐振貴著，大陸：山東教育出版社，1997 年 9 月。
33.中國抒情傳統，蕭馳著，台北：允晨文化實業股份有限公司，1999 年 1 月。
34.中國詩歌美學，蕭馳著，大陸：北京大學出版社，1986 年 11 月。
35.中國詩性文化與詩觀念，王南著，大陸：四川民族出版社，2002 年。
36.元代的士人與政治，王明蓀著，台北：台灣學生書局，1992 年 3 月。
37.元代文學史，鄧紹基主編，北京：人民文學出版社，1991 年 12 月。
38.元雜劇考，傅惜華撰，台北：世界書局。
39.元人散曲新探，汪師志勇撰，台北：學海出版社，1996 年 11 月。

40.元人散曲選詳註，曾永義、王安祈選註，台北：學海出版社，1992 年 2 月。
41.元雜劇八論，顏師天佑著，台北：文史哲出版社，1991 年 8 月。
42.元曲六大家，王忠林、應裕康著，台北：東大圖書股份有限公司，1977 年 2 月。
43.元曲六大家略傳，譚正璧著，台北：莊嚴出版社，1982 年 1 月。
44.元雜劇所反映之元代社會，顏師天佑著，台北：華正書局有限公司，1984 年 9 月。
45.元雜劇所反映之時代精神，耿湘沅著，台北：文史哲出版社，1987 年 7 月。
46.元代雜劇作家傳略，傅惜華撰，台北：文泉閣出版社，1972 年 8 月。
47.元雜劇研究，吉川幸次郎撰，台北：藝文印書館，1987 年 10 月。
48.元人雜劇序說，青木正兒撰，《元曲研究》乙編，台北：里仁書局。
49.元人水滸雜劇研究，劉靖之撰，香港：三聯書店，1990 年 11 月。
50.元人雜劇與元代社會，幺書儀著，大陸：北京大學出版社，1997 年 6 月。
51.元代戲劇學研究，陸林著，大陸：安徽文藝出版社，1999 年 9 月。
52.元代雜劇史，劉蔭柏著，河北：花山文藝出版社，1990 年 12 月。
53.元雜劇研究概述，寧宗一、陸林、田桂民編著，大陸：天津教育出版社，1987 年 12 月。
54.元代的士人與政治，王明蓀著，台北：台灣學生書局，1992 年 3 月。
55.元雜劇的聲情與劇情，許子漢著，台北：里仁書局，2003 年 3 月。
56.元明小說戲曲關係研究，涂秀虹著，大陸：上海三聯書店，2004 年 11 月。
57.文學理論導讀，Terry Eagleton 原著、吳新發譯，台北：書林出版有限公司，2002 年 4 月。
58.王國維戲曲論文集──宋元戲曲考及其他，王國維撰，台北：里仁書局，1983 年 9 月。
59.王驥德曲論研究，李惠綿著，台北：國立台灣大學出版委員會，1992 年 12 月。
60.全元散曲（一），隋樹森輯，台北：漢京文化事業有限公司，1983 年 12 月。
61.全元雜劇作家傳略，傅惜華著，台北：文泉閣出版社，1972 年 8 月。
62.曲學與戲劇學，葉長海著，上海：學林出版社，1999 年 11 月。
63.曲律與曲學，葉長海著，台北：學海出版社，1993 年 5 月。
64.西方文學批評術語辭典，林驤華著，大陸：上海社會科學院，1988 年 8 月。
65.《西廂記》的文獻學研究，蔣星煜著，大陸：上海古籍出版社，1997 年 11 月。

66.宋元南戲考論，俞爲民撰，台北：台灣商務印書館，1994 年 9 月。
67.金批水滸傳，金聖嘆批，大陸：三秦出版社，1998 年 9 月。
68.明清戲曲史，盧前著，台北：台灣商務印書館，1971 年 10 月。
69.明雜劇概論，曾永義著，台北：學海出版社，1999 年 4 月。
70.明清傳奇史，郭英德著，大陸：江蘇古籍出版社，1999 年 8 月。
71.明清傳奇名作人物刻畫之藝術性，王璦玲著，台北：台灣書店，1998 年 3 月。
72.明雜劇史，徐子方著，北京：中華書局，2003 年 8 月。
73.明代戲劇研究概述，寧宗一、陸林、田桂民編著，大陸：天津教育出版社，1992 年 8 月。
74.花間集注釋，李誼註釋，大陸：四川文藝出版社，1986 年 6 月。
75.唐宋詞史，楊海明著，高雄：麗文文化事業股份有限公司，1996 年 2 月。
76.南戲論叢，孫崇濤著，北京：中華書局，2001 年 6 月。
77.意境概說——中國文藝美學範疇研究，夏昭炎著，大陸：北京廣播學院出版社，2003 年 4 月。
78.徐渭的文學與藝術，梁一成編著，台北：藝文印書館，1977 年 1 月。
79.馬致遠雜劇研究，佘大平撰，大陸：武漢出版社，1994 年 6 月。
80.現存元人雜劇本事考，羅錦堂撰，台北：中國文化事業股份有限公司，1960 年 4 月。
81.參軍戲與元雜劇，曾永義著，台北：聯經出版社，1992 年 4 月。
82.清人雜劇略論，曾影靖著，台北：台灣學生書局，1995 年 9 月。
83.清代戲曲史，周妙中著，大陸：中州古籍出版社，1987 年 12 月。
84.清代戲曲研究五題，陳芳著，台北：里仁書局，2002 年 3 月。
85.陳世驤文存，陳世驤撰，台北：志文出版社，1972 年。
86.景午叢編（上），鄭騫著，台北：台灣中華書局，1972 年 1 月。
87.馮夢龍詩文，馮夢龍撰、橘君輯注，海峽文藝出版社，1985 年 10 月。
88.崑劇演出史稿，陸庭萼著，台北：國家出版社，2002 年 12 月。
89.散曲之研究，任二北撰，《元曲研究》乙編，台北：里仁書局。
90.晚明戲曲劇種及聲腔研究，林鶴宜著，台北：學海出版社，1994 年 10 月。
91.遼金元文學，蘇雪林著，台北：台灣商務印書館，1969 年 7 月。
92.詩史本色與妙悟，龔鵬程撰，台北：台灣學生書局，1993 年 2 月。
93.賦學曲學論著選，陳良運主編，大陸：百花洲文藝出版社，2002 年 4 月。
94.論中國戲劇批評，夏寫時著，山東：齊魯書社出版，1988 年 10 月。
95.論元代雜劇，商韜著，山東：齊魯書社，1986 年。
96.歷代詩話，何文煥訂，台北：藝文印書館，1991 年 9 月。
97.戲曲表演美學探索，韓幼德著，台北：丹青股份有限公司，1987 年 2 月。

98.戲曲美學，傅瑾著，台北：文津出版社，1995 年 7 月。

99.戲曲本質論，呂效平著，大陸：南京大學出版社，2003 年 9 月。

100.戲劇審美心理學，余秋雨著，大陸：四川人民出版社，1985 年 5 月。

101.螾廬曲談，王季烈、劉富樑合撰，《集成曲譜 聲集》3，台北：進學書局，1969 年 1 月。

102.關漢卿三國故事雜劇研究，劉靖之撰，香港：三聯書店，1987 年 2 月。

103.關漢卿散曲集，李漢秋、周培維校注，大陸：上海古籍出版社，1990 年。

104.關漢卿傳論，張雲生著，北京：開明出版社，1990 年 1 月。

105.關漢卿考述，盧元駿著，台灣：正中書局，1977 年 4 月。

106.關漢卿研究，徐子方撰，台北：文津出版社，1994 年 7 月。

107.「瓊筵醉客」關漢卿，黃麗貞撰，台北：國家出版社，2002 年 12 月。

四、期刊論文

1. 元代文人的心態與元曲創作，陳伯松撰，《咸寧師專學報》，1998 年 2 月，18 卷 1 期。

2. 元人之隱：一種社會性的退避，李白撰，《呼蘭師專學報》，2001 年 7 月，17 卷 3 期。

3. 元雜劇中所反映的文人心態特徵，胡金望撰，《安慶師範學院學報》，1994 年 1 期。

4. 中國戲曲文學的斷裂帶，馮建民撰，《影劇月報》，1989 年 1 月。

5. 中國戲曲的起源和發展脈絡，趙景深撰，《文史知識》，1982 年第 12 期。

6. 中國戲曲本質論──兼及東方戲劇共同特徵，孫崇濤撰，《戲曲藝術》2000 年第 3 期。

7. 《西廂記》受南戲、傳奇影響之跡象，蔣星煜撰，《徐州師範學院學報》，1981 年第 4 期。

8. 曲藝在文學史上的地位和影響，薛寶琨撰，《今古傳奇》，1984 年第 3 期。

9. 知識分子在戲曲發展中的作用，郭漢城撰，《川劇藝術》，1983 年第 4 期。

10.明代曲論「雙美說」，張錦瑤撰，《興大人文學報》第 35 期，2005 年 6 月。

11.明傳奇興盛原因初探，維齋撰，《浙江師範大學學報》，1989 年 2 月。

12.南戲北劇之形成與發展，黃仕忠撰，《文學遺產》，1997 年第 4 期。

13.馬致遠《漢宮秋》的主題與創作，閔宏撰，《許昌師專學報》，1986 年第 4 期。

14.馬致遠的散曲藝術，黃卉撰，《中國文學研究》，大陸：湖南師範大學，1995 年第 4 期。
15.略談《西廂記》的藝術特色，齊森華撰，《文科月刊》，1985 年 1 月。
16.略談關漢卿劇作的藝術特色，王恩宗撰，《韓山師專學報》，1982 年第 2 期。
17.略論明雜劇的歷史價值，徐子方撰，《藝術百家》，1999 年第 2 期。
18.淺談馬致遠的散曲創作，胡景乾撰，《西安教育學院學報》，2001 年 12 月，第 16 卷 4 期。
19.莫道桑榆晚，爲霞尚滿天──淺談清初雜劇劇本的三個特徵，海興寧撰，見《戲曲藝術》，2001 年 4 月。
20.萬花叢中馬神仙，百世集中說致遠──論道教思想對馬致遠神仙道化劇的影響，劉雪梅撰，《中國文學研究》，2000 年第 3 期。
21.散曲和劇曲的比較和欣賞，蔣星煜撰，《河北學刊》，1995 年 6 月。
22.愁霧悲風般的抒情──從馬致遠的《漢宮秋》說起，彭飛撰，《文科月刊》，1985 年 3 月。
23.感傷情緒──元代社會對雜劇作家的心理感應，沈國儀撰，《戲劇藝術》，1990 年第 2 期。
24.說到關漢卿，幺書儀撰，《中國古代、近代文學研究》，2003 年第 6 期。
25.論關漢卿戲劇的結構藝術，陳紹華撰，《揚州師院學報》，1980 年第 4 期。
26.論關漢卿雜劇的兩個貢獻，關眞撰，《廣西師範大學學報》（哲社版），1994 年 12 月，第 30 卷第 4 期。
27.論《王西廂》寫景狀物的語言藝術，張粵民、袁啓明撰，《湖南師院學報》，1984 年第 3 期。
28.論馬致遠「仙道」劇的主體意識及其與宗教的關係，申士堯撰，《陝西教育學院學報》，1999 年第 1 期。
29.論中國古代戲曲的詩化，孫蓉蓉著，《戲劇藝術》，1992 年第 2 期。
30.論中國古典戲劇的「虛」與「實」，吳幗屏撰，《中國文學研究》，1997 年第 2 期。
31.論明代中葉以後雜劇創作的主體意識，陶慕寧撰，《南開學報》，1989 年 3 月。
32.論典型化，王元驤撰，《中國文學研究年鑑》，1981 年。
33.劇曲的本色與文采──漫談劇曲的特點之一，蔡運長撰，《戲曲藝術》，1993 年 1 月。
34.關、鄭、白、馬與元曲四大家，徐子方撰，《漳州師院學報》，1998 年 1 期。

35.關漢卿里居考辨，吳曉鈴撰，《河北師院學報》（哲學社會科學版），1987
　　年 2 期。
36.關漢卿生卒年考，乃黎撰，《寧夏大學學報》，1980 年第 2 期。
37.關漢卿散曲漫談，孔繁信撰，《山東師大學報》，1982 年第 4 期。
38.關於戲曲發展的思考，張嫚平撰，《戲曲藝術》，2001 年第 2 期。
39.戲曲起源與中國文化的特質，康保成撰，《戲劇藝術》，1989 年第 1 期。
40.戲曲規律與戲曲創新，張庚撰，《文藝研究》，1986 年第 5 期。
41.《竇娥冤》是元雜劇中的典範之作，佘德余撰，《紹興師專學報》，1984
　　年第 2 期。

五、論文集論文

1. 明清抒懷寫憤雜劇之藝術特質與成分，王瓊玲撰，《中國文哲研究集刊》
   第 13 期，1998 年 9 月。
2. 所謂「元曲四大家」，曾永義撰，【國際元曲學術會議特刊】，《河北師院
   學報》，1990 年第 2 期。
3. 從劇詩抒情特色看金批《西廂記》的人物心理分析，顏師天佑撰，《第四
   屆清代學術研討會論文集》。
4. 試析孟稱舜曲論及其在明代曲論史上的意義，顏師天佑撰，《古典文學》
   第 15 集，台北：台灣學生書局，2000 年 9 月。
5. 論湯顯祖劇作與劇論中之情、理、勢，王瓊玲撰，中央研究院中國文哲
   所《【湯顯祖與牡丹亭】國際學術研討會論文集》，2004 年 4 月 27～28
   日。
6. 論「曲祖」《琵琶記》，劉禎撰，《南戲國際學術研討會論文集》，北京：
   中華書局，2001 年 5 月。
7. 論戲劇的本質與任務，王士儀撰，《戲劇論文集：議題與爭議》，台北：
   和信文化事業股份有限公司，1999 年 9 月。

六、學位論文

1. 元散曲隱逸意識研究，簡隆全撰，私立東海大學中國文學研究所碩士論
   文，1995 年 6 月。
2. 元雜劇中的道教劇研究，渡邊雪羽撰，國立台灣大學中國文學研究所碩
   士論文，1986 年。
3. 元雜劇中道教故事類型與神明研究，諶湛撰，國立台灣師範大學國文研
   究所碩士論文，1983 年。

4. 西廂記之版本及其藝術成就，曾瓊連撰，國立台灣師範大學國文所碩士論文，1986 年 5 月。

5. 李漁及其戲劇理論，張百容撰，中國文化大學中國文學研究所碩士論文，1980 年 6 月。

6. 所謂「湯、沈之爭」的形成與發展，鐘雪寧撰，國立台灣大學中國文學研究所碩士論文，1996 年 6 月。

7. 明清四段式組合短劇研究，尹昌洙撰，國立清華大學中國文學研究所碩士論文，1996 年 11 月。

8. 明代戲曲理論的對峙與合流──以《西廂記》、《拜月亭》、《琵琶記》的高下之爭爲線索，王書珮撰，國立中興大學中國文學系碩士論文，1997 年 6 月。

9. 明代戲曲創作論研究，李相喆撰，國立台灣師範大學國文研究所博士論文，1996 年 7 月。

10. 明代嘉靖隆慶時期三大傳奇研究，黃炫國撰，國立政治大學中國文學研究所博士論文，1993 年 6 月。

11. 明清戲劇理論之結構概念研究，侯雲舒撰，國立中山大學中國文學研究所碩士論文，1994 年 1 月。

12. 明代劇學研究，陳芳英撰，國立台灣大學中國文學研究所博士論文，1983 年。

13. 明代一折短劇研究，張盈盈撰，國立政治大學中國文學研究所碩士論文，1988 年 6 月。

14. 金批西廂記人物心理分析，王祥穎撰，國立中興大學中國文學所碩士論文，1999 年 6 月。

15. 祁彪佳戲曲理論研究，邱瓊慧撰，國立政治大學中國文學研究所碩士論文，1993 年 8 月。

16. 馬致遠雜劇研究，唐桂芳撰，國立政治大學中國文學所碩士論文，1976 年 5 月。

17. 清初蘇州劇作家研究，李佳蓮撰，國立台灣大學中國文學研究所碩士論文，2001 年 6 月。

18. 現存元人度脫雜劇之研究，國立高雄師範大學國文研究所碩士論文，1978 年。

19. 張協狀元研究，湯碧珠撰，國立中興大學中國文學研究所碩士論文，1998 年 6 月。

20. 晚明戲曲理論之發展與轉型──以《牡丹亭》的流轉討論爲線索，鄺采芸撰，國立政治大學中國文學研究所碩士論文，1996 年 6 月。

21.晚明曲論主情思想之研究，徐曉瑩撰，私立東吳大學中國文學研究所碩士論文，1995 年 6 月。

22.論馬致遠「以劇寫詩」的創作傾向，李依蓉撰，國立彰化師範大學國文研究所碩士論文，2003 年 6 月。

23.關漢卿雜劇研究，何美玲撰，私立輔仁大學中國文學研究所碩士論文，1978 年。

24.關公與李逵——以元、明（初）雜劇中人物形象研究為論，張錦瑤撰，國立中興大學中國文學系碩士論文，1999 年 6 月。

25.關漢卿雜劇的生命情感，劉幼嫻撰，國立中山大學中國文學研究所碩士論文，1995 年 6 月。

國家圖書館出版品預行編目

關、王、馬三家雜劇特色及其在戲曲史上的意義
/ 張錦瑤著. -- 一版. -- 臺北市：秀威資訊科技, 2007[民96]

面；公分. --（實踐大學數位出版合作系列語言文學；
AG0067）

參考書目：面
ISBN 978-986-6909-68-9（平裝）

1.（元）關漢卿－作品研究　2.（元）王實甫－作品研究
3.（元）馬致遠－作品研究　4.中國戲曲－歷史－元
（1260-1368）

820.94057　　　　　　　　　96008296

 實踐大學數位出版合作系列
語言文學類　AG0067

關、王、馬三家雜劇特色及其在戲曲史上的意義

作　　者　張錦瑤
統籌策劃　葉立誠
文字編輯　王雯珊
視覺設計　賴怡勳
執行編輯　賴敬暉
圖文排版　陳穎如
數位轉譯　徐真玉　沈裕閔
圖書銷售　林怡君
法律顧問　毛國樑　律師
發 行 人　宋政坤
出版印製　秀威資訊科技股份有限公司
　　　　　台北市內湖區瑞光路583巷25號1樓
　　　　　電話：(02) 2657-9211
　　　　　傳真：(02) 2657-9106
　　　　　E-mail：service@showwe.com.tw
經 銷 商　紅螞蟻圖書有限公司
　　　　　台北市內湖區舊宗路二段121巷28、32號4樓
　　　　　電話：(02) 2795-3656
　　　　　傳真：(02) 2795-4100
　　　　　http://www.e-redant.com

2007 年 5 月
BOD 一版
定價：420元

讀 者 回 函 卡

感謝您購買本書，為提升服務品質，煩請填寫以下問卷，收到您的寶貴意見後，我們會仔細收藏記錄並回贈紀念品，謝謝！

1.您購買的書名：＿＿＿＿＿＿＿＿＿＿＿＿＿＿＿＿＿

2.您從何得知本書的消息？

　□網路書店　□部落格　□資料庫搜尋　□書訊　□電子報　□書店

　□平面媒體　□ 朋友推薦　□網站推薦 □其他＿＿＿＿＿＿

3.您對本書的評價:(請填代號　1.非常滿意 2.滿意 3.尚可 4.再改進)

　封面設計＿＿　版面編排＿＿　內容＿＿　文/譯筆＿＿　價格＿＿

4.讀完書後您覺得：

　□很有收獲　□有收獲　□收獲不多　□沒收獲

5.您會推薦本書給朋友嗎？

　□會　□不會，為什麼？＿＿＿＿＿＿＿＿＿＿＿＿＿＿＿＿

6.其他寶貴的意見：＿＿＿＿＿＿＿＿＿＿＿＿＿＿＿＿＿＿

＿＿＿＿＿＿＿＿＿＿＿＿＿＿＿＿＿＿＿＿＿＿＿＿＿＿＿＿

＿＿＿＿＿＿＿＿＿＿＿＿＿＿＿＿＿＿＿＿＿＿＿＿＿＿＿＿

＿＿＿＿＿＿＿＿＿＿＿＿＿＿＿＿＿＿＿＿＿＿＿＿＿＿＿＿

讀者基本資料

姓名：＿＿＿＿＿＿＿＿＿＿　年齡：＿＿＿＿　性別：□女 □男

聯絡電話：＿＿＿＿＿＿＿＿　E-mail：＿＿＿＿＿＿＿＿＿＿

地址：＿＿＿＿＿＿＿＿＿＿＿＿＿＿＿＿＿＿＿＿＿＿＿＿＿

學歷：□高中(含)以下　　□高中　　□專科學校　　□大學

　　　□研究所(含)以上 □其他＿＿＿＿＿＿＿＿

職業：□製造業 □金融業 □資訊業 □軍警 □傳播業 □自由業

　　　□服務業 □公務員 □教職　 □學生 □其他＿＿＿＿＿＿

To：114

　台北市內湖區瑞光路 583 巷 25 號 1 樓

　秀威資訊科技股份有限公司　　　收

寄件人姓名：

寄件人地址：□□□

(請沿線對摺寄回,謝謝!)

秀威與 BOD

BOD（Books On Demand）是數位出版的大趨勢，秀威資訊率先運用 POD 數位印刷設備來生產書籍，並提供作者全程數位出版服務，致使書籍產銷零庫存，知識傳承不絕版，目前已開闢以下書系：

一、BOD 學術著作—專業論述的閱讀延伸

二、BOD 個人著作—分享生命的心路歷程

三、BOD 旅遊著作—個人深度旅遊文學創作

四、BOD 大陸學者—大陸專業學者學術出版

五、POD 獨家經銷—數位產製的代發行書籍

BOD 秀威網路書店：www.showwe.com.tw

政府出版品網路書店：www.govbooks.com.tw

　　永不絕版的故事・自己寫・永不休止的音符・自己唱